AMOR, E-MAIL
Y TANGO

María Cristina Gonzalo

AMOR, E-MAIL Y TANGO

HISTORIA DE INMIGRANTES

Los nombres y personajes del libro son ficticios, cualquier semejanza es absoluta coincidencia.
La mención del filósofo y autor Deepak Chopra en este libro fue un reconocimiento por sus conceptos filosóficos.

ISBN: 978-987-1153-78-7

Impreso en los Estados Unidos De Norteamérica

Diseño y edición
Alicia Brondo

En recuerdo de mis padres que fueron hijos de inmigrantes y hoy desde el más allá son mis ángeles guardianes.

Amor E mail y Tango

Historias de inmigrantes

La decisión de emigrar de nuestros ancestros para radicarse en diferentes partes de America conduciría a sus descendientes a nacer lejos de sus auténticos orígenes.

Recapitulando podemos decir que somos historia de historias, vivencias que provienen de las experiencias de nuestros ancestros. Una constante consecuencia de hechos que definiría en sentimientos y personalidad parte de lo que hoy somos.

El resultado, basado en aquellas experiencias comenzó a crecer en el alma de los inmigrantes que llegaron con una valija llena de sueños y esperanzas, en principio fueron españoles y más adelante italianos, sumado a otras nacionalidades, siendo los dos primeras quienes realmente poblaron la enorme extensión del país, y que les llevaría varias generaciones encontrar la posibilidad de lograr una vida mejor. No obstante el infortunio y las desazones que padecieron, siempre conservaron sus sentimientos sensibles y nostálgicos, y que aún hoy predominan, siendo parte del carácter de sus descendientes. No obstante los cambios que fueron ocurriendo con el pasar de los años, conservan parte de ese legado que se trasunta en dejos de melancolía, en la facilidad de reír, soñar, inventar canciones y también sentirse identificados con ellas, en especial con el tango que es parte de la cultura de nuestro pueblo.

En la época de las colonias, las cortes españolas fueron introduciendo su rutina de fiestas, entonces con la música, la danza y el canto de instrumentos musicales se comenzaron a formar los sones y las baladas que con los años iban a ser la representación musical del país.

La inmigración europea había traído sus propios instrumentos musicales, entre éstos el acordeón, y con sus ritmos autóctonos manifestaban sus tristezas en las "Canzonetas" de su Italia lejana y añorada.

Cuando la vida en la república comenzó a tener cierta estabilidad, también comenzó a formarse otra parte de su historia, las vivencias de los ciudadanos y *gauchos que expresaban sus sentimientos a través de canciones llamadas sureñas, acompañadas por guitarras, también *payadas las que con el pasar del tiempo se fusionarían con otros ritmos conformando entonces el nacimiento del tango. Aunque para encontrar el verdadero origen de la música tendríamos que remontarnos centurias atrás cuando los inmigrantes fueron llegando de diferentes partes del mundo, para asentarse y dispersados por el continente que después se denominaría América del Sur, Central y del Norte. Esa parte de la historia nos revela que en la extraordinaria aventura en busca de nuevas tierras, aquellos hombres portaban instrumentos musicales y sones, poniendo en evidencia que la música fue y siempre será una expresión importante en la vida del ser humano.

El tango en particular fue formándose con el devenir del tiempo, cada lamento, la nostalgia, las presiones que provocaba lo incierto, fueron la verdadera paternidad del tango.

Al comienzo de su desarrollo fue interpretado entre otros, por una voz única, la del señor Carlos Gardel, que en su exitosa carrera le dio su propio lugar e identidad, interpretando sus máximas canciones "El día que me quieras", "Volver" y otras, de las que también fue autor y que actualmente nos despiertan una nostalgia que sentimos como nuestra propia realidad.

En su apogeo artístico trabajó en películas, entonces pudimos disfrutar también de su atractiva personalidad. La muerte no detuvo su itinerario, sus canciones en quienes lo admiraban, se mantendría siempre viva.

En un comienzo cantaba acompañado por un grupo de guitarristas y años después por orquestas típicas. Con el correr de los años, la tecnología le iba a dar un toque de grandeza a las viejas grabaciones.

En sus comienzos el tango fue un baile rudo, bailado entre hombres y posteriormente con mujeres de la calle; debido a ese entorno la sociedad porteña lo rechazó por entonces ser considerado de baja ralea, pero también llegó a despertar la curiosidad en la gente joven de dicho estrato, y como algo nuevo y prohibido se arriesgaron a entrar en los arrabales y conocerlo en su propio ambiente.

La letra del tango fue reflejando la vida de quienes vivían en los suburbios, y que en las noches se reunían para compartir su soledad. Como en cualquier sociedad con cimientos poco estables los mal vivientes fueron parte de un Buenos Aires problemático, creando un bajo mundo de crimen y falsas opciones con las que muchos sucumbieron.

Con el pasar del tiempo como dijeron los historiadores "el tango salió del suburbio hacia el centro" se fue transformando y tuvo la educación necesaria, entonces fue interpretado por grandes orquestas y vocalistas estos le dieron a su ritmo un toque de distinción, ese cambió permitió la aceptación del tango como música autóctona, amada y disfrutada por la mayoría de los argentinos, siendo después reconocido en el mundo entero.

También el folclore fue parte importante en lo que a música se refiere y cada provincia tuvo sus propios bailes Zamba, Gato, Chacarera etc. Con el tiempo todos los ritmos se unieron para representar a través de la música el sentimiento del ciudadano argentino.

Reseña de Buenos Aires (Capital Federal)

La mayor parte de los tres continentes americanos tuvieron virreinatos españoles que marcaron su estilo de vida, en el caso de Argentina y debido a la política de algunos gobernantes y personalidades de aquella época estuvo en constante contacto con países europeos, esto le permitió al inmigrante mantener parte de sus costumbres.

La edificación, los cafés y restaurantes recrearon parte de Francia, también su vida nocturna.

"Las calles de Buenos Aires nunca descansan, son transitadas día y noche". Esta gran ciudad y en particular el ciudadano porteño continúan manteniendo su estilo de vida.

Introducción

Buenos Aires
Año 1993

Esta historia comienza un día de sol muy agradable, en particular para quienes caminan por las calles con sueños y esperanzas, o en contra sentido, un sol que no consigue dar energía a sus espíritus porque una nube de desesperanza los cubre. Esa tendencia de melancolía y sensibilidad a veces los convierte en hojas que el viento mueve a su capricho.

Mariana. Época actual

Una molesta y persistente llovizna había permanecido estancada por varios días sobre la ciudad y finalmente le había cedido al sol la posibilidad de provocar una sonrisa en el preocupado rostro de la gente.

Mariana abrió el ventanal que daba al jardín, sintiendo una sensación de placer mientras contemplaba la soleada mañana. Los árboles habían comenzado a florecer y gracias a la generosa lluvia y al amparo de otros árboles que entre sí se protegían, estaban en plena evolución. También los canteros lucían cuidados con una gran cantidad de plantas y flores de armoniosos colores. La piscina estaba llena, preparada para ser disfrutada. Se sintió feliz, esa parte en particular le provocaba cierto orgullo, representaba un lugar especial debido a su gusto personal y a una promesa que hiciera tiempo atrás. Pensó en tomar el día libre "necesito salir a caminar por el parque así recargo mi energía, y pongo mis pensamientos en orden" -se dijo intentando convencerse a si misma, en realidad no acostumbraba dejar sus obligaciones en lo concerniente al negocio del que era propietaria, salvo por razones de importancia, en parte porque contaba con el apoyo de Sara, una empleada que la secundaba en forma incondicional.

Desde su divorcio y debido a sus secuelas de éste, estaba practicando una terapia relacionada con las ciencias naturales, las que consideraba de vital importancia para mantener una buena salud física y espiritual.

También administraba su vida sin permitirse llegar a ningún extremo que pudiera alterar su bienestar, por primera vez después de mucho tiempo necesitaba tomar una decisión relacionada con sus sentimientos; admitiendo que aunque se negaba a aceptarlo, la vida le estaba dando la posibilidad de volver a tener una pareja, o vivir un romance. Debido a ello estaba haciendo un análisis de su estado anímico y de acuerdo a una costumbre que había adoptado, escribía todo lo que la perturbaba y también sus expectativas, en un archivo de su computadora "No sé que espero, estoy sola y siento que estoy relegando todo aquello que deseaba en mi vida; he logrado muchas de mis metas, pero me falta la más importante, volver a ser la muchacha que soñaba con formar una familia y rodearse de niños. Hasta ahora me negué a mi misma la posibilidad de conocer alguien y encontrar una felicidad verdadera. ¡Es tiempo de ser feliz!" Había escrito pensando en Rodrigo, su amigo del Internet quien había despertado en ella sus más íntimas y dormidas sensaciones. En esos momentos el temor de compartir su vida con un hombre se estaba desvaneciendo.

Después de poner en orden algunos papeles se preparó para salir, acarició a su perra Sol, que moviendo con gracia la cola y emitiendo algunos sonidos quiso ser incluida en la salida.

-No seas exigente, tienes un hermoso jardín en la casa para correr y disfrutar, pero esta bien. ¡Vienes conmigo! -le dijo acariciándola en el lomo.

Mientras caminaba por el parque ensimismada en sus pensamientos, estaba experimentando una gran felicidad, ese estado la condujo a recordar el pequeño pueblo de provincia donde había nacido, tuvo la sensación de aspirar nuevamente el perfume de las hierbas silvestres que vestían los senderos entre los montes y pequeñas llanuras que el río *Calabalumba atravesaba en su recorrido; formado con el agua fresca y exquisita de vertientes que brotaban a gran altura del cerro *Uritorco, en lugares intrincados y de gran belleza. Cuando hacía el recorrido a caballo o caminando, en el silencio, lejos de todo bullicio, pájaros de diferentes colores la acompañaban con sus trinos, entonces había experimentado una sensación de plenitud sin límites. Recordó los atardeceres cuando el sol se escondía en el lado opuesto de las montañas, mientras vestía sus laderas en colores azulinos y lila y al anochecer, cuando la oscuridad era completa, el cielo se convertía en un espacio inmenso, tachonado de estrellas. Las experiencias de su niñez y adolescencia para ella eran indescriptibles, no había nada comparable a la belleza y tranquilidad del lugar.

Volviendo a la realidad sonrió, reconociendo que internamente estaba alborotada y elaborando sueños, en definitiva despertando a una realidad que tiempo atrás evitaba enfrentar. Ahora percibía que su vida aunque aparentemente normal, estaba incompleta.

Después concentró sus pensamientos en dicha decisión, la que podía significar un cambio radical en su vida.

No obstante dicho estado de felicidad, el destino comenzaba a poner obstáculos en su camino.

Calabalumba y Uritorco nombres de origen indígena

Rodrigo, época actual

Después de estacionar el carro donde acostumbraba Rodrigo salió a caminar con la intención de poner en orden sus pensamientos y tomar una importante decisión. Estaba experimentando un gran bienestar debido a la cálida temperatura ambiental, mientras observaba a quienes caminaban a su alrededor, presintió que muchos de ellos aparentaban disfrutar de la misma sensación. Por un momento su mirada se dirigió a la fachada de los edificios que estaban limpios debido a la continua llovizna, con un brillo especial que disfrazaba el cemento cansado y viejo, también entremezclados con el pasado se elevaban otros, de edificación más actual, formando la gran metrópolis que es la capital de Buenos Aires.

Para Rodrigo representaba un orgullo ser parte de su historia, conocía todas sus avenidas y calles aún las que se conservaban empedradas, también sin ser amante de las salidas nocturnas le agradaba sentarse frente a un café humeante, mientras escuchaba un tango o charlaba alargando a veces la noche, según su estado de ánimo.

 Después de unos minutos de evasión, sus problemas personales lo volvieron a la realidad, haciendo una profunda reflexión comenzó por admitir que no obstante los inconvenientes que estaba atravesando, la vida en sí era un caudal rico e importante y al igual que esa magnífica mañana, merecía ser disfrutada.

La incertidumbre que lo acosaba estaba perdiendo fuerza, entonces tuvo conciencia que debía levantar su espíritu que estaba ligeramente aletargado por un problema sentimental.

El malestar se lo estaba provocando Any, una mujer que había conocido a través del Internet, la comunicación diaria y el contenido de los mensajes que habían intercambiado por varios meses, lo motivaron a idealizarla y sin pensarlo, sus sentimientos de amistad se fueron transformado en amor, pero ella continuaba sin darle la oportunidad que se conocieran.

Su fuerza de carácter estaba trabajando, mientras tanto el destino le preparaba un entretenido, pero también complicado futuro.

~~~~~

Mariana (Any) y Rodrigo, época actual

Se conocieron cuando Mariana puso un aviso en el Internet para vender varios muebles que había recibido como parte de una herencia; éste fue muy conciso y acompañado por algunas fotografías. La dirección de Email figuraba con el sobrenombre de su tía Ana María "Any". Este detalle aunque ínfimo, con el tiempo iba a provocar algunas dificultades en el futuro de Mariana y quienes la rodeaban.

Rodrigo en esos días había decidido comprar un juego de dormitorio para su casa de campo.

Quería algo de estilo y buena calidad "Si no encuentro le pido a Esteban que me los fabrique" -se dijo mientras pensaba en su primo y gran amigo Esteban, que era un excelente ebanista.

Mientras descansaba en su apartamento esperando salir para una cita de negocios decidió entrar en el Internet con la intención de buscar anuncios sobre el tema que le interesaba, encontrando para su sorpresa el de Mariana. El juego de muebles lucía de acuerdo a sus expectativas "Justo lo que estaba buscando, ya mismo me comunico" -sorprendido por la casualidad se dispuso a escribir.

Estoy interesado en el juego de dormitorio que tiene en venta, me gustaría comprarlo. El espacio con el que cuento es bastante grande, de todos modos me gustaría saber las medidas en general.

Espero su respuesta.

Desde ya gracias por su amabilidad.

En esos días Mariana había recibido varias ofertas, entre éstas una por todos los muebles, cerrando el trato. Estaba por borrar el anuncio en el mismo momento que Rodrigo enviaba su mensaje, cuando lo leyó resolvió contestarle "Fue muy agradable y educado" -pensó.

Le comunico que el juego de dormitorio ya fue vendido, prácticamente me lo sacaron de las manos al igual que el resto de los muebles. De todos modos gracias por su interés.

Rodrigo le escribió nuevamente para hacerle una pregunta relacionada con el tema.

Any;

Le escribo nuevamente porque me gustaría saber si se dedica al negocio de muebles y si es posible conseguir otro juego dentro de esas características. Cuando comencé a buscar por Internet encontré su aviso con las fotografías, realmente me entusiasmé, eran exactamente como los que quería comprar; aunque no soy un entendido en el tema, creo que son de excelente calidad.

Mariana volvió a escribirle para explicarle con respecto a la procedencia de los muebles y por alguna misteriosa razón tuvo la sensación que Rodrigo debería haberlos comprado. También le agradó que la llamara Any, de acuerdo a su dirección de Email; consideró que era una excelente táctica para mantener su privacidad.

Respondiendo a su pregunta, no me dedico a ese negocio, éstos fueron parte de una herencia que recibí. Pienso que debería insistir por Internet. De todos modos voy a conservar su dirección de E mail, y si me entero de algo, le vuelvo a escribir.

Me hubiera gustado que los comprara alguien que realmente apreciara su calidad, eran muy especiales para mi. Por su interés en ellos pienso que usted habría sido la persona indicada.

Any

Por primera vez Mariana firmó con el nombre de la dirección de Internet. La respuesta de Rodrigo no se hizo esperar.

Le había agradado la actitud de la mujer y trató de lograr un acercamiento, había pensado "me gusta como se expresa, si no me equivoco es alguien muy especial"

Any;

Gracias por tu atención, me agradó mucho que me respondieras, como verás te estoy tratando con menos solemnidad.¿Te parece bien? Estaba realmente interesado en los muebles, siguiendo tu sugerencia voy a insistir por Internet y otros medios, pero si no consigo lo que busco tendré que elegir otro estilo y posiblemente otra calidad.

Te agradezco tu cortesía al responder mis preguntas, en la actualidad es una actitud poco común.

Me agradaría continuar con estos mensajes. ¿Es posible?

Rodrigo

A Mariana le agradó sobremanera la forma en que el hombre se expresaba, denotando una gran educación, lo que para ella era fundamental en cualquier tipo de relación. Todo se había confabulado para que en poco tiempo tuviera la posibilidad de manifestar y compartir sus vivencias con una persona y que no fueran sus propios pensamientos, una necesidad que estaba lejos de admitir. Había aceptado continuar la comunicación con Rodrigo porque el correo electrónico le permitía mantener su privacidad, y tener control sobre la situación "Si la comunicación continúa, seguiré llamándome Any, me encanta la idea"

Mariana, años atrás

Mariana nació y creció en Capilla Del Monte, un pequeño pueblo de provincia. Tuvo una niñez tranquila y feliz, disfrutando del amor de sus padres y familiares.

Siendo muy pequeña debido a problemas de salud que aquejaban a su madre, acostumbraba pasar las vacaciones escolares y los fines de semana en la finca de sus tíos, Santiago y Ana María, a pocas millas de su casa; la vivienda había sido construida en medio de una gran vegetación, ese ambiente fue despertando en Mariana su inclinación por la vida natural.

Cuando la pareja consideró que la pequeña estaba preparada para cabalgar le obsequiaron un caballo al que bautizó "Gaucho", que se convirtió en su amigo predilecto hasta que los acontecimientos la alejaron del lugar.

Los tres daban largos paseos por los alrededores; para Mariana aquella etapa de su vida fue inolvidable y aunque debido a sus escasos años no analizaba los motivos del inmenso afecto que la pareja le profesaba, se sentía feliz con el entorno.

Cuando comenzó la carrera universitaria continuó siempre en contacto con ellos. La vida transcurría serena para la pareja que había optado por pasar parte del año en la finca, pero en medio de esa gran felicidad Ana María tuvo una inesperada complicación renal; debido al retiro en que vivían no estaba recibiendo atención médica en forma regular y fue diagnosticada cuando ya no había posibilidades de ser tratada.

El desenlace fue rápido y fatal. Santiago no pudo reponerse de la terrible pérdida y sin poder evadir su auténtico dolor, decidió radicarse en Italia, su país de origen.

Al poco tiempo Mariana recibió una carta del abogado que atendía los asuntos legales del matrimonio, con la intención de comunicarle que sus tíos le dejaban como legado la librería y distribuidora ubicada en la Capital Federal. En una breve carta Santiago le había escrito con respecto al testamento. "Marianita, en este momento quisiera decirte en persona todo lo referente al tema legal, pero no puedo estar cerca de nada ni nadie que me recuerde a mi Any; con ella años atrás tomamos la decisión de hacerte nuestra heredera y dejarte la librería como legado. Conociendo tus planes de hacer un doctorado en Buenos Aires pensamos que podía ser una buena posibilidad para ti. Comprendo que es un cambio radical en tu vida, pero es tu futuro y el dinero que obtengas te resultará de gran ayuda. Confía en Sarita, mi empleada, es una persona de mucha confianza, hablé con ella y desea ayudarte, además tengo que pedirte un favor muy especial, no la despidas, por ella misma y por ti –Mariana de inmediato se comunicó telefónicamente con él

-Tío, ¡no te marches! Yo puedo ayudarte con la librería y ninguno de los dos estaría solo, además cuentas con mi madre, es tu única hermana, también podrías vivir cerca de ella.

-No digas más nada, ya me estoy marchando, adiós. -la saludó sin dejar que ella continuara con su pedido. Santiago y Ana María con el legado le estaban encausando su vida, con un futuro sin problemas económicos.

No obstante la dramática despedida de Santiago, Mariana se sintió conmovida por la generosidad del matrimonio, convencida que había sido "un regalo del cielo" y aunque bastante confusa por la decisión que la convertía en única heredera, comprendió que para sus tíos ella había ocupado el lugar del hijo que no pudieron tener.

Siguiendo con sus planes se radicó en la Capital Federal para comenzar los estudios, parte del tiempo lo dedicaba a la librería; a pesar de la falta de experiencia consiguió trasmitirle a la clientela su gran energía y llegó convertirla en un exitoso negocio. Con las primeras ganancias le hizo reformas al local, cambiando su aspecto antiguo en un ambiente iluminado y acogedor.

Cuando comenzó el doctorado conoció a Ariel, un joven atractivo y educado; estudiaba leyes y trabajaba en el buffet de un abogado. Los dos estaban solos y se acompañaban todo el tiempo, Mariana a pesar de estar ocupada con los estudios y la atención de la librería extrañaba a su familia, entonces se convirtieron en grandes e inseparables amigos; al cabo de unos meses Ariel le hizo un pedido formal.

-Mariana, ¿quieres ser mi esposa? Hemos convivido lo suficiente y creo que estamos preparados. ¿Me aceptas?

-También yo lo he pensado, te quiero y me siento feliz a tu lado. ¡Por supuesto que deseo casarme contigo!

-Solo quiero que hagamos un pacto -le dijo con absoluta seguridad.

-¿De que hablas?

-Tenemos que esperar un tiempo para tener hijos, considero conveniente que antes terminemos nuestras carreras. ¿Estás de acuerdo?

-De mi parte no hay problemas, podemos esperar, todavía somos jóvenes. La verdad es que no había pensado en esa posibilidad, ¡pero en el futuro deseo formar una familia! -aunque nunca mencionaron la palabra amor, se sintieron seguros del paso que iban a dar. Ariel siempre había sido muy agradable y cariñoso, aunque algo introvertido y a veces demandante, no obstante ella estaba segura que eran el uno para el otro, también convencida que con el tiempo, las diferencias se iban a limar. No tuvo dudas de la proposición, se trataba de un hombre muy organizado y estricto.

Para celebrar la boda viajaron a la villa donde naciera Mariana. La ceremonia se llevó a cabo en una capilla pequeña, llena de recuerdos para la familia y allegados, una especie de reliquia en donde siempre se celebraban los acontecimientos familiares; bodas, bautismos y también la despedida final de los seres queridos.

Mariana lucía en todo su esplendor con su vestido blanco y el ramo de flores silvestres que personalmente había recogido del campo y que fueron un complemento sencillo, acorde a su personalidad.

Con el entorno de la familia sintió que tocaba el cielo con las manos, no obstante la felicidad de llevar a cabo la unión, Ariel todo el tiempo estuvo mentalmente ausente.

Una actitud que Mariana atribuyó a que solo su madre asistiera a la boda y aunque se sintió confusa, aceptó que era parte del ajuste que debían hacer en su vida de casados; también tuvo la seguridad que ambos iban a trabajar para lograr que el matrimonio no fracasara.

La candidez de ella por un momento creó cierta preocupación en particular en su padre, que no obstante la emoción y alegría reinante, sintió la negatividad de Ariel.

Al poco tiempo Mariana quedó embarazada; desde un primer momento Ariel se opuso en forma terminante, sugiriéndole que lo interrumpiera.

-Tienes que ser sensata, todavía tenemos que terminar nuestras carreras y después hacer planes de tener hijos, recuerda acordamos en esperar un tiempo.

-Yo no decidí quedar embarazada, el bebé ya existe y es nuestro, me parece inhumano rechazarlo como si no fuera importante. ¡Estamos hablando de nuestro hijo! Además no tenemos problemas de dinero, de mi parte no hay nada que discutir. Cuando entraba en el segundo mes de embarazo tuvo un serio problema de retención y perdió el bebé. Pasado el tiempo de recuperación física, decidió tratar nuevamente, comprendiendo que a pesar de la negativa y los temores de su esposo, estaba preparada para ser madre, pero una vez más la oposición del hombre fue terminante. Se sintió desamparada e incomprendida, en medio de su angustia dejó lo estudios. Estaba convencida que con la librería y sus problemas personales su cuota de responsabilidad estaba cubierta.

La determinación de cada uno los llevaba a discutir continuamente, ninguno estaba en posición de razonar; ella atravesaba un período de gran depresión y él estaba aferrado a una decisión demasiado drástica. La fuerte tensión afectó a Mariana que en muchas ocasiones no pudo complacer las demandas íntimas de su esposo y la difícil situación se complicó aún más.

-Creo que deberías dedicarte más a nosotros como pareja y dejar de pensar solamente en ti, te lo repito ¡Estás equivocada! -le había gritado completamente fuera de sí.

Las continuas disputas terminaron por alejarlo del hogar, de inmediato encontró en una compañera de trabajo un escape a sus problemas, sorpresivamente le pidió a su esposa que se divorciaran.

No hubo despedida ni explicaciones de parte de Ariel, solo una breve nota "Lo nuestro no tiene salida, pronto tendrás noticias de un abogado" -mientras Mariana estaba en la librería, se había marchado llevando sus pertenencias, ella se sintió desolada y más que nunca necesitó estar junto a su familia, entonces dejó a Sara frente al negocio y viajó a su provincia natal.

Cuando se encontró con sus padres, éstos la abrazaron para trasmitirle su cariño, tratando de confortarla mientras le aseguraban "Este dolor no va a durar toda la vida, eres joven, solo necesitas algo de tiempo", entonces la joven lloró hasta que pudo explicarles en detalle lo acontecido.

Después de escuchar los pormenores de la situación y comprender el estado de angustia que estaba atravesando, le sugirieron que consultara a un médico.

-Si no estuvieras deprimida, tu madre y yo podríamos ayudarte, pero pienso que necesitas atención médica, por supuesto con nosotros cuidándote, te repondrás enseguida -le dijo su padre bastante preocupado.

El profesional que la atendió después de medicarla, le recomendó atención psicológica, considerando que los problemas de Mariana habían adquirido un cierto grado de riesgo para su salud en general y que debía ser tratado sin demoras.

En la primera visita se sintió confiada con la sicóloga, ésta aunque en su trato era muy profesional, interiormente sintió la devastación de la joven y quiso ayudarla.

En cada sesión Mariana fue sacando desde adentro toda la angustia acumulada, pronto comenzó a reconocer sus propios errores y también los de Ariel, en particular las causas que habían provocado las desavenencias perdiendo ambos la capacidad de razonar.

-¿Nunca percibiste algún proceder extraño en la conducta de tu esposo? Me refiero antes de la crisis.

-En realidad eran cosas sin importancia, el cambio se produjo con la noticia de mi embarazo.

-Los seres humanos nos manejamos de acuerdo a los hechos que vivimos en nuestros primeros años de vida, por lo general y si hubo problemas, éstos dejan secuelas que pueden interferir en nuestra conducta de adultos.

Es probable que su proceder estuviera relacionado con ese tipo de situaciones. ¿Alguna vez te mencionó como era la relación con sus padres?

-Estaban divorciados; la madre fue la única que asistió a la boda; nunca compartimos reuniones familiares, Ariel evitaba hablar de ellos, es más, las pocas veces que le hice preguntas se puso molesto.

-Es probable que sufría algún trauma que se puso de manifiesto durante la crisis, por supuesto no estaba preparado para comprender tus necesidades y cuidarte. Tampoco debes culparte, cuando una mujer sufre un aborto, provocado o no, por lo general padece de depresión y por consecuencia pierde la perspectiva de todo, que es lo que experimentaste, nada fue intencional y procedieron de acuerdo a su estado anímico, entonces el problema se salió de cause -le explicó alerta a las reacciones de Mariana.

-Creo que también fue la falta de amor, en realidad nos teníamos mucho cariño, pero no estábamos enamorados -dicha deducción puso de manifiesto la mejoría que ella estaba experimentando.

-Me siento más tranquila, pero todavía estoy enojada, quizás debería hablarlo con él.

-Por el momento no lo creo conveniente, además sin atención especializada él nunca podrá recapacitar.

Poco a poco Mariana comenzó a experimentar una gran tranquilidad, aceptando que ya no lloraba por Ariel y debido a las actitudes poco humanas del hombre, su cariño se había transformado en enojo. En la última sesión, mientras se despedían, Mariana expresó su tranquilidad.

-Quiero dedicarme a mi negocio y concluir algunos planes que quedaron en suspenso. Me siento segura y liviana como un pájaro, como si me hubiera sacado un enorme peso de encima.

Aceptó la pérdida del bebé con bastante estoicismo "La vida decidió que no era el momento, ni Ariel el hombre adecuado para ser su padre, si decido casarme otra vez, tendrá que ser con alguien que esté preparado para formar una familia y me voy a tomar el tiempo necesario para estar segura". Cuando se sintió preparada, decidió regresar a la Capital.

De inmediato se reintegró a sus actividades normales y se introdujo en el estudio de la metafísica y todo lo referente a las ciencias naturales. En el primer tiempo su bienestar dependía de un esfuerzo permanente, después su vida se encaminó y le abrió un panorama diferente.

En esa etapa de su vida Mariana se había sumergido en una especie de retiro y no se atrevía a poner en riesgo su tranquilidad. Desde la separación de Ariel actuaba como si sus emociones no existieran; llegó a creer que los problemas habían anulado su sensibilidad, ya que no experimentaba ningún deseo físico o espiritual de amar y ser amada. Aunque había logrado una gran estabilidad emocional, aún estaba vulnerable y sin reconocerlo el temor la mantenía inerte, incapacitada de abrirse a la vida.

Inconcientemente se negaba a ser parte de un mundo real con todos sus beneficios y también con las complicaciones normales.

Cuidando su alma herida y temerosa de todo lo que podía representar sufrimientos apenas se permitía mantener una pequeña hendija, en la cual las angustias y la necesidad de ser feliz luchaban entre sí para preponderar y salir a la superficie, sin encontrar el equilibrio necesario.

~~~~~

Mariana y Rodrigo, época actual

La amistad por Internet se había intensificado, estaba despertando en el hombre nuevas emociones, desde un principio se había sentido atraído por la personalidad de Mariana; le resultaba difícil separar a su amiga de la mujer que intuía en ella, representaba una especie de misterio que deseaba desentrañar.

Aunque basado solo en presunciones, la imaginaba cerca de la realidad. Ella pensaba con más objetividad y no especulaba con ninguna otra posibilidad, lo consideraba un hombre de gran inteligencia y confiable y que también le permitía expresar sus propias ideas y conocimientos; disfrutaba de la correspondencia, pero lejos de aceptar que alguna vez podían llegar a conocerse.

Las vivencias continuaban rodando y los sentimientos de Rodrigo estaban en proceso de evolución, pero no había señales tangibles de algún cambio en el comportamiento de Any.

Any;

Te comento que quiero dedicarme a escribir historias relacionadas con el tango y su influencia en quienes disfrutan de su música, te preguntarás porque este tema en particular, estoy convencido que muchos de nosotros seguimos siendo parte de la música y letra del tango, por supuesto su contenido siempre habla de infortunios y engaños provocados por la mujer, pero estoy seguro que se puede extraer otro tipo de historias, sin resentimientos y más positivas. También pienso que la mujer argentina tiene una gran personalidad y fue y es muy compañera de su hombre, pero estoy anticipándome demasiado por algo que es solo un proyecto

Cuéntame a que te dedicas, además te hago una pregunta indiscreta, en realidad me gustaría preguntarte la edad, entiendo que no es correcto, pero creo que eres bastante joven, así que lo dejo librado a tu criterio. Yo tengo 35 años, soy Administrador de empresas y en el futuro pretendo ser un escritor, me olvidaba mencionarlo, vivo casi en pleno centro de la capital ¿y tu?

Rodrigo

Rodrigo;

Me gusta tu proyecto de escribir, ¡debes concretarlo! Yo soy de las personas que consideran que no importa la profesión o trabajo a que nos dediquemos, lo importante es llevar a la práctica nuestra necesidad de expresión, ya sea a través de la música, pintando, escribiendo, en fin, según las inclinaciones de cada uno.

Me gusta como escribes estos mensajes y tus conceptos en general, creo que tu libro puede tener mucho éxito, espero ser una de las primeras en leerlo.

Yo también estoy escribiendo algunos pensamientos filosóficos y deseo que algún día se conviertan en un libro, si te interesa te envío uno y me das tu opinión.

Estudié Filosofía y Letras y hasta ahora he dado algunas clases esporádicas, además nunca terminé de completar mi carrera, tenía planeado hacer un master para dedicarme a la docencia universitaria, pero tuve demasiados problemas personales y decidí dejar mis estudios para dedicarme a otras cosas con las que me siento más reconfortada.

Soy una seguidora fanática de Deepak Chopra, el filósofo hindú, encuentro fascinantes sus conceptos con respecto al poder de nuestra mente y las posibilidades de lograr por nosotros mismos el bienestar y la felicidad; es decir conseguirlo a través de nuestra mente y sus propios impulsos. Así es como yo lo interpreto.

Respondiendo a tu pregunta; resido en el mismo planeta que tu, te diría que somos casi vecinos.

Con respecto a mi edad, no es un misterio, pero tienes razón, yo soy más joven que tú.

Any

En los mensajes Mariana había evitado mencionar su matrimonio con Ariel, considerando que se trataba de un episodio privado, tampoco con respecto a sus actividades cotidianas, en particular de la librería, suponía que si Rodrigo se enteraba de la existencia del negocio y en una calle conocida como Florida, iba a tratar de encontrarla.

Manejaba sus confidencias cuidadosamente y guiada por su latente instinto de protección.

Aún no se sentía preparada ni motivada para comenzar una nueva relación amorosa y aunque le resultaba extraño, continuaba como anestesiada con respecto a sus sensaciones, en un estado de completo ostracismo sentimental; Rodrigo le agradaba bastante, pero estaba aferrada a su concepto de mantener a toda costa su tranquilidad, la amistad por Internet le permitía disfrutar de la compañía epistolar, sin ningún tipo de compromiso.

Enseguida de su arribo a la capital, requirieron su presencia en la oficina del abogado que atendía el divorcio. Cuando estuvo frente a la secretaria a quién conocía por trámites anteriores, le preguntó preocupada si Ariel estaría presente; en ese momento comprendió que bajo ninguna circunstancia deseaba encontrarse con él, y que nunca iba a estar preparada.

-La cita es contigo sola.

-No quisiera volver a verlo. ¿Es posible? Aún estoy reponiéndome de mis nervios y no quisiera enfrentarlo.

-Le tienes que explicar al abogado el problema, creo que por el momento se puede evitar, pero tienes que saber la verdad, las veces que tu esposo vino a la oficina lo hizo acompañado por una mujer bastante mayor que él, en principio pensé que podía tratarse de un familiar, pero en realidad se comportaban como una pareja de novios.

Aunque la escuchó en silencio, tuvo la sensación de recibir un fuerte golpe en la boca del estómago, entonces tuvo la certeza que aún le quedaban problemas internos que resolver.

-¿Sabes de quien se trataba? -preguntó sin pensarlo.

-Realmente no -el malestar de Mariana fue evidente, entonces la mujer se disculpó bastante preocupada.

-Perdóname, pensé no decirte nada, pero considero que es mejor que lo sepas, las mentiras no sirven y yo prefiero que en un caso así me digan la verdad -continuó temerosa que Mariana le creara algún problema.

-No te preocupes, te agradezco que me lo hayas dicho, yo también pienso como tu, creo que es una especie de lealtad entre nosotras.

Cuando abandonó la oficina, lo hizo consciente que la sola mención de Ariel la desestabilizaba. Tenía muchas cosas en su vida que le estaban dando satisfacciones y no quería ponerlas en riesgo, también estaba temerosa de sus propias reacciones.

Evitaba sacar conclusiones poniendo en el olvido las dificultades pasadas, comprendía que por mucho tiempo iba a necesitar estar alerta para evitar retrocesos.

Su fracaso matrimonial, aunque soslayado, aún podía crearle dificultades. Algunos meses después cuando el divorcio quedó concluido, se tranquilizó cuando tuvo la seguridad que Ariel estaba completamente fuera de su vida.

~~~~~

Pasados varios meses y superadas las secuelas del divorcio y abocada a su trabajo, Mariana recibió un llamado telefónico de su tío Santiago desde Italia, en el le comunicaba que regresaba al país padeciendo problemas de salud y que había resuelto ingresar en un retiro privado.

Con la intención de no preocuparla evitó decirle que se trataba de un serio problema cardiovascular.

-Te dejo como legado la casa de la Capital y la finca, también algo de dinero que recibirás más adelante. Los trámites ya están hechos, ponte en comunicación con mi abogado. No quisiera que la casa continúe más tiempo desocupada; no hay ninguna razón para que no la disfrutes, además estoy seguro que a todo lo que fue de Ana María y mío le pondrás tu corazón. Todavía quedan algunos muebles, pero no te preocupes, conserva solo lo que quieras, al resto lo puedes vender y utilizar el dinero para hacer las reparaciones necesarias en la propiedad, de mi parte no hay nada que me interese. Quiero que sepas que fue una bendición tenerte en nuestra vida, eres una persona extraordinaria, de una calidez única, siempre nos hiciste muy felices. Ella comprendió la tristeza del hombre y necesitó hacerle un pedido que salió de su corazón.

-Tío, deseo ayudarte, ¿porqué no vienes a vivir conmigo? Nos acompañaríamos todo el tiempo, ¡por favor piénsalo! me harías muy feliz -a pesar de la insistencia y las buenas intenciones, Santiago no aceptó, haciéndole saber que tampoco deseaba ser visitado. Mariana aunque no se sintió conforme con dicha determinación, comenzó a disfrutar del legado.

Cuando entró por primera vez en la casa el olor a encierro demasiado denso la impresionó. En ese momento le hubiera gustado estar acompañada, pero continuaba sola y sin ningún familiar cercano, tampoco un amigo a quien recurrir.

Evitando pensamientos negativos, abrió las ventanas que daban a la parte posterior; el jardín era un laberinto, pero respiró el perfume de algunos jazmines que milagrosamente habían sobrevivido entre las hierbas que invadían los canteros, el agua de la piscina se había secado y se podían ver grietas en todo su interior. Recordó cuando sus tíos lo cuidaban, entonces se prometió así misma hacer lo necesario para que todo volviera a ser como años atrás.

La propiedad constaba de dos pisos y tenía varios cuartos muy espaciosos, uno de estos había sido utilizado como oficina y todavía conservaba el moblaje. Aunque consideró que eran de excelente calidad, lucían muy antiguos para su gusto, entonces resolvió ponerlos en venta.

De inmediato se entusiasmó y no pudo menos que imaginar sus propios muebles en la casa y el estilo en que iba a decorarla.

~~~~~

Rodrigo y su historia

Proveniente de una tradicional familia Argentina, descendientes de italianos y españoles.
Siendo su niñez y adolescencia normales y felices. La educación trasmitida por sus padres fue lo necesariamente estricta para hacer de él una persona de carácter.

De su madre recibió cariño y gran dedicación, ella le había inculcado conceptos de amor y respeto muy profundos hacia a la familia. Todo lo que asimiló con respecto a la educación recibida, le iba a permitir comportarse con entereza y debidamente ante las crisis, también que las personas tenían diferentes formas de pensar y actuar y que él no estaba exento de fracasos.

Alrededor de sus 23 años conoció a Marta, una hermosa jovencita de la que se enamoró profundamente. Después de casi un año de noviazgo comenzaron a planear casarse no bien él finalizara su carrera universitaria, ella parecía no tener ningún tipo de ambiciones planeaba terminar los estudios secundarios y después si por alguna razón no se casaban, seguir magisterio; para Rodrigo no representaba un problema, estaba seguro que con el tiempo ella iba a madurar. La consideraba muy inteligente y capaz, pero también demasiado caprichosa.

Las discusiones de Marta con sus padres eran diarias, en gran parte debidas a su propia rebeldía, la educación que había recibido estaba basada en conceptos muy estrictos y cuando comenzó la etapa de la adolescencia se sintió infeliz y sofocada, creando serios problemas en la convivencia familiar. Su primer impulso fue el de marcharse para hacer su vida aparte, pero al sentir una gran la inseguridad, recapacitó, entonces buscó la opinión de una amiga de más edad que ella.

-No puedo seguir viviendo con mis padres, me hacen la vida imposible. Te aseguro que me escaparía, pero no quiero perder a Rodrigo.

-¿Porque no te casas? Aunque no creo que sería la solución, eres muy joven y tienes que madurar.

-Es muy responsable, desea terminar sus estudios, por si me quedara embarazada lo haría –en ese momento se quedó callada, después con excitación casi gritó.

-¡Esa es la solución!

-¿Estás segura que es una buena idea?

-Pienso que si, además yo tomo las precauciones.

-Si crees que puedes lidiar con la situación, sigue adelante, pero tienes que pensarlo bien, criar un hijo puede ser más difícil que convivir con tus padres; además solo faltan unos meses para tu mayoría de edad, es decir casi los nueve meses de embarazo, yo en tu lugar esperaría.

-Es mucho tiempo, además estoy segura que si no sigo algún estudio cuando termine el bachillerato mis padres se van a oponer a que me case, sería otra razón para discutir. ¡Estoy decidida, quiero dejar mi casa lo más pronto posible! -no pensó lo suficiente y tomó la decisión.

Llegado el momento Marta se lo comunicó a Rodrigo él se sintió angustiado, siempre había creído que todo estaba bajo control.

Los padres de ella le exigieron que se casaran de inmediato, La noticia los tomó de sorpresa, y para evitar nuevas discusiones decidieron poner en marcha lo concerniente a la boda.

Para la familia de Rodrigo la noticia fue terrible, en esos momentos el joven estaba concluyendo su carrera y con el nuevo acontecimiento, todo se complicaba. Cuando sus padres le preguntaron porque no habían tomado los recaudos necesarios, Rodrigo lejos de conocer la verdad, les pidió perdón por su error y les aseguró que no obstante las complicaciones que podía acarrearle, estaba dispuesto a asumir la responsabilidad.

Durante los preparativos de la boda Marta se comportó como una persona enamorada. Rodrigo aunque temeroso por el paso que iban a dar, se prometió a sí mismo cuidarla y hacerla feliz.

Una vez casados la convivencia no les resultó fácil, sobre todo por la inmadurez de la joven, ella no estaba preparada para ser ama de casa; otra complicación fue la escasez de dinero. Su carácter se agrió creando serios problemas. Rodrigo mediante sus conceptos trató de salvar la relación sin obtener resultados, comprendiendo que la situación se le iba de las manos. El trabajo y los estudios lo mantenían fuera de la casa todo el día, lo que representó también motivo de discusiones.

Con el nacimiento de su hija Marcela, se sintió motivado para continuar con el esfuerzo de salvar el matrimonio, tratando de solucionar las diferencias; no obstante su empeño, Marta en muy poco tiempo le pidió que se separaran. Nada había resultado según ella lo planeara y con su vida complicada por sus propios errores, buscó la protección de unos familiares.

Rodrigo en un primer momento consideró la decisión como su propio fracaso, aunque después de analizarlo se tranquilizó aceptando que en más de una oportunidad había hecho el intento de salvar el matrimonio.

Antes de separarse definitivamente y en una discusión bastante violenta, Marta le gritó la verdad con respecto al provocado embarazo. Al sentirse avasallado en sus principios, la reacción de Rodrigo fue explosiva, ella se asustó, pero continuó con sus planes.

-¡Tranquilízate, voy a cuidar de mi hija! He decidido dejar Buenos Aires, mis tíos me propusieron que me mude con ellos al sur, quieren ayudarme con la crianza de la niña -continuó con mucha seguridad, intentando que Rodrigo no la interrumpiera, aunque fuera de sí, no pudo contenerse.

-¡Me tratas como a un enemigo! Tienes que reconocer que yo estaba ajeno a tus planes y traté de hacer las cosas bien. ¡Además estás hablando de nuestra hija; no quiero estar lejos de ella!

-Ya esta decidido, Marcela me necesita y la estoy cuidando lo mejor que puedo, por supuesto necesito tiempo, pero estoy aprendiendo y tu no podrías hacerte cargo, tienes que terminar la carrera y trabajar. Rodrigo comprendió que no podía luchar contra dicha decisión, la que no resultaba tan desatinada y aunque tampoco le daba otra opción, comprendió que su hija tenía la posibilidad de ser criada en un ambiente menos hostil.

En esos momentos había comenzado a dudar de sus sentimientos por su esposa, experimentando también un gran alivio cuando se encontró sin la presión cotidiana de discusiones y desamor.

Al cabo de algunos años Marta volvió a casarse, comunicándole que habían decidido radicarse en España. Rodrigo convencido que no tenía chance de luchar para retener a su hija, se conformó pensando que con los años Marcela iba a querer estar a su lado.

La experiencia le dejó marcadas algunas dudas con respecto a encarar una nueva relación hasta que años después, a través del Internet, Any se cruzó en su camino, en una situación que no ofrecía mayores garantías y un incierto destino al que se aferró guiado por un ideal de mujer, creado en parte por su necesidad de volver a creer en alguien.

~~~~~

La historia de Esteban y Rodrigo

Eran familiares cercanos, el parentesco les permitió tratarse a menudo y aunque tenían diferencia de edades, cuando Rodrigo fue lo suficientemente mayor, alrededor de sus 18 años, pudieron compartir salidas y largas conversaciones, entonces la amistad se fue intensificando, llegando compartir sus vivencias y ayudándose mutuamente.

Esteban parecía un personaje salido de la letra de un tango, romántico, amante de la noche y del baile, sano en sus costumbres, muy reservado y a pesar de su apariencia algo ruda, sus maneras denotaban una gran humanidad.

Debido al énfasis con que hablaba y disfrutaba del tango, fue despertando en Rodrigo un dormido, pero auténtico interés. Entonces la amistad tuvo un lazo aún más fuerte que fue el de compartir experiencias únicas "Bailar o escuchar un tango con el corazón es disfrutar y revivir el pasado" en su propio lenguaje y expresiones fue educando a Rodrigo con respecto a sus raíces y a respetar esa parte de la historia casi paralela a las luchas del pasado y que iban a influir en el carácter del hombre argentino.

-Somos parte de esa historia y no podemos ignorar que es nuestra cultura y debemos dejar preparado el terreno marcando surcos para que las siguientes generaciones conozcan su importancia y disfruten de una música que fue y es parte de nuestro país.

Los conceptos vertidos en esa ocasión pusieron de manifiesto su alma auténticamente porteña; de los dos fue el primero en casarse, lo hizo con Amanda, una mujer de sentimientos muy parecidos a él, se habían conocido en una milonga y como ambos bailaban y disfrutaban del tango, la comunicación a través de la música fue completa. Después se casaron Marta y Rodrigo llegando a compartir algunos momentos familiares hasta que los problemas que venían afectando el matrimonio se agudizaron y a pesar de la intervención y los buenos consejos de Esteban, concluyó en divorcio.

Los dos hombres continuaron su amistad compartiendo la felicidad y las preocupaciones normales.

Rodrigo estuvo siempre presente en calidad de tío, muy cariñoso y dedicado a los niños que llenaban el vacío en que lo había sumido la separación de su hija Marcela.

Después de varios años Amanda murió de una complicación pulmonar; cuando sucedió la tragedia Esteban decidió mudar el taller de ebanistería al fondo de su pequeña finca con la intención de estar cerca de sus hijos y dedicarse completamente a ellos; con la ayuda de su madre logró darles gran estabilidad emocional. El tiempo fue atenuado el dolor provocado por la pérdida y la vida familiar continuó sin grandes cambios.

Llegado el momento y con poca diferencia de tiempo los jóvenes fueron entrando en la universidad, entonces su madre se marchó para vivir con una hermana.

Esteban quedó completamente solo y continuó buscando refugio en el tango; su vida siempre había estado relacionada con ese entretenimiento que lo iba a mantener ocupado y joven de espíritu. A pesar que la soledad a veces le resultaba difícil de sobrellevar, no pensaba en volver a casarse; disfrutaba su trabajo que además de ser bien remunerado le permitía desplegar una gran creatividad. Estaba convencido y lo repetía a menudo "Es una hermosa y digna herencia de familia, me hubiera gustado que continuara por generaciones".

Solo el mayor de sus hijos aprendió, aunque como un pasatiempo.

Su padre también había sido carpintero ebanista, no obstante su verdadero talento fue por la música, en particular el tango y el bandoneón.

Mariana y Bety, época actual

Bety llegó a la librería con la intención de ser asesorada con respecto a unos libros, mientras Mariana le respondía conversaron de varios temas y se enteraron que eran casi vecinas. Ninguna de ellas estaba a la expectativa de encontrar una amiga; por diferentes razones estaban solas, Bety superando problemas de soledad y Mariana edificando su nueva vida. Al conocerse presintieron que era el comienzo de una sólida amistad, esta fue tomando fuerza y complementando la verdadera necesidad afectiva de ambas.

-La soledad se alimenta a sí misma con soledad, se trata de un círculo vicioso -le había comentado Mariana a su nueva amiga.

-Es posible, porque somos, como vulgarmente se dice, animales de costumbre. Yo ocupé mi tiempo estudiando y trabajando, por supuesto para no sentirme sola y todo lo que logré fue continuar sola. Ahora gracias a nuestra amistad estoy saliendo de mi retiro espiritual y afectivo.

-La amistad es un verdadero tesoro, hemos tenido la suerte de conocernos. Te cuento que a pesar de mis ocupaciones hubo momentos en que sentí la necesidad de estar acompañada, más que nada por una amiga. Con respecto a la parte sentimental, por un tiempo voy a mantenerme fuera de circulación.

-Creo que nunca debemos decir nunca, la vida siempre nos da sorpresas.

Mariana había resuelto no mencionarle a Bety su relación por Internet con Rodrigo.

La que consideraba una obra del destino y sin vestigios de otras posibilidades. Años atrás Bety junto con su hermana María habían dejado Salta, su provincia natal, para radicarse en la Capital Federal, tenían proyectado estudiar enfermería. Su madre había muerto y aunque algo desorientadas y soñando con mejores oportunidades decidieron hacer el cambio, el padre no quiso alejarse del lugar donde siempre había vivido. No obstante la difícil situación ellas continuaron con sus planes y con el tiempo obtuvieron sus títulos. María se casó y cuando nació su primer hijo abandonó el trabajo para ocuparse de la familia.

Pasados varios años la vida de Bety cambió radicalmente cuando su hermana falleció en un accidente, dejando dos niños pequeños.

Después del entierro el esposo abandonó la casa y desapareció sin dejar rastros, Bety se encontró en una verdadera encrucijada, no tenía ningún familiar cercano que la ayudara, salvo su padre que continuaba viviendo donde siempre y que en esos momentos estaba delicado de salud; entonces se sintió con la responsabilidad de hacerse cargo de sus sobrinos. Agravando aún más la situación su prometido se opuso a dicha decisión y después de fuertes discusiones, se separaron.

Le llevó bastante tiempo recuperarse de las pérdidas sufridas, estaba muy unida a su hermana y profundamente enamorada de su novio. La tragedia cambió completamente su estilo de vida. Con el tiempo adoptó a los niños y los crió con verdaderos valores y firmeza, ellos le dieron un sentido muy completo a su vida.

Curadas sus heridas tuvo algunas relaciones amorosas que debido a la difícil situación no prosperaron, nadie parecía aceptar la tenencia de los niños, entonces se dedicó a estudiar para obtener una especialidad en su profesión.

Pasados varios años los jóvenes se marcharon para seguir sus respectivas carreras universitarias, entonces las visitas a la casa materna comenzaron a ser esporádicas.

Bety sintió la soledad, nunca había pensado que la separación en algún momento iba a producirse; la realidad la lastimó y tuvo que aceptar que nunca había puesto el énfasis necesario para rehacer vida sentimental. Sintió temor, presintiendo que ya era tarde para cambiar esa faceta de su vida.

No obstante las conclusiones negativas con respecto a la posibilidad de casarse, conoció a Rogelio, un hombre varios años mayor que ella; en principio parecieron congeniar y decidieron vivir juntos. Cuando la relación fue más profunda Bety encontró demasiadas diferencias en educación y costumbres y también comprendió que no podía amarlo, entonces decidió romper la relación, abocándose por completo a su trabajo. Desde ese entonces estaba sujeta a la rutina diaria, hasta que la amistad con Mariana le dio otro sentido a su vida.

~~~~~

Daniela, época actual

Esa mañana completamente ajena a todo aquello que no fueran sus problemas sentimentales, miró por la ventana y aunque el día lucía espléndido, le pareció triste, estaba deprimida y sin deseos de salir. Tomó una ducha con desgano y comenzó a vestirse totalmente ajena a lo que estaba haciendo, con sus pensamientos puestos en Sergio y una conflictiva relación que mantenía engañándose así misma, creando expectativas que alimentaba más allá de toda lógica.

Después de algunos meses y debido a la rutina y a muchas promesas de parte del hombre que nunca llegaban a concretarse, la relación, en particular para Daniela, había dejado de tener el encanto del primer tiempo. Se sentía desdichada y como consecuencia de su estado anímico en los últimos meses había relegado proyectos importantes; su desarrollo intelectual estaba estancado, había perdido toda ambición de construir un futuro, sus esfuerzos parecían concentrados solamente en resolver su vida amorosa.

Daniela es una mujer de gran belleza, de estatura alta, cabello claro, ojos celestes que denotan una gran tristeza; no obstante estar casi en sus 30 años tiene la apariencia y fragilidad de una adolescente; también es una genuina pintora y estudiante de Artes Plásticas.

Debido a su gran personalidad y belleza tuvo a sus pies varios hombres que no lograron despertar en ella el verdadero amor, hasta que la vida y sus jugarretas la llevaron a idealizar a Sergio.

Quien en la actualidad estaba transformando su vida en un verdadero infierno.

La continua lucha con su pareja no le permitía reconocer la transparencia que debía primar en una auténtica relación amorosa.

Años atrás sus padres, Martín y Gabriela Marino debido a las condiciones políticas del país decidieron radicarse en los Estados Unidos, Daniela en ese entonces tenía casi 10 años de edad. Dejar el entorno familiar le resultó bastante traumático y aunque se vio en la necesidad de aprender un nuevo idioma y costumbres diferentes, con la constante ayuda de sus padres pudo adaptarse a las contrariedades, hasta alcanzar una vida prácticamente normal. Después de algunos años, y solucionados los problemas que los habían obligado a un cambio tan radical, regresaron al país. Daniela se sintió feliz de reunirse con el resto de la familia y nuevamente debió adaptarse a las diferentes costumbres entre ambos países. Estas experiencias a pesar de sus inconvenientes, le proporcionaron una personalidad atractiva, pero también ciertas falencias que la iba a convertir en una persona insegura y dependiente de sus emociones.

Al cabo de unos años Martín logró levantar con éxito su empresa y como parte del desarrollo programó un viaje a Canadá con la intención de expandir sus productos. Entonces les propuso a Gabriela y su hija que lo acompañaran.

-Es un viaje de negocios y en parte de placer -les dijo convencido que iban a disfrutar de unas vacaciones muy especiales, también ajeno a los inconvenientes que tendrían que afrontar.

Después de varios días recorriendo la ciudad, mientras hacían la sobremesa en un restaurante Daniela observaba las pinturas que decoraban el lugar, en ese momento su mirada se cruzó con la de un hombre muy atractivo de unos 40 años, que parecía subyugado con ella, ambos se sonrieron.

Al día siguiente la casualidad quiso que volvieran a encontrarse en el área de la piscina del hotel, la joven estaba sola, bebiendo un refresco, el se acercó dispuesto a no perder la inesperada oportunidad. Estaba vestido con ropa casual, pantalón blanco y una camisa de seda azul, luciendo muy elegante y atractivo en su atuendo.

-¿Me permites? -le preguntó señalando una silla bajo la sombrilla de colores cálidos que enmarcaban la belleza de la joven.

-Sí...-respondió ella recordando lo atraída que se había sentido la noche anterior.

-Mi nombre es Robert Santé, nos vimos anoche en el restaurante, ¿lo recuerdas?

-Si por supuesto, es una verdadera casualidad, mi nombre es Daniela Marino. ¿Eres canadiense? Lo pregunto por tu acento.

-Si, pero resido en Europa -le respondió en un inglés perfecto. Ella se sintió impresionada por la apostura y distinción del hombre.

-Hace muchos años estudié francés y aún puedo hablarlo y entenderlo.

-Lo cierto es que no puedo distinguir tu procedencia, además tienes un acento muy agradable, le dijo empleando un tono de voz que la cautivó.

-Nací y vivo en Argentina; soy nieta de italianos y franceses

Cuando era muy pequeña con mis padres nos radicamos por varios años en Estados Unidos y en parte perdí mi acento original.

-Eso explica tu excelente inglés, además de una vida bastante intensa para una persona tan joven. ¿Te gusta Canadá?

-Me encanta, aunque recién lo estoy conociendo ¿y tu, estas de vacaciones?

-Estoy atendiendo algunos negocios, también deseo pasar unos días con mi madre; ella está en nuestra finca. Lo cierto es que viajo continuamente por negocios y ya estoy próximo a partir -en ese momento se acercaban Gabriela y Martín, Daniela los presentó. Todos simpatizaron de inmediato y conversaron de varios e interesantes temas. Más tarde Robert los invitó a cenar y al teatro, después de la función y mientras tomaban una taza de café en el bar del hotel, les hizo una inusitada invitación.

-Si disponen de tiempo me agradaría que pasaran algunos días en la casa de mi familia, está situada en medio de montañas y lagos y les aseguro que ese es el verdadero Canadá -dijo con cierto grado de orgullo refiriéndose a las indiscutibles bellezas de su país. El mismo se ofreció a llevarlos en su avión privado.

-En esta época del año el clima es muy agradable -insistió para convencerlos.

-Es posible, por supuesto si mi esposa y Daniela están de acuerdo. ¿Está seguro que no le causaremos ningún inconveniente? -respondió Martín con entusiasmo, buscando una respuesta afirmativa en la mirada de las mujeres, que indudablemente estaban aceptando.

-Todo lo contrario. Antes de viajar a Francia deseo pasar unos días con mi madre, su nombre es Michele y les aseguro que es una mujer encantadora -añadió con énfasis, el entusiasmo por Daniela lo había llevado a evitar poner distancia con la joven para tener la oportunidad de conquistarla.

El tramo final del viaje lo hicieron en automóvil, entonces comprendieron lo que Robert les había explicado con respecto a la belleza del lugar, éste resultó pequeño comparado con el imponente paisaje de lagos y bosques. Mientras se acercaban a la casa el espectáculo resultaba cada vez más impresionante.

Michele los recibió complacida y aunque sospechando la intención de su hijo, los hizo sentir confortables.

Daniela con su comportamiento y gran atractivo atrajo aún más al hombre que en pocos días se sintió enamorado y se lo confesó después de besarla sorpresivamente.

-Me he enamorado de ti y temo que si nos separamos no vuelva a verte, estoy convencido de lo que siento, eres una persona maravillosa, quiero vivir contigo el resto de mi vida, por supuesto deseo casarme contigo. ¿Me aceptas? Temeroso de perderla le entregó un broche de diamantes para formalizar el compromiso, ella se sintió complacida con la situación. En su mente estaba viviendo un sueño increíble, casi un cuento de hadas.

-No se que decir... puede ser, aunque es demasiado pronto, pero sí, podemos hacer planes -respondió nerviosa y excitada por la inusitada propuesta, su personalidad soñadora la condujo aceptar el compromiso sin evaluar los posibles inconvenientes.

Michele actuaba sin emitir opiniones, dentro de sus conceptos consideraba que se trataba de la decisión de personas adultas; siempre se había mantenido al margen, evitando verse envuelta en las constantes equivocaciones sentimentales de su hijo.

Cuando Gabriela y Martín escucharon los planes de la pareja, se opusieron con determinación, después decidieron dar su consentimiento con la condición que la boda se llevara a cabo en Argentina y contar con el tiempo necesario para completar los preparativos de acuerdo a la tradición familiar; utilizaron la excusa preocupados por la fuerte decisión de Daniela, esperando que ésta terminara por recapacitar.

En la privacidad del cuarto Martín dio rienda suelta a su enojo.

-Es una actitud inmadura para una persona de casi 24 años, no esta pensando en lo que hace, apenas lo conoce y ya está haciendo planes de casarse. Me siento molesto conmigo mismo porque no me detuve a pensar en las verdaderas intenciones de Robert cuando nos invitó a este viaje.

-No te culpes, tampoco tienes la bola de cristal para saber lo que iba a suceder, ¡no podemos hacer nada! Además estoy segura que Daniela en algún momento va a recapacitar, ahora está excitada y todas son rosas para ella. Recuerda que por el momento solo se han comprometido, para la boda falta bastante tiempo, es más, nosotros podemos manejar la fecha. ¡Además te refieres a tu hija como si fuera una adolescente, tienes que asumir que es mayor de edad y que puede tomar sus propias decisiones!

-Tienes razón, pero me cuesta pensar en ella como si fuera un adulto, ya ves, continua comportándose como una niña... ya lo sé, es mi culpa por haberla consentido demasiado, además entiendo que no debería poner en duda lo que ellos piensan y sienten.

El tiempo lo dirá, pero quisiera ponerle fin a esta situación.

-De una cosa debemos estar seguros, con nuestra oposición no vamos a conseguir que Daniela cambie de planes, es mejor dejar pasar el tiempo y ver como va reaccionando -Martín se sintió reconfortado con los conceptos de su esposa; la besó y abrazó con enorme cariño.

Gabriela a pesar de su aparente indiferencia hacia los problemas, era muy sensible, siempre trataba de proteger la felicidad de su esposo; para ella Martín era lo más importante de su vida.

El viaje de regreso les resultó tenso y tedioso, todos evitaron hablar por temor a emitir algún comentario innecesario.

Ya envuelto en sus negocios Robert comenzó a viajar a menudo a Argentina, tratando de no perder contacto con Daniela y apresurar la fecha de la boda. Pasaban el tiempo saliendo a restaurantes, al teatro, disfrutando como pareja todos los momentos posibles. Continuaba conquistándola, tratando de llenar el vacío en que obligadamente la dejaba debido a sus continuos viajes de negocios, también le agradaba sorprenderla con regalos importantes, entre ellos el apartamento que en la actualidad ocupaba Daniela y que durante sus cortas estadías en el país les permitía tener la privacidad necesaria.

Ella sin estar enamorada, se sentía excitada y feliz con la relación. Gabriela y Martín manejaban la fecha de la boda con cierta lentitud, mientras Daniela se había convertido en el centro de atención familiar.

En medio de toda esa vorágine decidió postergar los últimos exámenes de su carrera universitaria, había perdido todo interés en continuarla.

También parecía ignorar las responsabilidades que tendría que asumir cuando ya estuviera casada.

En uno de sus viajes Robert le planteó seriamente que terminada la luna de miel tenían que radicarse de inmediato en Francia.

-Mis negocios necesitan mi atención, de todos modos siempre visitar a tus padres, además vamos a tener una vida social bastante intensa y entretenida.

Daniela sintió un escalofrío corriéndole por el cuerpo, le asustó la idea de poner distancia con la familia y nada de lo que dijo el hombre le pareció tentador, entonces comprendió que no quería alejarse de sus padres ni del país. Su indecisión fue evidente y Robert sintió temor de perderla, dicha reacción lo impacientó e hizo el intento de tranquilizarse, temiendo un rompimiento debido a la inseguridad que había experimentado. Daniela pensó en la conveniencia de postergar la boda, pero evitó mencionarlo a sus padres hasta sentirse segura de su decisión. La fatalidad iba a encaminar los acontecimientos en forma diferente; en un viaje de negocios que Robert hacía rumbo a Suiza, el avión cayó en medio de las montañas sin que hubiera sobrevivientes. Cuando Daniela recibió la noticia quedó petrificada, como si de pronto estuviera al borde de un abismo, la sorpresiva muerte quebró su entereza.

Con su padre viajaron a Francia para el sepelio; durante la ceremonia lucía pálida y frágil, interiormente estaba ajena a todo, ansiaba salir corriendo y regresar a su vida cotidiana.

Michele destruida emocionalmente se mantuvo cerca de ellos, aunque ambas partes tuvieron la certeza que la relación había concluido.

Antes de partir Daniela trató de entregarle a Michele el broche y el anillo de compromiso y hablar de los regalos que había recibido de su hijo. La mujer casi en un murmullo, le dijo.

-Todo te pertenece, estoy segura que ese habría sido su deseo.

Ya de regreso al país Daniela continuaba sintiéndose culpable por sus anteriores dudas con respecto a la boda, como una especie de traición, agravado aún más por la actitud generosa y desinteresada de Michele.

En un principio realizaba las actividades cotidiana, compenetrada en sus tribulaciones perdiendo el sentido de la realidad. Mientras manejaba en pleno centro de la Capital cruzó una luz en rojo y tuvo un fuerte accidente en el cuál estuvo al borde de perder la vida.

Durante la convalecencia continuó sin poder recobrar la tranquilidad, entonces necesitó confiarle a su padre sus angustias. Martín convencido que Daniela estaba sufriendo por la pérdida de su prometido, quedó sorprendido por la revelación y se aprestó una vez más a brindarle apoyo.

-Nunca debí crearles tantos problemas, tampoco a Robert, él no merecía mis indecisiones.

-Con tu madre hablábamos mucho con respecto a la boda, ella me tranquilizaba, pero al igual que yo, estaba preocupada.

-Pobre mami, me siento culpable, siempre a tratado que yo sea más independiente, por supuesto por mi bien, quizás por eso cuando tengo algún problema recurro a ti, ¡tu siempre me proteges!

-No tienes que culparte de nada, y de tu relación con Robert, trata de recordar lo bueno y también que el destino fue quién decidió que no se concretara - Martín buscaba palabras con la intención tratando de darle a su hija tranquilidad. Se mantuvo constantemente a su lado, hasta que pasado un tiempo Daniela comenzó a recuperarse. Meses más tarde decidió dejar la casa de sus padres y mudarse a su apartamento.

~~~~~

Mariana y Rodrigo, Época actual

Los mensajes entre Mariana y Rodrigo continuaban a diario, en cada uno de ellos se destacaba un contenido inteligente y a la vez de gran humanidad y humor, manejaban la relación con cierta solemnidad y con un grado de franqueza que los había convertido en contendientes, pero de causas y conceptos similares, siempre tratando realidades de la vida y los caminos alternativos para ellos mismos mejorar como seres humanos.

Any;

Me encantaría leer lo que escribes, también me gustan tus conceptos acerca de la vida, son muy especiales, realmente eres muy carismática. Envíame el material cuando quieras, lo mío aún está en mi cabeza, pero un día de estos te doy una sorpresa.

Te confieso que mi plan es escribir con consistencia, por ahora estoy un poco en la vorágine del trabajo que me absorbe bastante tiempo y en medio de todo practico tenis y también un pasatiempo que me llena la vida y quizás alguna vez podamos compartir, más adelante te cuento.

Con respecto a mi proyecto, estoy seguro que para escribir una novela lo más importante es la experiencia, me refiero a madurar para que la historia tenga fuerza, además considero que para darle a cada personaje femenino su carácter y reacciones tengo que entender y saber como piensa y siente una mujer, comprendo que es una tarea algo difícil, pero también necesaria.

Lo de tu edad no tiene importancia y te pido disculpas, no fui muy galante al preguntar, pero tu respuesta fue muy inteligente y me pareció interesante que vivamos en el mismo planeta, que entiendo se trata de la Capital Federal.

Cuéntame algo más personal. ¿Te casaste alguna vez? ¿Tienes niños? Yo me divorcié hace muchos años, tengo una hija casi adolescente, su madre volvió a casarse y viven en España. Veo a mi niña cuando puedo viaja, por lo general una vez al año y a veces acompañado por mi madre.

Rodrigo

Mariana como siempre buscaba con ansiedad la respuesta de su amigo. Cuando se sentaba frente a la computadora a leer los mensajes disfrutaba plenamente del momento.

Admitiendo que éstos ocupaban una parte muy importante en su vida.

Rodrigo por su forma natural de expresarse la hacía sentir segura y aunque ella no lo había advertido estaba logrando una gran estabilidad emocional.

Continuaba sin abrirse con completa franqueza a la relación, siempre protegiendo su privacidad la que temía fuera alterada por la posible determinación de Rodrigo de conocerla en persona, un deseo que aunque soslayado, ya estaba poniendo en descubierto. Le contestó de inmediato, decidida a no entrar en su juego.

Rodrigo;

Me gusta como piensas, y tienes razón cuando hablas de sabiduría, yo empecé a escribir basándome en mis propias experiencias y que fueron bastante dolorosas, pero que gracias a Dios superé cuando pude modificar mis sentimientos demasiado vulnerables, pero de algo estoy segura, años atrás opinaba y sentía en forma diferente y hoy, aunque me considero joven para hablar de "gran madurez", pienso de otra forma, puedo decir que encontré en algunas terapias y filosofías fórmulas que me permiten ser feliz por el hecho de tener lo que tengo y la posibilidad de elegir lo que quiero en mi vida. Te envío uno de mis pensamientos "Es importante aprender a vivir en soledad para poder apreciar y disfrutar de todo lo que podemos hacer por nosotros mismos.

Muchas veces tras una frustración amorosa o por algún acontecimiento que nos a provocado heridas muy profundas, nos encontramos como flotando en la nada.

Entonces, al perder contacto con la realidad nos cerramos a toda posibilidad de recuperación debido a que nuestro entorno a perdido su verdadero valor, pero nuestra fuerza interior puede ser el salvavidas que nos permita encontrar otros motivos que nos ayuden a sobrevivir, esa fuerza está en nosotros mismos, en el inexplicable y grandioso poder de nuestro espíritu".

Entiendo que nada es fácil y muchas veces necesitamos ayuda especializada que nos ayude a encontrar el punto por donde comenzar a trabajar nuestro problema, pero insisto, el potencial está en nosotros mismos. Me gustaría escuchar algún concepto o crítica de tu parte, también es posible que yo esté equivocada.

Con respecto a tu pregunta, estuve casada por poco tiempo y aunque no creo en las separaciones no pude evitarlo, no tuve hijos porque no pudo ser, pero estoy segura que con el tiempo voy a tener al menos tres.

Por lo que me cuentas tú has sido papá demasiado joven. ¿Verdad? Me olvidaba hacerte otra pregunta. ¿Realmente piensas que es muy difícil entender a una mujer?

Any

~~~~~

La historia de Daniela y Sergio, Meses atrás

Daniela y Sergio se conocieron en la boda de unos amigos de la familia, Silvia, hermana de Martín los presentó. La atracción fue casi inmediata, estuvieron juntos toda la noche sin prestar atención al resto de los invitados.

El hombre comenzó mencionando pormenores de su vida y ella quedó impresionada con su personalidad.

-Hace muy poco que estoy viviendo en Buenos Aires, vine con planes de trabajar en una empresa, pero como las condiciones de trabajo están difíciles, no lo conseguí.

-En este momento tengo un negocio recién iniciado que está progresando con lentitud, pero no me puedo quejar –Sergio hizo varios comentarios incluyendo algunas mentiras, entre ellas su arma preferida.

-Estoy separado de mi esposa y en trámite de divorcio.

Durante la conversación mencionó con bastante orgullo a sus dos hijos -¡son mi vida! -en lo que fue sincero.

-No solo me agrada la música clásica, también soy profesor de violín, que es mi pasión -continuó vendiéndole a Daniela una imagen casi perfecta de sí mismo, y como ocurría cuando estaba frente a una mujer que lo atraía comenzaba con su juego de seducción, también consideró que ella era un terreno fácil y maleable.

Por su parte Daniela intuyó que el hombre reunía todas las cualidades que deseaba de su pareja, inteligencia, amante de la naturaleza, la música. Percibiendo además gran humanidad y sencillez en su comportamiento.

Cuando se despedían, intercambiaron números de teléfono.

-Te doy el de mi celular porque es seguro que me encuentras, puedes llamarme cuando quieras, si no contesto, me dejas un mensaje.

Espero tener la dicha de verte pronto -le dijo mientras le acariciaba la mano con un toque ligero y cálido; convencido que había logrado sus propósitos, antes de retirarse intencionalmente la beso en la mejilla, haciéndole sentir su respiración.

Daniela sintió el contacto en su piel como un bálsamo y se sintió feliz, desde la muerte de su prometido su vida sentimental había perdido toda importancia, con la aparición de Sergio volvió a creer en el amor.

Cuando aceptó la primera cita no pensó que podía haber complicaciones, Sergio le había asegurado que su matrimonio estaba en proceso de divorcio; también evaluó su edad "Debe tener 50 años" - no le importó la diferencia "Me agrada su carácter joven, también es un hombre muy atractivo, física y mentalmente".

Durante los primeros días de la relación se sintió atraída por el increíble entendimiento entre ambos, en particular por un mundo de fantasías que él le ofrecía como parte de su estrategia.

Sergio con su conducta parecía cumplimentar un requisito necesario para las necesidades de Daniela; se trataba de un hombre maduro lo que para ella representaba protección.

Con el pasar del tiempo también él se enamoró, aunque sus pocos principios morales no le permitieron como siempre le ocurría, medir las consecuencias que podían acarrear sus mentiras.

Actuaba acorde a sus instintos, inspirado aún más por la intensa entrega de Daniela, ella con su comportamiento lo incitaba a continuar con el excitante romance.

-Cuando se terminen los trámites de divorcio nos casamos de inmediato, quiero vivir el resto de mi vida a tu lado -le repetía constantemente.

La relación se fue desarrollando en cortos paseos y en el apartamento de Daniela, Sergio con su locuacidad había logrado que el mundo real perdiera importancia, ejercía un increíble control emocional sobre ella.

Los meses fueron pasando sin que hubiera cambios con respecto a Sergio y su matrimonio, Daniela comenzó a experimentar dudas, él no mencionaba el divorcio ni tampoco en que situación estaba el trámite. Cuando le preguntó porque continuaban manteniendo oculta la relación, la respuesta fue otra mentira.

-Estamos terminando el divorcio y no quiero tener problemas, si algo sale mal me va a castigar no dejándome ver a mis hijos -le había explicado simulando angustia y con los ojos llenos de lágrimas.

-Entiendo tus temores, pero creo es tiempo que resuelvas esta situación. ¿O quieres continuar casado?

-¿Estás poniendo en duda mi amor? ¿Crees que yo merezco este trato? ¡Porque si es así, prefiero que nos dejemos! -le gritó con rudeza.

Daniela recibió el impacto de las palabras y le aterrorizó la idea de perderlo; sin poder evitarlo comenzó a llorar, poniendo en evidencia sus temores e inseguridad.

Sergio para evitar que ella continuara sacando conclusiones, la abrazó seguro de convencerla con sus caricias.

-Ya falta poco mi amor, perdona mi comportamiento, pero temo perderte.

Recuerda, lo único que necesito es tiempo y tu comprensión -entre llantos y gemidos ella también le pidió perdón.

-Entiendo que soy egoísta, pero no puedo seguir sola. ¡Te necesito todos los días de mi vida!

-Yo también, pero si no confías en mi, lo mejor sería que... -Daniela lo hizo callar con un beso casi desesperado.

-No digas nada más, voy a tener paciencia, te amo y no quiero perderte.

Sergio comenzó a acariciarla, muy despacio, mientras ella se estremecía en un completo estado de éxtasis, entonces todos sus sentidos quedaron atrapados con el contacto físico del hombre.

Cuando Sergio se marchó Daniela fue saliendo del estado de inconsciencia en que quedaba cuando hacían el amor, comenzó a analizar la relación, tratando de no dudar de la sinceridad del hombre, pero convencida que cada vez le resultaba más difícil reconocer la verdad entre tantas excusas.

~~~~~

Mariana Y Rodrigo,
Época actual

Rodrigo con su natural franqueza, se estaba entregando a la amistad de Mariana con plena confianza, haciéndola partícipe de sus sueños y prácticamente de su vida en general. Desde un comienzo se sintió confortable con ella, admiraba sus conceptos de vida.

También percibía que en la aparente fuerza y seguridad que demostraba, escondía una gran sensibilidad, la que trataba de ocultar para que él no pudiera ahondar en sus secretos, presentía que la relación estaba llegando a un punto crucial en el que eventualmente, ambos iban a desear conocerse.

Any;

Yo soy más pragmático que tu, pero me agrada como piensas y quiero seguir leyendo tus escritos, es parte del aprendizaje diario, no me gusta estar cerrado a nada. Te confieso que el tema es algo extraño para mí, probable mente porque nadie se expresó conmigo de la forma que tú lo haces. Me agrada lo que dices con respecto a aprender a vivir solos, sin dependencias y confiando en nuestra propia capacidad de sobrevivencia.

Con respecto a tu última pregunta, creo que la parte difícil de conocer realmente a una mujer se debe a que ustedes en general son una especie de misterio. El alma femenina es más profunda que la del hombre, por lo tanto las reacciones son diferentes. Estoy convencido y como decía esa frase bastante conocida, aunque no la recuerdo exactamente "Detrás de todo gran hombre siempre hay una gran mujer", y que yo interpreto, que solo una mujer puede crear el medio ambiente para que un hombre se empeñe y trascienda. Entiendo que la frase habla del amor de una mujer por su hombre, pero no puedo menos que aceptar que también comienza por nuestra propia madre, en mi caso mediante su esfuerzo y su amor incondicional, me hizo comprender la necesidad de perseverar y lograr mis objetivos, no importa si fue a través de palabras, ejemplos o algunos castigos cuando fueron necesarios, pero solo su fuerza de voluntad y sus convicciones lo pudieron lograr, por supuesto me refiero a que no me estancara en la vida.

Ella en realidad fue la única mujer que me ayudó, también lo hizo cuando me divorcié, y a pesar de su propio dolor al haber sido separada de su nieta, siempre tuvo palabras para confortarme. Me gustaría saber si estás de acuerdo con mis conceptos.

Cambiando de tema, te cuento que mientras escribo este mensaje estoy escuchando un tango, para ser exacto "Que falta que me haces" cantado por Julio Sosa.

¿Lo conoces? ¿Recuerdas que te mencioné un hobby? Se trata del tango; gracias a un amigo tuve contacto con su música, el ritmo me atrapó y nunca pude dejarlo. Cuéntame a que te dedicas en tus momentos libres.

Respondiendo a tu pregunta, me casé cuando tenía 23 años, pero es una historia para ser contada en persona.

¿Qué piensas de este tipo de relación que ha surgido entre nosotros?

Con el tiempo me agradaría que me contaras otras cosas de tu vida, como eres físicamente y por supuesto todo lo desees, me agrada nuestra conversiones.

Rodrigo

Con esa última frase Rodrigo había expresado sus inquietudes acerca de la relación, continuaba pensando en ella como mujer y concentrado en sus nuevos sentimientos.

Mariana disfrutaba de la amistad, respetaba y admiraba esa especie de contienda de inteligencia y conocimientos que mantenían. En los temas tratados cada uno ponía en realce su propia personalidad, aceptando sus diferentes puntos de vista, pero no obstante la satisfacción que le producía el entendimiento logrado con su amigo, intuía que la amistad estaba en peligro.

Analizó cuidadosamente en que forma debía responder el último mensaje, optando una vez más por ignorar las intenciones del hombre.

Rodrigo;

No te puedo mentir no me siento muy atraída por el tango, pero a veces también me atrapa, sobre todo la letra.

Pero me encanta nuestro folklore, con mi familia y amigos organizábamos peñas en las que todos participábamos cantando, tocando guitarra y por supuesto bailando zambas, chacareras y todas las danzas argentinas, fueron momentos muy especiales. Cuando me radiqué en la Capital extrañé muchas cosas, entre ellas el folklore y su entorno, pero te confieso que me fascina la música romántica y también la clásica.

En mi casa siempre hay música, velas aromáticas y flores, mejor dicho rosas color té. ¿Que opinas?

Con respecto al tango o cualquier otro ritmo mi concepto es "cuando la música nos llega al corazón, definitivamente tiene que ser buena."

Me agradó tu concepto con respecto a esa frase famosa, te aseguro que me demuestran una faceta muy humana de tu parte y una profunda sensibilidad.

Me preguntas como soy físicamente. ¿Qué puedo decirte? Me considero una persona bastante común, creo que no demasiado linda, pero tampoco fea, de estatura mediana, nada espectacular.

¿Qué pienso de nuestra amistad? Me gusta la comunicación que mantenemos porque me está dando la posibilidad de expresarme sin restricciones debido a la confianza que tú me inspiras; también siento que estamos compartiendo una hermosa amistad en su verdadero significado. Me agrada muchísimo mantener contigo esta relación que lleva casi seis meses. ¿Que te parece?

Respondiendo a otra de tus preguntas, no tengo ningún entretenimiento en particular, pero me agrada leer buenos libros, la música, correr por el parque, nadar, cabalgar y todo lo relacionado con la vida al aire libre, a demás tengo una gran amiga con quien vamos al cine, a comer, una verdadera compañía.

Any

Rodrigo y Esteban como lo hacían a menudo se encontraron en la milonga.

-¿Que te está pasando? En las últimas semanas te he notado algo cambiado y según mis conclusiones, hay una mujer en tu vida -le dijo Esteban convencido que su amigo tenía algo que comentarle.

-Tienes razón, hay una mujer en mi vida, su nombre es Any, con ella tengo una relación que es diferente a todo lo que me pasó antes.

-¿A que te refieres?

-Nos conocimos por Internet. ¿Te acuerdas cuando estaba buscando muebles de oficina? Comencé la búsqueda y entonces comenzó la historia, pero no me critiques -le respondió comprendiendo que nunca le había hecho ningún comentario al respecto, entonces lo puso al tanto.

-¿Piensas que ese tipo de relación puede prosperar? Además ni siquiera sabes como es, yo opino que la facilidad de expresión no siempre significa sinceridad.

-¿Qué quieres decir?

-Vamos a ver si te lo puedo explicar, yo puedo hablarte con elocuencia tratando de vender una imagen perfecta de mí mismo y tu creerlo, aunque todo sea falso.

-Te entiendo, pero se trata de una relación muy especial, nada forzado, comenzamos a escribirnos y con el tiempo hemos llegado a ser buenos amigos, aunque yo estoy teniendo otro tipo de sentimientos.

-¿Desde cuando mantienes esta relación?

-Desde hace varios meses. La verdad es que nunca te comenté nada porque consideraba que situaciones como estas están sujetas a críticas y dudas.

-Tienes razón, y ya te hice un comentario en contra. ¿Cuándo se van a conocer?

-Ese es mi gran deseo, supongo que ella necesita más tiempo.

-Cada loco con su tema, por supuesto si te sientes conforme, sigue adelante.

-Por el momento las conversaciones que mantenemos son muy interesantes, además estoy conociendo los sentimientos y pensamientos de una mujer casi sin restricciones. Te aseguro que me tiene fascinado en muchos aspectos, es inteligente, educada y también muy femenina.

-Todo suena muy interesante, y después de escucharte estoy de acuerdo contigo, yo haría lo mismo, pero por el momento tenemos que dejar la charla, ¡es hora de bailar!

-Tienes razón. El tango también es una gran compañía.

-¿Entonces comprendes mi ansiedad por bailar y tener una mujer entre mis brazos? -le preguntó Esteban con una de sus salidas de buen humor, pero expresando una realidad.

El tango para ellos era como una especie de espíritu que estaba en sus vidas amarrado a memorias de tiempos sin límites, que se manifestaba a través de la letra expresando su nostalgia y muchas veces sintiendo su contenido como una vivencia propia. También en el quehacer diario, la música resonaba en sus corazones. Para ellos, dos indiscutibles amantes del tango éste representaba una parte importante en sus vidas, casi como su propia respiración.

~~~~~

Rodrigo sentía que los mensajes por Email estaban perdiendo su sentido original, no podía evitar expresarse con sinceridad, necesitaba confiarle a su amiga el cambio que estaba experimentado, pero se manejaba con bastante cautela debido a que ella aparentemente, no aparentaba tener el mismo interés.

Any;
Tu personalidad es increíble, tienes un estilo muy atractivo, música, velas y rosas, no puedo menos que imaginar el ambiente de tu casa, a media luz y muy tranquilo, creo que debe ser muy reconfortante llegar del trabajo y relajarse, pero te cuento que aunque me parece tentador, yo soy un hombre bastante activo, pero insisto me gustaría alguna vez experimentar esa sensación de paz que casi puedo palpar a través de tus palabras, en mi caso significa reconocer que es una de las facetas femeninas que nosotros necesitamos "Nuestra practicidad y el romanticismo y sensibilidad de una mujer".

Me gusta comunicarme contigo y hacerte partícipe de mis sueños y también de mis gustos. Cuando te hablé del tango lo hice porque es muy importante en mi vida, mientras lo bailo me desligo de todo, me transporta, te diría que a una dimensión donde lo único que siento es la necesidad de caminar siguiendo su ritmo. También me agrada compartirlo con otras personas que lo sienten y disfrutan como yo. Estoy seguro que el día que lo bailes nunca vas a dejarlo, pero no quiero continuar hablando de lo mismo, lo cierto es que podría hacerlo por horas y días enteros.

Te comento que hoy por primera vez me senté a escribir mi libro, no me resultó fácil, pero creo que ha llegado el momento, en realidad fue mi prueba de fuego, ahora me siento capaz de continuarlo.

Aún no me respondiste acerca de mis conceptos con respecto a las mujeres, me agradaría saber que piensas.

Tengo otra pregunta. ¿De que color son tus ojos?

Rodrigo

Mariana y Bety decidieron pasar parte del día haciendo compras y después ir a comer, ubicadas en el restaurante se pusieron al tanto de las novedades, como siempre tocando temas interesantes. Mariana hizo le a su amiga la primera pregunta con la intención de tener una respuesta con respecto a Rodrigo y su relación.

-¿Crees posible la amistad entre un hombre y una mujer?

-Si y no, yo tengo un concepto quizás muy polémico, pero si lo analizas lo vas a entender; tanto la mujer como el hombre pueden llegar a ser amigos, pero después de haber pasado la prueba de atracción sexual, no hablo de amor.

-¡La prueba de atracción sexual! ¿A que te refieres? -el asombro de Mariana fue evidente

-Me refiero a nuestra condición de seres humanos, perdona el ejemplo que voy a darte; tu y Ariel eran amigos, pero la atracción los llevó a convertirse en pareja. ¿Que habría pasado si esta no se hubiera despertado? Es probable hubieran encontrado otra persona y la amistad sujeta a muchas restricciones.

-Es posible que estés en lo cierto. ¿Entonces consideras que la amistad es posible si estamos solos? -Mariana analizó rápidamente el cambio que estaba experimentando Rodrigo en sus sentimientos.

-Pienso que si, te cuento que me encanta la amistad con un hombre porque también me hace sentir protegida, pero en particular, porque con su practicidad me hace poner los pies sobre la tierra.

No obstante el grado de amistad alcanzado, Mariana continuaba sin mencionarle a Rodrigo, considerando que la relación tenía importancia solamente para ella, sumado a que en esos momentos no se sentía confortable con el cambio que ya se perfilaba en el hombre y tampoco deseaba escuchar ninguna crítica de parte de su amiga.

Bety desconocía ciertas particularidades en el carácter de Mariana, presentía que estaba atravesando algún conflicto que prefería callar; tenía la seguridad que el paso para consolidar la amistad estaba en proceso y próximas a convertirse en una especie de ángel guardián la una de la otra, para protegerse y cuidarse como una auténtica familia. En esos momentos la amistad entre ellas se iba afianzando, se respetaban y se sentían cómodas para expresar lo que pensaban, también próximas a confiarse sus experiencias más íntimas.

Continuaron juntas y llevando a cabo los planes que habían hecho, hasta que en la noche se separaron.

Mariana se sentó frente a la computadora, esta vez con bastante preocupación, dudando en que forma debía expresarse, estaba temerosa de cometer una equivocación que podía molestar a su amigo.

Mientras más lo analizaba más confundida se sentía, entonces decidió continuar con los temas habituales y evitar una posible ruptura.

Rodrigo;

Respondiendo a tu pregunta, pienso que estás en lo cierto, las mujeres experimentamos emociones muy profundas en casi todos los aspectos y creo que esa es la diferencia con ustedes, pero es lo lógico ¿no? Caso contrario no habría el balance necesario, además si actuamos de la misma forma sería imposible sentirnos atraídas por el sexo opuesto; cuando digo diferentes me refiero a nuestra sensibilidad que nos hace soñar con la letra de una canción, no importa si estamos o no enamoradas.

También nos emociona el llanto y la risa de un niño, el nacimiento de cualquier especie viviente. Por supuesto muchas de nosotras estamos en una lucha, que es la de obtener cada vez más igualdad con los hombres y he llegado a una conclusión; en esta lucha que lleva más de una centuria, hemos ganado en muchos aspectos, pero estoy convencida que el problema sigue siendo como ustedes piensan y actúan con respecto a nuestra emancipación; es evidente que todavía nos subestiman, pero no lo considero una culpa, más bien que la naturaleza puso leyes y la misión de ambos es diferente, aunque con una misma finalidad "amarse y formar una familia".

El comportamiento femenino y sus reacciones en reglas generales son iguales debido a que se manifiestan a través del sistema hormonal, las diferencias existen; carácter, educación etc.

Mis conceptos nacen de mis propias experiencias y reacciones, pero también me agrada estar siempre informada, soy bastante feminista y defiendo nuestra posición frente al hombre, en particular porque por alguna razón y aunque no se lo propongan, muchas veces nos hacen sufrir.

Ahora quiero tu opinión, alguien me dijo tiempo atrás "Un hombre ama más a su esposa que a sus hijos y para una mujer los hijos son el amor de su vida".

Perdona lo extensa que ha sido mi respuesta, pero de esta forma te voy dando referencias para tu libro. También me gustaría hacerte algunas preguntas sobre el sexo masculino y con respecto al color de mis ojos, lo dejo librado a tu imaginación, de todos modos ¿Tiene importancia?

Any

Después de enviar el mensaje analizó sus conceptos, consideró que ella también estaba cambiando su propio comportamiento poniendo trabas para evitar el avance de Rodrigo; controlando el natural desenvolvimiento obtenido en los meses pasados. No obstante estar consciente de ello, no se sentía segura, necesitaba encontrar la forma correcta de manejar la situación, debido a que temía provocar un rompimiento si el llegaba a sentirse herido o decepcionado. Trataba de controlar lo incontrolable, como si el amor en si fuera un riesgo, sin admitir que éste podía aflorar en cualquier momento.

Any;

Creo que nunca nos van a faltar temas, nuestras propias experiencias y también la filosofía con que manejamos nuestras vidas.

Todo es muy interesante al punto que ya nos conocemos sin conocernos ¿Te has dado cuenta?

Con respecto a nuestras diferencias, considero que en algunos aspectos tienes razón, no se trata que no reconozcamos las cualidades femeninas, pero tengo que admitirlo, yo siento la diferencia y considero que la mujer debe ser cuidada, ustedes son más frágiles que nosotros, además son todo en nuestra vida, tampoco hablo de sumisión o que su trabajo debe consistir solo en cuidar del hombre y la familia. Las mujeres por necesidad o deseos de emanciparse abrieron la puerta y ya están inmersas en el mundo, fue una evolución lógica y natural; a mí en particular me gusta lidiar con la inteligencia de una mujer.

Te hago una pregunta, se trata de una gran inquietud de mi parte. ¿Quién debe cuidar de los hijos cuando los padres trabajan?

Por supuesto es posible que sea un familiar o una persona contratada, es una realidad que debemos enfrentar cada día, pero ¿es lo ideal? yo no tengo la respuesta ni la solución. Los roles para los que vinimos preparados han cambiad, y el ser humano ha modificado su comportamiento y con tantos avances sofisticados también nos hemos sofisticado, nuestras prioridades son otras, pero todavía nos enamoramos y necesitamos formar una familia, aunque en muchos casos con equivocaciones y fracasos.

Respondiendo a tu pregunta con respecto al hombre y la diferencia entre el amor por la esposa y los hijos, te aseguro que no tengo una respuesta, mi vida de casado fue corta y muy complicada, pero acepto que es posible lo que dices, la maternidad es un trance que solo la mujer experimenta y por lo tanto un hijo es una parte de su cuerpo, y un eslabón al que va a continuar unida para siempre.

Yo todavía siento el amor de mi madre y una especie de ansiedad de su parte con respecto a mis necesidades, pero haciendo un análisis he llegado a una conclusión; son dos sentimientos diferentes y no se pueden comparar, también entiendo que tanto el hombre como la mujer son capaces de abandonar a sus hijos, la naturaleza humana es impredecible.

Tu concepto es que los hombres le provocamos un gran sufrimiento a las mujeres, es posible que tengas razón, pero considero que no siempre es intencional, por supuesto muchas veces somos negligentes o rudos con nuestra pareja, pero puede ser consecuencia de un mal carácter, la educación recibida o la naturaleza innata del hombre, es decir "machista".

También tenemos que reconocer que la reacción femenina cuando una mujer se enamora contiene una extremada sensibilidad.

En definitiva y a pesar de ciertos inconvenientes, ambos sexos son compatibles, por lo tanto nos enamoramos el uno del otro, las diferencias existen y las equivocaciones son un riesgo inevitable. Aunque tuve algunas decepciones sigo creyendo en el amor; el tiempo pasado fue diferente y considero que las experiencias vividas me han permitido reconocer mis errores para evitar repetirlos.

Creo hoy que se me venció el tiempo y abusé de tu paciencia, mañana te escribo antes que me respondas.

Rodrigo

De acuerdo a su promesa Rodrigo volvió a escribirle, continuaba buscando temas para no perder el terreno ganado a través de los mensajes, aunque comprendía que necesitaba transformar su elocuencia por simples palabras de amor. Sus sentimientos lo empujaban a desear tenerla cerca y hablar frente a ella mirándola a los ojos.

Any;

Espero que mis opiniones no te hayan molestado, tampoco fue mi intención, lo que sucede es que contigo me siento cómodo y puedo expresarme con sinceridad, de todos modos insisto "La mujer es lo más bello que existe sobre la tierra".

Todavía sigo pensando en el ambiente tan especial de tu casa, velas, rosas y música, alguna vez me gustaría conocer esa octava maravilla.

Cuando estés preparada me haces las preguntas que desees acerca del comportamiento masculino.

Lo siguiente es un comentario que quedó en el tintero; parte de mi vida está dedicada al tango, me gusta escucharlo y dicen que lo bailo muy bien.

Con respecto a nuestra música folklórica, me gusta, no tanto como un buen tango que se puede bailar socialmente, es romántico y se disfruta con otra persona, sin dejar de reconocer que es música nuestra y por supuesto la escucho con el corazón.

Si lo deseas te enseño a bailar tango, podemos ir a alguna milonga, ¿te gustaría?

Por tu respuesta acerca del color de tus ojos entiendo que prefieres que mi imaginación trabaje, te aseguro que no es difícil, estoy seguro que son muy bellos. ¡Quisiera conocerlos!

Rodrigo

~~~~~

Daniela, época actual

Isabel, una de las hermanas de Martín, amaba a Daniela entrañablemente a Daniela y por la misma razón tenía una gran preocupación por su bienestar.

Siempre estaba pendiente de los acontecimientos de su sobrina y de aquello que podía ocasionarle problemas.

Desde hacía varias semanas ella no respondía sus llamados, entonces decidió hablar con su hermano.

-Hay algo extraño en el comportamiento de tu hija, me está evitando, eso me intranquiliza.

-Con Gabriela pensamos que pasados varios años de la muerte de Robert, y después del accidente Daniela estaba llevando una vida normal, además estamos seguros que la escuela de arte le está haciendo bien.

Aunque no terminó su carrera universitaria al menos está haciendo lo que le gusta y también trabajando, para colmo yo en medio de las exportaciones estoy bastante complicado, por supuesto siempre atento, pero no llegué a sospechar que estuviera atravesando alguna crisis

-No hablo de crisis, me refiero a que su actitud es diferente.

-¿Cuál puede ser el problema?

-Creo que nos está ocultando algo, hace unos días Silvia me llamó para decirme que Daniela está teniendo un romance con Sergio Grau.

-¿Lo conozco?

-Pienso que no, él y su esposa son amigos de Silvia y parece que hay toda una historia desde la fiesta de casamiento de los Soto, ustedes estaban de viaje. Lo cierto es que nuestra hermana ha seguido de cerca lo que ella denomina "sus averiguaciones" y me asegura que son hechos, conociéndola pienso que se ha informado bien.

-En definitiva, ¿el hombre está casado o divorciado?

-Casado, vive con su esposa y según Silvia, no piensan divorciarse.

-Si las cosas son como dice Silvia, Daniela se está equivocando, pero tenemos que ser objetivos y no juzgarla hasta conocer la verdad, ¡también tenemos que respetar sus decisiones!

-¡No seas tan indulgente!

-¡Y tu no exageres! Por supuesto tengo que reconocer que muchas veces la protegí demasiado, pero en los últimos años le di espacio para que madure sin mis presiones.

-Estoy de acuerdo contigo, pero no puedo permitir que se aleje de nosotros, simplemente le voy a dar un toque de atención, porque no importa lo comprometida que esté con alguien o los problemas que tenga, ¡nosotros seguimos siendo su familia! En cuanto pueda voy hacerle una visita, por supuesto de sorpresa, si la llamo por anticipado, seguro que pone excusas.

Debido a la preocupación siempre latente que ella les despertaba, se exaltaron; la personalidad casi angelical de Daniela les despertaba la necesidad de protegerla, en particular del daño que podía infligirse a sí misma. Aunque biológicamente ya era un adulto, su inapropiada candidez la ponía en situaciones riesgosas para su felicidad.

Isabel según lo planeado se dirigió al apartamento de Daniela. En el momento que entraba al lobby vio salir a Sergio del elevador, aunque no lo recordaba con exactitud estuvo segura de quien se trataba.

El hombre se encaminó hacia la salida con bastante apuro y no reparó en ella. "¿Qué hago? Creo que es un mal momento para verla, no quiero avergonzarla, lo cierto es que Silvia dijo la verdad". Cambió de planes y se marchó.

Mariana y Rodrigo, época actual

Mariana decidió hacer caso omiso de las pretensiones de su amigo y continuar con los mensajes sin hacer ningún cambio.

Aunque inconscientemente necesitaba en su vida un hombre con la integridad y sensibilidad de Rodrigo, no consideraba la posibilidad de transformar la amistad en una relación sentimental

Rodrigo;

Te has dado cuenta nos comportamos como dos filósofos empedernidos, te aseguro que me encantan nuestros comentarios y el intercambio de conceptos.

Con respecto al ambiente de mi casa que te ha llamado la atención, es parte de una terapia que aprendí tiempo atrás, le hace mucho bien a mi espíritu y como tu dices, las mujeres somos más afectas a ese tipo de cosas que los hombres, pero te aclaro que no toda mi vida tiene que estar regida por ese entorno, es como un oasis en el desierto. Yo también soy una persona muy activa, trabajo bastante, por eso cuando regreso a mi casa me gusta disfrutar de mi mundo.

Agradezco tus pensamientos con respecto a nosotras, estoy segura que si los hombres en general pensaran como tú y lo llevaran a la práctica, los problemas de pareja no serían tan comunes.

Nuestras reacciones son parte de nuestra naturaleza y no siempre como muchos hombres afirman que se trata de un comportamiento caprichoso, aunque tus conceptos me dicen que no eres machista, pero entiendo que te gusta proteger a tu pareja.

Aquí va la pregunta que quería hacerte. ¿Cuándo un hombre se enamora que es lo que siente? ¿Sueña con la mujer? ¿La idealiza? ¿Se siente transportado por la música romántica o bien lo primero que siente son deseos sexuales y sus pensamientos son estrictamente íntimos?

Si lo comparamos con la reacción femenina y poniéndolas en orden, en la primera etapa nosotras soñamos e idealizamos al hombre. Nos gusta que nos enamoren y que todo se desarrolle en forma romántica, por supuesto al igual que a ustedes la naturaleza nos lleva a límites, pero pienso que son las demandas normales, es decir la pasión que se manifiesta incontenible como parte de la preservación de la raza humana y que en ustedes es más fuerte. ¿Qué opinas?

Con respecto a una de tus preguntas, nunca bailé tango, en realidad tampoco le dediqué tiempo a ningún baile social, pero a lo mejor alguna vez me decida y aprenda contigo. Por el momento estoy manejando mis tiempos con bastante reserva, en realidad lo hago para mantener mi tranquilidad, toda mi vida está sujeta a esa prioridad. Te aseguro que no es un capricho de mi parte, realmente una verdadera necesidad.

Any

Mariana con sus conceptos casi íntimos estaba despertando en el hombre sus instintos masculinos, aunque creía hacerlo como una especie de desafío intelectual, estaba casi atacándolo debido a que inconcientemente la presencia del hombre se estaba superponiendo a la del amigo.

La llama estaba encendida y la continuación iba a depender del destino, éste les había puesto la hora y el día en que finalmente sus vidas se iban a entrelazar.

~~~~~

La historia de Julia y Sergio Grau

Se habían casado 20 años atrás y tuvieron dos hijos, la relación nunca fue normal. El hombre tenía tendencias demasiado egoístas que afectaban el matrimonio.

En los primeros años de casados Sergio daba clases de música en una escuela privada, entonces encontró una especie de juego seduciendo a las jóvenes que parecían ceder sin problemas ante su sensualidad; cuando parte de dicho proceder llegó a oídos de uno de los padres, de inmediato se hizo una investigación y sin mayor publicidad para evitar un escándalo de proporciones, fue retirado del plantel de profesores.

Fue la primera vez que Julia estuvo en contacto con una de las infidelidades de su esposo. Sergio le dio otra versión de lo acontecido, convirtiéndose en la víctima de un complot para ser despedido y aunque con cierto grado de reserva, ella aceptó la disculpa.

Con el tiempo Julia tuvo conocimiento de otras aventuras, pero decidió cerrar los ojos e intentar retenerlo, siempre lo había amado y aunque no comprendía la razón de sus engaños, reconocía que Sergio guiado por ella se convertía en una dócil oveja, ambos íntimamente se consideraban el eje de la relación, cuando en realidad había dos factores que la mantenían en pie; la falta de entereza de Julia al aceptar el desprejuicio del hombre y por otro lado la manipulación emocional que éste conscientemente, ejercía sobre ella.

Los caprichos sentimentales de Sergio eran una especie de lucha entre su auto estima y una personalidad que había desarrollado para seducir y conquistar, sin que nada tuviera otra finalidad que la de satisfacer su propio ego. Nunca había pensado en separarse de Julia, a su lado tenía seguridad económica, ella contaba con su propio dinero y era muy hábil para los negocios.

La mujer estaba al tanto de la relación de su esposo con Daniela debido a los comentarios que le hiciera Silvia y aunque aceptaba que ésta era afecta a las habladurías, no dudaba que había dicho la verdad.

En los últimos meses el cambio del hombre había sido evidente, había descuidado en gran medida la relación con ella, haciéndola experimentar desamor e inestabilidad; actuando sin respeto, sin tomar en cuenta las consecuencias de sus actos.

Debido a dicha situación el estrés estaba aniquilando la tranquilidad del hogar que Julia por años había tratado de mantener.

Le preocupaba la consecuencia que ésta podía tener en la educación de los hijos si se enteraban del comportamiento de su padre, en particular el mayor que ya era un adolescente. Estaba dispuesta a luchar para salvar el matrimonio y la tranquilidad familiar, aunque convencida que no resultaría fácil debido a su propia debilidad e indulgencia.

~~~~~

Mariana y Rodrigo

Rodrigo sin poder evitarlo se estaba enamorando, le resultaba imposible no expresarlo, confiaba que Any en algún momento iba a corresponderle. Los conceptos y temas que en forma muy natural ella desarrollaba, le daban la pauta que aunque en forma inconsciente ella estaba provocando un desenlace en la relación. "La única forma de llegar a romper el hielo para que reacepte, es haciéndole perder el miedo que tiene de vivir plenamente" -se había dicho a sí mismo, dándose a si mismo una leve esperanza.

Any;

¿Cómo estás? ya he comenzado a extrañarte, estoy siempre esperando tu respuesta, te has convertido en alguien muy importante en mi vida.

Quiero responder a tu pregunta acerca de las reacciones de nosotros cuando nos enamoramos.

Los hombres en general sentimos y actuamos en forma diferente, nuestra naturaleza es más agresiva y somos más directos y nuestras necesidades más imperiosas.

No porque no seamos románticos o no nos agrade compartir cosas del alma y el espíritu con nuestra pareja.

Tampoco tuve muchas ocasiones de bailar música romántica, aunque te diría que siento más predilección por el tango, nunca tuve una mujer con quien compartir mis gustos.

Cuando me enamoré por primera vez, te hablo de Marta, la que fue mi esposa y mi primer amor, estaba como hipnotizado, le escribía poemas, por supuesto también la deseaba, pero la sentía tan inocente que temía lastimarla y no me refiero en lo físico, si no en todos los aspectos.

Hasta que no pudimos seguir con la relación en forma platónica, es decir sucedió cuando ella ya estaba preparada para una relación íntima. Anterior a esa relación tuve otras experiencias, me refiero al primer amor al que recordamos como la época de sueños e ideales y por supuesto también las primeras experiencias con mujeres sin que estuvieran involucrados los sentimientos.

Entiendo lo que me dices con respecto al baile, pero tengo que confesarte que es un pretexto para conocerte personalmente, tal vez estoy insistiendo demasiado y tienes pareja o algún compromiso, de mi parte como te mencioné, estoy solo, me agradas mucho y aunque no quieras aprender a bailar tango, deseo conocerte.

Me tienes fascinado y estoy seguro que vamos a entendernos y a gustarnos.

Esta correspondencia que mantenemos me hace sentir bien, pienso en ti todo el tiempo, mientras leo tus mensajes sin darme cuenta tu voz suena en mis oídos, ¿cómo llamarías a esta especie de locura? ¿Será amor?

Piensa que si podemos compartir tiempo juntos, por supuesto al margen de esta hermosa amistad que hemos construido, nos podemos conocer mejor, estoy seguro que nos tenemos que dar una oportunidad.

Entiendo que no puedo forzarte, pero piensa, la vida no siempre nos pone delante una persona con quien uno se siente bien, como ha sucedido con nosotros.

Al menos podemos hablarnos por teléfono, estoy ansioso por escuchar tu voz.

Rodrigo

Rodrigo estaba manifestando sus sentimientos que no coincidían con las inquietudes de Mariana.

Ella comenzó a sentirse molesta con dicha actitud; las expectativas de él ya estaban expuestas. Entonces comprendió que era imposible ignorarlas y que debía ser cautelosa con sus respuestas para evitar agredir la amistad, tampoco estaba dispuesta a arriesgar su propia tranquilidad Consideraba que en los últimos años su mundo se había ampliado y mejorado en muchos aspectos, en particular lo económico; la librería contaba con una buena clientela, su hogar era en un mundo único y reconfortante, también su amistad con Bety se había fortalecido, compartían su tiempo libre también ayudándose como si fueran familiares, debido a ello sus necesidades afectivas se habían estabilizado.

Estaba segura que tenía todo lo que consideraba necesario para sentirse feliz. La amistad con Rodrigo aunque importante, no había impactado en sus sentimientos y por lo tanto no ocupaba un lugar preponderante en su vida.

No obstante si en el último mensaje que Mariana recibió de Rodrigo, lo hubiera podido escuchar y mirar a los ojos, sus sensaciones habrían sido diferentes.

Rodrigo;

Me encantó tu explicación con respecto al amor y los hombres, eres una persona muy especial y tienes razón, que mejor ejemplo que tus propias vivencias.

A través de nuestros mensajes mi horizonte se está ampliando, cada día aprendo más de la vida, y al contarte como pienso, intelectualmente me siento realizada.

Te envío otro de mis pensamientos, entiendo que son muy simples y pragmáticos, como puedes comprobar en eso nos parecemos. Siendo muy joven me enamoré y escribí algunos poemas, fueron muy románticos, pero después nadie me inspiró a ese punto.

Las malas experiencias me condujeron a crear un entorno que me proporcionara tranquilidad; hoy manejo mi vida con ese aprendizaje que vuelco en mis escritos. "Cuando sufrimos por algo que hemos perdido, nos rodeamos de sombras, entonces encontrar la luz es una tarea difícil, podemos compararla con una enfermedad del organismo, la batalla puede ganarse si limpiamos nuestro interior y lo alimentamos correctamente, lo mismo ocurre con nuestras emociones, debemos encontrar en su esencia lo que nos está lastimando, y si deseamos combatir esa parte negativa, nuestro esfuerzo debe estar concentrado en recuperar nuestro bienestar, reconociendo que el tiempo es el verdadero regenerador del alma y nuestro espíritu su única herramienta "Solamente nosotros mismos que experimentamos la intensidad del dolor que nos aqueja, podemos ayudarnos a encontrar la paz interior perdida".

Además hay algo que no te mencioné antes, pero me gustaría tener tu opinión, yo estoy convencida que la ley de causa y efecto existe "Todo el mal o el daño que uno provoque a los demás, de alguna manera y en algún momento te lo provocarán a ti, además nuestra buena energía atrae cosas positivas". ¿Qué opinas?

En realidad no sé que responder cuando insistes en conocernos, en estos momentos no puedo aceptar, pienso que estamos bien como hasta ahora y que podemos continuar en el mismo plano de amistad.

Con respecto a lo que estás sintiendo, no debes seguir pensando en mí como un posible romance, al menos no por el momento, no es mi intención hacerte sentir mal, entiendo que mi actitud puede resultarte extraña, pero la realidad es que no me siento preparada para una relación amorosa, es más, estoy segura que no podría hacer feliz a nadie, al menos en estos momentos. Me gusta como se maneja nuestra amistad, ¿podemos seguir de la misma forma?

Por varias razones que más adelante te contaré tuve que encontrar la paz y la felicidad dentro de mí, no fue fácil, pero en estos momentos estoy en proceso de recuperación y para lograrlo necesito tiempo y toda mi energía.

Any

Rodrigo se sintió defraudado con la explicación de Mariana, le resultaba difícil entender dicha actitud, pensaba que no era normal en una persona joven y aparentemente llena de vida. No obstante decidió convencerla, pero tratando de salvaguardar la amistad que había comenzado a atravesar un período de transición. La situación era candente, la diferencia en la actitud de cada uno estaba al borde de crear fricciones posiblemente irreparables

~~~~~

Sergio volvió al apartamento de Daniela mostrando como trofeo lo que consideraba una afrenta a su dignidad, tenía un golpe en la cara y un ojo hinchado

-¡Esa mujer está loca! Lo único que le dije es que tenemos que apurar el divorcio y ya ves, su respuesta fue golpearme, lo que más me duele es que mis hijos fueron testigos -se lamentó con un tono quejumbroso.

Daniela una vez más se convenció que él era la única víctima de la situación.

-¿Porque no la dejas de una vez? Nosotros podemos vivir juntos, ni siquiera necesitamos casarnos.

-¡Tu también me estas acorralando! ¡Es mejor que me vaya! -dijo saliendo del apartamento y cerrando brusca- mente la puerta. Se había enojado por la respuesta que consideró de completa indiferencia.

Daniela creyendo una vez más en las mentiras del hombre se sintió culpable de haberle provocado el enojo, convencida que no lo había ayudado en un momento difícil para él.

Lo acontecido estaba lejos de ser como Sergio lo había relatado; la noche anterior cuando los niños estaban durmiendo, Julia lo enfrentó con enojo, exigiéndole la verdad con respecto a su relación con Daniela.

-Silvia está segura que desde aquella fiesta ustedes están juntos. ¡Basta de mentiras! ¡Tienes que terminar tu relación con esa mujer o nuestro matrimonio se acaba! -le había gritado no soportando la falsedad de Sergio.

La discusión continuó hasta alcanzar un punto álgido sin que el hombre admitiera la verdad, entonces trató de salir de la casa, pero Julia que estaba dispuesta a lograr su cometido se interpuso en su camino, Sergio la empujó para sacarla del medio y ella reaccionó con bastante furia y le pegó en pleno rostro.

En ese momento los dos se quedaron quietos, sin palabras y temerosos por las consecuencias, ninguno quería problemas en la relación y como siempre ocurría, se pidieron perdón. El la tranquilizó y después, consciente de lo que le convenía, le hizo el amor. Los golpes en su cara iban a ser útiles para convencer una vez más a Daniela de la difícil situación que estaba soportando.

Cuando Sergio pudo analizar lo ocurrido se preguntó de donde provenía la seguridad de Silvia con respecto a su relación con Daniela, entonces recordó que tiempo atrás se habían encontrado por casualidad en la calle y entraron a un bar para conversar, después de varios tragos y como siempre le ocurría había perdido la noción de las cosas, y evidentemente ella aprovechó para sonsacarle la verdad "Fue más inteligente que yo y me hizo confesar". Entonces tuvo la certeza que el encuentro no había sido casual.

Rodrigo en esos momentos necesitaba que Any le permitiera tener un trato directo para romper su negatividad estaba consciente que las posibilidades eran demasiado limitadas y si ella no le permitía que se conocieran en persona, su lucha resultaría infructuosa.

Any;

No quiero dejar de responder a tu pregunta sobre la ley de causa y efecto te aseguro que creo en ella, parte de mi aceptación se debe a que nos ayuda a ser más justos y por supuesto a cometer menos equivocaciones.

Entiendo que ponerla en práctica nos conduce a ser mejores seres humanos, indudablemente se trata de una filosofía oriental muy sabia, en otra oportunidad voy a profundizar más en el tema; en este momento necesito es expresarte mis sentimientos y que me comprendas, aprecio nuestra amistad que puede ser para toda la vida, pero la realidad es que me estoy enamorando de ti. ¿Porque no aceptas un encuentro? no hablo de un compromiso, solo conocernos, no es un capricho de mi parte lo que siento por ti es muy intenso, también quisiera entender tu actitud, ¿o existe una causa que desconozco? Comprendo que es fundamental que necesites proteger tu tranquilidad, ¿pero no piensas que una vida sin sensaciones es como desperdiciar el privilegio que tenemos de amar y ser correspondidos? Además no creo que los verdaderos sentimientos puedan dejarse en suspenso para un tiempo propicio. Tus temores no tienen asidero, aunque entiendo que debo respetar tus conceptos.

Puedes confiar en mi, siempre he sido sincero, conoces mi forma de pensar y parte de mi vida, te aseguro que soy un hombre normal, física e intelectualmente.

De todos modos no pierdo las esperanzas y estoy seguro que puedo hacer que cambies de idea.

En este momento desearía estar a tu lado, hablar contigo y hacerte comprender que solo deseo tu felicidad.

Rodrigo

Las palabras del hombre pusieron en evidencia su auténtico interés; aunque había tratado de no presionarla, estaba poniendo en descubierto su estado de ansiedad.

Le resultaba difícil manejar la terquedad de Mariana y no encontraba una salida, reconocía que estaba enamorado de algo intangible y que en su fantasía le había dando proporciones físicas, convencido que se trataba una mujer muy atractiva, además de todas las cualidades que había detectado a través de la correspondencia.

Buscando pautas que le ayudaran a penetrar en los misterios de su amiga, pensó que podía tener alguna razón importante que no se atrevía poner en descubierto.

Analizando parte de las conversaciones que habían mantenido recordó algunas de sus confidencias, "me agrada correr por el parque, nadar, cabalgar. Tal vez más adelante me decida y te pida que me enseñes a bailar tango"-entonces sus conjeturas quedaron descartadas "Todo en ella parece normal, pero es un fantasma con el que no puedo lidiar" -decidió no insistir en sus propósitos y terminar con las expectativas.

Su experiencia matrimonial con Marta lo había convertido en una persona precavida y algo temerosa en una relación amorosa, dicha inseguridad lo condujo a poner barreras para protegerse de lo que consideraba "agresiones innecesarias contra uno mismo"

Mientras Mariana leía el mensaje de amor, comprendió que el momento temido había llegado.
La comunicación estaba perdiendo frecuencia.

Le resultaba difícil encontrar respuestas que no interfirieran con la amistad.

Temía equivocarse y provocar el alejamiento definitivo de Rodrigo.

Ambos dejaron pasar el tiempo, cada uno intentando arribar a una solución, Mariana decidió volver a escribirle aunque temerosa de sus propias palabras.

Rodrigo;

¿Cómo te encuentras? Espero que no estés enojado conmigo, yo también he sido siempre sincera contigo, además confío plenamente en ti, te aseguro que en este momento no encuentro palabras para llenar el vacío que hemos provocado en nuestra amistad.

Solo te pido un tiempo para encontrar una salida a este conflicto, ¡por favor no permitamos que esta magnífica relación se termine!

Si lo nuestro tiene futuro el destino lo decidirá.

Any

Rodrigo una vez más se sintió frustrado y comenzó a declinar la amistad. Los temas que venían tratando habían perdido todo interés para él. Las respuestas de Mariana continuaban siendo negativas; convencido que no había ninguna posibilidad que lo aceptara, resolvió no insistir.

Al comprender que la relación que deseaba no tenía futuro se sintió impotente, guiado por sus definiciones siempre prácticas, se dijo a sí mismo "Hasta aquí llegué, me siento estúpido, casi mendigando que me acepte, creo que nunca voy a poder atravesar la barrera que ha levantado entre nosotros, hice un mundo yo solo"...

"Any nunca se dio por entero, me hacía confidencias sin profundizar, lo cierto es que yo me enamoré y ella no, pero tampoco me dio una oportunidad".

Después de una larga noche de insomnio analizando una y otra vez la situación, comprendió que se había equivocado, entonces tomó una decisión casi salomónica "La fórmula perfecta para evitar sufrimientos no existe, voy a poner la distancia necesaria con ella y luchar para recuperarme de este mal trance, tengo que ser realista y continuar mi vida normal, mi cabeza está puesta en este problema y estoy descuidando mi trabajo "La vida no se detiene y es posible que alguna vez conozca una mujer que me corresponda". Con esos conceptos su amiga del Internet estaba saliendo de su vida, entonces decidió enviarle un último mensaje.

Any;

En la última semana casi no hemos estado en contacto, tengo que pedirte disculpas, pero estuve resolviendo algunos problemas y tratando de recapacitar con respecto a tu negativa de continuar nuestra amistad en persona. Lamento no pensar como tu, no estoy seguro si creo, o no quiero creer que mis sentimientos estén sujetos a ese señor llamado "destino", esa definición me hace pensar en algo lejano e inalcanzable.

Estoy planeando tomar vacaciones, pero aún no estoy decidido.

De todos modos seguimos en contacto.

Rodrigo

Durante la semana Rodrigo volvió a escribirle con la intención de no cortar abruptamente la correspondencia, lo hizo sin tocar ningún tema en particular, Mariana le respondió de la misma forma.

Ignorando la decisión tomada por él lo atribuyo a un enojo y decidió esperar que reaccionara, en los últimos mensajes Rodrigo evito a expresar sus sentimientos, ese hermetismo fue el detonante y comenzó a experimentar una gran emoción al recordar los mensajes que siempre la habían deleitado. Entonces una vez más lo evaluó como una persona íntegra y sintió que podía confiar en él sin temores y fundamentalmente que no quería perderlo.

Comprendió que sus sentimientos estaban cambiando. La anterior insistencia del hombre la había puesto en guardia, pero también abierto una brecha en su aparente indiferencia.

Con todo ese despliegue de pensamientos finalmente aceptó que estaba preparada para intentar un acercamiento "No puedo cerrar los ojos ante esta realidad y menos aún cuando mis sensaciones están a flor de piel" -se dijo experimentando una profunda necesidad de ser amada y protegida por un hombre como presentía que era Rodrigo. Aunque se sintió segura, comprendió que estaba forzando el tiempo que se había dado a sí misma para volver a tener una pareja, pero tampoco podía evitar lo que estaba experimentando.

Finalmente había arribado a la conclusión que deseaba tratarlo en persona y permitir que sus sueños de tener una pareja estable, se concretaran.

En ese momento crucial para Mariana, Rodrigo y sus anhelos por la mujer del Internet estaban pasando al olvido.

~~~~~

Daniela terminó de vestirse y salió rumbo a su trabajo sin entusiasmo ni interés alguno; se sintió mejor pensando en la escuela de Arte y el tiempo que iba a compartir con su amiga Mercedes.

Rodrigo la vio caminar en sentido contrario; estaba esperando que ella apareciera, desde hacía varios días le había llamado la atención la belleza de la mujer; la presencia de la desconocida le resultó agradable, dándole una nueva esperanza a su estado de soledad entonces decidió hacer un intento de acercamiento. Debido a su experiencia con Any, en esos días estaba desorientado y molesto, tratando de infundirse ánimo para encaminar su vida nuevamente.

Daniela ensimismada en sus pensamientos, caminaba mirando hacia abajo, llevaba en sus manos una carpeta y un maletín con pinturas. El hombre decidió que era el momento de intentar un acercamiento; no se movió esperando que lo llevara por delante, y por ese medio tratar de iniciar una conversación, cuando esto sucedió, ella levantó la vista y lo miró consternada.

-Lo siento -se disculpó volviendo a la realidad.

Ambos se agacharon al mismo tiempo para levantar lo que se había dispersado por el piso, mientras él la ayudaba sintió el perfume a hierbas del cabello recién, lavado, siempre había experimentado placer en particular cuando éste provenía de una mujer joven y atractiva.

-Por lo que veo eres una artista -le dijo mirando los bosquejos.

-En realidad estoy aprendiendo, estudio en la Escuela de Bellas Artes -le respondió bastante atraída por la apostura y simpatía del hombre.

Cuando se incorporaron lo hicieron mirándose a los ojos.

-Mi nombre es Rodrigo

-Daniela -respondió algo reticente con la situación.

-Me gustaría invitarte a tomar un café, si no te parece mal y tienes tiempo, además ¿me permitirías ver tus trabajos con más detenimiento? ¡Creo que son muy buenos!

Aunque sorprendida por la precoz invitación, le agradó la sugerencia y la posibilidad de salir de la rutina, ambos se sintieron confortables.

Rodrigo pensó "Es linda, me gustan sus ojos claros, además sus modales, tiene clase".

Daniela a su vez también hizo un rápido análisis "Me agrada, es muy apuesto y distinguido. No sé lo que estoy tratando de conseguir, pero necesito hacer algo diferente en mi vida".

Se sentaron frente a una mesa junto a la ventana de una pequeña cafetería, mientras Rodrigo hablaba unas palabras con un mozo del lugar, Daniela con disimulo apagó el teléfono celular.

-Me gusta este lugar, porque mientras tomo un excelente café puedo escuchar los mejores tangos - dijo él, sintiéndose confortable con la presencia femenina.

-Es muy agradable, a pesar que siempre paso por aquí, nunca había entrado.

-¿En donde trabajas?

-En la oficina de un abogado, en realidad soy la oveja negra de la familia, empecé estudiando Administración de Empresas, más que nada para satisfacer a mi padre.

Como soy hija única quiere que trabaje en la empresa de familia, pero faltando muy poco para terminar mi carrera tuve algunos inconvenientes, también un accidente y me llevó bastante tiempo recuperarme, entonces decidí estudiar arte que es mi verdadera vocación. Siempre estoy pensando en retomar mis estudios en la facultad, pero ya han pasado varios años y sigo sin decidirme -respondió con un gesto de impaciencia con ella misma.

-Yo soy Administrador de empresas, estamos en el mismo rubro, pero tu trabajo no tiene nada que ver con la pintura. ¿Te agrada?

-No me disgusta, además es la única obligación que tengo.

-¿Por qué no trabajas con tu padre?

-La empresa está fuera de la ciudad y no me alcanza el tiempo para llegar a la escuela y después del accidente no volví a manejar.

-¿Estás casada?

-No, pero estuve a punto. Mi prometido murió unas semanas antes de la boda.

-Lo siento, no debí preguntar.

-No te preocupes, mi accidente se debió a que mi cabeza estaba puesta en ese problema, no me concentré en el manejo y crucé una luz en rojo, el choque fue muy duro, de todos modos ya ha pasado bastante tiempo.

Daniela evadía las respuestas directas, no podía evitar pensar que Rodrigo era un desconocido y aunque estaba tentada de confiar en él, prefería jugar con la situación y disfrutar de la agradable compañía.

-¿Y tú, estas casado? -le preguntó volviendo a la realidad, Rodrigo que había notado la evasión no dijo nada al respecto y le respondió con sinceridad.

-Lo estuve, pero por muy poco tiempo, tengo una hija que vive con su madre en España, no puedo verla muy a menudo, en parte debido a la distancia. Nunca estuvo en mis planes divorciarme, pero éramos muy jóvenes, sobre todo ella, y nada salió bien.

-¿Por qué tomaron la decisión?

-Tuvimos que hacerlo. ¿Me entiendes? -dijo extrañado por su confidencia.

-Creo que si, siempre hay escollos en nuestra vida, a veces todo se complica y tenemos que hacer o aceptar cosas que nos desagradan.

-Lo malo es que los inconvenientes de alguna manera nos cambian la vida.

-Es verdad, yo estoy sorprendida, he dejado de lado algunas cosas que antes eran importantes para mí. No me siento feliz… pero no encuentro razones valederas para tomar una determinación y hacer los cambios necesarios, estoy en la mitad de camino en muchas cosas -dijo Daniela sin profundizar, pero reconociendo algunos problemas que su actual relación amorosa le estaba provocando.

-¿Hablas de una pareja o de otros intereses?

Aunque interiormente se resistía a cualquier apertura en sus confidencias, le respondió.

-De todo un poco, pero no debo culpar a nadie por mis problemas.

-Considero que es importante encontrar un balance que nos permita vivir sin sufrimientos, por supuesto si éstos pueden evitarse.

-Tienes razón, pero a veces no es fácil, sobre todo cuando hay sentimientos profundos de por medio.

-La felicidad no siempre es fácil de alcanzar, pero como alguien me comentó una vez "debemos aprender a restañar heridas y dependencias; no es una tarea fácil, pero tampoco imposible". Creo que es una especie de amor y respeto por uno mismo ¡nadie tiene derecho de abusar de nuestros sentimientos! -dio su opinión con cierta excitación recordando algunos conceptos de Any y que él había aprobado.

Daniela se quedó callada y aunque pareció pensar en los conceptos, se estaba sintiendo incómoda, al advertirlo, Rodrigo cambió de tema.

-¿Te gusta el tango?

-Me fascina, la letra y la música tienen para mí algo especial que me emociona y me provoca una especie de nostalgia. Mi padre es hijo de italianos y créeme que el tango es parte del sentir de ellos -le respondió admirando la perspicacia del hombre.

-Estoy de acuerdo contigo, soy un convencido que por tristeza, soledad y por supuesto la falta de identidad en éste país al que no estaban arraigados, el tango comenzó a tomar su forma. También es parte de aquellas canciones o coplas que cantaban los gauchos, por supuesto son datos que leí en algunas publicaciones -continuó Rodrigo aportando sus ideas, dándole un vuelco completo a la conversación, convencido que si continuaban tocando temas personales Daniela iba a salir corriendo de su lado; deseó profundamente mantener por un momento más la sensación de placer que ella le provocaba.

-Es interesante, el mundo entero piensa que el tango es una música extraña y muy atractiva, por supuesto hay conceptos bastante extremos.

Como aquella película de Rodolfo Valentino que marcó en el mundo un estilo de baile algo exagerado que Europa y Estados Unidos adoptaron, pero me pregunto, ¿fue antes o después que el tango se hiciera popular en nuestro país?

-Es una buena pregunta, en realidad, no recuerdo las fechas y tienes razón, ellos hacen pasos muy marcados y con un giro de cabeza algo brusco, diferente a nuestro estilo que es más cadencioso, pero actualmente en todas partes se tiene una idea más acertada de como se debe bailar. ¡Daniela se ve que conoces bastante del tema!

-Soy hija de un amante del tango, mi padre siempre cantaba y me hacía escuchar grabaciones y yo también quedé atrapada, pero debido a nuestras ocupaciones dejamos de compartirlo. Lo que dices con respecto a ese estilo que se practica en otros países, pienso que se debe a que musicalmente se interpreta en forma diferente. Lo importante es que el tango cada vez tiene más seguidores -continuó ella.

-¿Te gusta bailarlo? -le preguntó convencido que la respuesta tenía que ser afirmativa.

-¡Muchísimo!, aunque no lo hago a menudo.

-Alguna vez podemos ir a una milonga, conozco un lugar muy bueno

-Es posible -le respondió sin demostrar entusiasmo.

A Rodrigo le agradó el énfasis y el interés de Daniela por el tango y su historia, además su personalidad polifacética le permitía disfrutar de cualquier tema.

Considerando que era una especie de bendición poder compartir la riqueza interior de otras personas, lo mismo que le había sucedido con Any.

Por un momento ella guardó silencio, sin poder evitar sentir cierto grado de culpabilidad, disculpándose a sí misma "No se trata de una infidelidad, creo que más bien un descanso para mis ansiedades" Aunque su conciencia le ponía trabas, se sentía viviendo un momento muy especial. No pudo evitar comparar a los dos hombres, Rodrigo le pareció menos complicado que Sergio y al no sentirse sofocada, disfrutó de la conversación que según su criterio, contenía matices interesantes.

Después de tomar el café permanecieron en el lugar, hablando y riendo, totalmente compenetrados el uno con el otro.

-¿Que te parece si comemos algo y después nos tomamos el resto de la tarde libre, podemos ir a un parque o al cine? ¿Crees que puedas hacer algún cambio en tus obligaciones?

-La idea es muy buena, lo cierto es que puedo cancelar todo -respondió Daniela con entusiasmo y en un estado anímico muy positivo, proporcionado por la natural calidez de Rodrigo.

-Con tu permiso, voy hacer un llamado a la oficina para avisarle a mi socio -dijo sacando el celular

Después del almuerzo salieron a la calle; por la hora la zona estaba demasiado transitada en particular para dos personas que habían decidido dejar por un momento sus ocupaciones tratando de escapar de la rutina.

Daniela disimuladamente miró a su alrededor temiendo que Sergio apareciera, aunque por lo regular el hombre lo hacía temprano en la tarde.

-Este parque esta demasiado concurrido -dijo Rodrigo refiriéndose a uno pequeño situado frente a la escuela de arte.

-¿Qué te parece si vamos en mi carro al parque central?

-Me parece bien, está cerca de mi apartamento, en realidad lo disfruto desde el balcón; casi nunca salgo a caminar, creo que soy bastante remolona.

Cuando llegaron Daniela pensó en dejar sus pertenencias en el carro, no estaba segura del tiempo que iba a quedarse, recordó que el hombre había mostrado interés en ver las pinturas, entonces no se sintió en la necesidad de dar explicaciones.

Después de dejar la chaqueta en el asiento del coche, Rodrigo tomó una manta del asiento posterior -al menos para que nos proteja la ropa -explicó con una sonrisa.

Caminaron disfrutando del entorno de plantas y de la calidez del sol que también había hecho impacto en el espíritu de Daniela. Cuando encontraron un lugar bastante tranquilo, pusieron la manta sobre el césped, se sentaron y continuaron disfrutando del magnífico día.

-¿Puedo ver las pinturas?

-Si, por supuesto, son trabajos pequeños, también tengo pintadas algunas telas grandes, pero siento que no están bien como yo quisiera -le dijo mientras las iba extendiendo sobre el césped.

-Ese es el problema, según dicen los entendidos los artistas nunca están conformes con su obra.

Créeme son muy buenas, pero tienen una definición muy parecida, es como si las personas que has pintado estuvieran tristes, lo mismo los paisajes y el cielo, en general son días nublados o de lluvia, pero al margen de este comentario, ¡son excelentes!

-¿Lo crees? con respecto a la tristeza, tienes razón, creo que se debe a mi estado de ánimo, últimamente lo que pinto tiene una misma definición "tristeza".

Rodrigo estaba embelesado con Daniela y el tiempo le pasó rápidamente, entonces intentó demorar el momento de la separación.

-¿Te puedo llevar a tu casa?

-No es necesario, puedo tomar un taxi, vivo al otro lado del parque, gracias de todos modos - respondió con seguridad.

-¿Podemos vernos mañana, salir a comer o ir al cine? lo que prefieras.

-No sé, no estoy segura de poder, la verdad es que estoy encantada de haberte conocido, pero como te dije, este es un mal momento, debo resolver algunas cosas y no quiero hacerte perder el tiempo.

-Al menos podemos hablarnos por teléfono.

-Por supuesto, te voy a llamar. ¿Te parece bien?

-Te doy mi tarjeta, también mi dirección de Internet, si tienes como hacerlo, nos podemos comunicar por esa vía.

La acompañó hasta la parada de taxis deseando que cambiara de actitud; pero Daniela le dio un rápido beso en la mejilla y sin más palabras subió al vehículo.

La vio alejarse con cierto temor de perder contacto con ella, sin entender el sentimiento tan espontáneo que estaba experimentando.

No es posible que me haya enamorado a primera vista. ¿O quizás en el fondo estoy tratando de sacar a Any de mi vida? -pensó sin tener una respuesta clara y también enojado con él mismo por la euforia que le había provocado el breve episodio.

~~~~~

Después de caminar por el parque y segura de la respuesta que iba a darle a Rodrigo, a su regreso, Mariana se sentó a escribir el mensaje, no tuvo dudas que su amigo iba responderle de inmediato.

Rodrigo;
Me gustaría aprender a bailar tango ¿Me quieres enseñar?
Comprendo que me ha llevado demasiado tiempo aceptar tu proposición, cuando me divorcié hice un paréntesis sentimental en mi vida, sin darme cuenta me estaba negando a vivir plenamente, pero creo que contigo puedo darme esa oportunidad.

Any

Después muy animada y con bastante felicidad por los sentimientos que estaban fluyendo como el agua de una fuente se dirigió a un centro comercial, entró en una casa de música recordando que Rodrigo había mencionado algunos tangos "Quiero estar preparada para responderle acerca del tema". En particular mencionó "Que falta que me haces", cantado por Julio Sosa. Todo el tiempo en sus oídos estuvo sonando el tango favorito de Rodrigo.

En cuanto regresó se sentó a leer el esperado mensaje, aunque no habían vuelto a comunicarse no puso en duda que él le había respondido. Al no encontrar la respuesta se sintió desalentada, reconociendo que por su indecisión no habían intercambiado números de teléfonos, también desconocía su apellido, desalentada comprendió que la comunicación entre ellos estaba sujeta al Internet. Se sintió desolada ante la posibilidad de un desencuentro.

El Email que envió Mariana había llegado a destino, pero al conocer a Daniela la vida de Rodrigo estaba tomando otro rumbo, cuando él comprobó que se trataba de Any, decidió no leerlo, estaba seguro que su amiga nuevamente le estaba sugiriendo que él se olvidara de sus legítimos sentimientos, tampoco quiso poner en peligro su nueva relación, entonces se prometió a si mismo no volver a contestarlos.

~~~~~

Cuando Daniela volvió a su apartamento no pudo menos que admitir que la compañía de Rodrigo le había agradado, también la gran tranquilidad experimentada a su lado.

Mientras se iba quitando la ropa escuchaba los mensajes que tenía en la máquina del teléfono, el primero era de la secretaria de su padre "Daniela su padre quiere saber si esta bien, que por favor lo llame."

También uno de su madre con bastante ansiedad "Por favor Danielita no te olvides que en dos semanas es nuestra fiesta de aniversario de casados, no debes faltar, tu padre y yo te esperamos, contéstame en cuanto puedas, entiendo que falta bastante, pero me resulta difícil comunicarme contigo y temo que hagas otro compromiso".

El siguiente era de su amiga Mechi "Estoy extrañada que no hayas ido a la escuela, quiero saber si estas bien, por favor no dejes de llamarme."

El último era de su tía Isabel, pero no le prestó atención. Les contesto más tarde -se dijo mientras se echaba en un sofá recordando las horas pasadas con Rodrigo, después se quedó profundamente dormida.

Una hora más tarde la despertó un llamado de Sergio.

-Quiero verte -le dijo llamándola desde el celular

-Estoy cansada -fue su respuesta sin entusiasmo alguno.

-No puedes hacerme esto, hace varios días no nos vemos; hoy traté de hablar contigo y tu celular estaba apagado. Estoy entrando en el edificio, paso solo un momento.

-¡Mejor no! -después de unos segundos de silencio, la llamó nuevamente.

-Ya estoy en la puerta -Daniela sin dudarlo lo hizo entrar y nuevamente cayó en su juego.

Como siempre Sergio ejerció su poder de seducción, la abrazó con fuerza y ella al sentirlo, se estremeció.

-¡Te amo! -le dijo él apasionadamente

-¡Te amo! -respondió Daniela en medio de las fuertes sensaciones que le provocaba el hombre.

-¡Te das cuenta, tu y yo tenemos que seguir juntos!

-Tienes razón, pero te quiero todo para mí, me hace daño pensar que aún estás con tu esposa.

-No siento nada por ella, compartimos la casa, pero no existe nada entre nosotros.

Una vez más con sus palabras la condujo hacia el mundo inexistente que había edificado para que ella no lo dejara.

~~~~~

Daniela y Mercedes (Mechi), meses atrás

Se conocieron en la Escuela de Arte y simpatizaron de inmediato, con el tiempo la amistad se fue acrecentando, Daniela pensaba que la amistad tenía un sentido especial, debido que se trataba de una verdadera elección, Mechi se había convertido en una compañía muy importante en su vida, estaba consciente que muchas veces era injusta con ella cuando le toleraba con cierta filosofía sus desplantes de mal humor, también las crisis de llanto que a menudo padecía.

La trataba con mucha paciencia, comprendiendo los motivos del comportamiento bastante desordenado de Daniela, aunque también le perdía la paciencia cuando ésta en forma casi ofensiva se negaba a escuchar alguna sugerencia de su parte.

Compartían pocos momentos, con excepción de las horas de clases y los recreos y ocasionalmente salían a comer o iban al cine. En general era Daniela quien tenía excusas y su tiempo bastante ocupado con Sergio.

~~~~~

Mechi y su historia

Siendo adolescente tuvo una hija que fue criada por su madre, con la intención que ella pudiera terminar los estudios secundarios. Debido a la escasez de dinero y las normales dificultades de la crianza no pudo seguir una carrera universitaria y optó por estudiar docencia, de inmediato comenzó a trabajar como maestra y en el tiempo libre siguió un profesorado en magisterio.

Con el tiempo reconoció su equivocación al haber traído un hijo al mundo siendo demasiado joven y sin estar casada. Aunque no había aceptado la sugerencia de su familia de provocar un aborto, tampoco había asumido la responsabilidad de la crianza, relegando en su madre todas las obligaciones. Estaba consciente que su hija Adriana tenía más predilección por su abuela que por ella.

Años después se casó estando enamorada y tiempo después debido a incompatibilidades con su esposo, se divorciaron, entonces decidió organizar su vida y continuar luchando sola para darle estabilidad a su pequeña familia

"Lo más importante es darle a mi hija un hogar seguro como hasta ahora -también pensaba que si en el futuro volvía enamorarse su prioridad iba a consistir en asegurar la relación de pareja y entonces traer más hijos al mundo y criarlos en una familia normal "Tampoco volvería a poner a mi madre en la obligación de hacerse cargo de mis problemas" - había pensado muchas veces con cierto cargo de conciencia.

Aceptó sus equivocaciones y se unió más a su familia, compartiendo más tiempo con su hija, disfrutando y aceptando que debía luchar para ganar el terreno perdido.

Mercedes es un ser humano poco complicado, maneja su vida con conceptos filosóficos muy simples, pero también acertados, a veces con demasiada franqueza y con expresiones poco ortodoxas. Tiene una gran personalidad, su carácter es fuerte el que a veces disimula detrás de una cálida sonrisa. Cuando decidió ingresar en la Escuela de Bellas Artes, lo hizo convencida que había llegado el momento de desarrollar sus inquietudes artísticas.

~~~~~

Pasada más de una semana que se conocieran, Daniela y Rodrigo volvieron a encontrarse varias veces y entraron en la misma cafetería, durante varias horas se entregaban con placer a una conversación bastante informal mientras compartían un café. Ella encontraba siempre excusas para evitar avanzar en la relación, sentía una especie de vergüenza con la situación, Sergio continuaba siendo el amor de su vida, mientras que Rodrigo llenaba con su calidez el vacío emocional en el que estaba inmersa. Las llamadas que ella prometiera a Rodrigo continuaban sin producirse y también evitaba darle su número de teléfono, no obstante el hombre continuaba embelesado, sintiendo que estaban próximos a entregarse el uno al otro, la aceptación de la mujer de compartir algunos momentos con él, le daban la seguridad que el momento estaba llegando.

En el último encuentro la besó y Daniela respondió con verdadero placer, pero de inmediato tomó una decisión; necesitaba poner distancia con Rodrigo. No le agradaba su propio comportamiento se juzgaba duramente aceptando que se trataba de un engaño inadmisible, reconocía que estaba comparando ambas personalidades y lo consideró injusto para con Sergio. Entonces decidió cambiar su recorrido habitual y provocar el desencuentro. En un principio Rodrigo temió que Daniela hubiera tenido algún problema, el que descartó de inmediato, ella siempre se mantenía distante, no obstante evidenciar que disfrutaba de su compañía.

Después de hacer el recorrido de siempre con la esperanza de encontrarla y tratando de dominar su enojo, volvió a la oficina, trabajó unas horas y después se dirigió a la milonga.

Mientras manejaba sin dejar de pensar en la mujer comenzó a experimentar cierto desasosiego por la actitud que consideraba un juego cruel, sin dejar de compararlo con la decepción que le había provocado la actitud de Any "Con Daniela no tiene porque repetirse, tengo que recuperar la confianza" -se dijo pensando que la atracción por ella era lo suficientemente fuerte para continuar.

Cuando entró al lugar el entorno lo sacó de sus pensamientos, se sintió reconfortado, aunque como siempre que escuchaba la letra o la música de un tango un sentimiento de nostalgia lo inundaba "El tango es para bailarlo con alguien especial" -pensó sintiendo un malestar que no podía dominar, todo parecía confabulado para tornar su vida en una especie de caos; haciendo un esfuerzo cambió de actitud mientras con su mirada buscaba la presencia de Esteban.

-¡Que sorpresa! Hacía mucho que no venías tan temprano

Rodrigo escuchó con satisfacción la voz de su gran amigo.

-Pensé en encontrarme contigo para contarte una experiencia que tuve, pero quédate tranquilo, no es nada malo, todo lo contrario, más tarde lo hablamos -le comentó Rodrigo sonriendo mientras le daba un fuerte abrazo.

-Vamos a sentarnos un momento y me cuentas -Esteban conocía muy bien a Rodrigo y comprendió que necesitaba ser escuchado.

-Hace poco tiempo conocí a una hermosa mujer, su nombre es Daniela, y que quieres que te diga, me impactó -le contó con detalles y mucha satisfacción como se habían conocido.

-Por tu expresión me parece que algo no funciona

-Lo cierto es que prácticamente desapareció. Lo cierto es que quedó en llamarme y nunca lo hizo y tampoco me dio su número de teléfono.

-¿Tienes forma de localizarla?

-Si, en el mismo lugar donde la conocí, pero desde hace una semana no he vuelto a verla. Estudia en una escuela de Arte y trabaja cerca de mi oficina, estoy bastante molesto con la situación, pero igualmente sigo esperando que aparezca.

-Es probable que haya tenido algún problema, lo debes tomar con calma.

-No te preocupes, solamente estoy molesto. En una de las charlas me hizo entender que estaba en una relación conflictiva y tratando de terminarla.

-¿Sabes exactamente de que se trata?

-No, no es tan importante, no te preocupes -dijo tratando de convencerse que podía sobrellevarlo.

-Pienso que debe ser una persona muy especial para que te hayas entusiasmado de esta forma, cuéntame algo de ella...

-Es muy bella, cabello claro, ojos verdes, inteligente, culta, además muy frágil, como si necesitara ser protegida.

-¡Y por supuesto despertó en ti el héroe escondido!

-Créeme Esteban, se trata de un gran entendimiento, me siento muy atraído más allá de cómo es físicamente. También estoy seguro que le agrado, aunque no me dio muchas esperanzas, pero de algo estoy convencido, no quiero perderla, por lo tanto voy a tener paciencia y esperar -dijo con énfasis y seguro de su decisión.

Aunque Esteban no quiso preguntarle por Any; fue Rodrigo quien le dio una rápida explicación.

-Lo de Any se terminó, no pude luchar contra su indiferencia. En otro momento te cuento.

La música continuó llenando el ambiente y los

dos buscaron alguien con quién bailar.

~~~~~

Mariana estuvo todo el tiempo pendiente de la respuesta, entrando continuamente en el Internet con la esperanza de encontrar el mensaje que seguía sin llegar, se asustó presintiendo que todo había terminado.

Rodrigo;

Me extraña que no me hayas respondido, de todos modos si tienes la oportunidad de contestarme y la invitación a bailar tango sigue en pie, me lo comunicas. Me gustaría saber que pasó contigo, estoy preocupada por tu silencio.

Any

Después de enviarlo pensó "Quizás está de viaje, pero es extraño que no se haya despedido. Lo importante es no desesperarme" -sin lograrlo llamó a su amiga deseando confiarle su relación con Rodrigo y lo acontecido en esos momentos.

Se pusieron de acuerdo para caminar por el parque, el clima estaba agradable, aunque Mariana parecía ausente debido a su estado de frustración.

Bety después de escuchar sorprendida la confidencia, guardó silencio, molesta por la falta de confianza de su amiga que nunca le había hecho referencia de ese pasaje de su vida.

-Entiendo que hice mal en ocultártelo, en primer lugar no lo hice porque comenzó meses atrás, cuando nosotras no nos conocíamos, además lo apreciaba como a un amigo. Todo cambió de golpe y comencé a sentir en forma diferente.

-¿Sabes su número de teléfono o al menos adonde trabaja?

-No, en realidad nunca pensé que esto pasaría de una relación a través del Internet, imagínate, ni siquiera conozco su voz, y fue mi culpa porque nunca quise que nos comunicarnos en persona.

-Estás enamorada de un desconocido, además creo que muy desanimada para hablar de esa forma -opinó Bety.

-Tienes razón, tengo que meditar para tranquilizarme y también visualizar lo que quiero, estoy ansiosa y enojada conmigo misma, pero por favor no te preocupes, lo que sucede es que temo perderlo, es un hombre muy agradable y sensible, además me atrae su simpleza de carácter, y lo más importante, tiene buen sentido del humor -continuó hablando con cierto dejo de emoción.

-¡Por favor no hagas un mundo! Recuerda que no lo conoces en persona, y puede ser diferente a como lo imaginas, no quiero ofenderte, pero no levantes castillos en el aire.

-La verdad es que estoy enamorada y presiento que es sincero, por supuesto, lo comprendí demasiado tarde.

Continuaron con la conversación hasta que la mente de Mariana pareció necesitar descanso, entonces le propuso a Bety.

-¿Que te parece si vamos al cine así te dejo descansar de mis problemas?

-Me encanta la idea, además tienes razón, esta noche seguro que sueño con el misterioso hombre del Internet -las dos rieron con la ocurrencia.

Después de la función salieron a cenar y desmenuzar el tema de la película. La relación entre ellas se desarrollaba en una especie de superación individual, ambas disfrutaban de la buena lectura; hablaban de política, adelantos en la medicina; de temas variados que leían y después discutían para ampliar sus conocimientos. En poco tiempo el entendimiento había sido completo, se consideraban casi hermanas. La confidencia de Mariana con respecto a Rodrigo había solidificado aún más la amistad, sabían que podían contar la una en la otra como una verdadera familia. Nunca pensaron en vivir juntas debido a que tenían diferentes estilos de vida y ambas eran propietarias de sus viviendas.

-De ese tema estuvimos hablando con tu padre, por supuesto eres una persona adulta y por lo tanto deberías entender que no importa lo que nos pase, somos una familia y no podemos estar desunidos como viene ocurriendo, pero hay algo más, Silvia me comentó que estas saliendo con Sergio Grau, quizás lo ignores, pero ellos son amigos desde hace varios años, lo cierto es que le llamó la atención que la noche de la fiesta de casamiento ustedes estuvieran juntos todo el tiempo.

Tu conoces a mi hermana, evidentemente con sus trucos consiguió que él aceptara que está saliendo contigo. Julia también está enterada, aunque Silvia me aseguró que no le contó nada, y que la mujer fue atando cabos, en resumen, Julia está muy molesta con la situación y te mandó un mensaje, quiere hablar contigo porque considera que su esposo te está mintiendo.

-¿De que hablas? Esa fiesta fue meses atrás -le respondió Daniela con una fingida sorpresa.

-¡Por favor, prefiero que me digas que no me meta en tus cosas a que me mientas! No importa que lo niegues, pero creo que es muy importante que sepas la verdad -Isabel estaba molesta por la situación, esperando recibir una explicación sincera.

-¿De que estás hablando? -le respondió sintiéndose acorralada.

-¡No quiero que me cuentes nada, pero presta atención porque estos chismes ya están corriendo y nadie los puede detener! Alguien me dijo algo muy inteligente acerca de los rumores "es como romper un papel en muchos pedazos y arrojarlos por una ventana en un día de viento. ¿Podrías juntarlos nuevamente y darles otro destino? Además estamos hablando de nuestra familia y creo que siempre nos hemos manejado con mucha ética. Le pregunté a tu padre si estaba enterado, más que nada para evitar que lo supiera de otra forma, me respondió que no y que estaba seguro que se trataba de un error.

Daniela sintió un escalofrío pensando que su padre aún confiaba en ella.

-¡Te estás dejando llevar por los chismes de Silvia!

-¡No te equivoques conmigo, mi hermana no puede envolverme en sus habladurías, estoy tratando el tema con toda seguridad y aunque Sergio te haya contado que se están divorciando, Julia asegura que miente! ¡Deberías exigir que ese hombre te diga la verdad!

-Voy a tener una conversación con tía Silvia ¡se está metiendo en lo que no le concierne!, además tengo que frenarla antes que hable con mis padres.

-Puedes hacer lo que quieras, pero recuerda que ella los conoce desde hace años y no me sorprendería que esté tratando de llegar al fondo, sabemos que su debilidad son la habladurías y tenemos que reconocer que es muy habilidosa. Daniela quiero ayudarte, no me importan los comentarios de mi hermana, pero si tu felicidad y aunque no te agrade, yo estoy siempre pendiente de ti -concluyó Isabel convencida que Daniela podía estar siendo mal influenciada por el hombre. Evitó decirle que había visto a Sergio en el edificio donde ella vivía, consideró que no era el momento apropiado debido a que ésta no quería admitir nada y nuevamente no quiso humillarla.

Daniela quedó bastante molesta con la conversación, admitiendo que Isabel estaba bien informada "Tengo que estar segura que Silvia realmente conoce la verdad".

Decidió llamarla con la intención de ponerle un freno a los rumores que estaban circulando.

-Soy Daniela.

-Que sorpresa, hace bastante tiempo que no hablamos -enseguida comprendió que la joven estaba enojada.

-Tía no me importa lo que digas de mí, pero no quiero que mis padres tengan problemas ¡si ellos se enteran de lo que estás divulgando, van a sentirse mal y no te lo voy a perdonar!

-Si estas hablando de tu relación con Sergio, no me culpes...

-¡Es mejor que dejes de inventar cuentos para llenar tu tiempo! Por favor...

-Quédate tranquila de mi parte no lo van a saber, pero recuerda ¡Estás haciendo mal las cosas! No hace falta que te recuerde que Sergio está casado con mi mejor amiga.

-Confío en ti. ¡Cumple con tu palabra!

-No lo pongas en duda, pero yo no soy responsable de tus actos -le respondió Silvia sin dar más explicaciones. La despedida entre las dos fue tensa.

Daniela no podía confiar en su tía, y aunque no pudo saber de donde provenía la información era evidente que estaba al tanto de la relación "Las cosas se están enredando por su culpa, para colmo Sergio sigue sin tomar ninguna decisión" –pensó preocupada.

~~~~~

No obstante la extraña desaparición de Daniela, Rodrigo estuvo esperando la llamada prometida o su aparición en los lugares habituales, debido a su estado de soledad pensó en comunicarse con Any, pero lo evitó decidido a resolver su nuevo problema sentimental sin buscar paliativos.

Salió temprano de su apartamento, se sentía abrumado por el silencio de la mujer y también incapaz de superar otra desilusión. Decidió ir a la milonga con la intención de sacarse de encima los pensamientos negativos.

Después de intercambiar unas palabras con Esteban resolvieron conversar al final de la velada. Cada uno buscó con quien bailar y se entregaron completamente al baile. Cuando salían de la milonga, cansados pero con muy buen humor Esteban le dijo a su amigo con bastante seriedad.

-Las personas que se siente identificadas por el tango, bailando o escuchando su música, y al igual que nosotros, nunca se sentirán solas ni tampoco aburridas.

-Tienes razón, pero te olvidaste de mencionar algo muy importante, también extenuados -bromeó Rodrigo.

Muy animados decidieron ir a tomar una copa o un café para alargar la noche

-Empecemos con una copa de vino -dijo Rodrigo con cierta seriedad al recordar a Daniela y la posibilidad de no volver a verla.

-Nunca terminaste de contarme que pasó con Any, la joven del Internet -preguntó Esteban asombrado por los actuales acontecimientos.

-Parece que no tengo suerte, ella no quiso que nos conociéramos, tuvo demasiadas dudas y por supuesto me sentí defraudado, pero si alguna vez cambia de idea y aún estoy solo, la trataría nuevamente, es una mujer excepcional, admiro su inteligencia, también me agrada como se expresa, además es muy intuitiva.

-A lo mejor creaste un ideal de mujer y no es como supones, pero de todos modos pienso que te apuraste en dejarla, o realmente no estabas enamorado.

-Ya no estoy seguro de nada, además le di suficiente tiempo para que tomara una decisión, pero me puso en una encrucijada, quería que me olvidara de mis sentimientos. De todos modos es parte de mi pasado aunque sea reciente, y quien no te dice que Daniela es realmente la mujer de mi vida, además es real, estuve a su lado, mientras que Any fue una especie de fantasma.

-Rodrigo, entiendo tu entusiasmo, pero yo en tu lugar no apresuraría nada, ¡por favor no te metas en una relación conflictiva!

Continuaron hablando de todo, fútbol, cine, pasado, presente, mujeres, y también de tango.

Cuando se despedían, Rodrigo se sintió algo mareado

-Es que no comí nada, recién me acuerdo

-¿Que te parece si te llevo a tu apartamento y mañana vienes a buscar el carro?

-Esta bien, no sea cosa que me pare la *cana.

No bien se sentaron se escuchó la música de un tango.

-Tiene ese ritmo único, bueno creo que no hay tango que no me despierte este sentimiento -Esteban comenzó a cantar "Sur, paredón y después, sur una luz de almacén...ya nunca me verás como vieras recostado en la vidriera y esperándote...-después cantaron a dúo, hasta que llegaron la música los entretuvo.

Esa noche Rodrigo se sintió enfermo, en un principio no pudo conciliar el sueño, sus pensamientos estaban concentrados en Daniela, hasta que finalmente se durmió. Se despertó cerca de las 9 de la mañana, le costó abrir los ojos, tenía dolor de cabeza y malestar en el estómago "Voy a buscar mi carro, tomo una ducha y me voy a correr al parque, así me saco la resaca de encima" -concluyó enojándose con el mismo.

*Cana, en dialecto lunfardo de Argentina significa agente de policía.

Después de buscar inútilmente el mensaje de Rodrigo, Mariana comenzó a deprimirse, decidió llamar a Bety con una enorme necesidad de ser escuchada.

-¿Que pasa amiga?

-Lo mismo, el silencio de Rodrigo.

-Puede ser por varios motivos; está de viaje o pensando como llegar a ti sin que lo rechaces ¿Por qué no te tranquilizas y le das unos días?

-Entiendo que me haría bien, pero ya pasaron varias semanas y necesito encontrar una respuesta, la que sea, pero que me quite esta incertidumbre.

-Estás desesperándote por algo que no puedes manejar -Mariana no se sintió conforme con las palabras de Bety, su cambio de sentimientos estaba resultando doloroso y difícil. Cada una debió continuar con sus obligaciones y la conversación quedó sin que encontraran ninguna solución.

En la mañana siguiente no bien se levantó, Mariana buscó el ansiado mensaje, pero fue en vano

-La mañana está hermosa, me voy a correr al parque y vienes conmigo -dijo hablando con Sol, mientras se ponía la ropa de gimnasia.

Cuando llegó se sintió increíblemente bien, como siempre el ambiente natural le produjo bastante energía. Después de hacer un rápido calentamiento comenzó correr, el animal la seguía disfrutando de su propio trote y para estar cerca de su dueña, cuando se cansó se echó sobre el césped bajo un frondoso árbol, entonces Mariana que sabía de la poca resistencia del animal, la ató a un banco con la correa.

-Enseguida vuelvo -le dijo mientras la acariciaba. En ese momento Rodrigo a pocos pasos de ella, comenzaba su recorrido, se cruzaron en el camino y aunque en una de las rotondas se volvieron a encontrar e intercambiaron una sonrisa, no hubo ningún tipo de presentimiento en ellos. Mariana iba escuchando el CD de tangos y Rodrigo nunca imagino que la desconocida iba pensando en él, sumergida en un mar de presunciones.

El destino nuevamente tejiendo su trama, los acercó y separó como una caprichosa ráfaga de viento.

Cuando Mariana regresó a su casa una vez más volvió al Internet, al no encontrar respuesta pensó que todo estaba terminado. Se enojó con ella misma por haber tomado demasiado tiempo en aceptarlo, aceptando que las personas funcionaban en diferentes tiempos y necesidades y que ella cerrada en sus conceptos, no había percibido las urgencias de Rodrigo.

Al admitir el error sintió que el mundo había perdido importancia, todo a su alrededor parecía moverse con lentitud, suspendida en el espacio, percibiendo una especie de vacío e inestabilidad que le resultaba difícil de controlar. Su propia ansiedad no la dejaba encontrar el punto exacto en donde trabajar su energía, necesitaba con urgencia ayudarse para recuperar su anterior estado de tranquilidad. Consciente de su desequilibrio y poniendo en práctica sus propios conceptos, decidió trabajar en ello, entonces resolvió enfrascarse en sus actividades para evitar que la depresión como tiempo atrás, hiciera presa de ella, pero no obstante su empeño, no lograba estabilizarse.

Bety tenía la mañana libre y decidió pasarla con Mariana, cuando estuvo frente a ella no pudo menos que expresar su desconcierto.

-¿Qué pasa contigo? ¡No es posible que te estés haciendo daño a ti misma de esa forma!

-No puedo evitarlo, te lo digo seriamente.

-Te comportas como una niña caprichosa, esperas que ya mismo se arregle todo y las cosas no siempre son como uno quiere, así que por favor ¡te preparas y nos vamos a caminar! ¿De acuerdo?

~~~~~

Daniela necesitaba tener la certeza que Silvia estaba al tanto de todo, también le preocupaba que sus padres se enteraran de los pormenores de su relación sentimental a través de ella, entonces decidió conversarlo con Sergio, segura que éste había cometido alguna indiscreción

-Necesito hablar contigo, ¿puedes venir ahora? No cuento con mucho tiempo, mi tía Isabel viene a visitarme -utilizó la excusa para evitar que quisiera quedarse. Se estaba sintiendo controlada por él y decidió manejar la situación con otro enfoque.

Para Daniela era importante que Sergio actuara con franqueza, en ese momento todo parecía estar en su contra, creando sombras en la ya controvertida relación.

El hombre llegó a la hora convenida; cuando estuvo frente a ella advirtió cierta seriedad, entonces la besó con sentimiento.

-¿A que se debe esta urgencia? -le preguntó temeroso de haber cometido algún error, estaba experimentando una gran desconfianza como resultado de su propia conducta, pensando que ella podía haberle preparado una trampa y utilizara mentiras para sonsacarle algo.

-¿Tienes algún problema o deseabas verme? insistió sin demostrar su preocupación.

Daniela le explicó la conversación mantenida con Silvia; también que parte de su familia estaba enterada de la relación.

-¡No quiero hablar mal de tu tía, pero pienso que inventó todo para que cayeras en su trampa y aceptaras que nosotros estamos juntos! está acostumbrada a ese juego del gato y el ratón, no sé quien pudo haberle dicho algo de nosotros.

Recuerda fue ella la que nos presentó en la fiesta, y nosotros estuvimos juntos toda la noche, entonces debió elaborar una historia, además alguien nos pudo haber visto en otra parte.

Recuerda que lo nuestro puede despertar envidia y por lo tanto problemas, siento mucho que estés pasando por todo esto, pero a veces las dificultades fortalecen el amor.

-Sigo sin entender como supo de nosotros, mi tía es una intrigante, pero menos inteligente de lo que creemos, entiendo que pudo sacar conclusiones, pero es evidente que está basándose en algo que conoce, ¿Estas seguro que nunca le dijiste nada? -le preguntó ella con mucha seriedad y denotando una gran preocupación.

Sergio aprovechó para sacarle partido a la intervención de Silvia, buscando la forma de apaciguar el fastidio que Daniela estaba experimentando.

-¡No soy tan estúpido! ¡Recuerda que ellas son muy amigas y es posible que estén tramando algo en nuestra contra! Ninguna de las dos merece mi confianza, también es posible que Julia haya contratado un investigador.

A los ojos de Daniela la situación seguía confusa, pero la cercanía de Sergio la ponía en posición de desventaja, no podía combatir sus sentimientos por él, estaba dispuesta a defenderse de lo que consideraba intrigas de parte de Silvia "Tengo que combatirla, no tiene ningún derecho de inmiscuirse en mi vida. Sergio una vez más ante sus ojos, se convirtió en una víctima, entonces sintió por su tía una furia que la hizo estremecer.

El no insistió en quedarse debido a las excusas que le había dado Daniela, no le agradó la situación, ella era demasiado excitante y no hacer el amor lo frustraba.

~~~~~

Mariana se preparó para ir a la librería, pero a pesar de su propósito de intentar olvidar a Rodrigo, continuaba amarrada al Internet. Pensó que su silencio podía ser un juego para que ella recapacitara, pero no encontró pautas, tampoco quiso poner en duda el comportamiento ético del hombre, entonces continuó culpándose a si misma por la situación.

Mientras manejaba puso un CD de Deepak Chopra y se sintió reconfortada con sus palabras, lo admiraba y consideraba un fabuloso y pragmático filósofo.

En toda la mañana no pudo dejar de pensar como podía localizar a Rodrigo, hasta que finalmente recordó que le había mencionado que acostumbraba ir a una milonga que estaba en pleno centro y abierta todo el día -se emocionó sintiendo que finalmente podía encontrarlo "Tengo que tratar ¿Pero podré reconocerlo? ¿Mi corazón me dirá algo?".

Haciendo varios llamados consiguió la dirección del lugar; no obstante su ansiedad decidió tomar unos días para estar segura de los pasos a seguir, de inmediato se comunicó con su amiga, necesitaba compartir su plan con ella.

-¡Creo que puedo encontrarlo! En una oportunidad; me dijo que frecuentaba un lugar de tango en pleno centro.

-¿Sabes donde queda? Pienso que debe haber varios ¿No?

-Por supuesto, pero Rodrigo me dijo que el lugar estaba abierto todo el día y toda la semana y que era el único de ese tipo.

-¡Me alegra Mariana! me parece bien que lo intentes

¿Pero como vas a reaccionar si lo encuentras acompañado? tu siempre dices que los hombres son muy prácticos y enseguida buscan otra compañía.

-Es verdad, lo digo y lo creo, pero no puedo dejar de intentarlo.

-Tienes razón, por favor no te ilusiones demasiado, en estos momentos estás propensa a deprimirte y lo creas o no amiga mía, ningún hombre merece nuestras lágrimas, además si estamos anímicamente mal no los atraemos, a ellos les gustan las sonrisas y que estemos siempre de buen ánimo y dispuestas a todo.

-Parece que estamos en conflicto con los hombres o que somos feministas ¡Me gusta el tema!. Creo que estamos a la defensiva porque tenemos muchas batallas aún por ganar con respecto al rol que estamos ocupando en esta sociedad manejada por el sexo masculino y debemos exigir que los hombres nos comprendan y nos respeten -continuó Mariana segura de su apreciación, recordando fugazmente sus conversaciones con Rodrigo.

-Yo pienso como tú, pero es algo que tenemos que hacer bien y por supuesto nuestro valuarte tiene que ser una conducta intachable, nuestra imagen como mujeres no debe cambiar, porque seguimos siendo madres y por consiguiente un ejemplo para nuestros hijos, no importa el trabajo que desempeñemos, es importante que ellos reciban la guías perfectas para evitarles desvíos y contradicciones en su conducta.

-Yo también creo que la familia es lo más importante, y todos los cambios que hagamos tienen que estar sujetos a la estabilidad familiar.

Como dices, no es fácil, pero es importante, y al margen es importante continuar teniendo ingerencia directa con el mundo y no a través de los hombres. También necesitamos apreciación por nuestro esfuerzo, no es fácil trabajar y cuidar de una familia.

-Es cierto, pero seguimos siendo mujeres y según un concepto machista, el hogar es nuestra responsabilidad, y por supuesto ellos continúan siendo los caciques.

-Tienes razón, pero creo que en parte es debido a nuestra constitución emocional, nosotras ante cualquier crisis lloramos y nuestra seguridad tambalea; por supuesto es nuestra naturaleza, aunque para ellos, esa actitud puede significar debilidad –concluyó Mariana volviendo a poner sus pensamientos en su amigo del Internet y aferrada a su nueva esperanza cambio el tema.

-¡Tengo que encontrarlo!

-Pienso que tienes que intentarlo, te pido disculpas por haber cambiado el tema, al igual que tu llevo bastante tiempo sin nadie a mi lado y he podido sobrevivir, además no estoy segura si aún es posible encontrar pareja a mi edad, tu sabes que ya estoy cerca de los 50.

-Creo que exageras, y que son excusas de tu parte. La verdad es que aún eres joven para casarte, además piensa que si encontramos la persona ideal, cualquier edad es buena.

-Así es amiga, es posible que mi media naranja esté en algún lugar, y por supuesto la tuya también, supongo que mis quejas tienen un fundamento ¡emancipada o no, me gustaría tener un buen compañero!

-Lo que necesitamos es compartir la vida con alguien que nos quiera y a quien querer.

La conversación, sumada a su plan de buscar a Rodrigo en la milonga, le dio a Mariana la entereza que necesitaba.

~~~~~

A la salida de la escuela, Mercedes y Daniela se dirigieron a una cafetería con la intención de conversar tranquilas.

-¿Que tienes para contarme? -le preguntó convencida que su amiga continuaba sin encontrar solución a sus problemas sentimentales. Daniela decidió no comentarle acerca de la historia que se había formado con la intervención de Silvia, percibía que algo no encajaba y prefirió no hacer comentarios y menos entrar en un análisis de la situación; consideraba que su amiga era demasiado perspicaz y no bien le contara lo sucedido, sus comentarios podían ser adversos.

-Conocí a un hombre muy apuesto, aunque me agradó bastante, fue algo circunstancial, pero si estuviera sola pienso que sería la persona adecuada para mí, su nombre es Rodrigo.

-Podría ser la solución de tus problemas, tienes que pensar que estás acompañada, pero siempre demasiado sola, ¿Porque no lo intentas?

-¡No entiendo porque insistes que deje a Sergio! ¡Lo amo y no voy a dejarlo! Él desea casarse conmigo, pero su esposa lo amenaza con no dejarle ver a los niños si se divorcian -le dijo intentando creer en sus conceptos.

-¿Estas segura que está diciendo la verdad? Nadie puede negarle el derecho de ver a sus hijos, tampoco hay ninguna razón para que permanezcan juntos, te asegura que no la quiere, pero la gente en estas circunstancias se divorcia.

-No todas las personas piensan y proceden igual. A Sergio le aterran las reacciones de Julia, además no quiere que los hijos sufran.

-En eso tiene razón, porque en definitiva los únicos que salen perjudicados son los niños, en realidad de cualquier forma, porque si la pareja sigue junta sin amarse, surgen discusiones y el hogar se transforma en un infierno. Volviendo a tu situación y para serte franca, creo que la única persona que puede resolver éste problema es Daniela Marino.

-No sé que decirte, es como que no tengo respuestas, ¡además yo no soy responsable del comportamiento de Julia, ella no nos deja otra salida!

-Tienes razón la situación es complicada, de todos modos pienso que deberías exigir definiciones, para mucha gente es muy cómodo excusar sus propios errores y esperar que el tiempo lo solucione todo. ¡Hay cosas que solo se pueden arreglar tomando el toro por las astas!

-¿Qué quieres decir? ¡Que yo no estoy enfrentando el problema!-preguntó y respondió Daniela bastante alterada.

-En realidad lo dije refiriéndome a Julia y Sergio, aunque creo que te viene como anillo al dedo. ¡Tienes que intentar llegar a la verdad! ¡Alguien tiene que hacerlo! Pienso que deberías hablar con Silvia, ellos son amigos, sería bueno que te dijera como son realmente las cosas -le dijo poniéndola en la encrucijada de decir parte de lo que había ocurrido.

-Tú no conoces a mi tía, además creo que no te mencioné que hace unos días hablé con ella. Lo hice porque ha comenzado a intervenir en mi vida, esta al tanto de mi relación con Sergio y temo que hable con mis padres. Tampoco lo admití, sería como contárselo a la prensa, entraría en un juego que le gusta mucho y es el de hablar de todo el mundo; lo cierto es que ya comenzó.

-Entonces para salir de esta maraña deberías exigirle a tu novio que tome una decisión al respecto y se mude contigo, de esa forma llegarías a conocerlo mejor.

-¡No me entiendes! Cualquier movida de esa índole nos perjudicaría.

Sonrió al escuchar las excusas que ponía Daniela, especialmente a sí misma

-Bueno ante ese panorama creo que es mejor dejar que el tiempo pase y esperar los acontecimientos ¿Te das cuenta en que historia estás metida? Perdóname, pero que clase de gente es esta que acepta y vive en medio de mentiras ¡además no entiendo porque estas tan aferrada a una relación que no te hace feliz!

-Estamos enamorados y lo único que Sergio me pide es tiempo para arreglar sus problemas. Lo siento Mechi, prefiero no hablar más del tema, es como si no me creyeras -respondió Daniela de mal humor.

-Esta bien, mi intención fue la de ayudarte, te prometo no abrir mi enorme bocaza hasta que tu me lo pidas ¿De acuerdo?

Después se separaron, ninguna quedó conforme con la conversación, sobre todo Mercedes que no llegaba a entender la intransigencia de su amiga.

Durante la discusión el comentario con respecto Rodrigo quedó trunco.

Como consecuencia Daniela una vez más debió luchar con sus dudas y temores sin arribar a ninguna conclusión, con su necedad seguía encerrada en un círculo que no la conducía a ninguna parte.

Sergio a la vez continuaba mintiendo para que ella no preguntara demasiado, jugaba con su credibilidad, aunque por momentos reconocía que estaba poniendo en riesgo la relación y que el hilo que soportaba el amor de Daniela en cualquier momento se podía romper.

~~~~~~

Los amigos se encontraron para cenar y después pasar un rato en la milonga.

Esteban notó que Rodrigo estaba algo molesto.

-¿Qué sucede? ¿Todavía te duele la cabeza? O se trata de Daniela. ¿Te llamó alguna vez?

-No, pero voy a darle más tiempo, que quieres que te diga, la muchacha es algo especial y pienso insistir. Si el problema que tiene es un hombre voy conseguir que cambie de idea, es evidente que no es feliz y supongo que no puede escapar de una relación conflictiva -respondió con énfasis.

Esteban hizo un gesto de duda, no obstante trató de animar a su amigo.

-Tienes razón; no podemos abandonar al primer contratiempo, aunque la situación que me has planteado no es muy clara.

-No te preocupes demasiado, me voy a manejar con cuidado y con respecto a mi cabeza ahora está bien.

Esa mañana corrí por el parque y creo que eliminé toneladas de toxinas, además no entiendo porque me sentí mal, creo que apenas tomé dos copas de vino.

-Con el estómago vacío y algunos nervios de por medio

-Tienes razón, tengo que poner más atención en mi mismo.

-No me has contado como te sientes, creo que te cansaste de estar solo ¿Verdad? -dijo Esteban algo pensativo mientras analizaba sus propias conclusiones.

-Es posible, pero no entiendo porque me entusiasmo de esta forma con una mujer ¡Ya no soy un muchacho!

-Es probable que estemos sintiendo la soledad, mis hijos piensan que estoy demasiado solo y por esa razón insisten en que viva con alguno de ellos, pero en el fondo no es la clase de compañía que necesito. Ellos tienen su propia vida y yo la mía, con o sin compañera. Tampoco quiero estar en medio de sus problemas cotidianos no creo estar viejo como para necesitar cuidados ¡No entiendo porque se preocupan tanto!

Rodrigo que había permanecido callado analizando las palabras de Esteban dio su opinión

-Supongo que se debe a que hiciste de ellos personas responsables y te quieren, eso es todo.

Con respecto a nuestra posición de solteros empedernidos, tienes razón, creo que los dos estamos en la misma situación.

Por mi parte estoy cansado de relaciones intrascendentes, lo malo es que nadie me hizo sentir diferente y me acostumbré a vivir con absoluta libertad.

-Tienes razón es agradable hacer lo que uno quiere, pero las personas necesitamos compañía y la soledad en alguna medida siempre nos afecta.

-Por eso lo estamos analizando, si todo estuviera bien no hablaríamos del tema, pero de algo estoy seguro. ¡No quiero equivocarme! por supuesto voy a estar a la expectativa y con los ojos bien abiertos hasta encontrar la persona indicada, se llame Any, Ana María o Daniela -dijo riendo y contagiando a Esteban con su risa.

-Pero ¿quién es Ana María?

-Pienso que puede ser el verdadero nombre de Any, aunque es una historia terminada.

-De todos modos estamos hablando de lo mismo, encontrar una compañera, pero tenemos que esperar que los acontecimientos nos marquen el camino. No podemos buscar pareja basados en nuestras necesidades, más bien dejar la puerta abierta hasta que la vida nos dé la señal que ha llegado la persona indicada.

-Para colmo estamos algo exigentes y no queremos equivocarnos porque a nuestra edad representaría entre otras cosas, tiempo perdido y dolores de cabeza -por una fracción de segundos Rodrigo volvió a pensar en Daniela, pero de inmediato retornó a la charla.

Ambos a pesar de sus diferentes personalidades en sus puntos de vista eran similares, se complementaban perfectamente, el respeto entre ellos era mutuo y profundo.

En los años de amistad en raras ocasiones habían tenido altercados o desacuerdos entre ellos. Esteban lo consideraba como a un hermano menor que cada tanto necesitaba ser escuchado y si era necesario, aconsejado; para Rodrigo, Esteban era casi perfecto, un ser humano excepcional, un verdadero hermano, más cercano que los suyos propios.

~~~~~

Al comenzar la semana Rodrigo caminó despacio por el mismo lugar donde conociera a Daniela, estaba seguro de encontrarla, su presentimiento se hizo realidad, la vio como siempre sumida en sus pensamientos, se detuvo a esperarla, pero no pudo menos que sentirse extraño y ligeramente incómodo con la evidente indiferencia que la mantenía estancada en su propio mundo, pero no obstante las contrariedades, necesitaba tenerla cerca para disfrutar de sus propios sentimientos.

-¡Que gusto verte! -la saludó mientras le entregaba un ramo de flores mientras la besaba en la mejilla, el contacto aunque muy suave, los hizo estremecer, él sintió que sus sensaciones estaban muy próximas al amor

-¡Hola! No pensé que vendrías -la aparición de Rodrigo la había tomado de sorpresa

-Deseaba verte y hablar contigo.

-Si quieres podemos tomar un café y charlar -le aclaró ella apartándose para evitar que el hombre tuviera otra demostración de afecto, no obstante lo saludó con una sonrisa que lo cautivó.

Sentados frente a una mesa y mientras saboreaban un café, en una situación similar a las semanas anteriores, Daniela interiormente se estaba haciendo un planteo "Me gusta, pero no puedo hacer nada, estoy enamorada de Sergio y aunque no soy completamente feliz, no voy a dejarlo hasta que las cosas realmente no tengan arreglo".

-¿Que pasó contigo? Estuve esperando tu llamado, pero tengo la impresión que no te acordaste de mí.

-Yo te lo advertí, estoy atravesando un mal momento, pero tienes razón, debería haberte llamado.

-Además creo que estás necesitando escapar al menos por unas horas de esa situación que te tiene tan mal -le dijo Rodrigo con sinceridad y también manifestando sus deseos de tenerla cerca.

-Estoy de acuerdo, después de clases podemos ir a la milonga ¿Te gustaría?

-¡Fantástico! solo tienes que decirme a que hora te paso a buscar y adonde -le respondió feliz y asombrado por la inesperada sugerencia.

-No, mejor te llamo más tarde así combinamos todo. ¿Te parece bien? tengo que irme, olvidé decirte, no tengo computadora. -le dijo mientras se alejaba.

-No tiene importancia -le respondió bastante excitado con los planes. Cuando se quedó solo recordó que la vez anterior y a pesar de su promesa, Daniela no se había comunicado.

Entonces experimentó cierta inseguridad, pero estaba demasiado feliz y no quiso darle cabida a sus dudas.

No bien llegó a la oficina llamó a Esteban para contarle lo ocurrido.

-Esperé a Daniela donde siempre, cerca de la escuela, estuvimos hablando y ella misma me sugirió que fuéramos a la milonga ¿Lo puedes creer? ¡Es la primera vez que me pasa esto de estar entusiasmado con alguien y en tan poco tiempo!

-Y estúpido también -le respondió Esteban con una carcajada.

Mientras esperaba el llamado, Rodrigo se sentó frente a la computadora, recordó la correspondencia que había mantenido con Any y comenzó a chequear los mensajes. Encontró algunos que no había leído y con la respuesta que tiempo atrás había esperado casi con desesperación.

Le gustó la forma en que aceptaba que se conocieran, pero no se sintió motivado para responderle, Daniela estaba ocupando un lugar muy importante en su vida y Any era una historia terminada. "No voy a responderlos, no quiero crearle expectativas y menos lastimarla" -se dijo a sí mismo con cierta nostalgia recordando el tiempo en que habían estado comunicados. "Que pena que no pudo ser" -estos pensamientos lo hicieron recapacitar y tuvo la sensación que se estaba equivocando al comenzar una nueva relación cuando el recuerdo de la joven del Internet aún lo conmovía.

~~~~~

Mariana finalmente decidió ir a la milonga y llamó a Bety para comentarle acerca de sus planes.

-Decidí no esperar más tiempo, pero estoy nerviosa y me gustaría que me acompañaras.

-¡Cuánto lo siento! Hoy tengo que trabajar, no puedo cambiar mi turno ¿Pero has tomado el tiempo suficiente para pensar?

-No tanto como quería, pero creo que es mejor tener alguna respuesta lo antes posible, no quiero esperar más. ¿Entiendes mi ansiedad? ¡Necesito hacer algo para volver a tener tranquilidad!

-¡Por supuesto que te entiendo! Te prometo que el primer día libre que tenga voy contigo, la verdad es que me gustaría conocer el lugar, pero no dejes de ir, no creo que haya ningún problema en que lo hagas sola, ¡estoy segura que lo vas a pasar muy bien! -le dijo dolida ante la angustia demostrada por Mariana

-Tienes razón, además quieres que te diga la verdad, estoy enojada conmigo por estar pasando tantos nervios.

-Estás preocupada y culpándote, lo importante es que te tranquilices, porque con ese estado de nervios no vas a conseguir que las cosas cambien, además de sacarte, como siempre dices, de tu mundo de paz.

-Tienes razón, pero es la primera vez que experimento esta sensación y creo que debe ser una reacción normal en cualquier estado de enamoramiento ¿No?

-Trata de pensar positivamente, debes tranquilizarte, que si el hombre es para ti, nadie te lo quita, como dice la canción.

Además es bueno tener motivos que nos aceleren los latidos del corazón y ya es tiempo que encuentres pareja, por supuesto espero que sea Rodrigo.

Mariana sonrió, pero debido a sus expectativas estaba como ausente y casi no escuchó las últimas palabras de Bety.

-Perdón, pero creo que estoy completamente fuera de mis cabales, es tanta la ansiedad y los temores que tengo, que no se como manejarlos –dijo volviendo a la realidad.

-Problemas o no Mariana te tienes que cuidar, es importante que estés alerta, sobre todo cuando manejas, créeme me tienes algo preocupada, en realidad no quise decírtelo antes, esperando que tus cosas se encaminaran ¡Tienes que prometerme que vas a estar consciente de tus movidas!

-Prometido, estoy de acuerdo contigo, un mal estado anímico puede hacernos cometer equivocaciones.

-De todos modos creo que voy a estar más cerca de ti de lo que supones, esta vez no te puedo acompañar ¡La próxima, vamos juntas!

La preocupación de Bety era fundada, desde hacía varias semanas Mariana estaba con demasiado estrés. Le hubiera gustado que escuchara sus advertencias, pero la conocía lo suficiente para saber que era muy independiente y que muchas veces actuaba sin pensar, después cuando se equivocaba y no lograba salir de los problemas buscaba su ayuda.

También comprendía que dichas actitudes estaban relacionadas con su anterior matrimonio y las heridas que le había provocado el divorcio

"Es un ser excepcional, tiene una gran dulzura, es tan simple y generosa que merece mejor suerte en su vida" -pensó con un dejo de tristeza.

Mariana se vistió con mucho nerviosismo, después salió rumbo a la milonga tarareando un tango, tratando de darse ánimo a sí misma.

Cuando entró al salón se encontró ante bastante gente y aunque soñaba con el encuentro, comprendió que podía llevarle algún tiempo reconocer a Rodrigo.

Observando a su alrededor el ambiente le resultó agradable y cálido, aunque las personas estaban inmersos en el baile, había una especie de comunicación entre todos. El lugar lucía antiguo y bohemio, acorde a al significado del tango. No obstante y pasados unos minutos comenzó a sentirse poco confortable.

-¿Bailas? -una agradable voz masculina que la sacó de sus pensamientos, se trataba de un hombre delgado, alto y muy atractivo.

-No realmente, pero me gustaría aprender - respondió con una hermosa sonrisa.

El hombre aparentaba ser mayor que Rodrigo, tuvo plena seguridad que se trataba de otra persona, entonces resolvió acomodarse a las circunstancias y comenzar a ser parte de la milonga.

-Mi nombre es Esteban, si quieres te puedo enseñar algunos pasos.

-Me encantaría, mi nombre es Mariana -le respondió sonriendo y sintiéndose confortable con los modales del hombre.

-Vamos a esa esquina de la pista, podemos practicar sin molestar a los bailarines.

La música la atrapó y sintió la fuerza del tango y como dijera Rodrigo "El día que lo bailes y sientas la música en tu corazón, nunca vas a dejarlo." -en ese momento estuvo de acuerdo con dicha apreciación.

A pesar de estar entretenida con el aprendizaje y también disfrutando, siempre estuvo conciente del motivo que la había llevado al lugar.

Cada tanto Esteban bailaba con otras mujeres, después regresaba para practicar con ella. Durante los descansos que le daba, algunos hombres la invitaron, pero no aceptó dudando de sus pocos conocimientos.

Después se sentaron a conversar, entonces Esteban le dio algunas explicaciones con respecto al tango y sus adeptos.

-La milonga tiene una especie de rito, no es solamente bailar tango; para nosotros los tangueros tiene importancia el tipo de zapatos que usamos, en mi caso éstos -dijo mirando hacia sus pies.

-Los uso nada más que para bailar tango, no solo porque son cómodos, también tienen una suela especial. Lo mismo ocurre con la ropa, un traje es la vestimenta correcta, yo creo que las mujeres en general siempre usan el tipo de zapatos adecuados, me refiero de vestir, además para ustedes en cualquier ocasión son importantes todos los detalles de la ropa ¿Verdad?

-¿Lo crees realmente?

-Por supuesto, mírate estás vestida como una reina, estoy seguro que no pensaste en usar ropa casual o zapatos de tacón bajo para estar cómoda. Esta historia del buen vestir en el baile es absolutamente natural, es decir, tango significa vestir bien, por ejemplo aquellos jóvenes -dijo señalando con su mirada a un pequeño grupo.

-Aunque en general la juventud está acostumbrada usar ropa sport en cualquier ocasión, en la milonga siguen la moda tanguera, también están los que visten ropa oscura, combinando una remera oscura con una buena chaqueta -dijo recordando a Rodrigo que por lo general vestía de negro o gris para el tango, pero con ropa más actual y sin estar atado a una completa formalidad

-También hay excepciones, es decir personas que hay personas que vienen a bailar vestidos como para un día de campo, completamente fuera de lugar - continuó Esteban - sonriendo con su propio comentario.

-Por lo que puedo apreciar casi todos están bien vestidos. Es muy interesante lo que me has contado, tengo que aprender muchas cosas con respecto al tango y sus costumbres -le respondió también sonriendo

-Te debo parecer demasiado exagerado, pero creo que nunca voy a cambiar estos conceptos, aunque tengo que entender que en la actualidad hay cierto tipo de aceptación por la ropa sport, aunque yo la considere apropiada solo para otras actividades.

La explicación de Esteban fue auténtica, el tango tiene la misma importancia que un Ballroom para los americanos o europeos, se trata de una cita importante y aunque ya no existe tanta formalidad, los verdaderos amantes del baile mantienen la costumbre del buen vestir.

Antes de marcharse, Mariana lo esperó para saludarlo.

-Tengo que irme, mañana trabajo temprano, no deseo acostarme tarde. Te agradezco tu paciencia, te aseguro que he disfrutado muchísimo.

-El agradecido soy yo, me encantó enseñarte, además has aprendido rápido y créeme, tienes buen ritmo y una excelente bailarina.

Esteban se sintió feliz de haberla conocido.

-¿Te acompaño? preguntó con la caballerosidad que lo caracterizaba y de la que había hecho gala toda la noche.

-Si, por favor, no estoy muy familiarizada con la zona.

Caminaron hasta el estacionamiento haciendo algunos comentarios con respecto al tango y su importancia para el ciudadano porteño. Mariana estaba entusiasmada y feliz con la noche que gracias a Esteban, había disfrutado.

-¿Por lo que veo conoces a todas las personas que vienen a la milonga?

-No a todas, hay mucha gente que está de paso por la Capital y vienen una o dos veces y por supuesto los de siempre, tan locos como yo por el tango -le respondió sin darle ninguna pista.

Mariana había comenzado a investigar, evitó hacer preguntas más directas con respecto a Rodrigo, convencida que el encuentro debía ocurrir sin forzar la situación

-Gracias -le reiteró ella -me gustó mucho, además tuve suerte, eres un gran bailarín y tu conversación fue muy interesante.

-¿Piensas volver?

-Pienso que si y es posible que me acompañe una amiga, pero si ella no puede, vengo sola, ahora me siento más cómoda. Te aseguro que en un primer momento casi salgo corriendo.

Cuando se despedían se dieron un beso en la mejilla. Esa noche Mariana sin que lo presintiera, estuvo realmente cerca de Rodrigo. El tiempo pasado en el mismo ambiente que él frecuentara, la hizo sentir bien, entonces las esperanzas renacieron y se alejó del lugar satisfecha por el paso que había dado.

Sus emociones estaban floreciendo nuevamente mientras pensaba en el hombre del Internet, sin rostro, pero con alma "Espero encontrarlo" -se dijo sintiendo que sus sueños podían hacerse realidad.

Después de acompañarla, Esteban decidió marcharse, mientras caminaba hacia su carro estuvo pensando en Mariana "Me gusta, tiene clase, es muy bella y además le gusta el tango, pero es demasiado joven para mí, estoy seguro que si Rodrigo la conoce se enamora y saca de su vida a esa otra niña caprichosa" -aunque conmovido con el recuerdo de Mariana, se repitió a sí mismo "Ella no es para mí"

Después comenzó a filosofar "No es fácil encontrar alguien para toda la vida y yo no voy a entrar en ninguna relación amorosa, hasta estar seguro. También pensó en Amanda y el recuerdo de ella como siempre, aunque nostálgico le dio paz. Mientras manejaba puso un CD de tangos "Me gustaría hablarle a Rodrigo de Mariana, estoy convencido que tiene que conocerla"

Esteban presintió que la mujer iba a estar conectada a su vida, su reacción con respecto a ella fue una especie de truco del destino.

~~~~~

Daniela esperó hasta último momento para estar segura y llamar a Rodrigo, cuando salió a la calle en horas del recreo, Sergio la estaba esperando sentado en el carro.

-¿Que haces aquí? ¡No quiero tener problemas con tu mujer!

-Necesitaba verte -le dijo a modo de respuesta -¿no lo entiendes? ¡Te amo! Eres la única persona que me interesa. ¡Necesito estar contigo!

-Tengo que entrar -le respondió Daniela tratando de ignorar la súplica, pero como siempre no pudo lidiar con el efecto que le producían las palabras y la proximidad del hombre. Cuando Sergio estaba cerca, todo a su alrededor dejaba de ser real para transformarse en una utopía, no se podía zafar de su dominio; él actuaba como un carcelero inteligente, conocía sus debilidades y la manejaba acorde a sus tiempos y deseos.

-Vamos a dar una vuelta, después decidimos que hacer.

-Esta bien, pero tengo que recoger mis cosas.

-¿No puedes hacerlo mañana?

-Sí...-respondió sin volver a poner ninguna objeción. Después de manejar unos minutos detuvo el carro en un lugar solitario, la beso y acarició y como siempre la relación perdió en parte su verdadero sentido, con él no había cambios; estaba basada en sus propias necesidades y egoísmo; la hacía feliz con un falso toque de amor, y sentir especial en los momentos en que también él sucumbía ante la seducción innata de la mujer.

La sexualidad era el eje principal de la relación que no le permitía a Daniela ver la realidad.

Y aunque también lo amaba y necesitaba un verdadero compañero en su vida, estaba cegada por su propia pasión. Después se encaminaron al apartamento.

Antes de marcharse Sergio hizo otro intento para retenerla.

-Estoy pensando seriamente en que nos mudemos a Mendoza. ¿Vendrías conmigo?

-No entiendo. ¿Hablas de cuando ya estés divorciado?

-No, y no me importa, lo que quiero es estar contigo y pienso que es la única salida que tenemos.

La mente del hombre trabajaba rápido, elaborando planes sin ningún futuro, solamente dilatando el tiempo para que Daniela no lo dejara; según los acontecimientos, especulaba y decidía que dirección seguir. Aunque ella representaba su ideal de mujer, no quería aceptar ningún tipo de responsabilidad, se sentía cómodo en su calidad de amante, la necesidad de mantener la relación oculta, lo entretenía y excitaba.

Cuando Daniela quedó a solas recordó la cita con Rodrigo, y aunque se sintió culpable encontró la excusa justa para disculparse "me comprometí a salir con él cuando aún no estoy libre de este sentimiento. Tampoco tenemos ningún compromiso, nos gustamos y tenemos una gran afinidad, pero nada más. Voy a evitar encontrarlo, tengo que cambiar el recorrido para llegar a la oficina y a la escuela, al menos por un tiempo".

Daniela inconcientemente estaba jugando con una posibilidad más concreta de ser feliz, se sentía atraída por Rodrigo, pero no apreciaba las intenciones sanas del hombre.

Continuaba sumergida en una especie de bruma, sofocada por una persona inescrupulosa como Sergio, que jugaba con sus sentimientos y credibilidad.

Rodrigo estuvo esperando el llamado sin poder creer que otra vez Daniela no cumplía con lo prometido. No dejó la oficina hasta dos horas más tarde para darle el tiempo suficiente, al final de la espera se sintió defraudado, también conciente que si no quería perderla, por el momento tenía que aceptar dichas actitudes.

A la mañana siguiente infructuosamente la esperó en el mismo lugar "Le habrá pasado algo" pensó sin mucha convicción.

La aparición de Daniela en su vida le había provocado nuevas sensaciones, la joven lo hacía soñar, pensaba en la belleza de su rostro y su cuerpo delgado, casi de una adolescente; también necesitaba amarla y protegerla. La deseaba intensamente y estaba convencido que aunque con problemas e inseguridades ella reunía muchas cualidades que le agradaban, no obstante estas conclusiones sintió que una barrera insalvable los separaba. Admitió con pesar que sus vidas se movían por caminos paralelos, los pocos encuentros habían ocurrido debido a que ella buscaba salidas para poder evadir sus problemas y aunque sin premeditación, utilizaba su compañía para tener sosiego, mientras que él como una especie de Quijote luchaba por sus ideales y solo necesitaba una pequeña esperanza para permanecer a su lado.

Después de varios días Rodrigo volvió a recorrer el lugar de siempre sin encontrar a Daniela, entonces decidió poner punto final a sus expectativas, las que consideró sin futuro.

Comprendió que le estaba sucediendo lo mismo que con Any, ninguna de las dos mujeres estaba decidida a con-traer un compromiso

"Una vez le dije adiós a Any y con Daniela tengo que hacer un paréntesis; si ella es para mí, la vida me la pondrá delante otra vez" -pensó contrariado.

Cuando se sentó frente a la computadora y comenzó a leer los mensajes, recordó a su amiga del Internet y nuevamente los pensamientos lo sacudieron "Me habré vuelto a equivocar y Daniela no es la mujer ideal que creía".

Debido a su frustración pensó en ponerse nuevamente en contacto con Any.

No bien comenzó a escribir una y otra vez borró sin desear continuar "Estoy perdiendo el tiempo, tengo que dejar de soñar con imposibles" -dijo en voz alta mientras apagaba la computadora. Esa misma noche considerándose un hombre de poca suerte decidió salir de viaje, preparó el equipaje sin dejar de poner entre sus pertenencias un pequeño equipo de música y algunos CD de tango.

Antes de marcharse le dejó un mensaje a Esteban en la grabadora "estoy saliendo de la capital, me voy a pasar unos días en San Thomas como lo venía planeando, por supuesto si esta noche consigo un vuelo. Necesito tomar un descanso de mis problemas sentimentales, decidí poner distancia con Daniela. Te llamo en unos días".

Después de escuchar el mensaje, Esteban lamentó no haber despedido a su amigo, pero comprendió su urgencia en poner distancia con la controvertida mujer. También decidió hablar con él en cuanto regresara, no le agradó como estaba reaccionando, equivocándose debido a su prisa por resolver su vida sentimental.

~~~~~

Por su parte Mariana ajena a las vivencias de Rodrigo continuaba tratando de sobrevivir y no abatirse, las horas pasadas en la milonga habían despertado otra vez sus esperanzas. En cuanto tuvo tiempo disponible llamó a Bety para contarle la experiencia de la noche anterior.

-¡El lugar es sensacional, la gente, la música, todo!

-¿Que pasó con Rodrigo?

-Nada, es más, estoy segura que no estaba, si no lo hubiera presentido.

-¿Conociste a alguien?

-A un enamorado del tango, que baila muy bien, su nombre es Esteban

-¿Te gustó?

-No como estás pensando, pero es una persona muy agradable, además muy galante, un verdadero caballero. Encontré un amigo y un lugar adonde pasar el tiempo. ¡La próxima vez vamos juntas! Estoy segura que te va a gustar, además nos está haciendo falta tener otras experiencias. ¿Verdad?

-Suena muy bien, avísame con tiempo y te acompaño, además me gustaría estar presente el día en que por fin encuentres al hombre que te está quitando el sueño.

-¡Estoy segura que lo voy a encontrar!

-Estuve pensando en Rodrigo y en todo lo que te está pasando. Creo que renunció demasiado pronto a ti y debe estar arrepentido, puedo estar equivocada, pero estoy segura que no te puede olvidar.

-También yo me pregunté muchas veces porque lo hizo y llegué a una conclusión; lo traté con bastante indiferencia con respecto a sus sentimientos y debe haber pensado que yo no iba transigir.

La realidad es que no tenía un interés sentimental, siempre me atrajo como un buen amigo, muy comprensivo, teníamos una gran afinidad, pero nada más, cuando comprendí que me estaba enamorando, Rodrigo había puesto punto final a nuestra relación. Indudablemente sus intenciones solamente eran amorosas, si no la amistad hubiera continuado.

-Tiene lógica lo que dices, pero también debes tener en cuenta que estás soñando con un desconocido y que no sabes si es como lo imaginas, por supuesto en persona.

-También lo pensé, puede ocurrir que no me guste físicamente, no lo creo, pero te aseguro, que posee otras buenas cualidades, ¿te das cuenta Bety en lo que estoy metida?

-¿A que te refieres?

-Amor, E mail y tango -ambas rieron con la salida de Mariana que gracias a lo conversado con su amiga y el tiempo pasado en la milonga, estaba más tranquila y relajada.

-Hacía mucho que no me sentía tan bien, entiendo que me puede llevar bastante tiempo encontrar a Rodrigo, pero ya estoy más animada.

-Tienes suerte amiga, te están pasando cosas muy agradables y estoy segura que muy pronto estarás frente a él.

-Rodrigo está todo el tiempo en mis pensamientos, y que decirte cuando escuché "Que falta que me haces" su tango favorito, ¡casi me muero pensando en él! ¿Porque no vamos a la milonga esta noche?

-Me encanta la idea y hoy estoy libre...

Después hicieron un paréntesis en el tema que estaba casi trastornando la vida de Mariana.

~~~~~

Cuando Daniela salía de la escuela, una mujer de mediana edad con un gesto de enojo se interpuso en su camino. No tuvo dudas que se trataba de Julia.

-¿Sabes quién soy?

- Creo que sí -respondió al ser tomada de sorpresa.

-Mira, no pretendo crearte problemas ni lastimarte, todo lo que quiero es que conozcas la verdadera historia de Sergio.

-Prefiero no escuchar.

-¿Tienes miedo de enterarte de la verdad? ¡Es tiempo que la aceptes! Sergio me ha engañado muchas veces y entiendo que te haya gustado, es un conquistador nato.

Daniela guardó silencio tratando de encontrar palabras para interrumpirla, pero la mujer estaba bastante alterada y necesitaba decir lo que sentía.

-Supongo que estás pensando porque no lo dejo, creo que aún lo quiero, también por costumbre, por nuestros hijos hemos estado juntos demasiados años, aunque no es exactamente un buen esposo, es cariñoso con ellos y los cuida, además cuando se va detrás de una falda, siempre vuelve pidiendo perdón. Supongo que te dijo que nos estamos divorciando, te aseguro que es una mentira, nunca planeamos hacerlo.

-¿Me estas diciendo la verdad? Sergio me asegura que se están divorciando y que no apura las cosas porque no vas a dejarle ver a los niños -le preguntó conteniendo la respiración.

-Puedo parecerte estúpida por aguantarle sus mentiras, pero a ti no te entiendo ¡estás perdiendo el tiempo! él no tiene nada, tampoco trabaja y nuestra sociedad esta basada en mi dinero y no es tan estúpido como para perder su estabilidad económica. Además es incapaz de tomar alguna responsabilidad por nada ni por nadie ¡Entiendo que esté entusiasmado contigo, una muchacha hermosa y joven! te aseguro que esto ha pasado muchas veces. Vine a verte para pedirte que pienses en lo absurdo de esta situación y por supuesto que te alejes de él -Julia dio media vuelta y se marchó. Avergonzada por su propio proceder, sintió que había enfrentando a Daniela perdiendo su propia dignidad; después analizó que el encuentro no había sido infructuoso, debido a que le había permitido reconocer que Sergio estaba lejos de merecer ser considerado como un importante trofeo.

Daniela sintió que su corazón latía demasiado fuerte y tuvo miedo de perder el sentido. Cuando pudo reaccionar se sorprendió que una mujer aparentemente educada y agradable se hubiera casi humillado para enfrentarla? En cuanto llegó a su apartamento llamó a Sergio.

-¡Tu esposa me esperó a la salida de la escuela para contarme como son las cosas entre ustedes!

-¡Y le creíste! Ella esta loca, créemelo, estoy seguro que no te contó el infierno en que vivimos por su culpa y como se comporta a diario.

Ahora no quiere que nos divorciemos y pretende que sigamos juntos; todo lo que te dijo es falso, yo te voy a demostrar que la verdad es diferente. ¡Te amo y no voy a perderte! Además muy pronto podremos marcharnos, ya estoy tramitando un trabajo en Mendoza y en cuanto reciba noticias, si estás de acuerdo, nos vamos y encauzamos nuestra vida - respondió bastante alterado.

Daniela aunque no quedó conforme con las excusas del hombre, prefirió pensar que Julia le había mentido y evidentemente cambiado de idea con respecto al divorcio. Decidió darle tiempo para que resolviera sus cosas "Estoy enamorada, es el hombre de mi vida y no voy a dejarlo por el capricho de esa mujer" -pensó tratando de disfrazar su frustración.

Sergio continuaba mintiendo, temeroso de perderla, y tratando de no poner en riesgo su matrimonio, dilatando el tiempo para no tomar decisiones. Deseaba continuar la relación en el mismo plano, también le preocupaba la posibilidad de ser parte de la familia de Daniela. No se sentía compatible con quienes consideraba sus enemigos.

Cuando Daniela le comentó a Mercedes el encuentro que había tenido con Julia, las conclusiones de ésta no fueron las que necesitaba escuchar.

-Yo en tu lugar averiguaría más, todo es muy raro, los dos siguen viviendo juntos y supongo que compartiendo la cama, ella debe estar bien con él para tolerar sus engaños, perdona mi franqueza, pero creo que le debe hacer el amor y tenerla contenta, si no ya lo hubiera dejado. De todos modos no entiendo ese tipo de actitud de su parte, en mi opinión algunas mujeres por no estar solas, pierden la dignidad.

Se arrepintió de lo que había dicho y aunque no se había referido a Daniela, ésta recibió el impacto y se sintió molesta con las verdades que su amiga había vertido con absoluta seguridad, entonces una vez más defendió a Sergio con énfasis.

-¡Estas equivocada con respecto a nuestra relación, él duerme en otro cuarto, no comparten nada, viven en la misma casa porque ella lo está forzando con amenazas!

-¡Por favor Daniela recapacita! Después de todo este tiempo sigue con la misma historia, porque no usas la cabeza, ya deberían tener arreglada la situación.

-No confías en Sergio porque no lo conoces bien, pero es una buena persona y me ama.

-Tienes razón, no lo conozco bien -le respondió sin querer insistir en el tema

A cada instante Daniela iba perdiendo confianza en las actitudes de Sergio, pero la esperanza y la posibilidad de poder tener una vida normal a su lado eran más fuertes que cualquier conjetura que hicieran los demás.

Necesitó desesperadamente hablar del problema y lo llamó de inmediato.

-No podemos seguir de esta forma, dices que me quieres, pero sigues atado a tu matrimonio, además que futuro tenemos si no puedo compartir nada contigo que no sea a escondidas. Estoy lamentando haberme enamorado de ti -dijo compungida.

-¡Te amo, por favor dame tiempo! ¡Quisiera entender porqué tienes tanta urgencia! ¡Que idea te han puesto ahora en la cabeza! ¡Te estás dejando manejar! ¿Cuándo vas prestar atención a mis planes, o ya no soy importante en tu vida?

-¿Que estás diciendo? No tiene nada que ver con la opinión de los demás, o que ya no te quiera. Necesito que hablemos de ti, de nosotros -le respondió algo asustada por la reacción del hombre, temiendo que con sus continuos reproches él diera por terminada la relación.

-Ahora no puedo salir a verte, Julia no está en la casa y estoy cuidando a mis hijos -volvió a mentirle, en esos momentos no quería mantener ningún tipo de conversación con ella, tampoco le agradaba que le pusiera tanta presión.

Daniela guardó silencio, era evidente que Sergio estaba demasiado ligado a su familia y sus actitudes continuaban siendo extrañas.

-Está bien, llámame cuando estés libre, quiero que hablemos frente a frente.

Daniela estaba sufriendo con la situación y sin saber a quien recurrir. Comprendía que nadie creía en la relación debido a su propio comportamiento, todos la ponían en alerta con respecto a Sergio y ella para defenderlo, mentía y se negaba a aceptar ante los demás su desorientación.

Pensó en Mechi, pero le resultaba difícil hacerle confidencias, reconocía que su amiga era sincera y aunque sus conceptos no la conformaban, siempre la protegía. Sus conclusiones podían ser duras, pero rara vez se equivocaba. También recordó sus palabras en una conversación que habían mantenido

"El día que se descubra un antídoto para combatir la hormona que nos hace tan dependientes de los hombres, los vamos a dejar de necesitar"

"Además tenemos que estar alertas y no permitir abusos y la forma injusta con que muchas veces nos tratan, ya es tiempo que seamos inteligentes y no nos asustemos por temor a perderlos".

Aunque en aquel momento había desaprobado el comentario, tuvo que admitir que su amiga tenía razón. El temor de perder a Sergio la había debilitado emocionalmente y por consecuencia aceptaba sus mentiras y el descalabro total en el que estaba viviendo.

Como un escape a la difícil situación sintió necesidad de hablar con Rodrigo, marcó el número, al no recibir respuesta, cortó sin dejar mensaje.

~~~~~

Mariana y Bety después de vestirse con mucho gusto y elegancia, como si estuvieran por asistir a un evento muy especial, se dirigieron a la milonga. Cuando entraron la fuerza del tango las hizo estremecer, las personas bailaban completamente entregadas a la música, experimentando una sensación profunda y sensual.

Mariana buscó alrededor del salón con la misma esperanza, pero también pensando en encontrar a Esteban.

-¿Te gusta el lugar? -le preguntó a su amiga que en silencio y con asombro observaba el salón.

-¡Me encanta! Además yo bailo tango, no soy una experta, pero me las arreglo muy bien.

¡Hola! -la voz de Esteban las interrumpió

-¡Que gusto verte! Te presento a Bety.

-Hola, no sabía que tenías una amiga tan linda como tú, y supongo que le gusta el tango -dijo muy galante.

-Me enloquece -respondió Bety algo divertida. Esteban la invitó a bailar y ella lo siguió complacida.

Los tres pasaron juntos casi todo el tiempo hablando y disfrutando del baile que el hombre compartió con ellas, además de otras mujeres como habitualmente lo hacía.

-Creo que el tango debe bailarse con alguien especial, hay un contacto muy directo con la pareja -comentó Mariana observando a su alrededor.

-En general el tango se baila bien cerca de la otra persona, el hombre conduce a la mujer con los hombros, lo que se llama posición pirámide, de esta forma las piernas quedan libres para hacer las figuras conocidas del tango.

-¿Entonces la posición es diferente en el bolero o cualquier otra música romántica, que también se baila muy cerca de la otra persona? -preguntó Bety

-Esa es la diferencia con otros bailes, tiene pasos que sin ser complicados, obligan a mantener una postura determinada y el hombre debe que conducir a la mujer con suavidad y seguridad, porque en definitiva son ustedes quienes hacen más figuras.

-Con respecto al ritmo ¿Que pasa? Teniendo en cuenta que es lo más importante en cualquier tipo de baile.

-Por supuesto, solo requiere seguir el instrumento que marca el compás, cuando se baila tango y se disfruta desde bien adentro la música, el ritmo se sigue sin pensarlo, también se puede bailar caminando.

Pero si se desea hacer figuras más complicadas tiene que haber un entendimiento total con la pareja -respondió Esteban poniéndose de pie para explicar con unos pasos su comentario.

-Considero que se trata es un baile machista, de todos modos es realmente fabuloso -continuó Bety atraída y entusiasmada con Esteban y su personalidad.

-Lo que sucede es que sin una buena conducción de parte del hombre es imposible bailarlo, las figuras requieren de guías y apoyo físico entre los dos, aunque solo se camine el hombre tiene que conducir con seguridad y la mujer entender el manejo para seguirlo y hacer los trucos, ochos, ganchos y otras figuras. En definitiva se trata de una total sincronización. Es importante aprender muy bien esas técnicas y entonces comenzar a disfrutar de su música.

-Me gustaría aprender a bailar milonga y vals. ¿Es muy difícil? -preguntó Mariana

-¡Para nada! Conmigo puedes estar segura que vas a aprender -le respondió Esteban en tono de broma -les cuento que la milonga es más rápida y la coreografía es casi igual, pero se necesita seguridad y habilidad. El vals criollo se baila con los mismos pasos del tango, todo esta basado en seguir el compás de la música.

-La verdad es que nunca pensé que me atraparía de esta forma y estoy sorprendida por lo que experimento cuando lo bailo -dijo Mariana recordando las palabras de Rodrigo.

-La pena es que estamos tan ocupados a diario que nos olvidamos que existe, como en mi caso, pero gracias a Mariana llegué a la milonga -opinó Bety

-El tango en general es conocido en todo el mundo, aunque en Argentina el porteño se ha identificado más que en el resto del país. Lo mismo sucede en otras partes del mundo, como Perú y Colombia que también lo bailan y disfrutan, pero solamente en algunas provincias.

Cuando se aprestaban a marcharse, Esteban las invitó a tomar un café, ellas aceptaron encantadas, la noche había resultado muy agradable al igual que la compañía del hombre, él las había atendido como si hubiera sido el anfitrión de la velada.

-Como habrán observado en las milongas cambiamos a menudo de pareja de baile; es una especie de fiesta familiar en la que compartimos pasos y figuras con todos, además como sucedió con Mariana, cuando alguien llega queriendo aprender, allí estamos siempre dispuestos a ayudar -les explicó.

-Además siempre hay más mujeres que hombres y por lo que pude apreciar los buenos bailarines son muy solicitados -replicó Bety.

Después de una entretenida conversación en el café, aunque deseaban quedarse, se despidieron.

Esteban varias veces estuvo a punto de hablarles de Rodrigo, pero prefirió esperar a que regresara del viaje y estar seguro si había tomado alguna decisión con respecto a Daniela.

Sentadas en el carro las mujeres hicieron comentarios con respecto a la experiencia, sin poder dejar de pensar en el nuevo amigo y su don de gentes

-Cuéntame ¿qué te pareció? -preguntó Mariana

-¿Esteban o la milonga?

-Las dos cosas, se sincera, si no me equivoco quedaste impactada con todo.

-Tienes razón, el hombre me gustó, pero no sé cuales son tus intenciones y no quisiera estar en el medio. Con respecto a la milonga, ¡me encantó! Pero ¿que sientes tú por Esteban?

-Pienso que puede llegar a ser un gran amigo, me agrada, pero recuerda yo estoy esperando a Rodrigo y estoy enamorada, además Esteban estuvo pendiente de ti toda la noche y pienso que por su edad haces mejor pareja que yo. Me dijo que tiene 56 y tú eres una jovencita de más de 40, pero fuera de toda broma, ¿Esteban te ha gustado, verdad

-Me estas diciendo vieja -le contestó Bety riendo muy divertida, por supuesto me gustó, pero creo que debemos dejarlo librado al destino.

-Tienes razón y es posible que no pase de ser una buena amistad entre los tres.

-¿Cuándo volvemos? -preguntó Bety sin ocultar su entusiasmo por el hombre.

-Esta semana tengo que hacer un inventario y quizás trabaje algunas noches, pero tu puedes ir sola, ya conoces a alguien.

-Puede ser, pero cuando estés libre, vamos juntas.

~~~~~

Durante el viaje Rodrigo se comunicó con su amigo.

-¿Cómo lo estas pasando? -le preguntó Esteban feliz de escucharlo.

-Muy bien, pero cambié de planes estoy en Brasil, por supuesto, extraño la milonga, pero ya me conoces, como siempre viajo con los CD de tango, es un paliativo.

-Te cuento que en la milonga conocí a unas mujeres divinas, en cuanto regreses y tengamos una ocasión, te las presento ¿Cuándo viajas?

-Aún no estoy seguro, pienso que en una semana. Mientras estaba en San Pablo tramitando una escala rumbo a Saint Thomas conocí a Paola, una mujer fabulosa, muy agradable. Cambiamos nuestros planes y nos quedamos dando la vuelta por Brasil, lo estamos pasando muy bien...lo digo en plural porque decidimos viajar juntos, en realidad podemos llamarlo destino, te aseguro que es encantadora, además quédate tranquilo, vive en Italia. Es una escapada de solteros -dijo Rodrigo riéndose, además te confieso que no he podido olvidarme de Daniela.

-¿Tranquilo? contigo y tus romances, te diría que más bien intranquilo. Pienso que vas a necesitar doble tiempo para manejar tus compromisos sentimentales, pero ¡sigue disfrutando!

-Por lo que veo estoy creando mala fama contigo, ¿pero que haríamos sin las mujeres que son lo más hermoso que existe sobre la tierra?

-Mientras no nos den problemas, son fabulosas. Estoy bromeando, yo pienso igual, además en este momento, creo que estoy enamorándome. Café de por medio en unos días lo hablamos.

Se despidieron y en ambos quedó como siempre una especie de nostalgia.

Finalizado el viaje, Rodrigo y Paola intercambiaron direcciones de E-mail y números de teléfono con la promesa de mantenerse en comunicación.

En la distancia Rodrigo tuvo la oportunidad de pensar con más objetividad con respecto a Daniela, llegando a la conclusión que se habían tratado muy poco y no se conocían lo suficiente para pensar en una relación seria, tampoco encontró lógicos sus sentimientos; admitiendo que aunque no creía en el amor a primera vista algo extraño y muy intenso le había sucedido.

~~~~~

Después de hablar con Daniela, Julia decidió enfrentar nuevamente a su esposo y obligarlo a que terminara con la relación extramatrimonial, la que continuaba considerando un juego más del hombre.

-¡Que quieres inventar con esa muchacha! ella no es para ti, sabes que es otro capricho en tu vida. Si quieres que sigamos juntos se tiene que terminar y por supuesto recuerda que el negocio es mío, si te quieres ir tienes la puerta abierta, pero en cuanto lo hayas hecho, ésta se cierra para siempre ¡también yo tengo mis derechos y uno de ellos es que me respetes y contigo es un imposible!

Sergio la miró asombrado.

-Te aseguro que estás equivocada ¡Te repito no ha pasado nada! Ella ha tratado de tener una relación conmigo, no te lo niego, me he sentido tentado, pero...

-Estoy segura que sabes que hablé con ella, además aceptó que algo pasaba entre ustedes, una mentira más y lo nuestro se acaba para siempre.

Sé que te va a costar mucho esfuerzo convertirte en un esposo fiel, pero es hora que me des la importancia que creo merecer.

Después de escucharla y como otras veces había ocurrido, cuando ella lo amenazaba con dejarlo en la calle, tenía la sensación que Julia conseguía que se doblegara ante ella. Comprendió que su esposa estaba determinada a ganar el pleito; se sintió desprotegido y terminó como siempre bajando la cabeza y aceptando el trato. No obstante cuando tuvo tiempo de ordenar sus pensamientos, optó por continuar con su aventura, pero ser más cauteloso, particularmente en su trato como marido, estaba seguro que Julia intuía lo que estaba ocurriendo debido a que por primera vez él estaba realmente entusiasmado con otra persona.

Para estar seguro de controlar la situación aceptó el encuentro que le había pedido Daniela.

Cuando entró en el apartamento notó la frialdad de ella, pero no se desanimó, y una vez más se preparó para utilizar su acostumbrada estrategia; comprendió que en esos momentos ante tanta tensión se sentía demasiado sola y angustiada, la abrazó como si fuera una niña, hasta que logró hacerla sonreír.

-Quiero hacerte la siguiente pregunta, ¿cuál es tu apuro que me separe de Julia? sí de todos modos tenemos nuestro amor y estamos juntos. ¿O prefieres que nos dejemos? ¿No te das cuenta que cuando tenemos una discusión es siempre por lo mismo? ¡Tienes que confiar en mí! Daniela se sintió una vez más responsable de los problemas, encontrando en el contenido de las palabras de una gran dosis de verdad, suspiró profundamente y no pudo evitar echarse a llorar.

-Tienes razón, pero todo está en mi contra, es como que estoy ciega y la gente ve cosas que yo no, y me llevan y traen conclusiones y pruebas.

-Los demás no sienten lo que nosotros sentimos y les resulta fácil juzgar, ¡tenemos que hacernos una promesa!

-¿De que estas hablando? -le preguntó temiendo que quisiera imponer algo desatinado.

-Vamos a confiar el uno en el otro y también ignorar las habladurías, por culpa de los demás estamos poniendo en riesgo nuestro amor, por supuesto tienes que ser fuerte.

Convencido que había logrado calmarla le contó su versión de la conversación que había mantenido con Julia.

-Las cosas con ella están bastante complicadas, tiene contratado los servicios de un abogado, me quita todo, incluyendo a mis hijos. ¿Te das cuenta lo que consiguió Silvia con sus chismes? Cuando yo te dije que nos mudáramos a Mendoza fue porque me desesperó la idea de perderte, por eso sigo con el mismo plan, además yo también estoy buscando un abogado. ¡De ahora en adelante debemos ser más cautelosos!

Daniela lo miró sin poder entender la forma como estaba encarando el problema, entonces tuvo dudas "está tratando de confundirme." reaccionó mal y se apartó de él.

-¡Meses atrás me dijiste que el divorcio estaba casi terminado, no lo entiendo, además hablas como si todo estuviera bien! ¡Creo que eres demasiado débil para luchar por lo nuestro! ¡Si ya no existe amor entre ustedes porque no que se separan! -le gritó completamente fuera de sí.

-Ya te lo expliqué, Julia cambió de idea y ahora no quiere que nos divorciemos, la situación se ha complicado. ¡Debes tener paciencia! después vamos a poder estar juntos definitivamente -le replicó Sergio con un dejo de humildad, tratando de convencerla; no obstante los obstáculos, estaba dispuesto a ganar la batalla.

Una vez más encontró la forma de tranquilizarla, y por el resto de la tarde continuaron juntos, estaba seguro del amor que ella le profesaba, también de sus debilidades.

Las palabras de Sergio sonaban repetitivas, se estaba quedando sin excusas; experimentaba una gran atracción por Daniela, pero no lo suficiente fuerte como para tomar la decisión de divorciarse, pensaba que lo único factible era continuar con ambas mujeres, pero ser más cauteloso. Jugaba con los sentimientos de ellas sin experimentar ningún tipo de remordimiento, la situación increíblemente no lo hacía sentir culpable, ocupaba su tiempo fabricando mentiras para mantener un estilo de vida que consideraba excitante.

Cuando se marchó, Daniela recordó las palabras y el énfasis con que le había hablado. Se enojó con ella por haber cedido ante sus caricias sin llegar a exigirle que tomara una decisión "Tengo que hablar con tía Isabel, voy a pedirle que averigüe como es la situación" -cuando la llamó lo hizo convencida que tenía que ser franca.

-Tía yo te negué que tuviera algo que ver con Sergio porque nuestra relación está en crisis, y estaba convencida que las cosas se iban a arreglar, pero en todo esto hay algo extraño, la verdad es que no quiero seguir haciendo el papel de estúpida. ¿Puedes ayudarme?

-Por supuesto, pero mañana temprano viajo fuera de la ciudad, tu padre me manda por una semana a una de las sucursales, de todos modos si esta noche tengo tiempo voy tratar que mi hermana me diga algo más, yo te conté todo lo que sabía, por supuesto a lo mejor hubo cambios.

-Después de nuestra última charla llamé a Silvia para evitar que continuara con sus chismes, no le hice demasiadas preguntas porque no confío en ella.

-Pobre Silvia, como dice el refrán "crea fama y échate a dormir", ya nadie confía en ella, pero tranquila, yo se como manejarla ¡además me interesa saber la verdad y no le voy a permitir que me mienta!

~~~~~

En los días siguientes Bety no pudo dejar de pensar en Esteban, y por primera vez después de muchos años se sintió completamente atraída por alguien. El deseo de volver a verlo la hizo tomar la decisión de no dejar pasar más tiempo y regresar a la milonga. Llamó a su amiga para contarle lo que planeaba hacer; pero como Mariana le había anticipado, estaba ocupada con el negocio y no podía acompañarla.

-Por lo que veo algo te está pasando con Esteban, ¿será amor a primera vista? le respondió bromeando.

-No creo que amor, pero no te miento, me siento terriblemente atraída ¿Estás segura que él no te interesa?

-Te lo dije, como amigo nada más -respondió Mariana con absoluta seguridad.

Cuando Bety entró en el salón buscó a Esteban con su mirada, lo vio disfrutando del baile y lo esperó, después él se acercó y la saludó efusivamente, la tomó de la mano y la condujo hacia la pista de baile.

-¡Que pasó con Mariana! ¿Porque no vino? -él hizo la pregunta con asombro.

-Está ocupada con el inventario del negocio "¿estaré haciendo algo indebido? Esteban preguntó por Mariana -pensó algo preocupada por la lealtad que le debía a su amiga.

-Me parece que quedaste fascinada con el tango -le dijo Esteban con una chispa de picardía en los ojos, mientras con toda naturalidad la envolvía en sus brazos.

-Tienes razón, hacía mucho tiempo que no disfrutaba de un lugar tan agradable -le respondió bastante turbada "Esteban me está gustando demasiado, además el tango es un baile tramposo, el hombre nos abraza con tota confianza y nos hace sentir casi en la gloria".

La atracción entre ambos era evidente, no obstante evitaron hablar de ellos mismos aunque se mantuvieron juntos casi toda la noche.

Mientras Bety regresaba a su casa se sintió molesta con ella misma, no podía evitar el estremecimiento en todo su cuerpo recordando a Esteban.

Estaba enojada por haber ido a la milonga impulsada por sus deseos de estar con el hombre y sin recapacitar.

A la mañana siguiente llamó a Mariana.

-No sé lo que nos pasó, estuvimos juntos todo el tiempo, después alguien lo invitó a bailar, entonces decidí marcharme, lo saludé de lejos y prácticamente me escapé.

-¿Porque?

-Si seguía a su lado, algo iba a pasar y no quise hacerlo por nosotras, ¿me entiendes? antes quería hablar contigo.

-Por favor Bety ya lo hablamos, además tu sabes que yo sigo esperando a Rodrigo, seguro que Esteban te llama ¿Le diste tu número de teléfono?

-No, pero es mejor así, de todos modos pienso que un día de estos volvemos...

-Este sábado estoy desocupada, podemos ir ¿pero que pasó? -Mariana estaba tan emocionada como su amiga.

-No pasó nada, pero es encantador y el tango es un baile bastante íntimo y permite que te abracen, lo tuve muy cerca, me gustó su perfume, además es muy varonil. Si la persona con que quien bailas tango te agrada, te despierta sensaciones muy fuertes. Mientras estábamos bailando me hizo estremecer ¡Que más puedo decirte, me conquistó casi sin pensarlo

-Por lo que estoy escuchando el tango te atrapó, pero en particular Esteban.

-Te agradezco que me hayas comprendido, estoy tan feliz como no te lo imaginas, pero no puedo hablar más, me voy a trabajar.

Te llamo más tarde -le dijo saliendo de su ensueño y recordando sus obligaciones.

Mariana comprendió que finalmente su amiga se estaba enamorando y se sintió feliz por ella, pero no pudo dejar de pensar en Rodrigo y en su propia soledad "Estoy segura que él no está yendo a la milonga, puede ser que esté de viaje o se enamoró de otra mujer" -por un momento sintió un vacío tremendo, tuvo la sensación que todo perdía importancia, pero decidió no permitirse retroceder en sus planes, los que estaban fundados en la espera que Rodrigo apareciera "Si me desvío con pensamientos negativos voy a alejar la energía que lo puede traer a mi lado".

Después de sus obligaciones se preparó para hacer una visualización, sentada en el living de su casa cerró los ojos y su mente se transportó al momento anhelado en su vida, aunque que todavía con vestigios de frustración "Quiero tener una pareja, ser feliz, tener hijos, quisiera que ese hombre fuera Rodrigo, pero si no puede ser que Dios ponga en mi camino alguien que despierte en mi lo que siento por él". Estaba consciente que el hombre le había despertado sentimientos dormidos y que sus sensaciones de mujer estaban en la superficie.

Aunque a veces le resultaba difícil compenetrarse y alcanzar un completo estado de tranquilidad, esa noche consiguió combatir la ansiedad, como si algo mágico la estuviera protegiendo.

~~~~~

Daniela llegó temprano a la fiesta de aniversario de sus padres, lo hizo acompañada por Mechi, éstos se sintieron felices con su presencia, estaban sorprendidos por la falta de comunicación entre ellos. En los últimos meses Daniela había puesto distancia como si su vida actual no encajara en el ámbito familiar, el que siempre había tenido gran importancia para todos.

La velada era especial debido a que Martín y Gabriela iban a repetir sus votos matrimoniales.

Asistió gran cantidad personas, entre ellos su familia. Daniela se encontró con personas desconocidas, el mundo social del matrimonio era muy ocupada y ella estaba siempre fuera por propia elección; esa noche asistió para no defraudarlos, aunque su mente estaba lejos y como siempre acarreando sus desilusiones y temores.

Observando la gente a su alrededor, bailando y disfrutando, se sintió sola y terriblemente mal "Si Sergio hiciera las cosas bien tendríamos una vida normal y esta noche estaríamos juntos" -se dijo sintiendo que estaba en el lugar equivocado. Algo más tarde le presentó a Bety su primo Juan José, estos simpatizaron de inmediato, entonces aprovechó y se alejó buscando un lugar tranquilo para llamar por teléfono a Sergio, se sentía en falta, desde hacía varios días había evitado estar en contacto con él.

-Entiendo que es bastante tarde, pero deseaba hablar contigo... -Sergio la interrumpió

-¿Adónde estas? ¡No has respondido mis mensajes, ¡creo que es mejor que no nos veamos más! ¡Me estas esquivando y estoy convencido que estas enredada con otra persona!

¡No creo que lo nuestro pueda continuar, además pienso que no vale la pena que lo intentemos! -le dijo fuera de sí, presentía que la estaba perdiendo y por consecuencia se sentía impotente y demasiado herido, después del largo discurso, cortó la llamada.

Daniela quedó asombrada con la reacción del hombre que parecía no terminar nunca con sus acusaciones. Se sintió mal, teniendo la sensación que estaba cayendo en un abismo sin que nadie pudiera ayudarla. Estaba consciente que la relación había sufrido cambios profundos y por momentos se atribuía toda la responsabilidad. La voz de Isabel la sacó de sus pensamientos.

-Hola sobrina, te estaba buscando, pero ¿qué pasó? -le preguntó al ver la expresión de angustia en el rostro de la joven.

-¡No me digas que el sinvergüenza te creó algún problema! Acabo de llegar de viaje, pero mañana mismo voy hablar con Silvia, quiero saber como es realmente la situación, pienso que es mejor saber y poner distancia a que sigas con alguien que te hace perder el tiempo y por lo que veo bastante daño.

Cada vez que alguien le hacía un comentario negativo con respecto a Sergio, Daniela interiormente se rebelaba "no es su problema" -pensó con enojo, sin responder.

-Tus padres quieren presentarte a sus amigos. No luces muy bien ¡por favor trata de recomponerte para que ellos sigan disfrutando de su fiesta!

Algo más tarde Isabel volvió a buscarla, comprendió que su sobrina estaba atravesando un mal momento en relación con Sergio y prefirió no tocar el tema.

-Cuéntame que pasó con tus estudios. ¿Cuándo vas a volver a la universidad? tarde o temprano tendrás que encargarte de la empresa y si no estas preparada las cosas no van a ser fáciles.

-No estoy segura, estoy pensando en seguirla en el interior, todavía no estoy segura.

-¿Y eso? ¡No te entiendo, siempre te gusto vivir aquí!

-Quiero poner distancia con lo que me está haciendo daño, pero aún no es definitivo, ¡por favor no se lo digas a mis padres! -le rogó Daniela tratando de no ser descubierta en sus verdaderos planes.

-Esta bien, pero no dejes de tenerme al tanto de tus proyectos, además tienes que ponerte las baterías y dejar de desperdiciar tu vida -después la dejó sola, la joven estaba a la defensiva y era evidente que ocultaba la verdad.

Daniela en un mar de contrasentidos se enojó con ella misma, acusándose de no hacer las cosas bien y no pasar más tiempo con Sergio "me siento como en falta, como si nunca hubiera hecho algo por nuestra relación. Tengo que admitir que siempre disfruté y fui feliz con él, pero desde hace un tiempo me estoy comportando en forma bastante egoísta, exigiéndole que defina sus cosas sin pensar que está demasiado presionado" -en ese momento decidió que iba a darle el tiempo que necesitara. Después se sintió más tranquila y se acercó a sus padres.

~~~~~

Mariana y Bety como lo habían planeado volvieron a la milonga, Esteban las vio entrar y se acercó a saludarlas, Bety sintió un cosquilleo en el estómago, pero trató de no demostrar su emoción.

La primera en ser invitada a bailar fue Mariana, al cabo de unos minutos él comenzó a explicarle bastante turbado.

-Tengo algo que decirte, entiendo que es muy pronto, pero Bety me gusta, creo que me estoy enamorando...pero nosotros dos somos amigos y seguiremos siéndolo.

-Por supuesto, creo que para siempre, me agradas mucho y me alegra mucho haberte conocido, además ella es mi mejor amiga y deseo su felicidad, por eso te hago un pedido muy especial, por favor, toma en serio la relación o no continúes.

-Quédate tranquila, te aseguro que no soy un don Juan, además es demasiado pronto, necesitamos más tiempo para estar seguros si realmente congeniamos. Después Mariana se sentó, aunque con bastantes dudas continuaba esperando con ansiedad que Rodrigo llegara, como si la milonga fuera el único lugar posible. Con toda caballerosidad un hombre muy apuesto, con acento ingles la invitó a bailar, encerrada en sus brazos se sintió sofocada y con deseos de gritar, haciendo un gran esfuerzo se calmó, entonces le pidió disculpas y salió a la calle, después de recapacitar con respecto a su reacción, la que consideró inadecuada, entró al salón para despedirse de sus amigos, ellos ajenos a todo, estaban bailando, disfrutando de la música y del sentimiento que los estaba embargando.

Mariana había quedado sumergida en su propio mundo, continuaba renuente a intervenir y hacer averiguaciones, esperando que la vida hiciera la tarea. La frágil ilusión que mantenía su espíritu se estaba diluyendo, sentía que estaba siendo castigada e injustamente despreciada y una vez más su mundo de esperanza parecía desvanecerse. Tenía la sensación de estar en medio de una pesadilla, sola y sin conexión con el resto de la gente que a su alrededor y aún con sus propios problemas a cuestas, bailaban disfrutando del corto, pero gratificante momento.

Mientras esperaba a sus amigos hizo una síntesis de su vida relacionada con la desaparición de Rodrigo; aceptó que estaba perdiendo el tiempo enfocada en una espera dudosa. Enfrentando la realidad comprendió que debía salir de la situación buscando otros intereses que la ocuparan más de lo habitual.

Tiempo atrás cuando había decidido dedicarse por completo a la librería descartando sus planes de hacer un profesorado universitario, lo hizo con la certeza que era lo correcto y que estaba eligiendo lo más conveniente para su felicidad, a veces se cuestionaba el haber desaprovechado los años invertidos en los estudios, pero aceptaba que éstos le habían proporcionado la educación necesaria y cuando lo decidiera podía dedicarle tiempo o continuarla. Se había prometido a si misma hacer lo que le produjera bienestar "Elegí lo que me hace feliz" Se había dicho convencida que sus conceptos no estaban equivocados.

Esa mañana Rodrigo había regresado del viaje, sin poder evitar experimentar cierta ansiedad con respecto a Daniela, su propósito de olvidarla no parecía tener éxito aunque estaba consciente que por las actitudes habituales de ella, no debía abrigar esperanzas.

Después de saludar a Esteban por teléfono, hicieron planes de encontrarse en la milonga, con la intención de de reunirse a la salida para hablar sobre las experiencias del viaje.

Cuando Rodrigo entró al salón observó a Esteban que bailaba muy entusiasmado con alguien que él no conocía, sonrió seguro que su amigo estaba pasando un momento muy agradable. Miró a su alrededor buscando con quien bailar; entre la gente vio a una desconocida que estaba casi de espaldas, le llamó la atención el cabello negro y la elegancia con que vestía; comenzó a caminar en su busca, se trataba Mariana que sumergida en sus pensamientos estaba completamente ajena a la presencia del hombre. En ese momento su mirada se cruzó con la de Daniela que a pocos pasos, parecía esperarlo, sorprendido, pero feliz, se dirigió a hacia ella.

-Hola...-le dijo tratando de no demostrar su felicidad mientras su corazón latía aceleradamente.

-Rodrigo, que suerte que te encontré, deseaba verte.

-Yo también. ¿Nos quedamos o nos vamos a tomar algo? -respondió y preguntó a la vez, tratando de disimular su nerviosismo.

-Vamos a tomar un café, así conversamos. ¿Te parece bien?

-Por supuesto, espera que le aviso a mi amigo -en cuanto vio a Esteban le hizo una seña de despedida y sin voz moduló el nombre de Daniela.

Mientras caminaban hacia la salida, ella le hizo un comentario.

-Estas muy bronceado

-Estuve viajando unas semanas por Brasil, pero eso no tiene importancia. Me siento feliz que hayas venido.

-Quería hablar contigo para pedirte disculpas, una vez más no cumplí con mi palabra, nunca te llamé, pero no voy a decirte mentiras, se trata del mismo problema.

-¿Estás casada o comprometida? ¡Necesito saberlo antes de continuar!

-No estoy casada, se trata de una extraña dependencia que tengo con alguien, quisiera liberarme, alejarme de todo y comenzar una nueva vida, pero no puedo.

Aunque el hombre no entendía la extraña situación, pensó que podía ayudarla, en particular debido a la necesidad que ella había manifestado.

-¿Estás amenazada por alguien?

-No se trata de algo tan grave, es una situación interna mía.

-¡Quizás pueda ayudarte! -Rodrigo replicó aunque se sintió incómodo.

-Me resulta difícil manejar mi propio comportamiento, por favor hablemos de otra cosa -le respondió casi como un ruego.

La tomó de la mano y ella se puso tensa, entonces la soltó sintiéndose molesto por dicha actitud.

-Lo único que te pido es que confíes en mí, que nos conozcamos un poco más y dejemos que las cosas se encaminen por sí solas, por supuesto tenemos que ser sinceros entre nosotros -le dijo, aunque íntimamente no muy convencido de poder manejar la difícil situación.

Entraron en una cafetería bastante concurrida, se escuchaba un tango apenas audible con la intención de no interrumpir la conversación de los clientes que se reunían habitualmente a tomar un café o un trago y hablar de política, fútbol, filosofar o simplemente contar cuentos divertidos.

Buscaron una mesa alejada del resto y se sentaron.

-La próxima vez nos quedamos bailando, es también una excelente forma de disfrutar de la vida. ¿No te parece? -le dijo sintiendo una gran necesidad de tenerla abrazada.

-Me parece bien -le respondió presintiendo los deseos del hombre.

Daniela estaba encerrada en si misma, evidenciando estar mal anímicamente, Rodrigo no se sintió cómodo, no obstante trató de confortarla, pero sin lograr provocarle una leve sonrisa.

Por sugerencia de Daniela dejaron temprano el lugar. Cuando salían a la calle nuevamente intentó tomarla de la mano, pero ella la retiró demostrando una vez más que continuaba cuidando su terreno y el de otra persona.

-Quizás no estoy preparada para una nueva relación, necesito algo de tiempo.....-le dijo bajando la cabeza y evitando mirarlo.

Rodrigo quedó consternado y poniendo de manifiesto su molestia, la enfrentó.

-¡Que sucede! ¿Temes que alguien te vea? -le dijo tomándola por los hombros mientras la obligaba a mirarlo, ella continuó inmutable.

No se ofreció a llevarla a su casa y sin explicaciones la acompañó hasta la parada de taxis.

-No sé cuando resolverás tus problemas, pero no puedo continuar así, creo que es mejor que no nos veamos por un tiempo, al menos hasta que sepas que quieres y te sientas preparada para comenzar una nueva relación -le dijo con seriedad.

Las palabras de Rodrigo le produjeron una sensación de abandono y aunque había sentido necesidad de ser abrazada y protegida, ocultó sus deseos por temor a que el hombre insistiera en tener un compromiso, entonces se mantuvo en un completo hermetismo. Tampoco le pareció correcto abusar de su buena fe. Rodrigo en ese momento sintió que ella estaba a punto de ceder, pero ignoró sus propias expectativas.

-Espero volver a verte, ya sabes donde encontrarme - dijo ella mientras lo saludaba, sin intentar solucionar el conflicto.

En esa oportunidad tampoco le dio su número de teléfono evitando toda posibilidad de comunicación. Lo trataba con una mezcla de indiferencia y un relativo interés. Rodrigo pensó que muy pronto iba a estar fuera de su vida. Mientras ella se alejaba respiró su suave perfume y todo su cuerpo vibró con un deseo contenido.

Después analizó lo acontecido, en particular la frialdad con que ella lo había tratado, pero no obstante su contrariedad, se sentia atraído

"De todos modos no me voy a prestar a su juego, no quiero ser un comodín en la vida de nadie -se sintió desalentado al tener completa seguridad que ella se refugiaba en su compañía cuando se sentía sola o estaba atravesando algún problema."

Como siempre, en los momentos buenos o malos se encaminó al café que frecuentaban con Esteban, en ese momento le hubiera gustado compartir con su amigo la incertidumbre que estaba sintiendo y que éste le dijera alguna palabra que lo enfrentara con la realidad. Uno de los mozos del bar se acercó a saludarlo

-Que pasa amigo. ¿Tienes algún problema? Estás muy serio.

Rodrigo lo invitó a sentarse.

-No, en realidad, tenía algunos planes y todo se dio vuelta, estaba cerca de aquí y decidí pasar a tomar algo.

-¿Que es de la vida de Esteban? ¿Está bien?

-Si, por supuesto y como siempre bailando tango.

-Yo pienso que las personas que entienden y aman el tango tienen una enorme sensibilidad, es como algunas letras dicen, "alma de poeta y soñador" y que describe las características del porteño. Lo digo porque en mi trabajo he conocido personas y no siempre están felices y a veces propensas a la melancolía, entonces toman una copa y si están acompañados hablan por horas, yo pienso que es la terapia del porteño, te confieso que yo también soy así, a veces contento y otras con ciertas depresiones, por algunos recuerdos tristes o simplemente como buen argentino, me emociono con un tango -le explicó el hombre mientras encendía un cigarrillo.

-¿Te molesta?

-No, yo no fumo, pero puedes hacerlo.

-Pasando a otra faceta del tango, te quería preguntar lo siguiente, me dijeron que hay ciudades en Estados Unidos donde se baila tango, alguna vez lo escuchaste.

-Si, y también los vi bailar en una milonga, fue en un viaje que hice hace varios años.

-¿Lo bailan bien?

-Tienen otra historia de pasos y posturas, me refiero al baile social, pero lo disfrutan como nosotros. Cada país tiene un estilo de baile que es su música folklórica, y soy un convencido que la forma de bailar o seguir un ritmo nace de los movimientos naturales de las personas, para nosotros es fácil bailar tango porque es parte de nuestra forma de caminar y movernos, en particular los que son descendientes de italianos.

-Es una buena apreciación que no había pensado, por supuesto aceptando que el tango tiene alguna herencia itálica, nunca discuto su procedencia, se lo dejo a los historiadores porque considero que es un tema bastante polémico, yo lo considero nuestro, aunque se haya formado con partes de otros ritmos, como las canzonetas italianas o el tanguillo español, es decir el compendio de todos ellos y del que nacieron nuestras baladas o canciones, pero no hay discusión, ¡tiene la personalidad del porteño!

-Ahí esta el punto, hay gente en todo el mundo que reclama su paternidad, pero la letra del tango nos habla de la historia y la personalidad nuestra - Rodrigo respondió completamente enfrascado en la conversación que le había permitido tranquilizarse.

-Como en el caso de La Cumparsita y otros tangos famosos que fueron compuestos por uruguayos, pero que evidentemente vivieron y se enraizaron en nuestro país. ¡Insisto el tango tiene el sello de las vivencias del porteño de aquella época! pero me contabas algunas de tus experiencias -el mozo se había sentido libre de expresar sus puntos de vista.

-Tienes razón, hace unos años llegó un grupo de gente a la milonga, algunos eran argentinos, también de otros países latinoamericanos y americanos del norte, todos ellos radicados en Estados Unidos. Cada tanto se organizan tours y vienen a conocer las milongas y por supuesto a nosotros y nuestro estilo de baile.

-¿Pero crees que lo bailan con sentimiento? Porque eso no se aprende, se lleva en la sangre

-Pienso igual, pero hay mucha gente extranjera; me refiero de cualquier nacionalidad que también aman el tango, por supuesto nosotros lo bailamos diferente porque nos nace naturalmente, algunos de ellos han aprendido a bailar muy bien y te puedo asegurar que lo disfrutan, pero otros se sienten estrellas, dirigiendo a sus parejas, te diría que con una especie de soberbia no muy agradable.

-Piensas que lo hacen por vanidad o porque se sienten personajes de la letra de un tango.

-Es posible, pero no tuve el tiempo suficiente para entenderlo. Te cuento que hace varios años en uno de esos tours llegó una joven muy bella de procedencia argentina, radicada en el norte, una bailarina profesional de tango, pero sin nada de excentricidades, muy natural y con mucho sentimiento disfruté mucho bailando con ella.

-Por tu comentario entiendo que te gustó.

-Era una persona encantadora, además profesora de tango, del verdadero, sin rebusques -Rodrigo sonrió con un dejo de nostalgia.

-¿Pasó algo con ella?

-Me hubiera gustado, pero estuvo apenas una semana, bailamos muchísimo y se fue sin chance para nada, pero es un recuerdo para toda la vida.

-¿Te acuerdas como se llamaba?

-Imposible de olvidar, como el personaje de un tango, María.

-¿Te das cuenta? Siempre tenemos algún recuerdo que aunque sea melancólico lo conservamos como un tesoro, por supuesto tenemos fama de ser quejones y dramáticos, pero hay cosas que no se pueden cambiar, nacimos así, es nuestra herencia. Te cuento que disfruté con la charla y me gustaría que la siguiéramos, pero tengo que trabajar. Te dejo para que sigas con tus pensamientos, pero de los que te ponen de buen humor.

Rodrigo sonrió.

-Yo también te agradezco, fue muy interesante, otro día seguimos conversando.

Frente a una humeante taza de café los recuerdos volvieron a su mente, reconoció que tenía que poner en orden su vida y no volver a caer en ninguna relación por esa especie de soledad que a veces lo aquejaba, "¿será posible encontrar una mujer que se acople al paso de un compañero y acepte lo bueno y lo malo en la convivencia? Creo que tengo que abocarme más a mi trabajo y por supuesto al resto de mis pasatiempos, además quiero ver a mi niña, así que voy a organizar un viaje de una semana a España.

También es tiempo de continuar con mi libro, con mis experiencias y problemas amorosos ya tengo cubierta esa parte, espero tener buenas vivencias para el final"

Su carácter y su innata practicidad para de encarar los problemas, volvieron en gran parte a funcionar.

Mientras manejaba hacia su apartamento miró la hora y resolvió llamar a Esteban.

-Si estás cerca nos juntamos a tomar un café. ¿Que te parece? -le preguntó realmente necesitando hablar con su amigo.

-Me parece bien, adonde siempre en 10 minutos.

Cuando se encontraron, Esteban notó el cambio en el ánimo de Rodrigo

-No te veo muy bien. ¿Te ha pasado algo? cuando salías de la milonga parecías muy feliz, pero en este momento es todo lo contrario.

-La verdad es que mi relación con Daniela no va a ninguna parte, decidí que es mejor no continuar, ella está con alguien que no la hace feliz, y evidentemente es un problema que no puede resolver.

-Al menos lo tienes en claro, deberías recapacitar y ver que es lo que te conviene.

-Problemas aparte quien es esa belleza con la que bailabas

-Una de las amigas que te mencioné, Bety y Mariana, con Bety es diferente, algo pasó y nos enganchamos, me parece que está vez vuelvo a perder mi soltería.

-Tómalo con calma, es mejor que se conozcan bien y después hablamos de casamiento

-Fue solo una broma, tampoco yo quiero equivocarme, pero bailar tango con ella es fabuloso, además estoy convencido que la conquista siempre es la mejor parte en una relación, y por otro lado recién nos estamos tratando y por supuesto conociéndonos.

-Me siento más tranquilo. Pensé mucho en nuestra última charla y creo que estamos propensos a entrar en una relación seria de pareja, aunque yo sigo de equivocación en equivocación, por supuesto es cuestión de tiempo y tengo que avanzar despacio para estar seguro.

-Pienso que tendrías que estar sin compañía femenina un tiempo. No le temas a la soledad, utilízala para poner en orden tus pensamientos y sensaciones y comenzar tu próxima experiencia con nuevas expectativas.

-También yo lo he pensado, y como una vez me dijo Any, tratar de vivir un tiempo en soledad para reconocer todo lo que podemos hacer por nosotros mismos.

-Sus palabras nos dicen que se trata de una persona bastante sabia y posiblemente es mayor de lo que supones.

-Estoy de acuerdo contigo, Any es una persona muy especial y al contrario, creo que bastante joven.

-Continuando con el tema, si no estas ocupado con alguna de tus conquistas te voy a presentar a Mariana.

-¿En que quedamos, me quedo solo, o salgo a la arena de nuevo?

-De acuerdo a tu comportamiento creo que realmente estás buscando pareja, lo que necesitas es acertar la puntería.

Mariana es una gran persona, estoy seguro que te va a gustar, pero no quiero insistir demasiado porque a lo mejor prefieres seguir metido en la conflictiva relación actual.

Rodrigo lo miró comprendiendo que su amigo estaba en lo cierto.

-¡Vamos hombre! Fue solo una broma, te conozco lo suficiente para saber que eres un romántico incurable, y tienes que reconocer que la experiencia con Marta dejó huellas en tu vida. En casi todas tus relaciones en el primer escollo sales corriendo, estas temiendo que vuelvan a hacerte daño.

-Tienes razón, siempre estoy esperando que me den una estocada, entiendo que uno está predispuesto a tener ese tipo de problemas, pero tampoco puedo permitir que nadie me tome por estúpido.

-En eso estoy de acuerdo, todo tiene un límite, pero de todos modos por el momento no te voy a presentar a mi amiga, no hasta que estés más calmado y seguro de lo que quieres -le dijo Esteban recapacitando.

-No exageres, tampoco es mi estilo, además aunque por ser hombres no perdemos nuestra dignidad ante la sociedad, nunca llevo mis relaciones pasajeras a los lugares que frecuento.

-¡No te estoy juzgando! Te conozco bien y no pongo en duda tu integridad, nosotros somos un poco a la antigua, lo que considero muy bueno. Hoy en día hay una gran falta de respeto hacia la sociedad y las buenas costumbres.

Pero estoy seguro que en parte es una copia del comportamiento de personas de otros países y con otro tipo de problemas -opinó Esteban desviando la conversación.

-Te refieres a los que atravesaron guerras y que hoy se   manifiestan en actitudes poco sociables o educadas, pero es algo inevitable, las consecuencias que dejan son traumas y desequilibrios emocionales y que se transfieren de padres a hijos. Lo malo es que los seres humanos tenemos una gran tendencia a elegir lo equivocado, aunque no hayamos sufrido ese tipo problemas.

-Gracias a Dios que también existe lo contrario.

-Considero que la sociedad actual reconoce lo destructivo que es para la familia no mantener los principios morales, pero no tenemos la autoridad para evitarlo. Años atrás en cada hogar solo entraba lo que era correcto, no había disculpas, no digo que la juventud no cometía errores o que los adultos eran santos, pero había reglas específicas para mantener el orden en la casa, ahora todo parece permitido, inclusive lo impropio.

-Tenemos que ser optimistas y pensar que si cada ser humano cuida con amor su propio terreno, me refiero a su hogar y con la contribución de todos, el mundo se puede encausar nuevamente -el comentario de Esteban fue una expresión sincera, nacida de su conducta intachable.

-Bueno, creo que ya hicimos un análisis completo de nosotros y del mundo. Es tiempo de volver a casa -dijo Rodrigo cortando la conversación, y aunque se sintió cansado, hubiera continuado sentado hasta la salida del sol.

No experimentó la necesidad de regresar a su apartamento, la soledad estaba creándole un relativo malestar. Por su parte Esteban, mientras se ponía de pie pensó en Bety y sintió un gran regocijo.

La cafetería, como siempre había cumplido con su misión, acogiéndolos hasta la madrugada y como habitúes del lugar, se sintieron cómodos y en su propia salsa.

~~~~~

Daniela revisando los mensajes en su teléfono encontró uno de Isabel. "Tengo algo que contarte, llámame en cuanto llegues" -pensó que podía tratarse de una noticia que no deseaba escuchar y decidió dejarlo pasar. También había un mensaje de Sergio. "!quiero verte, desde que discutimos no he hecho más que pensar en ti! ¡Llámame por favor! ¡Te quiero! Creo que las cosas se han complicado bastante y lo mejor es que nos mudemos a Mendoza, tenemos que poner distancia. Nadie entiende nuestros sentimientos -dejó un mensaje que conmovió a Daniela.

Ella sintió una enorme necesidad de hablar con él para contarle que había tomado la decisión de seguirlo adonde fuera, entonces lo llamó, él le respondió de inmediato.

-Me has dado una enorme alegría, por supuesto tienes que aceptar que vamos a necesitar tiempo para que pueda arreglar mis cosas -dijo él como siempre a la defensiva.

-Esta bien, pero no quiero que perdamos tiempo, yo tengo algo de dinero para el comienzo.

-De acuerdo, pero sin presiones, paso a verte en unos minutos -se admiró de su propia creatividad, en particular cuando lograba envolverla en sus mentiras, no obstante presentía que debía estar más alerta que nunca.

Mientras estuvieron juntos, todo lo negativo pareció no existir. En la intimidad también Sergio sucumbía ante los encantos de Daniela, ella con su encanto natural lo seducía y le despertaba con fuerza todos sus instintos.

-¿No puedes quedarte? Quisiera pasar una noche entera contigo -Daniela le pidió casi suplicando.

-Por ahora no podemos, ya sabes......

-¡En estos momentos es cuando más te necesito!

-Me estás haciendo pensar que no te hice feliz, ¡tienes una cualidad única para arruinar los mejores momentos! -le respondió Sergio con bastante dureza para evitar continuar la conversación que según sus cálculos, se iba a transformar en una discusión.

Cuando el hombre se marchó, Daniela comprendió que seguía sola, las promesas de Sergio ya no la conformaban y continuaba sufriendo inseguridades. Analizó los planes que no coincidían con sus disculpas cuando mencionaba el temor de perder a sus hijos "habla de marcharse como si éstos no existieran, no tiene mucho sentido, pero voy a darle tiempo, lo quiero y a pesar de los inconvenientes siento que es sincero cuando dice que me ama."

A la mañana siguiente no obstante sus conclusiones, resolvió llamar a Isabel.

-¿Cuándo podemos vernos?

-Está tarde, a la hora que puedas -le respondió segura que tenía que hablar con su sobrina.

Según lo planeado se encontraron en un restaurante.

-No es fácil lo que voy a decirte, pero quiero que sepas que mi intención no es herirte, más bien que tengas en cuenta algunas cosas y tomes una decisión realista.

-Esta bien tía, confío en ti.

-Se trata de lo siguiente, Sergio y Julia llevan más de 18 años casados. Se mudaron a la Capital con la idea de poner un negocio, pero también poniendo distancia con un problema muy serio que tuvo Sergio cuando enseñaba música en una escuela de señoritas y por supuesto perdió el trabajo, no quiero hablar del tema, pero puedes imaginarlo.

Julia vendió una propiedad y puso una pequeña empresa de autos usados; en principio las cosas anduvieron mal, hoy gracias a su esfuerzo el negocio está saliendo adelante. El no trabaja desde hace varios años, ella reconoce que es culpable de esa falta de responsabilidad por haber sido siempre demasiado condescendiente; no tiene intención de divorciarse, acepta que siempre le perdonó sus aventuras, y más que nunca está dispuesta a salvar su matrimonio.

Daniela que había escuchado en silencio nuevamente sintió un gran malestar al escuchar las palabras de Isabel, y tratando de ocultar su enojo le preguntó a la defensiva.

-¿Quién dice que nunca van a separarse? -se estaba debatiendo ante la necesidad de conocer la verdad, pero también deseando ignorar una realidad que podía interferir en su relación.

-¿Estás ciega, Daniela?

Viven como una pareja normal., con reuniones, amistades, juntos asisten a los eventos de los niños.

-No lo creo, ella está tratando de retenerlo, eso es todo. Estoy segura que Sergio me quiere, no dudo de su lealtad siempre hacemos planes sobre nuestro futuro.

-Te lo anticipé, no pretendo que cambies de idea, tú has tenido una pareja y sabes que el hombre cuando ama protege y cuida de su mujer, porque esa es su verdadera naturaleza, caso contrario, cuando el amor no existe lo único que le importa es disfrutar y complacer sus propias necesidades. Nosotras permitimos que nos manipulen por temor a perderlos, para colmo idolatramos a hombres que muchas veces no lo merecen y nos escondemos la verdad a nosotras mismas, soñando o queriendo creer que vamos a cambiar lo incambiable ¡analiza que futuro puedes tener con Sergio si no se divorcia! le dijo bastante alterada y mirándola a los ojos.

Daniela se sintió molesta y a punto de salir corriendo.

Isabel continuó tratando de quebrar la actitud necia de su sobrina.

-¡Te das cuenta, estás pisando terreno falso y para colmo ajeno! ¡Es importante que te realices como persona, y también ser feliz como lo mereces! Ahora tengo que irme, pero permíteme que le diga algo más, "el verdadero amor lo es todo en nuestra vida, la pasión es l complemento que tiende a desaparecer con los años -la besó y se marchó, estaba convencida que su sobrina no iba a romper la relación aunque le pusiera por delante cientos de pruebas.

~~~~~

Cuando Rodrigo llegó a su apartamento se sentó a leer los mensajes, para su sorpresa encontró uno de Paola.

Que tal Rodrigo, ¿cómo estás? Te cuento que en una semana voy a estar de paso por Buenos Aires, si quieres nos vemos. Aún no estoy segura adonde voy a hospedarme, de todos modos estamos en comunicación.
Siempre te recuerdo.

Paola

Aunque nunca pensó en volver a verla, dadas las circunstancias se puso de buen humor "después de todo tomé la decisión de acabar mi relación con Daniela antes de este mensaje"-analizó muy tranquilo.

El siguiente fue aún más sorpresivo, era de su hija Marcela, lo leyó emocionado.

Papi:
Estoy segura que voy a sorprenderte con esta carta, es la primera que escribo por Internet.
Recibí tu tarjeta para mi cumpleaños y el cheque, y con la ayuda de mis padres compré una computadora.
También pienso que en unos meses voy a ir a visitarte.
Quiero que alguna vez me cuentes los motivos por los que mamá y tú se separaron, necesito comprender, además quiero ser justa contigo con todos.. ¿Te puedo llamar papi, verdad?
Te quiero mucho y deseo verte.

Marcela

Quedó encantado por el cambio que reconoció en su hija, en la escasa comunicación que mantenían se trataban como extraños. El hecho de estar separados demasiado tiempo les creaba inseguridad en el trato, además la niña siempre había considerado a su padre adoptivo como verdadero. Marcela estaba creciendo y comenzaba a tomar riendas de su vida y necesitaba respuestas más adultas con respecto al divorcio de sus padres; Marta le había explicado que se habían casado siendo demasiado jóvenes y que no pudieron salvar las diferencias.

Rodrigo estaba seguro que su hija ya no se contentaba con respuestas superficiales, aunque también era necesario ocultarle la verdad con respecto a la irresponsabilidad de Marta cuando decidió quedar embarazada; además del enorme daño que podía provocarle en su auto estima y también crear serias dificultades en la relación de madre e hija.

Marta con los años se había convertido en una persona muy afectiva y la niña había recibido los cuidados y amor necesarios para ser feliz.

Admitió con cierta vergüenza que debido al divorcio se había desligado en gran parte de sus responsabilidades, sin asumir la preocupación cotidiana que representaba una real paternidad.

Después de analizar la situación comenzó a escribir...

Mi querida Marcela

Me dio muchísima alegría recibir tu mensaje, como ves una forma rápida y fácil de comunicarnos.

Me gustaría que siempre lo hagas y que confíes en mí, lamento no haber estado siempre a tu lado, pero muchas veces surgen problemas inevitables y los tenemos que sobrellevar.

Recuerda, tienes una hermosa familia que te ama.

Tu madre y yo nos casamos demasiados jóvenes y no pudimos con los problemas y decidimos divorciarnos. Eso ocurre con los seres humanos, una pareja puede separarse, pero los lazos con un hijo son diferentes y para toda la vida, es nuestra sangre y los sentimientos son eternos. Siempre serás mi amor, lo supe en tu primer día de vida cuando te vi tan pequeñita e indefensa.

Me gustaría mucho que algún día me visites, pero no fuerces a tus padres, yo pienso viajar en cuanto me digas cuando comienzan tus vacaciones.

Por supuesto me encanta que me llames "papi", pero es conveniente que lo hables con tus padres, pero mientras tanto puede ser nuestro pequeño secreto por Internet
Vuelve a escribirme.

Te quiero mucho
Rodrigo

~~~~~

Mariana y Bety resolvieron pasar juntas el fin de semana y el sábado ir a la milonga.

-Esteban nos espera, él insiste que no debes apartarte, los tres somos amigos, además nosotros podemos vernos a solas en cualquier otro momento.

Mariana respetaba la evidente atracción entre ambos, no obstante las palabras de su amiga decidió acercarse a otras personas para estar acompañada y no dejar de concurrir a una cita que a su entender estaba concertada por el destino.

Cuando se quedó sola hizo una especie de investigación buscando cuales eran las personas que veía por primera vez, pero nadie lucía como ella suponía que era Rodrigo.

Al cabo de una hora, decidió marcharse y quitarles la presión que ellos mismos se imponían para no dejarla sola.

-Bety me voy. ¿Crees que Esteban te pueda llevar? -le preguntó tratando de no ofenderla.

-¿Por qué? ¡Creo que te hemos dejado sola demasiado tiempo! ¿Verdad? Perdóname, no nos dimos cuenta.

-No se trata de eso, estoy algo cansada...

-Espera que le aviso a Esteban y te acompañamos. Mariana comenzó a caminar hacia la salida "la noche esta espectacular" -se dijo mientras internamente buscaba la presencia de Rodrigo, continuó caminando despacio, sin apuro alguno, mientras le daba tiempo a que sus amigos llegaran, imaginando que Esteban había sido invitado a bailar y Bety lo estaba esperando; cuando entró al estacionamiento se sintió insegura, el silencio era total. Mientras nerviosamente intentaba abrir la puerta del coche una persona salió de las sombras y la empujó con fuerza.

-¡No te muevas, solo quiero tu dinero! -le gritó el asaltante con voz agresiva, haciéndole sentir la dureza de un cuchillo en su cuerpo, mientras con el otro brazo la sujetaba por la espalda, sofocada intentó zafarse de la presión; en el forcejeo el cuchillo se clavó en un costado de su cuerpo, el intenso dolor ahogó sus gritos.

En ese momento Bety y Esteban se acercaban, la conversación de éstos alertó al forajido que corrió perdiéndose en las sombras. Confundidos y comprendiendo que algo había ocurrido gritaron el nombre de Mariana, en ese momento pudieron vislumbrar su cuerpo, estaba tirada en el piso, al borde de sufrir un colapso, Bety se arrodilló su lado.

¡Está sangrando! -le gritó a Esteban, éste comenzó a llamar por su celular para pedir ayuda.

-¡Por favor, háblame! -le rogó Bety mientras le hacía presión sobre la herida.

La noche era clara y podía vislumbrarse el contorno del cuerpo sufriente, su cabeza yacía sobre la falda de Bety. Esteban miró la escena casi irreal y una sensación de temor e impotencia corrió por su cuerpo, los nervios y el miedo los mantenía callados hasta que escucharon la sirena de la ambulancia, también de la policía, que llegaron casi al mismo tiempo, éstos tomaron nota de la declaración de la pareja que no pudo aportar ningún indicio, mientras Mariana era trasladada de inmediato al hospital.

Mientras esperaban en la sala de espera el tiempo les pareció eterno, estaban alertas a la presencia de alguien que les informara el estado de la paciente, solo habían podido hablar con una recepcionista. Estaban tomados de la mano mientras observaban el ir y venir de médicos y enfermeras en una trajinada noche en el pabellón de primeros auxilios. A esa hora de la madrugada, sin color, entre paredes blancas y muebles desgastados por el tiempo la angustia crecía inexorable.

El resto de la gente que como ellos también esperaba, se miraban sin mirarse, con un factor en común: "la angustia reflejada en sus rostros"

Bety y Esteban, permanecían en silencio, luchando internamente con una abrumadora sensación de culpa, deduciendo que el asalto se podría haber evitado si ellos la hubieran acompañado. En esos momentos el encuentro romántico de horas atrás estaba olvidado, el feliz sueño había terminado en una horrible pesadilla sin sospechar que el atacante había cambiado el destino de los tres, convirtiendo el momento dramático en un futuro acorde a los sueños de Mariana.

-Todo va a estar bien -le dijo Esteba a Bety tratando calmarla.

Tuvieron que esperar casi dos horas hasta que una enfermera y un médico se acercaron El corazón de ambos latió fuertemente.

-No hubo complicaciones, se va a recuperar, tuvimos que hacerle cirugía, pero tuvo suerte, la herida no produjo daño interno, debido a la pérdida de sangre se le esta haciendo una transfusión y tiene que estar por varios días hospitalizada.

-¿Podemos verla? -preguntó Bety con ansiedad

-Sí, pero solo unos minutos, se le ha administrado un sedante, necesita descansar para comenzar a recuperarse.

Mariana estaba pálida, lucía como una niña pequeña y desprotegida. Bety se acercó lo más posible a ella, necesitaba abrazarla y hacerle saber que estaba a su lado.

-Marianita, fue mi culpa nunca debí dejarte sola - le dijo sollozando, ella abrió los ojos y aunque se sentía fuera de la realidad, reconoció a su amiga.

-No deben culparse, yo decidí irme sin esperarlos-le respondió casi en un susurro, quedándose de inmediato dormida.

Cuando salieron del cuarto, Esteban le preguntó a Bety si podían ubicar a los padres de Mariana

-No, no sé como hacerlo, ella tiene un tío aquí en la capital, pero está en una casa de ancianos y bastante enfermo, es mejor esperar hasta mañana y que Mariana nos diga que quiere que hagamos.

-¿Que hacemos con el carro? podemos ir en el mío a buscarlo y tu lo llevas a tu casa o a donde te parezca, pero pienso que no quieres dejarla sola; además estoy siendo poco práctico, permíteme tener las llaves que yo lo resuelvo.

-No te preocupes demasiado, esto no sucede todos los días. ¿Porque no lo dejamos para mañana? y tienes razón quiero estar cerca de ella.

-Voy a llevarlo a un lugar seguro, por lo visto cualquier cosa puede ocurrir con esta clase de gente en la calle.

-Como te parezca.

Esteban decidió llamar a Rodrigo para pedirle ayuda, también con la intención de contarle lo sucedido. Ambos se pusieron de acuerdo para trasladarlo al estacionamiento en el mismo edificio que Rodrigo tenía la oficina.

-Mi primo me está esperando, te llamo más tarde para saber como va todo y que me digas a que hora paso a buscarte después te puedes ir a descansar, después tenemos que pasar por la jefatura.

Esteban la besó con ternura, sintiendo que no quería dejarla, la sensación fue fuerte y hermosa, y aunque continuaba en un gran estado de nervios, consideró que debía reaccionar, para ayudar a que todos mantuvieran la calma.

-¿Como está Mariana? Cuéntame como fueron las cosas - Rodrigo preguntó preocupado, Esteban con la presencia de su amigo se sintió más tranquilo, necesitaba sacarse de adentro la angustia que había contenido ante Bety; junto a su amigo el panorama le pareció menos oscuro.

-Según el médico está fuera de peligro, aunque no fue una herida grave tuvieron que hacerle cirugía y si no hay complicaciones en unos días sale del hospital. Todo ocurrió muy rápido, el asaltante debe haber estado armado con una cuchilla pequeña, si no la mata por seguro, por suerte en ese momento llegamos nosotros y el asaltante escapó.

-¿Le robó algún dinero?

-Aún no lo sabemos, pero según me comentó Bety en el bolso que se llevó había algo de dinero y algunas cosas personales, también los documentos. Todavía no hemos podido hablar con ella para saber como pasaron las cosas.

-Como dice el refrán "más conozco al hombre más quiero a mi perro" ¡imagínate ser atacados de esa forma. A partir de ahora debemos extremar los cuidados, lo cierto es que hay gente con problemas de dinero y quieren resolverlos con actos como estos, y pagando los que no tienen la culpa! -dijo Rodrigo bastante enojado con lo acontecido y sintiendo que alguien conocido para él, había sido el damnificado.

-La verdad es que me siento responsable, no hubiera sido atacada si la hubiéramos acompañado -dijo Esteban compungido

-Ustedes no deben culparse, lo que tuvimos es un llamado de atención, eso es todo. Te cuento que Paola esta de paso por la Capital, así que voy a desaparecer por unos días, por supuesto después de la oficina. Lo cierto es que tengo bastante trabajo, pero si me necesitas no dudes en llamarme, además me gustaría hacerle una visita a tu amiga.

-No sé que decirte, tenemos que esperar para ver como sigue y por supuesto que los médicos lo autoricen, mañana lo averiguo.

Rodrigo fue el encargado de manejar el carro de Mariana, en cuanto lo puso en marcha escuchó una música muy suave, también le llamó la atención la pulcritud con que lo mantenía y el delicado aroma a hierbas que se respiraba. En ese momento tuvo la sensación de haber invadido un lugar privado y también familiar, los detalles le recordaron a Any; lejos de suponer que se trataba de la misma persona, las comparó, por un momento las dos mujeres estuvieron en su mente y por las circunstancias, ambas sin rostro.

Concluido el traslado se fueron a un bar, para Esteban la noche iba a ser larga y prefirió demorar la llegada a su casa, Rodrigo lo comprendió y resolvió permanecer a su lado.

-Nos quedamos un rato, nada más, después nos vamos, supongo que mañana debes a ayudar a Bety en lo que haga falta.

-Tienes razón, y en cuanto llegue a casa me voy tomar un té de tilo bien cargado así puedo dormir.

-No es mala idea, estás necesitando algo que te tranquilice, pero ya sabes si me necesitas me llamas en cualquier momento.

Siguiendo la sugerencia de Rodrigo no demoraron la salida; mientras caminaban Esteban dijo con angustia.

-Pensar que unas horas atrás estábamos con Bety bailando como si nada existiera en el mundo y de pronto se nos vino este problema encima, por supuesto Mariana llevó la peor parte.

-Es como un accidente, en un segundo se puede perder la vida, agradezcamos que dentro de todo, ella está bien.

Cuando llegaron al hospital Rodrigo insistió en tener algo de control sobre el estado anímico de su amigo.

-¿Qué piensas hacer? ¡Tienes que descansar!

-No creo que me dejen entrar, voy a llamar Bety para ver como está todo y me marcho, ¡prometido!

Esa noche Mariana estuvo delirando y repetidamente mencionando a Rodrigo. En la mañana siguiente amaneció sintiendo algunas molestias, pero los calmantes que le suministraban la mantenían sin dolor y estaba bastante conciente.

Cuando Bety entró al cuarto la encontró muy pálida y ansiosa por verla.

-Me desperté pensando en lo que sucedió, como si hubiera sido pesadilla, demasiado irreal.

-Ahora tienes que recuperarte, trata de no pensar, fue un mal momento, pero gracias a Dios estás bien, al margen necesito preguntarte con respecto a tus padres, ¿les quieres comunicar lo que pasó?

-No, están lejos y se preocuparían demasiado y lo peor es que siempre van a estar temerosos que vuelva a ocurrir.

-Tienes razón, pero ¿te das cuenta? Si me hubiera querido comunicar con ellos, no tuve como hacerlo, creo que debemos preocuparnos de ciertos detalles, nosotras solo nos tenemos la una a la otra, somos casi hermanas y es importante que tengamos algunas cosas en orden, por ejemplo los números de teléfono de la familia y también de que forma queremos que se manejen las cosas.

-Cuando vas a dejar de ser tan sabia y tan buena, ¡que suerte tenerte como amiga y hermana del alma! -dijo Mariana al borde de las lágrimas.

-Vamos, nada de llorar porque es contagioso, en cuanto salgas del hospital, voy a cuidarte, en tu casa o la mía, también tienes la suerte de tener una amiga enfermera, y vamos a estar juntas hasta que estés bien.

En ese momento le avisaron que personal de la policía quería hablar con Mariana. Los hombres hicieron algunas preguntas, pero ella no pudo dar mucha información

-Todo fue muy rápido, por la voz creo que se trataba de un hombre joven, además no muy alto, pero nada más.

-El ataque pudo ser por varias razones. ¿Tiene enemigos? Me refiero a un ex esposo o un amigo, también puede tratarse de una venganza -aseveró el oficial, mientras que Mariana lo miraba perpleja.

-No creo tener enemigos, además el hombre gritó que quería mi dinero, tampoco su voz me resultó familiar.

-Descartado por el momento. ¿Recuerda que llevaba en su bolso?

-Sí, mis documentos, las llaves del carro y de mi casa las tenía en la mano y se ve que por el forcejeo cayeron al piso, mis amigos las encontraron ¿Fue así Bety? No recuerdo casi nada.

-Sí, estas en lo cierto

-¿Se llevó algo de valor?

-No, un poco de dinero y algunos cosméticos.

Los oficiales se marcharon sin conseguir ninguna pista.

Mariana no pudo evitar recordar el incidente, sintió la magnitud de lo ocurrido y que en aquel momento podía haber muerto.

-Te das cuenta Bety, no había nadie cerca y no me pude defender, es increíble como un imprevisto nos puede poner fuera del camino en un instante, por más que hubiera estado preparada no me hubiera podido defender -le comentó a su amiga sintiendo una gran impotencia.

Con el correr de las horas y sintiéndose algo mejor Mariana experimentó ansiedad por regresar a su casa, esperando tener algún mensaje de Rodrigo.

-Tienes que tener paciencia, recién te estás en proceso de recuperación, es importante que te tranquilices, de todos modos es probable que en unos días te den de alta, pero vas a tener que cuidarte un tiempo. Te cuento que el primo de Esteban quiere venir a saludarte, se preocupó bastante con lo que pasó.

-No creo estar muy atractiva para recibirlo ¿llegaste a conocerlo?

-No, en realidad ni siquiera le conozco el nombre, Esteban se refiere a él como mi amigo o mi primo, aunque una vez mencionó un nombre, creo que dijo Micho, pero no estoy segura. No quiere hablar de él y todavía no tengo la confianza suficiente para preguntarle que pasa entre ellos, es evidente que hay un problema, además nunca habló de presentármelo. Creo que acaba de llegar de viaje.

El corazón de Mariana dio un salto, pero no dijo nada, cuando estuvo a solas comenzó a sacar conclusiones "puede tratarse de Rodrigo, además estuvo de viaje, sería demasiada coincidencia, también es posible que nunca me haya dado su verdadero nombre, tampoco yo lo hice" -pensó en el destino y como la vida la había llevado a conocer a Esteban y ponerla en el camino que finalmente la podía conducir a su amado "es casi místico, si es parte de mi destino y si no estoy equivocada de persona, quiero que todo se desarrolle sin mediadores."

Esa noche Mariana pudo meditar y ayudarse a sí misma, sintiendo que otra vez podía salir adelante de cualquier problema, también tuvo la certeza que estaba próxima a que sus sueños se cristalizaran.

~~~~~

A su regreso al apartamento, Daniela no se sintió motivada para escuchar los mensajes; se tiró en la cama pensando en Isabel y sus palabras, deseando que se tratara de una de las tantas mentiras de Silvia en complicidad con Julia. Comenzó a llorar desconsoladamente "¿qué debo hacer Dios mío? estoy enamorada de Sergio, pero lo estoy perdiendo."

Después miró un poco de televisión sin lograr calmar su angustia; guiada por una enorme necesidad de estar cerca de Rodrigo, decidió ir a la milonga. Se vistió con premura y se marchó.

Cuando entró le llevó algunos minutos recorrer el salón con la mirada, al no encontrarlo decidió marcharse. Cuando llegó al lobby se encontró frente a él. Rodrigo se asombró y se preparó para no dejarse influenciar por la tristeza que vio en su mirada.

-Que grata sorpresa, pero ¿te marchas?- le preguntó a modo de saludo.

-Si, pensaba llamarte mañana para conversar contigo.

-Quieres, entrar o…

-No, solo hablar contigo, podemos salir a caminar…

-¿Cómo te sientes?

-No muy bien, todavía estoy tratando de salir de mis problemas.

-Hace unos días pensé en llamarte y pedirte disculpas por mi torpeza, creo que fui bastante rudo contigo, pero no tuve como comunicarme contigo y admito que no volví a buscarte, preferí esperar que me llamaras.

-No fuiste rudo, me dijiste lo que sentías, y yo con mi comportamiento lo provoqué. La verdad es que he dejado de trabajar y casi no estoy asistiendo a clases, tampoco estoy muy bien de salud.

-Daniela estoy decidido a olvidarme de ti. Nuestra relación fue muy corta, tus problemas siempre te alejan de mi lado, me gustaría ayudarte a resolverlos, pero estoy convencido que no quieres. -le dijo con bastante suavidad, pero tratando que comprendiera que no estaba dispuesto a continuar la relación si ella no cambiaba de actitud.

Daniela se sintió terriblemente sola, las palabras del hombre la hirieron profundamente.

-Tienes razón, pero por favor al menos hoy no me dejes.

Caminaron como dos extraños, Daniela rompiendo su propio silencio le preguntó.

-¿Vamos a tomar algo? No quisiera volver a mi apartamento.

-De acuerdo.

Después de manejar unos minutos se detuvo, no se sentía a gusto encerrado en el vehículo con una persona que no le prestaba atención. En ese momento Daniela con una reacción espontánea se apoyó en su pecho, después manteniendo los ojos cerrados lo besó casi con desesperación, Rodrigo sin poder evitarlo se dejó llevar por sus emociones y respondió apasionadamente. Después sin intercambiar palabras la condujo a su apartamento, ella evitó cualquier pensamiento que la hiciera volver atrás, y sin ninguna traba emocional se entregó completamente.

Pasaron juntos la noche; mientras Daniela dormía, Rodrigo la miró sin poder evitar sentir algo más profundo que una relación pasajera.

En ese momento la sintió un poco suya, pero como siempre, demasiado lejana. Después se quedó dormido. En la mañana siguiente cuando se despertó comprobó que se había marchado "me llamará después" -pensó con un ligero cosquilleo de decepción "Actuamos sin pensar" Daniela estaba demasiado triste y vulnerable y yo me dejé llevar por mis sentimientos y deseos, pero tengo que admitirlo, una vez más he vuelto a ser una necesidad para llenar su soledad "el momento de intimidad no ha tenido ninguna importancia para ella" -pensó sintiéndose defraudado.

Daniela reconoció que en los brazos de Rodrigo se había sentido confortable, pudo comprobar que era una persona muy especial; cariñosa y cuidadosa con su pareja. Al margen de su fugaz felicidad, se sintió culpable "me dejé llevar por mi necesidad de compañía, debo evitar que esto se repita". Seguía sin solucionar los problemas que la habían afectado al punto de hacerla actuar sin ningún tipo de cordura, y en medio de sus excusas comprendió que estaba lastimando a Rodrigo innecesariamente.

El hombre representaba una especie de ancla en su tortuoso camino, en particular cuando Sergio no llenaba las fisuras que él mismo le provocaba. Reconoció su propio egoísmo y se sintió avergonzada por estar procediendo como si nadie o nada tuviera más importancia que ella misma, ese pequeño atisbo de ver la realidad fue una reacción de su conciencia, el caos emocional en el que estaba sumergida, dominaba su vida, por un momento y en una mínima proporción, había logrado escapar de Sergio y su manipulación.

En la siguiente mañana cuando Daniela estuvo frente a su amiga casi no la miró a los ojos, se sentía culpable por haber actuado en forma opuesta a lo que siempre defendía, su profundo amor por Sergio.

-¿Tuviste algún problema?

-Si te refieres a Sergio, estamos bien, es decir dentro de poco todo se va a resolver.

-Entonces ¿qué está pasando? ¿Te parece mejor que lo hablemos a la salida?

-No, prefiero ahora, es importante, además no te puedo mentir, y como siempre digo, eres peor que mi conciencia. Me encontré con Rodrigo en la milonga y después nos fuimos a su apartamento.

Mechi se sintió complacida con la noticia.

-¿Hicieron el amor?

-Si, pero te juro que no sé que me pasó y como pude hacerle esto a Sergio -le confesó en medio de un llanto tan intenso que se sintió conmovida.

-Tienes que calmarte, estás actuando de esa forma porque tienes demasiada presión en tu vida, estoy segura que necesitabas que un hombre te cuidara, sobre todo alguien como Rodrigo ¿Sé comportó bien contigo?

Daniela no le respondió, continuaba llorando mientras la tenía abrazada esperando que se tranquilizara, prefirió no hablar hasta que ella se lo pidiera, temía con su forma frontal de encarar las cosas, lastimarla aún más.

Ensimismadas en el problema cuando sonó el timbre para entrar a clases, se sobresaltaron.

-¿Que quieres hacer? ¿Te sientes bien para entrar?

Daniela se encogió de hombros y permaneció sentada, estaba demasiado confundida para tomar una decisión

-¿Qué te parece si nos vamos? Podemos caminar o ir a tomar algo...

-¡Lo que tú digas! ¡No tengo deseos de quedarme!

Salieron a la calle y caminaron en silencio, después se sentaron a tomar un refresco, Daniela estaba más tranquila, pero el llanto había dejado sus huellas, tenía los ojos hinchados y su estado depresivo era evidente.

-Creo que nunca más voy a mirar a los ojos a Rodrigo, y no sé como voy a enfrentar a Sergio.

-Estoy convencida que la única salida que tienes es continuar como si nada hubiera ocurrido, deja pasar el tiempo, trata de no encontrarte con Rodrigo y con Sergio ¿te puedo decir algo? -Daniela la miró y le hizo una señal de aprobación

-Si él hubiera hecho las cosas bien no estarías en medio de esta crisis, andando sola y con la necesidad de cobijarte en los brazos de otro hombre. Te digo esto no porque acepte esa clase de situación, pero estás enferma de miedo y angustia.

-¿Estás segura de lo que dices? o lo que quieres es calmarme.

-Digamos que las dos cosas, de todos modos es lo que pienso. Me gustaría saber si después de lo que pasó estas comprendiendo el motivo de tus problemas.

-Nada puede cambiar mi amor por Sergio, además no es él quien provoca mis problemas, son otras cosas, sobre todo el comportamiento necio de su esposa.

-¡No tienes remedio! Estoy segura que un día de éstos, terminaras por ver la realidad.

-¿Te das cuenta? siempre la culpa recae en Sergio, pero tranquila, entiendo que tengo que ser más objetiva y comenzar a pensar en donde estoy parada.

-Vaya, vaya, mi amiga ha comenzado a despertar -le respondió Mechi feliz por el atisbo de realidad que ella había manifestado. Decidió dejar sus comentarios de lado, tenía la sensación que lo acontecido estaba cambiando la perspectiva con respecto a la dañina relación que estaba manteniendo "No debo darle más consejos hasta que consiga digerir este tropezón que dio con Rodrigo"-pensó por último.

Antes de despedirse Daniela la abrazó en silencio y con verdadero cariño.

-Gracias por tu paciencia, me siento avergonzada por lo que pasó, la verdad es que no tengo excusas, te pido disculpas por ponerte en este tipo de circunstancias.

~~~~~

Mariana tenía plena seguridad que Rodrigo era el hombre del Internet y todos sus pensamientos estaban concentrados en los futuros acontecimientos, convencida que el encuentro estaba por producirse, experimentaba un gran desasosiego, tenía la sensación que las horas no pasaban nunca. Resolvió no hacerle ningún comentario a Bety por temor a crearle falsas expectativas. Reconocía que su amiga era demasiado generosa y paciente, también decidió guiarse por su propio instinto sin que nadie o nada alterara el desenlace, su innato misticismo la llevaba a creer que el destino lo iba a determinar.

Cada movimiento que hacía le provocaba dolor en la herida, entonces se sentía atada a la cama, como si ésta fuera un enemigo y por consiguiente un enorme rencor por el asalto y sus consecuencias, meditando reconoció que era una reacción innecesaria de su parte, que podía retrasar su recuperación física.

La visita de Rodrigo no se había concretado, por lo que se sintió aliviada, consideraba que no era el momento oportuno, estaba desmoralizada y molesta por lo ocurrido, y necesitaba recuperar otra vez sus fuerzas y optimismo.

Esa tarde había recibido un bellísimo ramo de rosas de parte de sus amigos en conjunto con Rodrigo, se sintió emocionada pensando que ese era el primer contacto casi directo que tenía con él.

El día anterior a salir del hospital una enfermera le alcanzó un sobre.

-¿Quién lo dejó?- preguntó asombrada, aunque pensó en Rodrigo.

-No lo sabemos, en realidad no vimos a nadie, alguien lo dejó en uno de los escritorios -le explicó la enfermera. Cuando ésta se marchó Mariana lo abrió encontrando para su sorpresa los documentos y una nota escrita a máquina.

Mariana, le pido perdón por lo que le causé, nunca pensé lastimarla, mi intención fue solo de intimidarla, pero mi conciencia no me deja vivir en paz. En estos momentos y al igual que otras personas, estamos atravesando graves problemas económicos, y nos hemos convertido en muchos casos en ladrones y asesinos.

Tengo un hijo muy pequeñito y por protegerlo de la miseria lo estoy arrastrando con mis equivocaciones. Lo que voy decirle no es una justificación, la verdad es nunca intenté herirla, solo quise asustarla.

Aunque entiendo que ya es tarde para subsanar lo ocurrido, nuevamente le pido perdón.

Mariana quedó petrificada, dudando si debía avisar a la policía "De todos modos mis documentos aparecieron y debo comunicarlo"

Entonces decidió hacerlo, pero no hablar de la nota "es una mentira piadosa, especialmente por el niñito, no quiero que la policía encuentre algo que ponga en evidencia al individuo, necesito hablar con mis amigos" -se dijo a sí misma y comunicándose de inmediato con Bety.

-Me gustaría tener también la opinión de Esteban -le dijo confiando en la sabiduría de su amigo.

Después que leyeron la nota, Bety fue la primera en opinar.

-¡Yo no creo que se deba disculpar un acto que pudo costarte la vida!

-Estoy de acuerdo con Bety, pero es evidente que se trata de una persona desesperada, pedirte perdón sin tener una respuesta, significa que está arrepentido, por supuesto merece ser castigado, pero no se trata de un delincuente común y es muy difícil que lo encuentren. La gente muchas veces comete estos actos por desesperación, no lo justifico, pero creo que es sincero, por eso se comunicó contigo.

-¿Entonces que hago?

-Considero que tienes que comunicarle a la policía lo que pasó, es más con esto se confirma que fue un asalto por robo, y con respecto a tus temores que encuentren en la carta algo que pruebe su identidad, es muy difícil, no te compliques, ellos terminarán por cerrar el caso -Esteban respondió con completa seguridad.

-Está bien, voy a hacer lo que dices, también entregar la carta, estoy segura que no debo tenerle lástima, espero que su conciencia no le permita cometer otro delito.

A la mañana siguiente Mariana llamó a la policía y aunque éstos intervinieron, al no encontrar huellas o algún indicio, cumplieron con las formalidades y el caso se cerró.

~~~~~

Esteban resolvió hablar con Rodrigo, había tomado la decisión de hablarle con respecto a una determinación que había tomado, lo llamó para que se encontraran al medio día.

-¿Que pasa hermano? -preguntó Rodrigo con asombro

-Nada serio, tal vez estoy sobre actuando, pero decidí que hablemos de Mariana.

-¿Tuvo una recaída?

-No se trata de su salud, pero cada vez que decidí presentarte a mis amigas, Daniela llegó inesperadamente a la milonga y te fuiste con ella o te hiciste una escapada con Paola y no quiero por nada del mundo que Mariana se entusiasme contigo.

Es conveniente que antes de conocerla resuelvas tus problemas amorosos, estoy de acuerdo con todo lo que estas haciendo, como buen soltero no tienes de que preocuparte, así que disfruta, pero con respecto a ella, es mi amiga y la estoy protegiendo.

-¿Crees que Mariana se puede entusiasmar conmigo? Acepto el tirón de orejas, pero no tengo intención de hacerle daño, cuando ocurrió lo del asalto pensé en visitarla porque me afectó lo sucedido, no voy a mentirte, a pesar de tantas cosas que me están pasando tengo interés en conocerla, pero tranquilo, por el momento estoy tomando decisiones con respecto a mi vida sentimental.

-Micho, confío totalmente en ti, eres una persona íntegra, además creo que yo tampoco puedo tomar decisiones por Mariana, pero por las dudas preferí hablarlo contigo y al margen de eso le comenté a Bety que querías ir al hospital y le pareció extraño que no cumplieras.

-¿Te diste cuenta? Me llamaste Micho, como cuando era un jovencito, aunque quedamos que lo ibas a evitar, recuerda, mi nombre es Rodrigo Miguel.

-Creo que me estoy poniendo viejo y se me cruzaron los recuerdos, entiendo que lo hago a menudo, pero voy a tratar de evitarlo.

-Volviendo al tema, como siempre tienes razón y buena memoria, no cumplí con la visita debido a la llegada de Paola y también porque se complicaron algunas cosas en la oficina, por supuesto acepto que son excusas de mi parte y debí darme el tiempo. Te pido disculpas.

-No te preocupes, todo lo acontecido me afectó demasiado y tú no tienes nada que ver con Mariana y esta historia y tampoco ninguna obligación.

-¿Alguna vez le hablaste de mí?

-En realidad nunca, Bety en particular debe estar asombrada, siempre me refiero a ti como mi amigo o mi primo y una vez como Micho. La verdad es que no estaba seguro de introducirte en nuestro grupo.

-Lo entiendo, y aunque me considero bastante normal, mi comportamiento no lo ha sido.

-Bety piensa que sería oportuno que visitaras a Mariana, está convencida que su amiga necesita alguna distracción para salir más rápido del estado de depresión que está atravesando, aunque insisto, ¡yo no estoy seguro que sea buena idea!

-Quédate tranquilo, paso unos minutos, la saludo y no vuelvo hasta que mis cosas estén en orden, pero cualquiera diría que soy un seductor peligroso -dijo riéndose contagiando a Esteban.

-Mariana ya está en su casa y la autorización tiene que ser de ella, después hablo con Bety para que le pregunte cuando puede ser.

-Al margen, hay algo que no te he contado, Marcelita se comunicó conmigo por Email, quiere venir a visitarme y conociendo a Marta estoy seguro que se va a oponer, así que le prometí que voy a viajar para pasar una semana con ella. Estoy esperando una respuesta que me confirme cuando comienzan las vacaciones de la escuela y en cuanto la reciba, viajo.

-Me parece fabuloso y tienes razón con respecto a cuidar todos los detalles, además con los problemas en los aeropuertos y los temores naturales lo más probable es que Marta se oponga.

Para colmo la niña está en una edad en que si se la contraría demasiado, se puede poner rebelde.

-Por ese motivo hice estos planes, además tengo muchísimos deseos de verla.

Después de despedirse de Rodrigo, Esteban se comunicó con Bety.

-¿Que te parece si esta noche pasamos con mi primo por la casa de Mariana? ¿Crees que ella este de acuerdo?

Cuando Mariana recibió a noticia se puso extremadamente nerviosa, el ansiado encuentro estaba por producirse y comprendió que emocionalmente no estaba preparada, Bety lo captó de inmediato.

-¿Cuáles son tus dudas? Si prefieres lo dejamos para otra oportunidad.

-No, esta bien, además entiendo, es una visita de cortesía, debo aceptarla, es un pedido de Esteban, lo que sucede es que me veo horrible y me gustaría dar una buena impresión.

-Tu no tienes que preocuparte por nada, voy temprano así arreglamos todo, la casa y tu aspecto. ¿O tienes otro problema?

-¡Perdona mis nervios! te aseguro que me gusta la idea, fue una tontería de mi parte –le respondió cambiando completamente su actitud, aceptando que estaba ocurriendo lo previsto y su temor podía no solamente obstaculizar el ansiado encuentro, también que Rodrigo desapareciera de su vida.

En la noche mientras Mariana esperaba la llegada de Bety la ansiedad hizo presa de ella. Estaba consciente que finalmente iba a conocer al hombre del Internet, pero su verdadera preocupación era con respecto a la reacción de Rodrigo "yo estoy enamorada y puede ser una desventaja si él no llega a sentir lo mismo"-pensó mientras se miraba en el espejo no conforme con su extremada palidez.

En ese momento Bety recibió un nuevo llamado de Esteban

-Mi primo está viajando a España ¡Por supuesto yo voy, estoy en camino! -Bety sonrió, él deseaba estar a su lado. Cuando Mariana se enteró que la visita había sido cancelada experimentó una enorme tranquilidad y decidió que a partir de ese momento debía comenzar a preparase para el encuentro.

-¿Esteban te hizo algún comentario acerca del problema que tiene con su primo?

-No, pero es evidente que prefiere no hablar de él, son familiares y el problema debe estar en vías de solución, caso contrario no habría hecho planes de venir con él. Es posible y quizás hoy nos diga algo más, pero también puede haber sido una imposición de su primo. ¡Antes que entre en tu casa, me gustaría saber que clase de individuo es!

Cuando Esteban llegó les informó a sus amigas, como siempre hablando con cautela.

-Mi primo les pide disculpas, pero estaba esperando una confirmación y en cuanto llegó, corrió a tomar un avión, tiene una hija de casi 14 años que vive en España con su madre y su padrastro, parece que la niña estaba haciendo planes por cuenta propia de venir a visitarlo.

Entonces para evitar problemas con ellos, que probablemente se iban a oponer, decidió viajar.- Esteban de inmediato cambió la conversación de inmediato y evitó cualquier otro comentario.

Manteniendo como siempre una gran reserva, también pensó que la espera para que ellos se conocieran había sido oportuna.

Mariana ató un cabo más en sus conclusiones, Rodrigo había mencionado una hija de esa edad que vivía en España, no obstante no hizo ningún comentario, convencida que sus amigos sin querer podían decir algo que creara confusiones en la situación. Finalmente estaba arribando el momento que tanto había deseado, pero estaba temerosa de enfrentar una realidad que podía ser diferente a sus expectativas. La actitud de Esteban fue un motivo de incertidumbre, con su silencio convertía a Rodrigo en un completo desconocido. Las contradicciones en sus pensamientos la llevaban a perder la ilusión de conocerlo, pero se convencía a sí misma que mientras más tiempo pasara, sus temores se iban a atenuar.

Bety y Esteban notaron el estado de nerviosismo y con comentarios y algunas bromas la fueron tranquilizando convencidos que el recuerdo del asalto, todavía la perturbaba.

~~~~~

Isabel decidió hablarle a su hermano de sus temores con respecto a Daniela

-Creo que debemos intervenir, hay algo que realmente me preocupa, temo que el problema sea emocional y que no haya podido recuperarse de la muerte de Robert, sumado al accidente y por último el sinvergüenza de Sergio que entra en su vida evidentemente con malas intenciones.

-¿A que te refieres? El comportamiento de mi hija después de todo lo acontecido pienso que ha sido bastante normal.

-Entiendo que estas ocupado con tus negocios, pero yo tengo la certeza que hay algo extraño en su comportamiento; pienso que Daniela puede estar haciendo drogas, los altibajos en su carácter y no querer ver la realidad son una señal, además actúa como si estuviera anestesiada.

-Pienso que estás exagerando, pero tú estás en contacto con mi hija y la conoces bien, si el problema es de esa gravedad debemos intervenir, pero con la reserva necesaria.

-Tenemos que estar seguros, tampoco creo estar en posición de preguntarle.

-Es una verdad difícil de aceptar. ¿Que podemos hacer? No creo que sea fácil proponerle que consultemos a un profesional.

-Necesito pensar - dijo Isabel casi en un susurro, sus temores estaban cerca de la realidad, Sergio hacía marihuana, aunque no en demasía debido a que siempre contaba con poco dinero para sus gastos, y acostumbraba compartir cada tanto un cigarrillo con Daniela. Ella tampoco quería asumir la verdad y prefería pensar que no le afectaba, opinando que no se trataba de una droga peligrosa, él la había convencido que fumando se podian relajar y disfrutar de los escasos momentos que pasaban juntos. La venda que tenía en los ojos la llevaba a justificar todo aquello que alguna vez había combatido, permitiendo con su falta de entereza que Sergio manejara siempre las situaciones, para el hombre todo estaba bien y permitido, actuando en general sin ningún tipo de prejuicios.

También bebía en exceso, aunque cuidando siempre las apariencias, debido al control de Julia.

Isabel continuó exponiendo sus temores a su hermano

-Hay algo más que quiero decirte, por supuesto tienes que mantenerlo confidencial porque no podemos perder completamente su confianza, tu hija me comentó que le gustaría mudarse a Mendoza para terminar la carrera y también salir de sus problemas, no sé si planea hacerlo con Sergio.

-Es extraño que quiera alejarse de nosotros y de Buenos Aires, de ocurrir estaría fuera de nuestras manos -dijo Martín bastante desalentado.

-Si planean mudarse juntos al menos él estaría tomando una determinación y nos guste o no Daniela lo va a seguir en las condiciones que sean, además sería su elección, por supuesto es algo que no vamos a aceptar fácilmente porque conocemos la moral del individuo.

-Yo soy en gran parte responsable de su falta de entereza, los problemas son siempre debido a su poco carácter, con mi protección exagerada no la dejé crecer normalmente.

-Martín recuerda, no nacemos siendo padres, lo aprendemos en el camino

-Es verdad, hay algo que muchas veces pensé, los hijos son el resultado de como los tratamos, no hablo de educación, pero si como les enseñamos a conducirse, a ser fuertes o cuidadosos y a veces los presionamos demasiado, a mí me sucedió con nuestro padre.

Yo era casi un niño y no llegaba a entender porque me hacía perder los estribos con algún insulto fuera de lugar y me llevaba al borde de las lagrimas, pero a la vez me hacía sentir estúpido si lloraba, no se si me entiendes, por todas esas malas experiencias muchas veces traté de no ser demasiado severo con Daniela.

-Recuerdo cuando papá te gritaba, se ponía frenético, la verdad es que nunca lo entendí, pero por lo que veo mantienes frescos esos recuerdos.

-Digamos que no dominan mi vida, posiblemente porque cuando fui mayor pude dialogarlo con él, entonces me pidió perdón reconociendo que había tratado de seguir el ejemplo de su padre, la sangre fuerte de los calabreses, después todo cambió y nuestra relación fue mucho más normal, me costó, pero lo perdoné.

-Hermano, me alegra que hayas hablado de lo que te sucedió, es bueno de vez en cuando comparar y tratar de no repetir errores. No seas tan duro contigo mismo, has tenido mucho éxito en tu vida; eres un buen esposo y un buen padre, no fueron todas equivocaciones, esto me recuerda un episodio con mi hijo Marcelo, te hablo cuando tenía 15 años y era parte del equipo de football del colegio, en una oportunidad en pleno juego golpeó bastante fuerte a un jugador del otro equipo, entonces fue amonestado y decidieron ponerlo fuera de la temporada, en primer momento me pareció mal que no le permitieran jugar, estaba decidida a intervenir cuando recordé que alguien me había comentado que el entrenador les estaba poniendo demasiada presión en las prácticas

"Los muchachos salen a matar, que es lo que les enseñaron" entonces me enojé con mi hijo, porque estaba educado con otras reglas y yo no iba a permitir que un juego lo convirtiera en una persona agresiva e injusta. Te conté esto pensando en lo que me dijiste y es verdad, la presión que los adultos ejercemos en los jóvenes muchas veces puede entorpecer su desarrollo normal.

-Me siento algo culpable con Daniela, aunque entiendo que no la eduqué tan mal, tampoco le marqué algunas pautas, me refiero a que muchas veces las personas somos demasiado confiadas y dejamos la puerta abierta para que entre gente inadecuada en nuestra vida.

-Creo que ya es bastante mayor para pensar y hacer lo que le conviene. Estoy segura que si la ayudamos en este momento puede dejar de cometer más equivocaciones. Necesita entender que no esta sola, y que nosotros siempre seremos su respaldo, sin importar lo que ocurra.

-Gracias a los problemas de Daniela nos estamos convirtiendo en dos buenos filósofos. Está conversación me ayudó a sentirme menos culpable - dijo Martín mientras miraba la hora.

-Voy a pasar a ver a mi hija.

Mientras Daniela se preparaba para salir recibió la inesperada llamada de Martín

-Estoy cerca de tu apartamento ¿Puedo pasar? - ella bajó a esperarlo, sintió pena y remordimientos por su padre comprendiendo que su comportamiento lo tenía preocupado. Antes de saludarlo lo besó feliz de verlo.

-Que sorpresa papi. ¿Todo está bien?

-Si, pero quería hablar contigo, así que decidí pasar a verte antes de ir a la oficina. ¿Quieres que subamos?

-No, prefiero que caminemos -mintió tratando de estar lejos del apartamento temiendo que Sergio hiciera alguna de sus sorpresivas visitas.

-Tienes razón, siempre es bueno tomar un poco de aire puro, tienes suerte de vivir en un lugar tan tranquilo y agradable.

Cuando salieron a la calle, Martín sin esperar comenzó a explicarle la razón de su visita.

-No quiero que pienses que Isabel traicionó tu secreto, yo le hice algunas preguntas y me habló de Sergio Grau. Lo cierto es que estamos preocupados, estas cambiada, no has retomado los estudios y ni siquiera estas asistiendo con regularidad a las clases de arte, quiero que me digas la verdad, además mírate no eres ni sombra de la muchacha alegre y vital que eras, es evidente que no estás bien -Daniela lo escuchó sin hacer ningún comentario.

La sorpresa no le permitía responder, pero se sintió protegida, la presencia y las palabras de su padre significaban una profunda preocupación por su bienestar "sabe más de mi vida de lo que yo imaginaba" -pensó.

-Papi, no sé que decirte, reconozco que tienes razón, pero estoy tratando de hacer las cosas bien y no es fácil, Sergio es diferente a lo que ustedes creen, por supuesto tiene que resolver algunos problemas personales, pero nos llevamos muy bien y estamos profundamente enamorados -habló casi sin respirar, tratando de dar una imagen de seguridad que estaba lejos de experimentar.

-Es un hombre casado, tiene dos hijos y vive con su mujer, tampoco tienen intención de divorciarse.

-¡Cómo puedes estar seguro si no lo conoces, y menos aún la situación que está viviendo y las razones por las que todavía no puede hacerlo! -protestó bastante alterada.

-Estoy seguro de lo que estoy diciendo, comprendo que ya eres una mujer para tomar tus propias decisiones y te pido disculpas por intervenir, pero estás mal y sigues siendo mi hija.

-Todo esto suena a una conspiración -dijo tratando de no ser demasiado dura, pero sus palabras demostraban claramente su enojo.

-¡Lamento que pienses de esa forma, y también que estés en esta situación que no te deja razonar! ¡Te puedo asegurar que hay muchas mentiras de por medio!

-Papi has pensado que Sergio algún día puede solucionar sus problemas y nos casemos. ¿Entonces que harías? ¿No lo aceptarías en la familia?

-Por tu felicidad puedo aceptar muchas cosas, pero eso no va a cambiar la clase de persona que es. No te puedo asegurar nada.

Después se separaron, Martín se había enfrentado con una persona diferente, Daniela le había demostrado que estaba dispuesta a luchar por la relación, sintió impotencia, comprendiendo que su hija estaba lejos de aceptar la realidad.

~~~~~

Rodrigo hizo el viaje con algunos temores con respecto a la actitud que podía asumir Marta, pero fue bien recibido y el matrimonio le permitió que llevara a la niña a una zona de montañas. Durante el viaje ambos disfrutaron de la mutua compañía y se sintieron por primera vez realmente comunicados. Rodrigo comprendió cuanto significaba estar cerca de su hija, también que poco a poco ella se iba sintiendo más cómoda y confiada. Marcela le demostró todo el tiempo un profundo cariño y el trato entre ambos fue de padre e hija. Aunque había mucho tiempo por delante Rodrigo comprendió que ese era el momento de comenzar a darle un verdadero sentido a la relación, sabiendo que debía esforzarse cada vez más para que ella le diera verdadera cabida en su vida.

Hospedados en hotel, desde una amplia terraza, quedaron absortos observando las montañas nevadas y algunas personas esquiando, Marcela estaba asombrada

-Es hermoso -le dijo apoyando con plena confianza la cabeza en el hombro de su padre.

El sonrió feliz de tenerla a su lado, también por la familiaridad que la jovencita había expresado, después se encaminaron a sus respectivos cuartos.

Rodrigo, como habitualmente lo hacía antes de dormir puso un CD de tangos, en ese momento decidió concentrase en su rol de padre y no dar lugar a los problemas sentimentales.

A la mañana siguiente mientras se deleitaban con un abundante desayuno, Marcela cerró los ojos y se mantuvo en silencio unos segundos.

Rodrigo sorprendido, la miró tratando de saber el motivo, cuando la jovencita salió del trance comprendió el asombro de su padre

-¿Te encuentras bien?

-¡Sí, por supuesto! Es una oración que digo en las mañanas y en las noches, para que todos ustedes estén bien ¿y tu papi, también lo haces?- a Rodrigo le fascinó la espontaneidad de su hija.

-En cierta forma si, es algo que me nace del alma, yo hablo con Jesús, le hago preguntas también le pido que proteja a mi familia, no me siento obligado a seguir las normas en la práctica, pero conduzco mi vida de acuerdo a los principios cristianos; pero hay algo que debo decirte, tienes un hermoso acento español, además tenemos cita dentro de media hora con el instructor de ski, esta noche durante la cena continuamos con el tema.

Marcela demostró desconocer parte de la práctica y entre risas y carcajadas logró estabilizarse y disfrutar, en particular de la compañía de su padre.

La estadía en las montañas tuvo gran repercusión en el espíritu de ambos, habían logrado un verdadero entendimiento, en particular debido a la falta de una rutina en la relación, los días fueron de verdadero regocijo.

Después de una semana y como lo prometiera, Rodrigo tomó el avión de regreso a Buenos Aires.

Durante el viaje recordando la risa de su hija, su bello acento español comprendió que el gran paso estaba dado, la actitud de Marcela en todo momento había sido espontáneo, se sintió feliz por el logro obtenido, tampoco le preocupó la responsabilidad que implícitamente había asumido, aceptando que ya estaba en camino de lograr sus derechos de padre.

Por muchos años se había sentido en falta con su hija, no había querido interferir en la educación recordando las actitudes poco amigables de Marta "lo que pasó fue inevitable y no tuve otra salida, y fue mejor para Marcela que no estuviéramos en puja por su tenencia, de todos modos yo fui quien perdió, pero tampoco podría haber ocupado el lugar de su madre" Con dichos análisis reconoció que enfocado en otras responsabilidades no había actuado con verdadero énfasis, en esos momentos pudo recapacitar y tranquilizarse ".

Sus pensamientos también lo llevaron a profundizar con respecto a la situación de caos que significa para los niños la separación de los padres "un divorcio es una especie de aborto para una familia; puede resolver los problemas de una pareja, pero no la estabilidad emocional de los hijos, de todos modos no existe una fórmula perfecta y alguien siempre sale perjudicado. Marcela tuvo suerte. ¿Qué habría pasado si Marta se hubiera involucrado en otro divorcio?-más relajado, entró en un sueño profundo.

En los días posteriores a su regreso Rodrigo no volvió a encontrarse con Daniela, tampoco había recibido ningún mensaje de su parte, parecía haberse evaporado. La situación le provocó un gran alivio "al menos no tengo que luchar con su inestabilidad, aquí se termina, es la última vez que su recuerdo me acosa, tengo que admitir que como experiencia tuvo su gran momento".

De inmediato se abocó a su negocio, completamente tranquilo y decidido a cambiar su comportamiento y buscar los motivos que no le estaban dando satisfacciones sentimentales.

En medio de estos pensamientos, sintió la necesidad volver a tener noticias de Any.

Recordó cuánto había disfrutado cuando se escribían y por primera vez reconoció que su comportamiento no había sido correcto "dejé la amistad que habíamos construido completamente de lado. El problema fue que me enamoré y no pude aceptar su rechazo, no fue culpa de nadie, y ella resultó ser una persona con demasiadas dudas y problemas, no era lo que yo necesitaba en esos momentos" -pensó en una mezcla de buenos y también no muy gratos recuerdos, entonces decidió escribirle para pedirle disculpas por la forma abrupta que había finalizado la comunicación. Reconoció que debía actuar con bastante precaución, debido a que en los últimos mensajes ella estaba aceptando conocerlo, trató de encontrar las palabras adecuadas, pero no pudo, entonces resolvió esperar. En ese momento no estaba seguro si estaba dispuesto a comenzar otra relación amorosa, aunque se tratara de su amiga. Las experiencias en esa etapa de su vida no habían resultado muy positivas y resolvió hacer un paréntesis en su vida sentimental, decidió conversarlo con Esteban convencido que éste siempre tenía respuestas muy acertadas y se comunicó de inmediato.

-¿Que te parece si nos encontramos a la salida del trabajo y tomamos un café o vamos a cenar? Me está haciendo falta charlar contigo, creo que estoy algo desorientado.

Se encontraron en el bar de siempre.

-Creo que ya somos parte de este negocio -dijo Esteban mientras saludaba a las personas que atendían el lugar

-¿Que tienes que decirme o mejor dicho preguntarme?

-Antes que nada permíteme contarte sobre Marcela, además aquí tengo unas fotografías -lo interrumpió Rodrigo mostrándoselas.

-Pero es una belleza y casi una mujer -dijo Esteban recordando cuando la vio por última vez en su primer año de vida.

-Cuéntame ¿Tuviste algún problema con ellos? me refiero a Marta y su esposo.

-No, en absoluto, también me permitieron que la llevara a las montañas, fuimos a esquiar, por supuesto solo por unos días, para Marcelita fue una gran experiencia y para mí, tengo que admitirlo, tuve la oportunidad de comportarme como un padre, pude cuidarla y aconsejarla especialmente para que no forzara a sus padres con respecto a mí.

-Muy inteligente de tu parte, en estos casos lo más importante es pensar en ella y su felicidad. Ahora me gustaría saber porque necesitas mi ayuda - insistió Esteban.

-Tengo que contarte algunas cosas, aunque conoces casi todo. Hace un tiempo en uno de los encuentros con Daniela tuvimos una relación íntima, no te puedo mentir, me tomó de sorpresa el hecho que ella la provocara, no fue el momento ideal que yo esperaba, aunque me demostró ser una mujer muy ardiente, pareció estar lejos de mí, se fue como si nada hubiera pasado, desde entonces no a vuelto a comunicarse conmigo. Estoy convencido que una vez más utilizó mi presencia para olvidar sus angustias, estoy seguro que necesita ayuda, pero yo no soy la persona que ella quiere en su vida.

Como una vez te dije que Any era la mujer ideal para mí, pero su indiferencia cambió mis sentimientos que quizás no eran muy fuertes, pero mis conceptos acerca de ella siguen siendo los mismos; Daniela me decepcionó y no me dejó nada positivo, no quiero volver a verla, es más quisiera que aquel momento íntimo nunca hubiera ocurrido, me pone mal sentir de esta forma, pero no puedo evitarlo.

Esteban escuchó atentamente la confidencia de su amigo y pudo comprobar que a pesar del problema que lo aquejaba, Rodrigo estaba tranquilo, entonces se quedó esperando que le comentara la ayuda que esperaba.

-Estas pensando cuál es la ayuda que necesito, simplemente saber que piensas, o como dice el tango "si soy un caso perdido" respondió Rodrigo cantando.

-Finalmente estás pensando, Daniela por lo poco que pude apreciar es una mujer muy atractiva, una especie de ángel, es lógico que te hayas entusiasmado, pero a veces nos ilusionamos y actuamos como si fuéramos adolescentes, por supuesto hasta que nos damos con la cabeza contra una piedra, además pienso que siempre se recostó en ti, no buscaba tu protección ni tu ayuda, simplemente saber que estabas cerca cuando necesitaba un sostén emocional.

-Es lo que pienso, pero hay algo más, en el último viaje Paola quiso verme, entre otras cosas... -dijo riendo -para contarme que se casa, deja su trabajo y por supuesto nuestra relación.

Gracias a todo eso pude analizar las cosas tratando de entenderme y sacar algunas conclusiones

¿Estaré atravesando una crisis masculina? creo que nosotros también tenemos ese tipo de problemas.

-Es verdad, las crisis hormonales no son solo patrimonio de las mujeres -comentó Esteban poniendo un matiz risueño a la seriedad de su amigo -por supuesto a nadie y menos a nosotros nos gusta admitirlo, además estoy seguro que cuando pasamos los 40 nos atemoriza todo lo relacionado con el envejecimiento y por supuesto no funcionar bien con las mujeres, toda esa historia que esta relacionada con nuestro comportamiento como hombres; lo que demuestra que también somos personas con sensibilidad y no tan recios como las mujeres piensan. En tu caso es demasiado temprano, todavía eres joven, pero indudablemente estas atravesando una crisis que te tiene algo contrariado.

-Tienes razón, no me siento conforme con mi propio comportamiento, me gustaría tener una pareja estable, alguien con quién compartir todo, sin andar de mujer en mujer, lo que realmente no es mi verdadera naturaleza.

-Creo que estás acertado y es posible que estés cerca de la solución. Me parece que finalmente se te están ordenando los pensamientos y también el sistema hormonal

A Rodrigo le agradaba el buen humor de su amigo, que siempre en medio de una conversación ponía un toque risueño y que por lo general contenía una gran dosis de verdad.

-Como siempre tengo que darte la razón, me hubiera gustado continuar mi relación con Daniela, pero fue muy complicada y cuando pasó lo que pasó, la situación para mí quedó definida y ya está fuera de mi vida.

Pero tengo que confesarte algo más, hoy sentí la necesidad de comunicarme con Any, todavía no lo hice; lo cierto es que quiero pedirle disculpas por la forma abrupta que dejé nuestra amistad, finalmente entendí que la castigué por no haberme correspondido, pero te aseguro que no fue por machismo, más bien por impotencia al no poder convencerla que me estaba enamorando, además como una vez me dijiste, estaba un poco estúpido con Daniela y dejé de lado otras cosas. De todos modos no creo que Any me haya perdonado; en los mensajes que nunca le contesté me estaba aceptando. En estos momentos necesito estar seguro en donde pongo mis sentimientos, tampoco quisiera mentirle o herirla en ningún sentido como ya lo hice una vez.

-Estoy de acuerdo contigo y sería justo que le pidieras disculpas, siempre me hablaste muy bien de ella y tienes razón, puede estar dispuesta a salir contigo. Realmente amigo en este último tiempo es como que no das pie con bola.

-Por eso quería hablar contigo y tener también tu opinión acerca de mis dudas, pienso que ya estoy fuera de esos amoríos sin futuro, entiendo mis equivocaciones y no quiero que se repitan.

-Me alegra que hayas tomado el toro por las astas; tú eres un hombre sensible, pero a la vez tienes mucha practicidad, y aunque demoraste un poco en tomar decisiones finalmente lo has hecho y estoy seguro que estás listo para otra etapa de tu vida. ¿Quieres que te diga lo que pienso?

-Sí, por supuesto

-Como te dije una vez, necesitas quedarte un tiempo solo, al menos alejado de estas mujeres que conoces y que te han dado solo problemas.

-De acuerdo, y te aseguro que hay algo que deseo muchísimo, quisiera encontrar una buena amistad como la que tienes con las dos mujeres que te han atrapado, me refiero a Mariana y Bety. Además me gustaría comprobar un presentimiento que tengo.

-¿De qué hablas?

-Me refiero a Mariana, siento que la conozco de antes, se trata de algo que yo mismo no entiendo.

-Es cierto, me lo dijiste en otra oportunidad, aunque creo que estas fantaseando un poco, de mi parte y con todo mi corazón ¡Bienvenido al grupo!

Cuando Rodrigo regresó a su apartamento se sentó frente a la computadora para escribir el mensaje a su amiga del Internet, se sintió seguro de lo que quería expresarle.

Any;

Te escribo porque necesito pedirte disculpas por no haber respondido tus últimos mensajes, estuve bastante alejado del tango y también hice un viaje, por supuesto lo que no justifica mi falta de cortesía hacia ti y nuestra amistad.

Me agradaría que me respondas, necesito saber si estas bien, y si es posible que volvamos a comunicarnos, simplemente como amigos.

Quiero que sepas que siempre valoré nuestra hermosa amistad.

Rodrigo

~~~~~

Mariana se sentó en un sofá; la herida aún le molestaba, pero igualmente buscó la posición con la cuál acostumbraba meditar, cerró los ojos y comenzó practicando ejercicios respiratorios hasta que entró en una especie de evasión mental. Cuando salió del trance se sentía tranquila y con deseos de retornar nuevamente a su vida normal.

Aunque la ansiedad y las esperas de los mensajes por Internet prácticamente habían desaparecido, cada tanto buscaba el mensaje esperado, estaba segura que Rodrigo en algún momento iba a pedirle disculpas por su silencio. Para su sorpresa encontró uno con fecha reciente, su corazón latió en forma alocada y pudo comprobar que la más mínima conexión con él, le producía una profunda ansiedad.

Cuando terminó de leerlo no quedó conforme, comparado con los anteriores le resultó demasiado impersonal "Creo que en el fondo yo esperaba que otra vez me hablara de amor, tampoco menciona mi decisión de conocerlo ¿En estos momentos valdrá la pena el intento? espero no estar soñando con un imposible". Por momentos entremezclaba el pasado con el presente, como si Rodrigo estuviera al tanto que ella y Any eran la misma persona.

Después de un profundo análisis comprendió que no estaba razonando correctamente, también que a pesar de su inconformismo y frustración le había agradado que Rodrigo se disculpara, poniendo en evidencia una vez más su caballerosidad; dicha actitud representó una especie de logro "de todos modos es evidente que su interés sentimental ya no existe".

Antes de responderle necesitaba encontrarle algún sentido a sus propias reacciones, las que consideraba contradictoria "estoy al borde de conocerlo personalmente, pero sigo esperando que vuelva con Any, quisiera entenderme a mi misma".

Se sentó frente a la computadora, decidió que era importante enfrentarlo con la verdad, continuaba herida por la indiferencia del hombre y sintió la necesidad decirle la enorme desazón que su comportamiento le había provocado.

Rodrigo;

Recibí tu mensaje me agradó tener noticias tuyas, por supuesto el tiempo transcurrido fue demasiado, y pasaron muchas cosas en mi vida y supongo que en la tuya también.

Nuestra amistad fue realmente maravillosa y siempre estará en mi recuerdo y en mi corazón.

Creo que en este momento sería muy difícil retomar la comunicación que tuvimos, la magia de nuestra amistad se terminó y tuve que luchar para sobreponerme de lo que entonces consideré un desenlace injusto. Lo digo con bastante pesar, de todos modos debemos dejarlo librado al destino, él siempre tiene la última palabra.

Any

Lo releyó y no se sintió conforme, debido a la dualidad con que estaba manejando la situación se sintió atemorizada por la posible reacción de Rodrigo. Como Any había desahogado su enojo, como Mariana continuaba soñando con el encuentro.

Antes de enviarlo inconscientemente lo firmó con su propio nombre, cuando se percató del error, lo subsanó.

Con todo lo acontecido en el último tiempo Mariana había entrado en una realidad que la estaba lastimando, parte de su seguridad y tranquilidad estaban en crisis, aunque por su carácter luchador y naturalmente optimista se mantenía atenta al anhelado encuentro.

~~~~~

Daniela comenzó a sentirse deprimida, descuidando su salud y viviendo prácticamente enclaustrada, dejando también de responder los mensajes de su familia.

Martín decidió pasar a visitarla sin anunciarse, cuando estuvo frente a ella quedó sorprendido ante su apariencia enfermiza. Comprendió que su hija estaba en una situación más seria y delicada de lo que suponía, tampoco le agradó el olor a encierro y menos aún la falta completa de buena energía en el ambiente.

-¿Que ocurre hija? No te veo bien. ¿Has consultado a un médico? -le preguntó bastante preocupado.

-No creo necesitarlo, lo que tengo que hacer es poner de una vez por todas las cosas en su lugar, juntar mi vida y limpiarla de todo esto.

-Quiero que vengas a pasar unos días con nosotros, planeamos ir a Nuestra Marina. ¿Es posible?

La finca estaba en Monte Hermoso cerca de la playa, había pertenecido a la familia por dos generaciones y era el lugar preferido para las vacaciones. Siendo apenas una niña, junto con sus primos había disfrutado del mar y todas las actividades relacionadas con la vida al aire libre.

Se abrazó a su padre llorando.

-Quisiera cambiar mi vida, pero no sé que hacer.

-Prepara tus cosas y te vienes conmigo -le dijo sin darle tiempo a que se negara.

Ella lo siguió dócilmente.

Gabriela quedó impresionada al verla tan desmejorada.

-¿Que te está pasando? De una vez por todas tienes que aceptar que necesitas ayuda -Daniela pudo comprobar que toda la familia estaba al tanto de sus problemas.

Cuando llegaron a la finca respiró embelesada el aire del mar. Después que sus padres se fueron a descansar salió a la terraza para comunicarse con Sergio.

-Estoy en Monte Hermoso con mi familia, ellos insistieron que viniera porque me vieron mal ¿Que crees que va a pasar con nuestra relación? ¿Te has puesto a pensar que mi vida es un verdadero infierno?

-En dos semanas me contestan del trabajo y después podemos hacer el cambio que te prometí.

-¿Estas seguro que realmente lo deseas? ¿Qué va a pasar con tus hijos? ¿Dejarías de verlos?

-No es lo que quiero, pero si nos quedamos aquí no vamos a poder estar juntos, recuerda, quiero pasar contigo el resto de mi vida.

Martín salió a tomar un poco de fresco y se encontró de improviso con Daniela

-¿Que haces? -le preguntó sorprendido -pensé que estabas descansando.

-Llamé a Mechi para contarle que viajé con ustedes y que no se preocupe -le respondió mientras se despedía de Sergio.

-Te vuelvo a llamar mañana.

Martín no dijo nada, pero comprendió que le estaba mintiendo.

-Hija tus actitudes me han llevado a sospechar que puedes estar haciendo algún tipo de droga -Daniela lo miró sorprendida, la preocupación de su padre era evidente.

-No, papi, no estoy haciendo nada de lo que supones.

-Lamento haberte preguntado, pero estoy muy preocupado por ti, y sabes lo que opino acerca de ese tema, no tengo ninguna justificación al respecto, estoy convencido que cualquier droga, hasta las que mucha gente considera inofensivas y me refiero a la marihuana, quitan estabilidad emocional y nos sacan de la realidad, además considero que la evasión conseguida de esa forma no es conveniente. Cuando se pierde la noción por esos medios dejamos de ser nosotros mismos y nos convertimos en personas vulnerables propensas a ser manipuladas.

Daniela escuchó sin responder y no quiso confesarle la verdad por temor a decepcionarlo aún más.

Martín la besó y se retiró sin mirarla a los ojos.

~~~~~

Bety llamó a Mariana para darle una noticia.

-El misterioso primo está de regreso ¿Que te parece si nos reunimos el próximo sábado? Por supuesto no para ir bailar, creo que prefieres esperar más tiempo.

Mariana quedó estupefacta ante la noticia, guardando un profundo silencio.

-¿Estas de acuerdo o la idea no te agrada? -insistió Bety.

-Me parece bien, ¿qué quieres que preparemos? ¿Les gustaría un asado? -le respondió Mariana estar tranquila, aunque nuevamente su corazón había dado un vuelco.

-En ese caso nosotras no tenemos que hacer nada, dejamos que ellos compren y organicen todo -dijo Bety sintiéndose entusiasmada con la reunión, pero notando la actitud de su amiga -paso a visitarte para que charlemos un poco y empecemos a poner en orden lo que haga falta.

-Te espero -respondió Mariana bastante contrariada, intentando no ser descubierta en su verdadero estado de ánimo. Por un momento deseó fervientemente hacerla partícipe de su secreto, pero experimentando un enorme nerviosismo, se controló.

Cuando Bety llegó, la esperaba con un café humeante y fresco.

-Lo primero que hacemos es sentarnos a conversar un poco -dijo Mariana cargando las tazas en una pequeña bandeja.

Después salieron al jardín, el lugar favorito de las dos. Estaba atardeciendo y el sol apenas podía escurrirse entre la frondosa arboleda, pero la temperatura estaba bastante agradable.

-Aquí se respira aire puro y me gusta el perfume de los jazmines -dijo Bety mientras se recostaba en un sillón para comenzar la charla con su amiga.

-Cuando vine a vivir aquí traté de no hacer muchos cambios por las dudas algún día mi tío Santiago quisiera regresar, él y Ana María amaban el jardín, sobre todo los jazmines, el tiempo que pasaban en la capital era diferente al de la finca, pero en ambos casos podían disfrutar de las plantas y las flores; siempre había tranquilidad a su alrededor y protegían su estilo de vida. De todos modos voy a podar algunos árboles ya están demasiado frondosos y cuando me descuide no voy a poder ver el sol -dijo Mariana extrañando la luz que siempre había en el jardín, respiró profundamente y se sentó frente a Bety. Todo pareció combinar para que se sintiera reconfortada.

-Cuéntame. ¿Cómo va tu relación con Esteban?

-Que puedo decirte, fabulosa, es un hombre encantador, cariñoso y lo suficientemente maduro para no andar con tonterías, queremos que nuestra relación sea tranquila, y como opinamos los dos; lo más importante es disfrutar juntos de la vida, por supuesto con amor y respeto por nuestros propios gustos. Los dos estamos maduros para tener hijos, además ya criamos los nuestros, y aunque los míos fueron adoptados, eran mi propia familia, ahora es el momento de disfrutar en pareja.

-Estoy de acuerdo contigo, de mi parte es diferente, siento que la vida esta en deuda conmigo, y deseo formar una familia, pero quiero saber mas de ti.

-Por el momento para nosotros lo importante es estar juntos y conocernos mejor. En el poco tiempo que estamos saliendo, a veces nos vemos dos veces en el día, pero quisiéramos estar juntos todo el tiempo.

-Supongo que están hablando de casamiento.

-Por supuesto, lo estamos hablando, pero no tenemos apuro y aunque te parezca mentira, nuestra relación es completamente platónica, y no por que no nos despierte las urgencias naturales, lo que pasa es que según sus conceptos, quiere que nos tratemos en este plano un poco más, aunque no creo que pueda ser por mucho tiempo -dijo Bety sorprendida de sus propias declaraciones y por estar viviendo una relación tan especial.

-Me hace feliz verte tan bien, Esteban es un gran ser humano -comentó Mariana recordando cuando ella le dijo que cuidara a su amiga.

-Me ha sugerido que cuando nos casemos deje de trabajar, pero aún no lo he decidido, de todos modos por unos meses más tengo que seguir ayudando a mis niños; la universidad es gratis, pero tienen que comer, vestirse y comprar materiales de estudio. También necesitaría hacer alguna otra cosa para no sentir que estoy perdiendo mi tiempo.

-Como esposa nunca llegarías a aburrirte, hay muchas actividades que ahora no haces por falta de tiempo; por ejemplo cuidar un jardín, siempre hablas que te gustan los jazmines y por fin vas a poder cultivarlos.

-Tienes razón, lo que pasa es que me dejé absorber por las obligaciones, pero tranquila. Esteban me está haciendo pensar y ver las cosas en forma diferente.

Lo cierto es que estoy profundamente enamorada y deseo hacerlo feliz.

Bety se dio cuenta que Mariana no quería hacer comentarios con respecto a la reunión que estaban organizando, entonces encaró el tema.

-Bien, comencemos con los preparativos. ¿Qué hace falta? No hablo de la comida y bebida que corre por cuenta de ellos, nosotras podemos preparar ensaladas, en eso eres la experta, además tenemos que comprar velas, flores y decidir adonde quieres que sirvamos la cena.

-Si el tiempo esta bueno lo hacemos aquí mismo, ¿estás segura que ellos quieren venir?

-Nadie los obliga, Esteban considera que es una buena oportunidad para que nos conozcamos todos, de lo que estoy dudando es que estés de acuerdo ¿Qué pasa Mariana? ¡Si no estas conforme es mejor que lo dejemos para más adelante!

-No me pasa nada, es decir aún estoy algo molesta con lo que me pasó, pero también entiendo que tengo que olvidarme y disfrutar de la compañía de ustedes.

Hicieron la lista de compras y terminaron la despedida con una copa de buen vino.

Mientras Bety iba rumbo a su casa llamó por el celular a Esteban

-Acabo de dejar a Mariana, su comportamiento es extraño, estoy segura que me oculta algo, no sé los motivos, pero esta muy ansiosa y bastante callada quiere aparentar una tranquilidad que no siente.

-¿Que piensas que puede ser? Tú la conoces mejor que nadie.

-Según ella son secuelas del asalto y se siente inestable, yo pienso que está atravesando una depresión, esto ocurre muchas veces cuando se ha pasado por una cirugía, y por supuesto el asalto en si es motivo para un trauma. ¿Verdad? Pero sigo pensando que hay algo más.

-¿Cómo podemos ayudarla?

-Creo que la cena del sábado le va a hacer muy bien y después dejar que el tiempo pase y borre los malos recuerdos, pero si esto continúa es posible que necesite ayuda profesional, pero quédate tranquilo, yo estoy alerta. Además espero que Mariana y tu primo se entiendan.

-De eso estoy seguro, pero hablando de otro tema ¡Te extraño! ¿Porque no vienes a verme?

-¿Estas hablando en serio? No piensas que te vas a cansar de verme tan seguido.

-Todo lo contrario, porque si no estás conmigo, me puedo llegar a morir de amor -le respondió Esteban, entre risas y verdades

Bety largó una carcajada.

-No voy a dejar que te mueras, paso a verte en un momento, además yo también te extraño.

Esteban la esperaba para mostrarle los cambios que estaba haciendo en la casa con la idea de modificar gran parte de ésta, pensando que era necesario comenzar la relación de casados en un marco diferente. Desde la muerte de Magdalena había tratado de aturdirse con su trabajo y el tango para que la soledad no le afectara, también vivir sin mirar a su alrededor, sin sentir la necesidad de hacer cambios o arreglos en la casa, ni aún los necesarios.

Su relación con Bety le estaba dando otra perspectiva de la vida, sintiendo la necesidad de protegerla y hacerla feliz como mujer y esposa, las ilusiones y los sueños lo habían atrapado nuevamente.

Después de un saludo muy efusivo, la tomó de la mano y la condujo para que viera los arreglos.

-Esta será nuestra alcoba, en realidad la casa es grande y quiero renovarla completamente. Aquí quisiera poner una puerta corrediza, para que tenga salida al jardín. ¿Qué opinas?

Bety sonrió complacida pensando que Esteban estaba cuidando todos los detalles para que ella se sintiera confortable.

-Te amo Esteban, eres un hombre muy especial.

-Estuve pensando en nuestro futuro, estoy convencido que no debo vender la casa, más bien transformarla completamente para ti. ¿Crees que no tendrás problemas en vivir aquí? ¡Por supuesto conmigo!

Bety necesitó decirle lo que sentía.

-No te miento, algunas veces lo pensé, aquí tienes el taller y la zona es muy buena para tu trabajo. En este momento estas haciendo algo muy inteligente, los cambios nos harán sentir bien a los dos -le dijo muy apretada al cuerpo de su hombre, sintiendo que había llegado el momento de la entrega total.

Esteban la abrazó mientras le susurraba

-¿Pasarías la noche conmigo? Quisiera esperar más tiempo, pero te amo tanto que no puedo vivir un minuto más sin ti.

-Lo mismo siento yo - respondió Bety entregada al hombre en cuerpo y alma.

Esa noche en el pequeño ambiente del cuarto se amaron intensamente, sin sentir que el pasado aún era parte del presente, pero ellos con la fuerza de su amor convirtieron los recuerdos en algo lejano e inalcanzable.

~~~~~

Cuando Rodrigo recibió la respuesta de Mariana una vez más admiró sus conceptos, también comprendió que había llegado tarde para subsanar el error cometido. Con sus palabras ella dejaba librado al destino una nueva oportunidad, pero lo asumió como una forma cortes de despedirlo, reconoció su culpa por haberle despertado enojo y frustración. Decidió volver a escribirle y dejar una mejor impresión de sí mismo.

Any;

En esta despedida que es la definitiva, deseo ser franco contigo, acepto que ya es tarde para retomar nuestra amistad, porque como dices la conexión se malogró, entiendo que hubo cambios en tu vida y como en mi caso ya nada es igual, pero fue una hermosa e inolvidable etapa. También asumo toda la responsabilidad de lo que sucedió, me siento en falta contigo y comprendo que mi oportunidad de subsanar mis errores se perdió.

Siempre admiré tu inteligencia y muchos aspectos maravillosos que reconocí en ti.

Te voy a recordar siempre.

Rodrigo

Mariana aunque dudando que Rodrigo le respondiera, con cierta inquietud se sentó a leer los mensajes, mientras lo hacía un sentimiento de abandono la envolvió, también le produjo la sensación de otro desprecio de parte del hombre, la despedida no tenía vestigios de amor, entonces su orgullo se puso de manifiesto y sintió la necesidad de herirlo de la misma forma. Después de releerlo, lloró desconsoladamente.

Evaluando la situación admitió que sus propias expectativas no habían cambiado, la reciente comunicación volvió a ponerla en desventaja; Any estaba otra vez ocupando un lugar relevante en su comportamiento. Experimentaba la sensación de tener dos personalidades, la muchacha del Internet que había encontrado en Rodrigo un alma casi gemela, mientras que Mariana era una mujer enamorada, ansiosa, y que en muchos aspectos había perdido la objetividad. Estaba segura que el intento de conocerlo era necesario y definitivo, tenía que poner en orden su mente "Creo que es tiempo de olvidar lo que sucedió en aquella época, todo quedó en la nada, como si nunca hubiera existido, Any y Rodrigo hoy son dos completos extraños, tampoco debo crear falsas expectativas hasta conocerlo en esta nueva circunstancia"

~~~~~

Isabel llegó a la finca, deseaba estar cerca de su sobrina para ayudarla y también subsanar los problemas que por consecuencia de la enfermiza relación con Sergio estaba perjudicando la unión familiar.

Daniela se alegró al verla y nuevamente se sintió confortable con su presencia, a pesar de la diferencia de edades siempre habían sido muy buenas amigas y confidentes.

Enseguida comenzaron a dar paseos e ir de compras, lo que benefició enormemente a Daniela.

La estadía en la playa le proporcionó bastante tranquilidad y aunque los primeros días estaba sujeta al teléfono comunicándose con Sergio; sin la continua presencia del hombre, las presiones se fueron atenuando.

Mientras las dos mujeres conversaban haciendo la sobremesa en un restaurante de la costa, Isabel le preguntó con mucha naturalidad

-Cuéntame acerca de tus planes de mudarte a Mendoza.

-Aún no lo tengo decidido, pero me gusta la idea

-Y que vas a hacer con respecto a Sergio

Daniela se puso molesta y no respondió

-¡Perdóname! -No quise ser indiscreta, pero cambiando de tema ¿Qué te parece si vamos a bailar? con mi marido en casa, me puedo dar ese gusto.

Daniela sonrió mientras le decía.

-No sé… no tengo deseos

-¡Acompáñame, realmente quiero hacerlo! -el pedido de Isabel sonó como un ruego

-Está bien ¿Adónde te gustaría ir? Por favor, no a una discoteca ruidosa.

-No, por supuesto, a mí tampoco me agradan, pero conozco un lugar muy bueno, es una cantina que tiene una pequeña banda, tocan música romántica, valses, tangos, también cumbias, el lugar es muy tranquilo.

Cuando llegaron Daniela decidió esperarla con paciencia y disfrutar de la música, sentada en la barra la vio pasar bailando muy entretenida; la música la condujo a pensar en Sergio con mucha nostalgia.

-¿Te gustaría bailar? -le preguntó un hombre de aspecto joven y agradable.

-No, gracias -respondió tratando de alejarlo, él haciendo caso omiso de la reacción, se sentó a su lado, ella lo trató con total indiferencia

-¿Te puedo ofrecer un trago? -insistió

En primer momento la actitud de Daniela fue prácticamente odiosa, pero finalmente aceptó las atenciones del hombre. Este con sus buenos modales y simpatía le hizo recordar a Rodrigo.

-No recuerdo haberte visto en este lugar.

-Es la primera vez que vengo, me agrada muchísimo, la música y el ambiente son muy buenos, muy tradicional ¿No?

-Mi nombre es Pablo, ¿puedo saber el tuyo?

-Susana -respondió sin ninguna intención, pero también como una travesura.

Isabel vio a su sobrina conversando y continuó bailando, más tarde se acercó a tomar algo.

-¿Cómo estás Daniela?

Ella se sintió avergonzada al ser descubierta en su mentira y sin hacer ningún comentario, los presentó. Cuando volvieron a quedar solos, Pablo le dijo con una sonrisa.

-Te llames Daniela o Susana, realmente eres una mujer muy bella, además de inteligente, me tienes impresionado.

-Perdóname, pero no tenía intención de hablar contigo; te pido disculpas, fue una tontería de mí parte.

-No te preocupes, es parte de tu atractivo

Isabel regresó más tarde, casi sin aliento.

-Lo siento, necesito irme a la cama, yo sé que es temprano, pero si quieres me voy en un taxi y te dejo el carro -le sugirió sin recordar que ella había dejado de manejar.

-Si Daniela está de acuerdo, puedo llevarla de regreso.

Aunque estuvo a punto de negarse, aceptó la sugerencia. Algo más tarde salieron a la playa, la noche estaba fresca y serena; la luna le daba reflejos plateados al agua que se reflejaban en los ojos de la pareja, se descalzaron y caminaron por la arena húmeda y fría, Daniela se estremeció ligeramente; Pablo le cubrió los hombros con el abrigo que ella llevaba y por un momento dejó apoyada su mano en la espalda, Daniela contrajo su cuerpo en una actitud de rechazo y él la retiró de inmediato, sintiéndose una vez más en falta con Sergio...

La música del restaurante los acompañó en el corto recorrido

-La playa me recuerda cuando yo era bastante pequeña, con mi familia siempre veníamos de vacaciones; con mis primos disfrutábamos mucho del mar, andar a caballo, todo sigue igual, pero desde hace varios años dejé de venir, tuve algunos inconvenientes.

-Es extraño, esta ciudad es fantástica, el mar y las playas son una bendición para cualquier tipo de problemas.

-Si, pero es como que no quiero mezclar el pasado con el presente. Cuando te hablé de problemas quizás el más difícil fue cuando con mis padres nos radicamos por varios años en el extranjero, extrañé mucho a mi familia, cuando uno comienza a crecer tiene demasiadas responsabilidades y me tocó enfrentarlas prácticamente sola, me refiero a la escuela, nuevos amigos, otras costumbres, y aunque mis padres siempre me ayudaron, nadie podía hacer las cosas por mí.

-Entonces los buenos recuerdos son de tus primeros años de vida.

-Si, y también parte de mí adolescencia, fueron épocas realmente hermosas, en realidad mi vida como adulto ha sido la más problemática. Daniela aunque con bastante reserva, al igual que con Rodrigo se sintió confiada.

Durante la siguiente semana salieron frecuentemente, ella comenzó a recuperarse; volvió a tener color en las mejillas, lucía realmente hermosa y su natural atractivo nuevamente estaba floreciendo; disfrutaba plenamente riendo divertida con las ocurrencias de Pablo. La relación le estaba proporcionando una perspectiva diferente y más sana de la vida; en esos momentos pudo comprobar que las frustraciones eran un cáncer para el amor. En medio de sus descubrimientos y al experimentar una gran tranquilidad, dejó de sentir la necesidad de comunicarse con Sergio.

~~~~~

La noche de la cena Bety llegó temprano para dar los últimos toques al arreglo de la casa y especialmente apoyar a su amiga que evidenciaba estar muy nerviosa.

-¿Crees que estoy bien? -le preguntó Mariana demostrando una enorme inseguridad.

-¡Estas hermosa!, por favor no te preocupes.

Mientras se cambiaban, Mariana con bastante preocupación le hizo un pedido.

-Cuando lleguen, ¿los puedes recibir? Voy a necesitar unos minutos para sacarme los nervios, debo hacer un poco de mi práctica.

-¿Porqué estas tan nerviosa? Temes que Micho no te guste o ha pasado algo que no me has contado

-Es verdad, hay algo que no te dije antes, estoy convencida que se trata de Rodrigo, guardé el secreto porque necesito estar segura, tampoco quise preocuparte.

-¿Estás hablando del hombre del Internet? ¿Estas segura que se trata de él? La verdad es que yo nunca le comenté a Esteban de tu relación con Rodrigo, preferí que fueras tú misma quien lo hiciera. ¡Estoy segura que nosotros de haberlo sabido habríamos sacado algunas conclusiones!-aunque Bety estaba completamente sorprendida por la falta de confianza de su amiga, haciendo caso omiso de su propia contrariedad, no le hizo ningún reproche. En ese momento sonó el timbre de la puerta, Mariana palideció y comenzó a temblar.

-Marianita debes tranquilizarte, ¡todo va a estar bien! aunque te mereces una paliza.

-Ya estoy mejor, por favor baja a recibirlos, pero algo más, por ahora es un secreto entre las dos.

-De acuerdo y recuerda que cuentas conmigo, después continuamos con el tema.

Cuando Bety se encontró frente a ellos, los miró con satisfacción, se trataba de dos hombres realmente muy atractivos.

-Pasen por favor. ¿Cómo se encuentran? el saludo fue jovial por ambas partes.

Esteban la besó.

-Estás hermosa... perdón, te presento a primo Rodrigo Miguel -le dijo Esteban entregándole un ramo de flores muy feliz por tenerla cerca.

-Encantada, finalmente nos conocemos - respondió Bety, necesitando correr para advertirle a Mariana que evidentemente estaba en lo cierto.

-La casa es fabulosa, me gusta la calma que se disfruta, especialmente el aroma que creo proviene de esas velas - Rodrigo sintió la buena energía del ambiente.

-Es parte de la personalidad de mi amiga - respondió Bety sin dejar de observarlo

-¿Y Mariana? -preguntó Esteban extrañado.

-Se está terminando de cambiar, baja en unos minutos.

-Hemos hecho un cambio de planes con la comida y me alegro -anunció Esteban -en realidad se nos ocurrió a último momento, vamos a tener una cena muy especial que van a traer en unos minutos, además de champagne para festejar.

-¿Para festejar? -Bety los miró asombrada, comprendiendo porque los hombres estaban vestidos con elegancia para un simple asado.

-La reunión de los amigos que finalmente esta ocurriendo -respondió Esteban mientras la llevaba de la mano rumbo al jardín en una especie de urgencia.

-Necesitaba besarte -le dijo mientras la abrazaba.

Cuando Rodrigo quedó a solas pudo prestarle atención a la música, se trataba del CD de tangos que Mariana había comprado. Estaba gratamente sorprendido con el ambiente; entonces recordó cuando Any le había mencionado parte de su estilo de vida "en mi casa siempre hay velas, música y flores, las mujeres somos muy afectas a este tipo de cosas" -pensó en la casualidad mientras con sus pies marcaba el compás de la música.

En ese momento Mariana bajaba la escalera, al verla quedó sorprendido, nunca había imaginado que fuera tan bella. Vestía un conjunto de seda negra, con un estampado azul pastel que le marcaba las líneas del cuerpo con mucha suavidad. A su vez ella lo miró profundamente conmovida -no puedo estar equivocada, tiene que ser él -pensó mientras su corazón latía desordenadamente.

-No sabes cuanto me alegra conocerte -le dijo Rodrigo sintiendo que no era la primera vez que estaba con ella, pero no tuvo tiempo de analizarlo.

-A mí también, pasaron tantas cosas que…parecía que nunca iba a ocurrir -dijo Mariana casi balbuceando.

-No conocía tu gusto - le dijo mientras le entregaba el ramo.

-Son mis favoritas, mira -le respondió señalando con su mirada diferentes partes del cuarto en donde estaban ubicados los floreros con rosas que coincidían con la elección de Rodrigo.

Sonó el timbre de la puerta y el especial momento quedó suspendido en el aire con tanta intensidad que casi podían tocarlo con sus manos.

-Debe ser la comida -dijo Esteban entrando en la casa.

-¿De que se trata? -preguntó Mariana que ignoraba el cambio de planes.

-Una cena especial para dos mujeres especiales - le respondió Rodrigo.

-La mesa esta puesta afuera -les indicó a las personas para que hicieran su trabajo.

Una vez que quedaron solos y todo perfectamente dispuesto, Esteban sirviendo las copas con un excelente vino blanco, les dijo a sus amigos

-¿Qué les parece si comenzamos con un brindis?

Rodrigo permanecía sorprendido y maravillado con la presencia de Mariana.

-Un brindis por la amistad y por nuestra amiga, que gracias a Dios hoy está saludable y casi recuperada -dijo Bety.

-Un brindis por el amor y que todos tengamos la dicha de disfrutarlo -continuó Esteban. -Tu turno Mariana.

-Que nuestros sueños se realicen, también por la amistad y el amor.

-Rodrigo, el tuyo - dijo Esteban.

Las dos mujeres se miraron. Mariana tembló, sintiendo nuevamente que su corazón corría alocadamente, en ese momento y sin dudas, estaba frente al hombre del Internet, aunque trató de disimular sus nervios, todos notaron el cambio.

Rodrigo quedó algo indeciso, sin comprender la actitud de las mujeres, pero continuó con el brindis.

-Que el amor y la felicidad vengan tomados de la mano. ¿Te sientes bien? -le preguntó a Mariana

-Si, no te preocupes, son pequeñas molestias, bueno como dijo el médico que me atiende "imponderables" Lo cierto es que tuve una pequeña complicación y la recuperación me está llevando más tiempo del debido, pero ahora ya estoy en buen camino.

La cena resultó exquisita, después de beber algunas copas se relajaron, especialmente Mariana que temía se notara lo que internamente estaba sintiendo, pero se tranquilizó y pudo disfrutar la proximidad de Rodrigo.

-¡En cuanto mi amiguita considere que puede bailar, vamos a la milonga! ¿De acuerdo? -dijo Bety con entusiasmo.

-Sí, por supuesto, extraño el tango, si no fuera por lo que ocurrió... fue la época más feliz que recuerdo y por supuesto cuando nació esta hermosa amistad -dijo ella aprobando la sugerencia de Bety.

-Para que muy pronto estés completamente recuperada y puedas bailar conmigo -dijo Rodrigo levantando la copa.

-Tu turno Esteban -dijeron todos a la vez.

-Yo paso el mío -interrumpió Bety -el vino se me esta subiendo a la cabeza y quiero seguir disfrutando de la reunión -todos rieron, estaban pasando un momento agradable y especial.

Mariana continuaba atenta a las actitudes de Rodrigo, le había impactado su presencia y el perfume de la colonia que usaba, estaba consciente de su masculinidad, y en un completo estado de éxtasis disfrutando plenamente de sus sensaciones. El la miraba subyugado, aunque tenía la convicción que nunca la había conocido, se sentía compatible y sin trabas para conectarse con ella.

Mariana se sentía demasiado feliz, pero también temerosa de perder la magia del encuentro, en ese momento el amigo del Internet parecía no existir.

Esteban y Bety entraron a la casa y comenzaron a bailar un tango.

-No nos envidien, pero si quieren pueden compartir con nosotros -les dijo Esteban en voz alta

-¿Te gustaría bailar? Mejor dicho ¿crees que puedas? -le preguntó Rodrigo con verdadero interés.

-Sí, por supuesto pero muy despacio.

La atrajo hacia él y comenzó a abrazarla, Mariana al sentir la proximidad del hombre se estremeció ligeramente; lentamente fue deslizando su mano hacia el hombro de Rodrigo, y en una entrega total cerró los ojos, apoyó la cabeza   se dejó conducir.

El abrazo representó mucho más que una simple postura de baile; mientras se movían siguiendo el compás de la música en un estado casi de éxtasis se sintieron separados de los demás, en un mundo distante y único, sintiendo y disfrutando la proximidad de sus cuerpos. La música continuaba sonando y el tango favorito de los dos repercutió en la casa "Que ganas de besarte, que falta que me haces, si vieras la ternura que tengo para darte... Rodrigo sintió que estaba bailando con la mujer que siempre había esperando.

-Este tango en particular me enloquece, tiene sentimiento, también habla de un amor muy profundo, pero ¿Te sientes bien? -le preguntó al sentir el temblor en el cuerpo de la mujer; que se confundía con el suyo.

-Si, es que me siento feliz, casi tocando el cielo con las manos -respondió ella en medio de una sensación indescriptible.

-No entiendo que nos pasó, pero fue como estar en el paraíso -dijo Rodrigo ajeno a la situación, pero seguro que algo muy especial estaba sucediendo.

-Si... -respondió mirándolo a los ojos, aunque hubiera querido darle una respuesta diferente y más sincera.

Continuaron abrazados, bailando suavemente, según el requerimiento de Mariana; el hombre sintiéndose conmovido y feliz pensó "que este momento no se escape de mis manos".

-Perdóname, pero creo que es suficiente ¿Te molestaría que dejemos? -dijo Mariana esperando que Rodrigo se detuviera, pero deseando continuar en sus brazos.

-No, lo importante es que te sientas bien.

-Es tiempo del brindis prometido -les dijo Esteban

-Puedes esperar un momento quiero sacar algunas fotos, enseguida regreso -después comenzó a hacer tomas de todos, también con ella unida al grupo.

Esteban les acercó una copa de champagne.

-Brindo por el amor y por tener la suerte de compartir con mis mejores amigos este momento -dejó la copa mientras sacaba del bolsillo un pequeño estuche -Bety, ¿me aceptas? -le preguntó mientras le entregaba un anillo.

El momento tomó un cariz muy emotivo y los ojos de ella se llenaron de lágrimas. Esteban la besó y comenzó a bromear ¿no me digas que te tomé de sorpresa?

-Créeme que si, perdón, pero estoy emocionada y además muy feliz, la respuesta por supuesto es ¡sí!

Bety no podía creer que tanta felicidad fuera posible.

-No fue mi intención ponerte triste -continuó bromeando para que ella se recuperara de la emoción

-¿Triste? Creo que no entiendes las reacciones de una mujer enamorada.

En un momento en que las amigas estuvieron a solas, Bety le preguntó ansiosa

-¿Qué pasó? ¡Ahora tenemos la seguridad que se trata del hombre del Internet!

-Estoy segura, pero aunque fuera otra persona tendría que decir que me he enamorado a primera vista.

-¿Que esperas para decirle quien eres realmente?

-No todavía, recuerda que estoy en desventaja, yo estoy enamorada y no estoy segura que Rodrigo sienta lo mismo por mí, tengo que esperar y cuando llegué el momento, hablarlo. Estoy segura que le gusté, mientras bailábamos también parecía estar emocionado, quizás por otros recuerdos, no te olvides que muchas veces me escribió diciéndome que estaba enamorado, por supuesto de Any, pero después desapareció de mi vida. Tengo que tratarlo más tiempo y esperar, por el momento no se lo comentes a Esteban, no me gusta ponerte en esta situación, pero es mejor para mí.

-Prometido, pero cuéntame ¿es como lo habías imaginado?

-Creo que más apuesto de lo que pensaba, me gusta su mirada, es muy tierna, también su personalidad, además es todo un caballero, muy dulce.

Estoy enloquecida con él, recuerda que yo lo conozco bastante interiormente y sé que es una persona muy sensible y bien ubicada, por supuesto por un tiempo me voy a mantener a la defensiva, no pienses que es negatividad de mi parte, pero debo poner los pies en la tierra, y aunque en este momento estoy demasiada entusiasmada, tengo que analizar y no soñar tanto.

-No sientas tanto temor, en realidad tu sueño se está cumpliendo y debes dejar de lado las dudas, recuerda, siempre dices que debemos pensar positivamente.

-Tranquilízate, hoy pienso seguir sentada en una nube.

También los hombres cuando estuvieron a solas, hablaron.

-¿Que piensas de Mariana?

-Que puedo decirte, me siento en la gloria, en realidad no se como explicarlo, pero es como que ya estoy enamorado de ella, entiendo que es una locura, pero Mariana es una mujer maravillosa y sigo teniendo la sensación que la conozco de antes, además estoy seguro que ella sintió algo por mí.

-Me parece estupendo, me alegro que se hayan conocido, te aseguro que es una mujer única, una piedra preciosa.

-Suena como si alguna vez te hubieras enamorado de ella -dijo Rodrigo sombrado por el comentario.

-No te equivoques, de quien estoy profundamente enamorado es de mi novia. Cuando conocí a Mariana me gustó, pero comprendí que no era para mí, y si en la posibilidad que la conocieras; siempre pensé que era la mujer ideal para ti

-¡Estoy seguro! te agradezco la oportunidad que me diste de conocerla, puedo asegurarte que ahora estoy más seguro que nunca que mi relación con Daniela fue una completa equivocación y pérdida de tiempo y con Any me pasa algo extraño, por lo que veo aún tengo que luchar con su recuerdo, tampoco entiendo porque en este momento me vino a la mente.

-Es posible que te estés despidiendo de las dos y todavía tengas que poner en orden tu conciencia.

-Lo que dices es muy acertado y quiero hacer lo correcto. Con Mariana todo lo demás está perdiendo importancia.

Sentados en el jardín, bastante relajados, continuaron con la reunión que estaba llegando a su término.

Bety recostada en los brazos de Esteban le hizo una pregunta bastante inocente a Rodrigo

-Todavía no tengo en claro como debemos llamarte, Micho, Rodrigo Miguel o simplemente Rodrigo -preguntó Bety deseando que la confusión fuera aclarada.

-En realidad la elección fue de Esteban. Yo era casi un niño cuando un primo lejano, de nombre Rodrigo llegó a vivir con mi familia, entonces para evitar confusiones, Esteban decidió llamarme por mi segundo nombre y posteriormente eligió un sobrenombre, la verdad es que nunca me gustó, pero me acostumbré.

-Y como quieres que te llamemos -insistió Bety sin dejar de pensar que ese sobrenombre había provocado dudas en las deducciones de Mariana.

-Podría decir que no tiene importancia, pero creo que ya es tiempo de recuperar mi primer nombre, pueden llamarme Rodrigo y espero que Esteban lo acepte y se olvide de Micho, primo, o amigo -dijo largando una carcajada que todos compartieron.

Cuando se retiraban, Rodrigo sintió la necesidad de besar a Mariana, o tenerla tan cerca como cuando bailaban, pero no quiso avanzar demasiado, comprendiendo que sus sentimientos tenían que ser controlados hasta que se trataran más tiempo.

-¿Te llamo mañana así conversamos? -le preguntó seguro de la respuesta.

-Si por favor, me encanta la idea -le respondió tratando de ocultar una vez más su emoción.

Rodrigo la tomó de las manos y la besó en la mejilla; los dos desearon fervientemente dilatar la separación.

Cuando Mariana entró en su cuarto, sonrió complacida, después sin pensarlo y sintiendo aún el brazo de Rodrigo alrededor de su cintura, se recostó y se durmió vestida.

~~~~~

Isabel y Martín hablaban de la nueva relación de Daniela; ella estaba reponiéndose rápidamente y no aparentaba estar ansiosa por regresar a la Capital.

-Yo creo que le está haciendo bien, no sé lo que pasará cuando regresemos, pero por ahora esta respirando un aire más puro y no me refiero solo al del mar. Te confieso hermana que por una parte me siento bien ayudando a mi hija, pero también temo estar interfiriendo demasiado en su vida.

-Sigues contrariado por haber intervenido, tienes que aceptar que lo hicimos porque su salud se estaba resintiendo.

-Lo entiendo, pero ella es una persona adulta y sus decisiones deben ser respetadas.

-Tienes razón, pero estoy cansada de ver tantos errores cometidos por alguien a quien quiero mucho.

-Comprendo lo que dices, también quiero ayudarla, por supuesto sin sofocarla.

-Lo estas haciendo bien, quédate tranquilo; ella esta reaccionando como esperábamos, además esta nueva relación la puede ayudar a comparar y tomar decisiones ¿Hablaste con ella con respecto a la posibilidad que este haciendo alguna droga?

-Si, y aunque me habló con bastante seguridad, en el fondo no me convenció, estoy seguro que en todos sus actos está influenciada por el sinvergüenza. Su comportamiento en estos días ha sido bastante normal, lo que me hace pensar que la peor droga continúa siendo Sergio Grau.

-Estoy segura de eso, lamentablemente nuestros conceptos no son solo conjeturas, conocemos mucho de su historia y sabemos que no es una persona confiable.

-Cuéntame ¿qué sabes del nuevo amigo de mi hija?

-No mucho, pero es todo un caballero, soltero, arquitecto, lo importante es que parece haber atravesado la barrera de indiferencia de nuestra querida niña.

-En unos días volvemos a la Capital y antes tengo intención de hablar con Daniela para que se tranquilice, quiero que continúe creyendo en mí y no piense que sus problemas me molestan.

Daniela sintiéndose relajada estuvo haciendo un recorrido de su vida sentimental, pensó en Robert, él había sido muy protector y un excelente amante y disfrutado plenamente de los momentos compartidos, sin llegar a conocerlo profundamente, reconoció que la relación había sido demasiado superficial; no hacían planes de formar una familia, debido a que la personalidad del hombre estaba regida por una idiosincrasia diferente, demasiado materialista y sin ataduras sentimentales. En los meses anteriores a la boda, debido a la ansiedad y temor de perderla, la absorbía demasiado, creando bastante tensión entre ellos. También reconoció que su decisión de aplazar la boda había sido consecuencia de la inseguridad que le provocaba entrar en una relación que requería de una personalidad fuerte y menos sentimental que la de ella, le resultó extraño tener una idea más realista con respecto al que fuera su prometido, por primera vez estaba siendo objetiva con ella misma, descargando en gran parte la sensación de culpabilidad que siempre se había atribuido. Trató de no pensar en Sergio, pero también analizó la situación; a pesar de tener pruebas en su contra y reconocido sus mentiras, siempre lo había defendido. Con verdadero dolor comprendió que a él parecía no importarle llevar una doble vida en la cuál ella jugaba el rol de la otra mujer.

Sin la venda en los ojos estaba reconociendo que la relación no tenía futuro y que estaba atrapada en una telaraña de la que tenía que escapar "mi propia inseguridad no me permitió reconocer que estaba viviendo en un infierno" -recordó y comprendió que las dudas y acusaciones con que Sergio la atacaba tenían la intención de doblegarla para no perder control sobre ella. Todo ese maquiavelismo la conducía y mantenían en un profundo estado de depresión "La lucha para poner fin a ésta relación no será fácil" -pensó sintiéndose aún presa en la controvertida relación, el horizonte que trataba de vislumbrar estaba siempre oculto por oscuros nubarrones.

También analizó su relación con Rodrigo; aunque se trataba de un hombre joven le recordaba a su padre por la firmeza de carácter; con él había experimentado seguridad y cierto freno cuando ella se comportaba en forma egoísta y caprichosa "podría haber sido una bella relación, pero nunca le di la importancia que tenía, y a pesar que disfrutaba de su compañía, llegó a mi vida en el momento equivocado".

Ahora estaba disfrutando de un sentimiento diferente y en un momento menos problemático, Pablo aunque más joven que Rodrigo era un hombre maduro y afectivo, con una educación muy amplia, también un artista sensible y un hombre de gran paciencia. Daniela demasiado enfocada en sus conclusiones no pudo apreciar las posturas de vida de ambos hombres, sin reacciones machistas, mejor preparados para entender las necesidades de una pareja. Sergio se manejaba con patrones de vida diferentes, demasiado absorbente y sobreestimando a las mujeres que lo amaban.

~~~~~

Rodrigo estuvo llamando continuamente a Mariana y como al principio de la relación por Internet, comenzaron a intercambiar opiniones, para él que estaba ajeno a la realidad las conversaciones tenían pasajes similares a las que habían mantenido con Any. Prefirió esperar unos días para proponerle que se vieran, se manejaba con cautela, evitando presionarla, consciente que ella estaba aún bajo tensión que le había provocado el asalto.

El sábado siguiente la llamó cerca del mediodía

-¿Qué te parece si paso a buscarte y vamos al parque, el día está sensacional ¿crees que puedas?

-Sigo cuidándome, pero tu invitación me parece estupenda -le respondió Mariana feliz con la invitación -¿te gustaría que prepare algo de comer?

-No sé que decirte, en realidad mi plan es llevarte a un restaurante, aún tienes que cuidarte, me parece mejor mi sugerencia así descansas.

-Ya estoy casi bien, pero tienes razón, acepto la invitación completa.

Cuando llegaron al lugar se sentaron a la orilla del lago.

-Tu idea fue muy buena -dijo Mariana respirando el aire puro y sintiendo que estaba en el lugar adecuado y con el hombre de su vida.

-No he podido dejar de pensar en ti, hay algo que quiero que sepas, se trata de una sensación bastante extraña… - ella se estremeció creyendo que estaba por mencionar a Any.

-En realidad cuando Esteban comenzó a hablarme de ti y cuando nos encontramos en la cena, en todo momento tuve la impresión que nos habíamos conocido anteriormente, además tu presencia, la paz y la energía de tu casa me hicieron sentir que estaba n un lugar que no era nuevo para mí.

-Quizás tu y yo estuvimos juntos en otra vida -dijo Mariana un poco en broma reconociendo la sensibilidad del hombre que estaba percibiendo su parecido con Any y también la conexión que meses atrás habían logrado, aunque siempre en defensa de sus estados emotivos, no le dio mayor crédito a sus apreciaciones "no debo soñar demasiado, antes tiene que contarme al menos ese pasaje de su vida".

Rodrigo se acercó para sacarle una brizna del cabello, mientras en un impulso incontrolable la besó suavemente en los labios, ella se sintió completamente transportada, experimentando el efecto mágico del amor corriendo por su cuerpo.

Cuando se despedían, Rodrigo tuvo un arrebato de impaciencia; la abrazó y besó con apasionamiento, sintiendo que se trataba de deseos acumulados en su corazón por mucho tiempo.

-Perdona, pero creo que me he enamorado de ti - volvió a besarla y después se fue apresuradamente. En los días siguientes continuaron comunicándose por teléfono, Mariana se mantenía a la defensiva, tratando de no repetir palabras o conceptos que Rodrigo podía reconocer, su esperanza consistía en que le revelara su secreto por propia iniciativa.

Comenzaron a salir con más frecuencia, siempre sujetos a las posibilidades físicas de Mariana, entonces la relación fue tomando fuerza, él estaba completamente entregado a sus sentimientos, le atraía la franqueza y seguridad en las actitudes de Mariana. Resolvió que en cuanto la relación estuviera afianzada iba hablarle de Daniela, con respecto a Any consideró que no había nada que decir, ya que se había mantenido en un plano amistoso "fue como el sueño de un adolescente, muy fuerte, pero sin definirse", también pensó que demasiadas historias amorosas iban a ponerlo frente a ella, como un casanova.

En una de las salidas Mariana tomó la decisión de confiarle su corta vida de casada con Ariel, tratando de ser justa y no crear animosidades, conciente que solo ella debía manejar la parte emocional de su divorcio. También le habló del embarazo que había perdido.

-Pienso que todos hemos tenido momentos buenos y malos -le dijo Rodrigo, después le habló de Marta.

No obstante sentirse satisfecha por la forma en que la relación se estaba desarrollando, Mariana continuaba molesta con el silencio del hombre, temiendo que no hiciera mención de Any porque ese pasaje de su vida no había tenido importancia alguna. Reconoció que había un largo camino que recorrer para que ambos se entregaran con sinceridad a la relación, tampoco ella se sentía preparada para exponer su secreto.

Sin premeditación se estaba poniendo obstáculos a sí misma, afectando su propia felicidad.

~~~~~

Daniela y Pablo tomaron como costumbre caminar por la playa. Ella se dejaba llevar de la mano, a veces la tomaba por la cintura, con cierto temor que ella reaccionara mal, presentía que aún no estaba preparada para un nuevo compromiso.

Una noche la abrazó y aunque en la oscuridad apenas podía visualizar su rostro, la miró a los ojos y le habló de sus sentimientos

-Me estoy enamorando de ti, me gustas mucho, solamente necesito saber si estoy apresurando las cosas.

-Me siento bien contigo, es un sentimiento diferente y nuevo, estoy segura que puedo enamorarme de ti. No quiero que pienses que estoy jugando con tus sentimientos, la verdad es que estoy tratando de recuperarme de una gran decepción.

-No tienes que decirme nada, las confidencias son parte de la confianza que se obtiene cuando el amor es verdadero y ésta se desarrolla poco a poco. No te preocupes, esa es mi tarea -comprendió que Daniela estaba asustada y medía las palabras por temor a decir algún inconveniente que lo molestara, esa reacción le dio bastante seguridad; no obstante reconoció que no era el momento adecuado, aparentemente ella tenía que curar heridas del pasado y necesitaba olvidar lo que aún le provocaba dolor.

-No te preocupes, toma todo el tiempo que necesites, yo te voy a esperar -la besó suavemente en los labios y ella respondió de la misma forma, temía entregarse sin estar segura, recordaba sus relaciones anteriores y no quería equivocarse nuevamente. Ambos quedaron conformes con el desarrollo de la conversación.

-Cuéntame algo más de ti, en tu casa vi un piano, ¿te pertenece? -le preguntó Daniela que poco a poco estaba hablando de temas que no tenían nada que ver con su vida sentimental.

-Si, fue de mi madre, ella es una excelente pianista. Al cabo de unos años de fallecer mi padre se volvió a casar con un cónsul y desde entonces vive en Europa. El piano le pertenecía y me lo obsequió. Ella me dio las primeras lecciones, pero le di tantos malos ratos que optó por ponerme un profesor.

-¿Consiguió que aprendieras?

-Si, en aquel tiempo me preguntó que carrera quería seguir y yo le respondí con toda seguridad - "arquitectura" y su respuesta fue

-Como todavía falta mucho tiempo lo mejor es que vayas enriqueciendo tu vida en general, yo te ofrezco todo lo que quieras ¿Te gustaría tener un caballo, o aprender a esquiar? por supuesto algo que sea razonable.

-Un caballo ¡es todo lo que quiero! -le respondí muy seguro, por supuesto ella estaba al tanto de mis deseos.

-Eso tiene un precio; quiero que aprendas a tocar piano, solo tendrás que dedicarle unas horas al día. Su mirada como siempre tenía una chispa de picardía.

-¿Que le respondiste?

-Acepté su proposición, yo soñaba con tener una caballo, entonces hicimos un pacto "El día que no tomes la lección por que no quieres hacerlo, el caballo cambia de dueño ¿estás de acuerdo?

-Le respondí afirmativamente, y a pesar de mis enojos e impaciencias todos los días me sentaba frente al piano.

Realmente la parte más difícil fue al comienzo, con el tiempo cuando las notas se convirtieron en melodía, la herencia materna se hizo evidente y disfruté plenamente con la música que yo interpretaba, en realidad a veces encontraba excusas para no practicar, pero mi madre viendo mi esfuerzo y los resultados, nunca me dijo nada y siempre conservé el caballo. Seguí la carrera de arquitectura y hoy trabajo, viajo, pero cuando estoy en mi casa me deleito interpretando música.

-Yo siempre pensé que el arte no se podía imponer.

-Lo que dices tiene lógica, pero cuando somos niños, la perseverancia no es común en nuestro comportamiento, mi madre intuía que yo tenía aptitudes para la música y que necesitaba guías disciplina. Ella no se equivocó y hoy se lo agradezco en el alma.

-¿Harías lo mismo con un hijo tuyo?

-Bueno, yo no soy tan perseverante ni tan sabio como ella, pero si, estoy seguro que impulsaría a mis hijos con firmeza, como ella decía "enriqueciendo la vida en general" lo importante es ayudarlos a que descubran sus aptitudes y que perseveren en ello.

-Mis padres fueron demasiado condescendientes conmigo y te puedo asegurar que aún lo son. Lo cierto es que cuando era niña ellos estaban atravesando problemas bastante serios y por consecuencia yo también, me protegían demasiado, pero entiendo que cuando uno es adulto tiene la posibilidad de realizar cosas que antes no se hicieron.

-Estoy de acuerdo contigo, puede ser más dificultoso, pero tenemos otras oportunidades.

-Para ser sincera, nunca hice las cosas bien, lo único positivo de lo que puedo hablar es de las clases de pintura que estoy tomando, aunque a veces me hago la rabona.

-No seas tan dura contigo, mira el lado positivo de todo esto.

-¿A que te refieres?

-Me refiero a tu personalidad, tu educación, además tu mirada, tu sonrisa, todo lo que veo de ti me fascina.

Daniela se sintió relajada, disfrutando de una vida diferente, se sintió confiada y colgándose del brazo del hombre lo besó en la mejilla, ante tanta tranquilidad pudo creer en ella misma y vislumbrar un futuro mejor. Cuando Pablo la besó con más intensidad que la primera vez disfrutó del momento, y le respondió sintiendo que se estaba enamorando, y aunque aún no tenía decidida una ruptura, Sergio había comenzado a salir de su vida. Sin analizarlo se estaba dejando conducir hacia una felicidad más auténtica

Pablo presentía que había llegado a la vida de Daniela en el momento preciso para ayudarla a comprender que la felicidad podía conseguirse si se vivía acorde a cierta normalidad. Tenía plena seguridad que no le correspondía inmiscuirse y que era conveniente apoyarla sin provocarle ningún tipo de presión; debido a su filosofía budista era un hombre de gran paciencia y comprensión.

Creía y asumía que todo a su alrededor tenía sus propios tiempos y que él en particular podía moverse en sentido contrario a las agujas del reloj, satisfaciendo sus instintos primarios con evasiones que lo conducían a su pasado y a otros momentos felices de su vida.

También que cualquier acontecimiento que estuviera sujeto a sus propias decisiones debían ser las adecuadas para dar felicidad y él mismo ser feliz.

Años atrás había obtenido su título de arquitecto, era un hombre atractivo, rico, tenía a su alcance todo lo que había soñado y planificado, en esa etapa comenzó a deprimirse, atravesando una gran crisis existencial, se sentía desdichado sin poder evadir su disconformidad. Tampoco lograba mantener una relación de pareja estable, en medio de su negatividad llegó a culpar a su madre por haberlo consentido en demasía y por consecuencia a la vida en general. En uno de sus continuos viajes por el mundo tuvo la oportunidad de conocer el budismo, descubriendo que se trataba de conceptos de vida que trabajaban para el bienestar del ser humano, exento de temores o frustraciones, dicha filosofía estaba conformada por una práctica simple, la repetición de una frase oriental "Nan myoho renge kyo", que significa "Ley de causa y efecto" y con la vibración de los sonidos se podía armonizar la vida con el universo. Con la riqueza de esos conceptos Pablo encontró la respuesta a su desorientación, los incorporó en todas las acciones de su vida, reencontrándose a sí mismo y a su verdadera faceta espiritual, reconociendo que la felicidad era un estado anímico que lo producía la paz interna, por consecuencia un gran equilibrio mental.

Con esta práctica su vida en los últimos años había sido intensa y activa; logrando alcanzar en su trabajo un excelente nivel. La práctica contribuyó para que se convirtiera en un hombre pasivo, pudiendo controlar sus ímpetus, al igual que sus acciones y emociones.

En sus continuas meditaciones buscó compenetrarse hasta reconocer en toda su expresión la sensibilidad femenina.

Daniela llegó a su vida cuando había alcanzado un profundo estado de sabiduría. En esos momentos sentía una gran atracción por ella, al borde de enamorarse; también preparado para una verdadera unión de cuerpo y alma.

~~~~~

Repuesta de la cirugía y feliz por los acontecimientos, Mariana sintió la necesidad una vez más de la compañía de Bety para hacerla partícipe de sus vivencias.

-¿Por qué no vienes ha visitarme? Preparo algo de comer y pasamos la tarde en la piscina, así podemos conversar tranquilas.

-¡Me parece excelente! además me está haciendo falta tomar un poco de sol. ¿Algún problema con Rodrigo?

-No, todo es perfecto -le respondió.

-Me preparo y voy.

Cuando Bety llegó, Mariana estaba cocinando en el jardín.

-¿Que te parece? Estoy preparando pescado y ensalada.

-El olorcito me esta matando -dijo Bety respirando profundamente con deleite.

En ese momento se sintieron felices por tenerse la una a la otra.

-¿Cómo van las cosas con Esteban?

-Muy bien, pero en estos momentos tengo que hacer algunos cambios en mi vida.

-¿Ha pasado algo?

-Nada malo, todo lo contrario, pero los hombres son bastante absorbentes y él no es una excepción, aunque debo reconocer que en este caso tiene razón, en el hospital me cambiaron los horarios, estoy trabajando casi todas las noches, por supuesto Esteban se queja porque no nos permite vernos seguido...

-Tienes que pensar que Esteban es lo mejor que te pudo ocurrir -la interrumpió Mariana

-Estás en lo cierto y ya estoy pensando en renunciar, por supuesto un poco más adelante, pero quiero hacer las cosas bien, lo que realmente me convenga, también tengo que ser realista y pensar que si por alguna razón nos dejamos, tendría que seguir trabajando.

-Lo que dices no es agradable, pero tienes razón, en ese caso es mejor esperar y tratar que tus horarios te resulten cómodos.

-Es el único problema, nos llevamos muy bien, por supuesto ya estamos haciendo planes.

-¡Bravo amiga!, por lo que dices, están sonando campanas de boda.

-Todavía no muy fuertes, apenas hace unos meses que estamos saliendo, pero si, ya estamos hablando más en serio, Esteban está haciendo arreglos en la casa, quiere que comencemos nuestra vida de casados en un ambiente nuevo.

-Por supuesto hay algo más que quiero saber -le dijo Mariana en un tono de picardía que Bety captó de inmediato

-¿Desde cuando eres tan indiscreta?

-¿Indiscreción? Para nada, vamos, aunque sea una sola palabra, ¡tienes que decirme como se comporta tu amado!

-Es único, ¡fabuloso! No preguntes más porque me haces contar acerca de mi intimidad, eres una traidora -dijo Bety sin poder dejar de sonreír.

Cuando se sentaron a comer ella también quiso tener novedades de Mariana.

-Ahora es tu turno ¿Cómo va tu relación con Rodrigo?

-Muy bien, mis temores de que no llegara a enamorarse ya no existen, estoy segura que me ama y yo me siento en la gloria, definitivamente es el hombre de mi vida.

-¿Que has decidido con respecto a tu secreto?

-Rodrigo quiere que nos juntemos un día de éstos para hablar de algunas cosas personales y pienso que voy a confesarle mi secreto, pero mi duda es ¿de quien quiere hablarme? De Any o de otras mujeres que hubo en su vida, porque de algo estoy segura, un hombre tan atractivo tiene que haber tenido varias relaciones.

-No me digas que estás celosa, es mejor que no exageres, Rodrigo me parece una persona tranquila y de familia, por supuesto un hombre nunca está solo, pero ahora está contigo y te ama.

-Tienes razón, pero volviendo al tema, no quiero que haya secretos entre nosotros, tampoco considero justo ocultarle la verdad.

-Si realmente quieres hacerlo, no demores. Nunca me dijiste que le contabas acerca de tu vida, porque pienso que Rodrigo en este momento estaría sacando algunas conclusiones.

-Es una historia que te debía, en realidad y a pesar que podía confiar en él, fui bastante reservada, le oculté que era propietaria de un negocio, en parte porque temía que tratara de buscarme y en ese tiempo yo no estaba dispuesta a conocerlo, de todos modos nunca incursionamos en el tema, nuestras conversaciones eran muy filosóficas.

-Conociendo tus inclinaciones, no me sorprende

-En un principio las cosas eran diferentes, me refiero a cuando nos escribíamos, para mí era importante su amistad, tampoco pensaba que podía enamorarme ¡pero en este momento lo que realmente necesito es que me confiese lo que pasó con Any! ¿Te das cuenta como estoy complicando las cosas? Siento que no me habla de ella porque la relación no tuvo la importancia que yo creí, y por las razones que sean no quiere que yo sepa nada de esa etapa de su vida, estoy como celosa de mi misma, entiendo que es ridículo, pero no puedo evitarlo. También puede ser mi orgullo herido ¿Qué piensas?

-Creo que te pones demasiada presión y puedes perder la perspectiva de todo ¡Por favor deja de pensar en esas tonterías! finalmente estás con Rodrigo ¡Que más quieres!

-¿Que más quiero? Estar toda mi vida con él, admito que me estoy comportando como una verdadera idiota, pero cambiando de tema, alguna vez Esteban te contó porque evitaba hablar de Rodrigo.

-Nunca, además es tu turno. ¡Quiero una confesión! ¿O creíste que no te iba a preguntar?

-Lo mío no se puede contar -respondió Mariana muy seria.

-¿Porque? ¿Ha pasado algo que no te agradó?

-Pasa que no pasó mucho, estoy segura que estamos locos el uno por el otro, pero por alguna razón no se produce, es como que esperamos que sea en el momento preciso, que supongo será cuando la fruta madure -respondió Mariana un poco atrevida.

-Entonces todavía no han hecho el amor, me gusta, porque como dices "esperar el momento". Creo que de esa forma los hombres nos enamoran y nos preparan para que nuestra entrega sea completa, nos guste o no, ellos son los que deben seducirnos para que hagamos el amor, porque es la forma en que desarrollan su verdadero instinto masculino. Estoy convencida que para la mujer es conveniente dejarse guiar hasta que la relación se transforme en algo espontáneo y compartido.

-Es verdad, nosotras no necesitamos apuros o impaciencias, más bien paciencia y habilidad de parte de ellos para que podamos disfrutar del amor, por supuesto si son generosos e inteligentes no tiene porque haber problemas.

Te lo dice alguien que no tiene mucha experiencia en la práctica, pero que ha leído para informarse -le confesó Mariana

-Yo creo que los hombres ahora están mejor preparados y más abiertos en una relación íntima. La fórmula es simple, cuando la mujer alcanza el punto álgido éste produce una humectación abundante que permite llegar al orgasmo con absoluta plenitud, por supuesto para placer de los dos.

-Lo que dices es cierto, en la vida tenemos que llenarnos de paciencia por miles de cosas, ¿Por qué no en ese momento crucial del cual depende la verdadera felicidad de la pareja?

-Mi abuela siempre decía "¡Hombres! Ellos creen que lo saben todo, pero a la hora de demostrarlo muchas veces nos hacen sentir culpables porque no logran complacernos" Por supuesto ahora las cosas han cambiado, la mujer participa más y se siente segura de buscar su propia felicidad. -Bety estaba disfrutando de una relación excelente con Esteban y sus comentarios contenían una gran seguridad.

-Nosotras también cometemos algunas equivocaciones, a veces no somos francas con ellos por temor a que se enojen o se sientan incompetentes, me refiero cuando no somos felices en la intimidad. Te cuento algo que no vas a creer, Ariel fue el primer y único hombre en mi vida, en realidad tuve una relación cuando era jovencita, pero de tan mala calidad que no la puedo llamar experiencia, y Ariel no estaba preparado para nada. Antes de casarnos yo no me sentía segura de mi misma y me atribuía la culpa, pero como teníamos la vida bastante complicada, me refiero nuestro trabajo y estudios.

El siempre me preguntaba con demasiada impaciencia si yo había sido feliz, entonces le ocultaba la verdad, aprendí a fingir para evitar herirlo. Cuando nos casamos decidí hablar del problema, pero surgió lo de mi embarazo, las peleas y todo quedó inconcluso. Te cuento que por primera vez en mi vida con Rodrigo estoy sintiendo cosas increíbles.

Ninguna de las dos se atrevió a contar abiertamente sus experiencias, pero filosofaron bastante al respecto.

Los días transcurrían muy ocupados para Rodrigo y Mariana que se acompañaban todo el tiempo, mientras el amor se iba enriqueciendo; compartiendo las actividades en particular de cada uno. En esos momentos las dos parejas no estuvieron en contacto, disfrutando y reafirmando sus propias relaciones.

Bety bastante preocupada dio la voz de alerta a Esteban.

-¡Hemos dejado el tango, no nos hemos reunido nuevamente para comer o tomar una copa con nuestros amigos! ¡Creo que la amistad merece más atención! y no me refiero a Mariana y yo, porque nosotras dos siempre nos damos tiempo para hablar o vernos, ni de ustedes, sino de los cuatro ¡La amistad es muy importante y se debe cuidar a toda costa! hoy estamos felices y juntos, pero a veces hay tropiezos y tenemos que recurrir a la familia o a los amigos y no considero justo hacerlo solamente cuando los necesitamos.

-Estoy de acuerdo contigo ¿porque no te tranquilizas y organizamos algo?

Hoy mismo hablo con Rodrigo y nos vamos a cenar y si quieren después a la milonga -respondió Esteban aceptando que su novia estaba en lo cierto.

-Me tienes que sacar una duda, siempre me pegunté porqué al principio evitabas hablar de Rodrigo

-Todo tiene explicación, en realidad nunca hubo problemas, Rodrigo es una gran persona, yo evitaba hablar de él porque en ese tiempo estaba desorientado, sin encontrar respuestas sentimentales y no quise ponerlo en el camino de Mariana, por supuesto para que ella no sufriera ¿Conforme? Pienso que me comporté en forma algo extraña, pero todo anduvo sobre ruedas ¿Verdad?

-Por supuesto, hiciste de cupido, te aseguro que la mediación te salió perfecta, pero todo resultaba misterioso, me hacías pensar que tenían problemas serios, es más llegué a creer que era mejor informarnos antes que Rodrigo entrara en nuestras vidas; cuando lo conocí me agradó y por supuesto lo acepté completamente -Bety consideró que era mejor no intentar obtener información con respecto a Any, en particular cumpliendo con su promesa.

La reunión quedó planificada, salieron a cenar y después se dirigieron a la milonga, fue la primera vez que las dos parejas entraban juntas al lugar. Mariana y Rodrigo lo hicieron tomados de la mano, emocionados y felices.

Comenzaron a bailar compartiendo la increíble sensación que les provocaba el compás cadencioso y arrullador del tango, se desplazaban en silencio.

La emoción los mantenía unidos en el abrazo, estaban compartiendo una música que les llegaba al corazón.

Mientras disfrutaban la felicidad de su amor, por momentos, Mariana se separaba ligeramente para mirarlo a los ojos, la mirada de ambos decía mucho más que cualquier palabra. Estaban llegando a la culminación del amor, sintieron que no tenía que haber más esperas, pero el destino iba a poner obstáculos para que la verdadera unión se cristalizara en el momento exacto.

Cuando se sentaron necesitando descansar comenzaron a hablar todos a la vez, riendo con los comentarios que hacía cada uno en particular.

-Es tiempo de irnos -dijo Esteban -la próxima vez venimos un sábado, así al día siguiente podemos reparar las fuerzas ¿Ustedes se quedan? -les preguntó mientras se ponía de pie tomando de la mano a Bety.

-Nos vamos también -dijo Mariana, pero de inmediato sintió un nudo en el estómago, volvió a estar conciente que había cosas que poner en su lugar antes que nada íntimo ocurriera entre ellos. En ese momento le hubiera gustado dilatar la hora del regreso, las dudas afluían con demasiado fuerza cuando le daba cabida a sus recuerdos y Rodrigo continuaba ajeno a los verdaderos motivos del problema, sin mencionar la importancia que su relación con Any merecía.

Cuando llegaron, Mariana decidió entrar sola en la casa, su explicación fue rápida e inconsistente.

-No me siento bien, problemas femeninos ¿Me perdonas?

Su comportamiento en ese momento había cambiado completamente, poniendo a Rodrigo en una situación molesta.

El no hizo comentarios sospechando que Mariana actuaba como si estuviera enojada, la sensación de placer cuando estaban bailando había desaparecido, la besó y se marchó abrumado, pensando "estoy haciendo algo mal, como en el caso de Any y Daniela me siento desplazado, evidentemente yo debo ser el responsable".

Después de la despedida, cuando cerró la puerta de entrada, Mariana se echó a llorar, estaba perdiendo el control de sus emociones, todos los problemas anteriores estaban unificados y dicha reacción la ponía en contra de Rodrigo y su silencio "arruiné todo, no creo que me perdone" -se dijo sin disculpar su propio comportamiento.

A la mañana siguiente llamó a Bety.

-Si no tienes nada que hacer me gustaría hablar contigo, paso por tu casa un momento ¿Te parece bien?

-Hoy no trabajo y con Esteban nos vamos a ver en la noche; así que disponemos de varias horas para que me cuentes tus problemas. Bety la conocía demasiado bien, intuía la desesperación de su amiga, pero consideraba que estaba siendo poco objetiva poniendo en riesgo su propia felicidad. Cuando estuvo frente a ella encaró el tema.

-¿Cuál es el problema? He llegado a una conclusión; si no los tienes, los fabricas.

-Es posible, el problema es que no me atrevo enfrentar a Rodrigo, temo que su verdad me lastime, pero si no me lo confiesa y sigo con mis dudas y desplantes la situación va a empeorar, anoche le puse excusas y no lo hice entrar en mi casa.

-Es una tontería que te hagas daño por una relación que al final de cuentas fue contigo misma, además piensa que él ignora tu secreto. Para serte franca pienso que estás preocupada por temor a perderlo, como si no estuvieras segura que te ama. ¡Estás complicando todo, por favor prepara un plan y le dices sin miedos la verdad, el problema no es grave! Es evidente que quieres que Rodrigo te confiese su relación con Any y por lo visto no tiene intención de hacerlo.

-¡Sería lo justo! ¿Verdad? Es una cuestión de moral; su silencio me está diciendo que no es sincero ¡Está mintiendo y no es lo que yo deseo de mi pareja!

-Estoy de acuerdo con tus conceptos, pero debe tener motivos para guardar silencio, pon las cosas de esta manera; si la relación tuvo importancia es probable que prefiera no decir nada por temor a herirte, o bien porque en el fondo no se puede olvidar de ella y al encontrar el parecido entre las dos prefiere ignorar la situación, por supuesto son conjeturas, nada más.

-Muy acertadas, de todos modos no me siento tranquila, me está ocultando algo y eso tiene un nombre "deslealtad".

-No sé que decirte, piensa que tampoco tú estas siendo sincera con él.

-Es diferente, Rodrigo me habló de amor y después me dejó y hoy estamos juntos es porque yo lo busqué.

-Quisiera ayudarte a salir del problema, pero estás tan empecinada que no aceptas sugerencias.

-¡Me resulta imposible pensar diferente, pero estoy enojada por su actitud!

-¡Tienes que confiar en él! ¡No me explico porque no dejas de ser tan caprichosa y le hablas! piensa que en cualquier momento se siente mal con tus desplantes y te deja. Lo hablamos muchas veces, los hombres se cansan de llantos y caras largas.

-Tienes razón, lo cierto es que lo amo, no quiero perderlo y aunque me veas enojada, estoy segura que en algún momento todo este conflicto se soluciona. Estoy perdiendo control de la situación, eso es lo malo.

-Me acabo de acordar de algo que leí hace poco "Una de las primeras reacciones que una persona experimenta cuando se está enamorando es cierta agresividad con su pareja". Mariana. ¿No será que necesitas hacer el amor?

-Es lo que quisiera, pero aunque mis emociones me lo piden a gritos, hay cosas que antes se tienen que arreglar, es una promesa que me hice a mi misma y no quiero volver a equivocarme.

-Te entiendo, pero tienes que buscar una solución.

-Acepto que tengo que ser más objetiva, créeme quisiera poder manejar la confusión que tengo.

-Quizás necesites otro tipo de ayuda, ese es un tema que muy pronto vamos a tratar, además quería contarte algo, en este momento me cuesta mantener tu secreto, recuerda que entre ellos se hacen confidencias y es posible que Esteban esté atando cabos -Mariana la miró asombrada, nunca había pensado en la trascendencia que podía tener su comportamiento.

-Lo siento Bety, nunca pensé que podía traer consecuencias.

-No es tan grave, pero tus planes están en peligro.

-¡Esteban debe conocer la relación que existió entre Rodrigo y Any!

-Por supuesto que debe saberlo, si estás de acuerdo puedo intentar sonsacarle algo.

-En realidad y como te dije en un principio necesito que él me diga la verdad. ¡Te pido disculpas por la molesta situación en que te he puesto!

-No te preocupes, pero si el problema comienza a crear demasiados inconvenientes vamos a tener que tomar algunas decisiones, es más, cuentas solo con unos días para resolverlo, si no intervengo yo y hablo con Rodrigo.

-¡Ni se te ocurra!

-También quería contarte que con Esteban estamos planeando hacer una reunión en mi casa, con nuestras familias, por supuesto ustedes, es para anunciar el compromiso.

-Cuenta conmigo, solo tienes que decirme la fecha y lo que necesitan.

-Te aviso con tiempo porque voy a necesitar tu ayuda, quiero hacer algunos cambios, además decorarla un poco y para eso eres la indicada.

La tranquilidad por un momento pareció inundar el espíritu de Mariana, en ese momento entendió que Bety merecía disfrutar de su felicidad.

~~~~~

Cuando Daniela salió de su cuarto Martín la estaba esperando.

-Quisiera hablar contigo a solas ¿podemos salir a caminar después del desayuno? ¿Te parece bien?

-Sí, por supuesto

Martín lucía muy tranquilo y como siempre le trasmitió a su hija la serenidad que ella necesitaba, Isabel bajó para compartir el desayuno con la familia.

-Esta tarde vuelvo a la Capital -les anunció con una expresión de seriedad -vine para salir de parranda con mi sobrina y me ha dejado sola -lo dijo casi sin mirar a Daniela que al escucharla se quedó en silencio y algo confusa. Isabel al ver la actitud de asombro, sin poder contenerse largo una carcajada.

-No es verdad, solo bromeaba, me voy porque tengo algunos compromisos que atender, pero regreso en un día; gracias a que tu estas tan ocupada tu padre y yo hemos formado un perfecto team de golf.

Gabriela bajó más tarde.

-Lo siento, me quedé dormida -dijo como saludo, agregando - ¿qué les parece si organizamos una cena especial para agasajar a Pablo?

Todos estuvieron de acuerdo, entendiendo que las actividades sociales eran muy importantes para ella; además siempre había sido una persona muy generosa y agradable. Con Gabriela no había discusiones, aceptaba con estoicismo las críticas hacia sus gustos, y en pocas palabras les explicaba.

-Ustedes no me entienden, pero estas actividades me hacen feliz, solo necesito poder manejar mis tiempos.

En realidad y a pesar de ciertas frivolidades que la caracterizaban atendía obras de caridad, muchas veces en compañía de sus amigas pasaba días enteros arreglando ropa para llevar a las iglesias; debido a su innata generosidad se sentía en falta con respecto a los demás.

También estaba preocupada por los problemas de Daniela, pero su posición era intransigente, consideraba que todo tenía un límite y que su hija era la única responsable de los inconvenientes que estaba atravesando.

Para Martín el carácter y gustos de su esposa no merecían críticas, siempre había sido feliz a su lado, sintiéndose comprendido y cuidado, reconociendo que gracias al carácter de ella gozaba de una amplia libertad, y tampoco interfería en sus negocios.

Después del desayuno padre e hija salieron según lo acordado. Caminaron alrededor del campo de golf mientras miraban a la gente disfrutar del juego.

-El tiempo es excelente, no quisiera volver a la ciudad y menos a trabajar.

-Papi, estoy segura que has traído trabajo de la oficina, y pasas bastante tiempo en el teléfono arreglando tus negocios. ¿Por qué no tomas más tiempo para ti? Comprendo que mi vida ha sido fácil y sin problemas económicos, pero nunca te di mi apoyo, también estuve pensado en tus planes y tienes razón ¿que va a pasar con todo tu esfuerzo si yo no me hago cargo de mis responsabilidades?

-No te culpes, creo que en parte el equivocado soy yo, no es justo exigirte que te conviertas en una empresaria sin pensar que se trata de tu vida y tus propios planes.

-No me gusta que pienses así...

-Déjame terminar, quizás me estoy apresurando con esta charla y recién te estás recuperando, pero creo que lo que estoy planeando te puede ayudar. He decidido vender parte de las acciones de la compañía, nuestra economía no va a variar mucho, y finalmente voy a tener la tranquilidad que necesito, por supuesto como parte del negocio seguirás recibiendo una parte proporcional. Si hubiera tenido un hijo varón hoy ocuparía mi lugar, pero tu no necesitas ser la cabeza de la empresa y tampoco de una familia, para eso estamos los hombres, aunque hoy las mujeres piensen diferente.

-¿Lo dices para conformarme?

-¡No! Pienso que los hombres nos casamos para ser responsables de nuestra familia, aunque en la actualidad por razones económicas ambos tienen que trabajar, pero ustedes siguen siendo la parte del amor, sin ese incentivo nos sentiríamos miserables y no tendríamos una razón para utilizar nuestra energía natural de luchadores, sería como poner nuestro esfuerzo en el vacío, pienso que estos conceptos pueden ser obsoletos, pero ese es el comportamiento natural del ser humano, lo demás es un fraude o para ser menos agresivo, errores de comportamiento.

Daniela sintió la fuerza de su padre y lo amó más que nunca, sus pensamientos y actitudes tenían como siempre un gran caudal de sabiduría.

-Papi, estoy dispuesta a ayudarte, yo no puedo seguir así, quiero empezar a luchar, no estoy haciendo nada por mi misma ni tampoco por ustedes.

Es tiempo que le dé un sentido a mi vida, hasta ahora parece que lo más importante fue perder el tiempo pensando y sufriendo por una relación enfermiza.

-No se trata de culpas, además yo fui en parte responsable por los inconvenientes que tuvimos que afrontar cuando nos fuimos del país, tú sabes que fue para proteger nuestra empresa, pero en particular a nosotros mismos, por supuesto el cambio te resultó traumático, te cuidamos y protegimos porque entendíamos tus dificultades. En esos años también tuviste buenas experiencias, aprendiste otro idioma, conociste un tipo de vida diferente, pero estabas en pleno crecimiento y te hizo daño. Cuando regresamos para radicarnos aquí, tampoco te resultó fácil echar raíces nuevamente.

-Entonces era una niña y es posible que me haya afectado, pero creo que soy lo suficiente mayor para superarlo.

-Tienes que tener presente que no siempre podemos controlar nuestras emociones, estoy seguro que tus problemas se debieron a una cadena de inconvenientes, en particular en el orden sentimental, un proceso que es evidente ya estás superando. Recuerda no importa lo equivocados que estemos siempre y cuando aprendamos que no obstante las dificultades, debemos mantener nuestros verdaderos valores, que son en definitiva lo que nos hace mejores seres humanos -Martín en sus conceptos trataba de no mencionar a Sergio, pero dejando implícita la responsabilidad de éste. Después se abrazaron emocionados y al borde de las lágrimas.

-¡Te quiero papi, eres la mejor persona del mundo que conozco! No entiendo porque no he podido mirar el mundo a través de tu perspectiva que siempre me a dado buenos ejemplos, y por favor no te culpes por todo, yo estaba completamente fuera de la realidad y demasiado confundida para evitarlo

-Te voy a contar mis planes -le dijo con entusiasmo -por ahora entre tu y yo, a tu madre debo explicarle de otra forma para que no se preocupe.

-¡No me gusta la idea de dejarte solo en esto, no es justo!

-Tranquila, he pensado en tu primo Juan José, primero voy a chequear sus planes y tengo que estar seguro que pueda tomar la responsabilidad de una gerencia general, es familia y siempre se necesita cerca una persona de confianza, además es contador, estoy seguro que mi elección es acertada.

En primer momento Daniela se sintió molesta con ella misma pensando que estaba dejando de lado una importante oportunidad y también perdiendo la confianza de su padre.

Aunque no dijo nada comenzó a estar ansiosa por la gran tarea que le esperaba, finalmente había resuelto tomar las riendas de su vida.

~~~~~

Mariana enojada con la situación prefirió no llamar a Rodrigo hasta tomar una decisión, aunque comprendía que había llegado el momento de enfrentar el problema, le asustaba la posible reacción del hombre y la suya propia, él a su vez estaba sorprendido que ella no le devolviera los mensajes y también por el extraño comportamiento que estaba teniendo "es evidente que no quiere hablar conmigo, debe tratarse de alguna crisis femenina, de todos modos tengo que lograr que confíe en mí". La llamó nuevamente decidido a obtener una respuesta. Mariana estaba meditando cuando sonó el teléfono y suponiendo que se trataba de él, prefirió no atender hasta sentirse segura.

Rodrigo dejó un mensaje más contundente "Mariana necesito saber la razón de tu actitud, creo que merezco una explicación ¡Es importante que hablemos, si no te comunicas conmigo, ya mismo paso a verte!" -dijo perdiendo la paciencia.

Mariana esperó que cortara la comunicación y lo llamó.

-Rodrigo, te pido perdón por mi comportamiento, pero estoy atravesando una crisis que yo misma no entiendo.

-¿Porque no confías en mí? -su tono de voz denotaba un gran enojo.

-No se trata de eso ¡te amo, yo misma he complicado las cosas!, pero necesito algo de tiempo.

-¿No has pensado que esta situación nos está haciendo daño?

-¡Por favor no te enojes!

-¿Quieres que dejemos de vernos por unos días y cuando creas que es oportuno, me llamas?

¡Tienes que considerar que me resulta difícil entender lo que está pasando y menos brindarte ayuda! -dijo tratando de apaciguar su contrariedad, sintiéndose impotente ante la tozudez de ella.

-Quiero estar contigo -dijo Mariana llorando con verdadero sentimiento.

Rodrigo aunque se sintió molesto con la situación le respondió sin experimentar dudas

-Estoy en camino, también deseo verte.

Como siempre el amor intenso y auténtico los obligaba a estar juntos. Cuando llegó le dolió ver el aspecto desmejorado de Mariana, entonces a pesar de su propia contrariedad, decidió ayudarla.

No le habló del problema y aunque le costó comportarse con naturalidad, se sintió reconfortado por el hecho de tenerla cerca, tampoco le hizo preguntas, decidió hacer un paréntesis en lo relativo a la necesidad de besarla y acariciarla, continuaban sin haber tenido intimidad y ese momento le pareció casi perfecto para darle la completa seguridad de sus sentimientos, pero comprendiendo que estaba demasiado preocupada para reaccionar bien, la besó y la tuvo abrazada.

Para Mariana dicha actitud fue sorprendente, acurrucada en sus brazos le hizo una inesperada pregunta.

-¿Estas molesto conmigo, verdad? Por eso no quieres hacerme el amor -sorprendido por la sinceridad, le respondió de la misma forma.

-Te amo en todos los sentidos y mi actitud es una manifestación del amor que siento por ti.

Y si en algo conozco la reacción femenina creo entender que estás necesitando que estemos juntos, dándonos cariño que es un sentimiento más tranquilo, digamos un colateral del amor, pero que con los años es también lo que mantiene unida a una pareja.

Mariana se separó ligeramente y lo miró a los ojos -él intuyó que estaba a punto de hablar, pero ella volvió a relajarse en sus brazos convencida que su secreto podía esperar. Las palabras continuaban sin ser expresadas.

Cuando Mariana se quedó a solas continuó analizando su propio comportamiento, una vez más y enojada con ella misma tomó la determinación de resolver su dilema, mortificada por esa especie de paranoia que los estaba haciendo sufrir, sin permitirles disfrutar plenamente de lo bueno que la vida les estaba ofreciendo "creo que en el fondo es cobardía, no puedo enfrentarlo porque temo su reacción".

Decidió enviarle un mensaje pensando que era una forma fácil para su confesión, aunque estaba indecisa si era lo correcto.

Rodrigo;

No se como comenzar esta carta, te estarás preguntando porque voy a hablarte de la persona que alguna vez estuvo en contacto contigo por Internet, manteniendo una relación muy hermosa.

Mariana y Any somos la misma persona, cuando nos reunamos nuevamente te voy a explicar la razón de mi silencio.

Releyó lo que aún no había terminado de escribir "es ridículo lo que estoy haciendo, quiero hablarlo de frente, me estoy escondiendo detrás de Any, quiero mirarlo a los ojos cuando le hable". Entonces decidió no enviarlo y comenzó a borrarlo en ese momento recibió un llamado de Bety.

-Mariana estoy desesperada, Esteban y yo hemos tenido una discusión muy fuerte y se ha marchado diciendo que todo está terminado entre nosotros.

-Tranquilízate, voy a verte.

-Te espero -le respondió en un mar de lágrimas.

Cuando se encontraron, Mariana comprendió que su amiga estaba muy afectada.

-Cuéntame que pasó.

-Yo nunca le hablé a Esteban de Mauricio, él insistió que todos habíamos tenido alguna otra persona en nuestra vida y que no era necesario, cuando pasó el tiempo preferí no hacerlo porque temía que se pusiera celoso, y terminé por borrarlo de mi mente, fue una relación en la que me envolví porque me sentía sola, en esos días los muchachos habían entrado en la universidad y fue un escape a mi soledad. Lo cierto es que nunca llegué a enamorarme ¡pero tampoco es el caso, si fue o no importante es mi historia! ¿No te parece?

-¿Cómo se enteró?

-De la forma más estúpida, le pedí que me ayudara a mover unos muebles, como te conté hemos decidido hacer la reunión de compromiso y voy a pintar la casa. Estábamos moviendo un armario y desde atrás cayó un papel, yo no le di importancia, pero Esteban lo leyó, entonces vi la expresión de su rostro.

Bety
Esta noche te llevo a cenar, quiero hacerte un pedido muy especial...Te amo.

Mauricio

-Traté de explicarle que había sucedido mucho antes de conocerlo, pero se fue enojado, sin escucharme.

-No entiendo su proceder ¿Estás segura que entendió?

-Si, además fue lo único que llegué a decirle, lo llamé más tarde, pero casi no me dejó hablar, me repitió que no deseaba escuchar ninguna explicación.

-Estoy segura que no pudo controlar sus celos, en cuanto se tranquilice lo piensa bien, y todo se arregla.

-No estoy segura, pero comprendes ¡fue difícil contárselo en un principio, y ahora menos que nunca!

-¿Quieres que hable con él y le explique? Estoy segura que va a escucharme.

-No lo creo conveniente, no se que hacer, me siento mal y tengo miedo que todo se haya terminado.

-Bety, el amor verdadero puede soportar muchas cosas y yo estoy segura que Esteban te ama, por supuesto la nota lo tomó de sorpresa y reaccionó mal.

-Estoy arrepentida de no haberlo hablado antes con él, pero ya es tarde.

-¡Por favor tranquilízate! ¿Porque no vienes conmigo y te quedas a dormir? Además mañana necesito ayuda para acomodar una mercadería que acaba de llegar ¡Amiga, levanta ese ánimo!

Bety aceptó la sugerencia.

~~~~~

Terminadas las vacaciones Daniela regresó a la capital dispuesta a romper con Sergio, estaba segura de poder hacerlo, pero íntimamente el recuerdo seguía fresco "sacarse la venda de los ojos no significa dejar de amar, pero tengo que dejarlo" - pensó apenada.

Con respecto a Pablo, aunque se sintió muy atraída y entusiasmada decidió que no era conveniente comenzar una nueva relación sin terminar definitivamente con Sergio. Se sentía atemorizada por las consecuencias que podía acarrearle si actuaba como lo había hecho con Rodrigo; tampoco quería seguir comportándose en forma egoísta sin medir el daño que podía causar "Voy a hacer las cosas correctamente, también de acuerdo a como me sienta ¡no quiero más presiones en mi vida!". Contaba con el tiempo suficiente para tomar decisiones, con Pablo habían quedado en encontrase cuando él regresara de un viaje que tenía programado fuera del país.

En cuanto llegó a su apartamento se comunicó con su amiga.

-Tengo mucho que contarte ¿Qué te parece si vamos a comer y charlamos un rato?

-De acuerdo, yo también tengo una noticia que darte.

Cuando se encontraron Mechi se sintió feliz al ver a su amiga muy cambiada, mejor aún que cuando la había conocido.

-¡Estas radiante, luces muy bien! bueno supongo que lo estás, empieza a contarme, quiero saber que pasó.

-Ni yo misma lo creo, no sé el tiempo que voy a necesitar, pero he decidido terminar mi relación con Sergio. Sintió un enorme alivio al escucharla, sumado al cambio que había detectado, tuvo la certeza que finalmente Daniela estaba reaccionando.

-¿Que pasó? ¿Conociste a alguien?

-Conocí a un hombre muy agradable, su nombre es Pablo, no hicimos ningún compromiso, pero creo que es cuestión de tiempo. Su compañía me hizo mucho bien, es una persona muy especial, también tuve el apoyo de mi familia, especialmente la actitud de mi padre me hizo comprender muchas cosas, la más importante fue reconocer que él había sido siempre un ejemplo de dignidad. Tuvimos una conversación muy importante que después te voy a contar en detalle; entonces tomé la decisión de abrir otro capítulo en mi vida.

-¡Me parece fantástico!

-Todo fue muy positivo. Con respecto a Pablo pude apreciar su comportamiento sin altibajos, es un hombre muy afectivo, no sé si estoy equivocada, pero es transparente y sincero, me recordó mucho a Rodrigo. Ahora estoy segura que él hubiera sido el hombre para mí, pero ya perdí esa oportunidad -dijo en medio de suspiros recordándolo, en particular cuando la esperaba frente a la escuela, muy feliz y tratando de ocultar su nerviosismo.

-Todavía puede ser...

-Pienso que no, lo desprecié muchas veces y nunca valoré sus sentimientos, además no debe estar solo, la única persona ciega para no apreciarlo debo haber sido yo.

-Volviendo al tema ¿Sergio sabe de tu decisión?

-No, aunque algo debe sospechar, le hablé muy pocas veces desde Monte Hermoso y casi no contesté sus llamados, pero estoy segura que mi decisión es bastante complicada. La historia continúa, pero está en su último capítulo -dijo riendo para sorpresa de Mechi que solo recordaba las tristezas de su amiga.

-Ahora cuéntame ¿qué novedades hay de tu parte?

-Hace unos días tu primo Juan José me llamó para saludarme, en realidad quería contarme que ya estaba divorciado y pedirme que saliéramos, me dijo que yo le gusté mucho, pero en aquel momento estaba terminando su divorcio y no quiso mezclar. En un primer momento dudé en aceptar, te cuento que cuando hablamos por primera vez, noté algo raro en sus maneras, al punto que llegué a pensar que era homosexual, o como decimos ahora "gay". Creo que se comportó de esa forma porque no quería tener ningún compromiso. Esa noche lo pasamos muy bien, pero sin expectativas.

-Por lo que veo en la fiesta mi primo se comportó como un verdadero idiota, te puedo asegurar que nunca hubo nada que me hiciera pensar que lo fuera, además estuvo casado varios años y todo parecía normal, es un hombre de modales muy suaves, jamás lo escuché decir malas palabras, salvo cuando pierde la paciencia ¿Entonces qué pasó?

-Hicimos una cita y comenzamos a conocernos, lo pasé muy bien; es una persona muy dulce, entiendo que no es lindo y que está un poco gordito, pero yo lo voy a poner en buen estado.

Daniela sonrió.

-Tienes razón, es hijo de mi tía Isabel y como ella una excelente persona. Su divorcio preocupó mucho a su madre hasta que le confió los motivos y créeme que fueron bastante serios, gracias a Dios no tuvieron niños que hoy estarían sufriendo las consecuencias, perdón Mechi, a lo mejor te dije algo que no correspondía.

-No te preocupes, Juan José me contó que su esposa tenía otro hombre, por lo visto los problemas de pareja siguen siendo graves, y pensar que nosotras en muchos aspectos conseguimos tomar las riendas en la relación, pero parece que a ese logro a veces lo utilizamos mal.

Las dos enfocaron la conversación en un tema que las sacó de sus confidencias. Mechi por primera vez en mucho tiempo encontró en su amiga una interlocutora perfecta.

-No me digas que no defiendes nuestra posición -le respondió Daniela.

-No completamente, en estos momentos la palabra divorcio parece que no tuviera ninguna importancia, tampoco la necesidad de salvar un matrimonio, y cuando estamos divorciadas enseguida buscamos compañía como una especie de revancha con la vida, para colmo por lo general no nos guía el verdadero amor, más bien la necesidad de tener un romance ¿Sabes lo que pienso? estamos perdiendo el respeto por nosotras mismas, es como que nuestra dignidad de mujeres no tuviera importancia.

-O tenemos demasiadas ansias de libertad y nuevas experiencias, por supuesto las equivocaciones son parte del aprendizaje ¿No?

-Creo que sería conveniente utilizar como ejemplo las malas experiencias para no volver a cometerlas, sobre todo si tenemos hijos.

-Debe ser como piensa mi padre, nosotras cambiamos las reglas, pero seguimos siendo mujeres y necesitamos una pareja que nos proteja, y aunque no nos guste y muchas de nosotras piensen diferente, estoy segura que en el fondo les gustaría no tener que salir a trabajar o al menos regresar a la casa a descansar y no tener que cocinar, hacer las compras, la limpieza, lo que en definitiva representa ser ama de casa, un legado que no vamos a perder fácilmente.

-De acuerdo, por eso pienso que si no hay, debería crearse una escuela para mujeres divorciadas, para enseñarnos como asumir ese rol, además entender que ser independientes no significa que debemos emular a los hombres en todo, partiendo de la base que nuestra constitución física y emocional es diferente -Mechi expuso con seguridad sus puntos de vista.

-No sé hasta que punto estas en lo cierto, hoy en día muchas mujeres hacen el trabajo que antes era privativo de los hombres, y no creo que sea por competir.

-Lo que te digo es una idea personal, pienso que físicamente nosotras también somos fuertes, pero nuestros músculos son menos fibrosos y si los trabajamos pueden llegan a tener casi la misma capacidad masculina, pero si lo analizamos no es nuestra verdadera constitución física ni mental, porque para obtener esos cambios tenemos que cambiar nuestra forma natural de pensar y sentir, además dejaríamos de cuidar nuestra belleza exterior.

Tampoco me gustaría tomarme a golpes con un hombre -dijo Mechi sonriendo y reconociendo que el tema que estaban tratando la satisfacía muchísimo.

-Tienes razón, además nuestro organismo todos los meses sufre un cambio, que a su vez nos maneja el humor y los nervios -continuó Daniela.

-Te refieres a nuestro ferviente seguidor mensual que muchas veces nos martiriza y en muchos casos nos tira por horas en la cama, ya ves realmente somos diferentes en muchos aspectos, y aunque nuestra capacidad intelectual es igual y podemos hacer los mismos trabajos con muchísimo éxito, tenemos una misión que nos está marcando la verdadera diferencia; que es dar vida a un ser humano, no solo en la parte física, también en nuestra capacidad de dar amor y dedicación.

-La naturaleza continúa su trabajo y aunque ya existen medios para que una mujer tenga hijos sin tener relaciones íntimas, ambas partes siguen siendo únicas e imprescindibles, por supuesto hasta el próximo descubrimiento científico -dijo Daniela bastante divertida con su apreciación -es hora de volver a casa, mañana tengo varias cosas que hacer en mi trabajo, además tomar la decisión si vuelvo o no a la facultad, y con respecto a la escuela de arte ¡Hasta que me muera! Es lo que me gusta realmente.

-Me agrada como estás pensando, y gracias por la conversación, es bueno encontrar la forma de ayudarnos, me refiero a las mujeres en general.

Antes de separarse Daniela hizo un último comentario.

-Te cuento que hablamos con mi padre de mi carrera, opina que tengo la posibilidad de decidir.

Puedo estudiar lo que yo desee y elegir lo que me haga bien, pero pienso que si sigo sola sería bueno tener una profesión -concluyó con una vitalidad sorprendente.

Mechi quedó satisfecha con la conversación que habían mantenido, era la primera vez en mucho tiempo que Daniela casi no había mencionado a Sergio, deseó fervientemente que la obsesión por él se terminara por completo "Si sigue con esa locura busco a alguien que le saque lo que parece ser una brujería" -pensó.

~~~~~

Esteban continuaba bastante malhumorado, necesitando desahogar su enojo, entonces le pidió a Rodrigo que se reunieran para hablar, éste se sorprendió por el tono quejumbroso de su amigo.

Se encontraron en la calle, Esteban no quiso ir al lugar de siempre temiendo perder la compostura.

-¿Que pasa hombre? ¿Algún problema con Bety?

-Si, y te aseguro que grande, también estoy enojado conmigo ¿Cómo es posible que un hombre de mi edad no haga las cosas bien?

Esteban lo puso al tanto del problema

-Estábamos moviendo unos muebles en la casa y encontré un papel con un mensaje de un tal Mauricio.

-¿Reciente?

-No, ella me dijo que fue antes de conocernos, pero nunca hizo mención, como si hubiera sido alguien muy especial en su vida.

-Estas suponiendo, entiendo que a nadie le gusta que le oculten ese tipo de cosas, también es posible que haya sido una relación de poca importancia, además todos hemos tenido a otra persona, es lo normal, creo...

-¡Todo lo que quieras, pero me mintió!

-¿Te mintió o en un principio no le diste importancia porque estabas disfrutando del amor? Bety es muy frontal y en algún momento te lo iba a confiar.

Esteban reaccionó asombrado.

-Tienes razón, yo le dije que todos teníamos pasado y que no era necesario que lo habláramos ¿te das cuenta? Creo que comienzo a enojarme conmigo más que con ella.

-¡Tienes que encontrar una solución y rápido!

-No estoy seguro si voy a quedar conforme con lo que ella diga con respecto a ese hombre, además también debe estar enojada por mi actitud, lo cierto es que la traté bastante mal.

-Sabes que pasa Esteban, estás enamorado y celoso, pero no hay que dramatizar, creo que lo mejor es que te calmes, analices la situación y hables con ella. Bety es una gran mujer y te vas a arrepentir si no cambias de actitud.

Para Rodrigo fue una verdadera sorpresa ver a su amigo comportándose como un muchacho, sintió deseos de hacerle una broma para que reaccionara, pero lo evitó por respeto, entonces se mantuvo casi en silencio hasta que estuvo seguro que su amigo estaba más relajado.

-No creo que este embrollo se resuelva rápido - dijo Esteban un poco más relajado.

Rodrigo llamó a Mariana, aunque la situación no había cambiado entre ellos, seguían en permanente contacto

-Quería saludarte y saber como te encuentras.

-Estoy mejor y extrañándote ¿Y tú? -al escuchar su voz, como siempre se estremeció.

-Pensando en ti y supongo que sabes lo que pasó con nuestros amigos.

-Sí, por supuesto, pienso que el problema no es tan grave, pero los dos están sufriendo. Ahora no puedo hablar, Bety está conmigo ¿Que te parece si nos encontramos más tarde, cuando cierre el negocio?

-Todo lo que quiero es estar contigo -quedaron en encontrarse en un bar cercano a la librería.

Mariana, demasiado preocupada, tratando de ayudar a sus amigos dejó de lado sus propios contratiempos.

Cuando lo vio llegar se sintió aún más segura de su amor y la necesidad de compartir todo con él.

Rodrigo consideró que no debía hacerle más preguntas hasta que ella se sintiera dispuesta a encarar el problema, decidió ser tolerante, aunque la situación lo molestaba y consideraba injusto el trato que estaba recibiendo.

-¿Crees que debemos intervenir para que se arreglen?

-Yo hablé con Esteban y aunque está algo molesto por lo que pasó, también está evaluando su propio comportamiento que no lo hace sentir bien; también pienso que no debemos esperar, todo lo que necesitan es un pequeño empujón, pero antes de continuar quiero proponerte algo.

-No vas a pedirme que nos casemos mañana mismo -dijo ella sonriendo

-Es el preludio de eso, por el momento deseo que nos comprometamos, solo entre los dos -le respondió.

Ella lo miró bastante desconcertada.

Rodrigo le entregó un pequeño estuche, y esperó en silencio que lo abriera

-¿Me aceptas?

Al ver el anillo las lágrimas inundaron los ojos de Mariana, ambos se levantaron y se besaron emocionados.

-Por supuesto que sí -una vez más las actitudes de Rodrigo la hicieron sentir que lo demás no tenía importancia.

-Recuerda, quiero ayudarte, estoy seguro que me amas, confío plenamente en ti, pero necesito pedirte un favor, cuando el problema de nuestros amigos se haya resuelto, definitivamente tenemos que hablar.

-Te lo prometo, pero volviendo al tema ¿qué te parece un encuentro casual en algún lugar?

-Creo que se van a negar, salvo que la razón sea muy importante.

-Puede ser en la milonga -insistió Mariana con un dejo de inspiración -yo le pido a Bety que me acompañe y tu le dices a Esteban que lo ves mal y le está haciendo falta salir, y le sugieres ir a la milonga, o bien una especie de escapada de solteros, pero no lo tomes como una costumbre -dijo Mariana lanzando una carcajada.

Rodrigo se contagió y rieron de buena gana.

Por un instante todo pareció tener la serenidad de un lago en calma.

Pudiendo alcanzar una completa comunicación, la que les dio parte de la entereza que necesitaban; entonces continuaron elaborando el plan.

-Nosotros tenemos la situación clara, y ellos desean estar juntos, pero el problema es que se han herido sin necesidad.

-Tienes razón, no creo que ninguno quiera dar el primer paso.

-Es lo malo de las discusiones por arrebatos, son difíciles de solucionar, estoy segura que la reacción de Esteban fue impensada, pero otra vez nos salimos del tema, tenemos que tomar una decisión ¿Tratamos lo de la milonga? ¿Qué te parece el viernes a las nueve de la noche?

-De acuerdo, yo hablo con Esteban y tu arreglas con Bety, de todos modos tenemos tiempo y a lo mejor el problema se soluciona antes.

~~~~~

Cuando Daniela entró en su apartamento se preocupó pensando que Sergio en cualquier momento se podía presentar, todavía no estaba preparada para enfrentarlo. Sin tener ningún apoyo moral se sentía navegando en dos corrientes, una que la alejaba del hombre y la otra que le provocaba el temor de equivocarse y romper una relación en la cuál siempre había creído.

Sin querer evitarlo, decidió escuchar los mensajes, el primer era de Sergio, su voz sonaba enojada, y una vez más se estremeció.

-¿Porqué me estas evitando? Supongo que ya estás de regreso, pero no he sabido nada de ti.

Necesitamos hablar frente a frente, si llegas temprano llámame y paso por tu apartamento - Daniela miró su reloj, comprobando que era bastante tarde y el nunca contestaba el teléfono, resolvió dejarle un mensaje.

-¿Qué te parece si nos encontramos mañana a las 10 de la mañana en el parque? Te espero frente a la escuela de arte -pensó que estaba acertada en ponerlo en la encrucijada de tener que verla en pleno día y en un lugar muy concurrido "es hora que se juegue por mí, de lo contrario es mejor que nunca más lo vea" - nuevamente, en medio de sus conflictos, le estaba dando otra oportunidad.

Al día siguiente cuando sonó el teléfono, convencida que se trataba de él, decidió no atender, y se mantuvo callada esperando que la máquina recibiera el mensaje; la voz la estremeció, sonaba triste.

-¿Qué te has propuesto? Sabes muy bien que no puedo encontrarme contigo en ese lugar.

Daniela llegó sobre la hora que citara a Sergio, en ese momento lo vio tratando de no quedar a la vista, casi escondido detrás de unas matas. Su saludo fue frío y distante, estaba midiendo las posibilidades que su esposa o alguien conocido lo viera.

Para ella el hecho que asistiera a la cita le dio una vez más la seguridad que a pesar de todo, no quería perderla.

-¿Porque no nos encontramos esta tarde en tu apartamento y hablamos con tranquilidad? Además no entiendo porque me has puesto en esta situación.

-Porque estoy segura que no necesitamos seguir viéndonos a escondidas.

-¡Sabes que esto puede hacer peligrar nuestros planes!

-Estás equivocado, en este momento nuestros planes están fracasando porque no quieres perder tu estatus de hombre casado, si me quieres caminemos de la mano, sin escondernos de nada. Esta es la última chance que tienes.

Sergio la miró asombrado sin entender lo que estaba pasando por la mente de Daniela, también le molestó que lo enfrentara sin temor alguno.

-¡No te entiendo! ¿Es que ya no te importo?

-No se trata de eso, estoy tratando de recuperar mi dignidad y aunque aún tengo sentimientos por ti prefiero perderte que a seguir como hasta ahora.

-No seas melodramática, estás complicando las cosas -le dijo con sorna, tratando de quebrar su fortaleza.

Dicha actitud fue un golpe de atención, tuvo la certeza que otra vez estaba haciendo una actuación para retenerla.

-De ti depende, ya sabes las condiciones.

-Tengo que irme -dijo Sergio a modo de respuesta mientras se alejaba.

Mechi en ese momento se dirigía a la escuela los vio discutiendo -por la expresión que denotó en el rostro de ambos comprendió que había problemas. Cuando el hombre se marchó, Daniela caminó hacia su amiga con una expresión de contrariedad.

-¿Que pasó?

-Nada malo, estoy tratando de hacer las cosas bien, no es fácil, pero ya reaccioné, tiene que tomar una decisión hoy mismo.

-No te entiendo. ¿Quieres continuar con él?

-Yo te dije que no iba a ser fácil.

-¡Ayer estabas segura que querías dejarlo, cambiar tu vida y hoy me estas diciendo que le estás dando otra oportunidad!

-Lamento que no me comprendas, lo cierto es que necesito más tiempo para estar segura si nuestra relación aún se puede salvar.

-No quise molestarte ni tampoco ser tu conciencia, pero trata de hacer algo coherente, deja de darle vueltas a la situación.

-Todo sería más fácil si Sergio me dejara.

-Estoy segura que son excusas de tu parte, una vez me dijiste que eras la única persona que podía resolver el problema ¡De todos modos es tu vida y yo hice mal en opinar!

No obstante la contrariedad que denotaban las palabras de Mechi, Daniela sonrió.

-¿Porque no se lo explicas a mi corazón? El es el caprichoso, pero hay algo que me gustaría hacer.

-¿De que se trata?

-Me gustaría ir a la milonga ¿Me acompañas?

-No puedo, es probable que Juan José pase por mi casa más tarde ¿Porque no lo dejamos para mañana? Pero solo por acompañarte, el tango no me gusta tanto, además no lo bailo.

-¡Que pena! Tuve como una premonición

-Lo siento, pero cuéntame ¿has tenido noticias de Pablo

-No, pero quedamos en vernos a su regreso.

-¡Entonces es hora que comiences a ordenar tus cosas! creo que se te está acabando el tiempo, pero déjame decirte algo más ¡te estás comportando como una adolescente!

~~~~~

A la hora del almuerzo Isabel y Martín se reunieron, con la intención de hablar de la familia.

-¿Cómo está Daniela? -le preguntó la mujer preocupada por su sobrina.

-Está mejor, creo que la ayudó el hecho que le quitara la responsabilidad de manejar la empresa, yo mismo me sentí aliviado, como ya sabrás tu hijo prácticamente está trabajando conmigo.

-La noticia me hizo muy feliz y estoy segura que puedes confiar en él.

-Completamente de acuerdo ¿Tienes alguna novedad con respecto a Pablo?

-Todavía está de viaje, pienso que puede ser una excelente pareja para Daniela, por supuesto tenemos que esperar que decida hacer algo por sí misma.

-Mi hija nos está dando más dolores de cabeza que cuando era una adolescente, me aseguró que quiere limpiar su vida y romper con Sergio, la verdad es que no estoy convencido que eso ocurra.

-Pensar que es lo suficientemente hermosa para encontrar a alguien que realmente la quiera y le ofrezca un futuro mejor.

-Su actitud sería lo que la separa de sus mejores posibilidades.

-De todos modos a sucedido algo que espero le abra los ojos definitivamente y que puede poner fin a esta historia, pero no quisiera ser yo quien se lo diga, tu tendrás que hacerlo.

-¿De que se trata?! -preguntó Martín con evidente ansiedad.

-Julia espera un hijo

-¿Que dices? -dijo levantado la voz, completamente indignado -¿Cómo es posible que ese hijo de p... maneje a mi hija a su gusto?

-Esa es la parte nefasta, Daniela está ciega a todo y temo que lo excuse como siempre.

-Si lo que me has contado es verdad, no creo que continúe con él.

-Bueno, roguemos a Dios que así sea, es mejor que tú se lo digas, por supuesto no creo que ella esté enterada.

-No quisiera tener que hacerlo, pero no podemos dejarla que continúe envuelta en todo esto.

-Como ya lo hablamos muchas veces, no deberíamos intervenir en sus cosas privadas, pero ese hombre le está haciendo daño, no quiero ni pensar que con tantos problemas Daniela haga algo desatinado.

-¿A que te refieres? -Martín se intranquilizó con las palabras de su hermana.

-No pienso en nada extremo, pero hace cosas que nos alejan de ella. Lo positivo es que en Monte Hermoso con su comportamiento, nos demostró que puede vivir sin Sergio, por esa razón quiero continuar con mi ayuda.

-Estoy de acuerdo contigo, por supuesto tenemos que enfrentarla con la realidad ¡Te aseguro que si esa porquería no se aleja de su vida, lo mato! ¡Estoy harto de ese hijo de p..!

-Cálmate, no necesitamos más dramas, comprendo tu impaciencia, pero no debes perder la calma.

Isabel lo miró consternada, Martín estaba llegando al límite de su paciencia.

~~~~~

Mariana continuaba a la expectativa que ocurriera algún cambio de parte de Rodrigo, no obstante la felicidad que le provocaba la relación, por momentos reaccionaba asustada, las dudas y el silencio del hombre le resultaban inmanejables, en esos momentos estaba concentrada en el problema de sus amigos, pero conciente que su propia vida sentimental estaba en dificultades.

El cambio producido en sus actitudes era obvio, continuaba cometiendo errores que estaban repercutiendo en su salud emocional, sus cualidades estaban perdiéndose, también su espontaneidad y fuerza creativa. El hombre que en esos momentos deseaba luchar para preservar la relación, completamente desconcertado tenía la sensación de estar siendo juzgado injustamente.

Antes de llamar a Bety, Mariana pensó en todos los detalles, también resolvió no mencionarle que Rodrigo estaba preocupado por lo sucedido, temiendo que ella intuyera lo planeado y se negara a salir. La llamó esperando escuchar su voz triste como en los últimos días.

-¿Cómo está mi amiga del alma?

-No muy bien, pero en otra fase del problema, ahora estoy enojada con Esteban, creo que se está comportando en forma bastante odiosa, lo llamé nuevamente para que habláramos; todo lo que me dijo es que aún estaba preocupado y que necesitaba más tiempo para pensar.

-Trata de tener paciencia.

-¡No puedo, me está castigando injustamente!

-Tampoco yo lo entiendo, pero tienes que calmarte, la verdad es que te llamé para invitarte a cenar, podemos ir a comer y después decidimos que hacer -dijo Mariana tratando de no continuar con el tema que podía dañar aún más el ánimo de su amiga.

-¡Está bien, me gusta la idea de salir de la casa y contigo!

Sentadas en el restaurante hablaron alrededor de dos horas, comentando acerca del problema que evidentemente seguía sin miras de solución. Bety a pesar de la opinión de Mariana necesitaba hablar para desahogar su angustia.

De acuerdo al plan trazado y hasta que salieron del restaurante Mariana no hizo ninguna sugerencia, mientras caminaban hacia el coche le preguntó.

-¿Nos damos una vueltita por la milonga?

-¡No, puede estar Esteban! No me gusta la idea - le respondió extremadamente nerviosa.

-Según me dijo Rodrigo, a dejado de ir.

-No sé que hacer ¡no quisiera verlo hasta que cambie de actitud!

-Yo pienso que sería bueno que se vieran, de todos modos si lo encontramos, lo saludas como si nada, y es posible que en cuanto te vea reacciona bien, pero no creo que vaya, según me dijo Rodrigo no se siente motivado a salir.

-¡Me asusta la idea! No estoy segura...

-¡Cálmate! vamos solo por un rato ¿Me acompañas? ¡Me muero por bailar un tango! - continuó Mariana siguiendo con su plan, pero también algo asustada por las posibles consecuencias si Esteban y Bety reaccionaban mal con el encuentro.

-¿No piensas que Rodrigo se puede enojar?

-Para nada, yo le comenté que queríamos pasar un rato juntas y que salíamos a cenar, le pareció bien, pero por las dudas lo llamo, a lo mejor quiera reunirse con nosotras.

Mariana como parte de la estrategia se apartó de ella, fingiendo hacer el llamado.

-¿Que te respondió? ¿Le dijiste que no le comentará nada a Esteban?

-Rodrigo no está seguro si puede ir, en este momento está en una reunión de negocios, por supuesto le insistí en que no querías ver a Esteban "me he convertido en una verdadera mentirosa, pero se trata de la tranquilidad de mis amigos" -pensó sorprendida de sí misma.

Cuando entraron al salón Bety miró preocupada a su alrededor.

-Si lo veo, me voy -dijo sintiendo que las rodillas le temblaban.

-¡Estás actuando como una niña! ¡Relájate! Además es evidente que no está -de inmediato pensó con preocupación "¿Habrá pasado algo? tal vez Rodrigo no lo pudo convencer"

No lejos del lugar, sentados en el carro Esteban le confesaba a su amigo.

-Temo que Bety esté en la milonga.

-No lo creo, ella y Mariana se iban a cenar, pero no estaría mal que se encuentren, es mejor que de una vez por todas se arregle este problema, ustedes se quieren y están perdiendo el tiempo. Mariana me contó que para Bety aquella relación no tuvo mayor importancia, que duró apenas unos meses, y nunca volvieron a verse, además no te lo contó porque tú no quisiste saber nada de su pasado amoroso, y después ella que evidentemente no estaba muy equivocada tuvo miedo de decírtelo por la forma en que podías reaccionar, que ya ves, fue bastante dramática.

-Cuando uno se enamora idealiza demasiado a la persona y espera sinceridad, bueno eso es nada más que una disculpa, la verdad es que no entiendo porque me enojé tanto, pero tienes razón. Lo mejor es entrar y si esta la abrazo y le digo cuanto la quiero -dijo como sacándose un enorme peso de encima.

Bety   continuaba sin poder evitar su estado de nervios.

-¿Crees que Rodrigo esté por llegar?

-No, no estoy segura ¿Porque lo preguntas?

-No me quiero quedar más tiempo ¡por favor dame las llaves, te espero en el coche!

-¿Pero que estás diciendo? ¡No quiero que te vayas sola! Además no tenemos ninguna seguridad que Esteban venga. ¡Por favor cálmate!

En ese momento un caballero muy conocido de la milonga invitó a bailar a Mariana

-¿Me esperas por favor? -le rogó

No bien Bety quedó sola tomó las llaves y salió apresuradamente, en ese momento los dos hombres entraban al lobby, Rodrigo la vio y se volvió para mirar a Esteban, ambos se quedaron parados, asombrados por el inesperado encuentro, ella en su apuro por salir corrió sin mirar a su alrededor. Esteban se paró en su camino

-Te ibas sin esperarme -le dijo abrazándola, Bety demasiado sorprendida no pudo reaccionar, y sin poder evitarlo comenzó a llorar también sintió el temblor en el cuerpo del hombre.

-Vamos, después podemos volver, aunque no lo creo -le dijo Esteban algo más tranquilo; viendo ante sí, un panorama muy reconfortante.

Bety le entregó las llaves a Rodrigo que permanecía estático, observándolos en silencio, temiendo crear algún disturbio en el encuentro, cuando los vio alejarse respiró profundamente.

En ese momento Mariana llegaba casi corriendo.

-Estoy preocupada por Bety, salió sin darme tiempo a nada, me debe estar esperando en el coche. Rodrigo mostrando una gran sonrisa la tomó del brazo para detenerla.

-Todo esta bien, en este momento ellos están juntos -le respondió mientras la abrazaba -quizás diferente a como lo planeamos, después te cuento como fue el encuentro. ¿Qué quieres hacer?

-Si no te parece mal nos quedamos y bailamos un poco, necesito sacarme los nervios. Tuve temor que todo saliera mal y que por mi culpa Bety pasara un mal momento -le confesó más tranquila

Cuando salieron de la milonga se dirigieron a un bar, Mariana prefirió alargar la noche, para evitar los inconvenientes posibles, por su parte Rodrigo, como una persona normal y enamorada necesitaba tener intimidad, pero las reacciones de ella continuaban siendo extrañas. Cuando llegaron a la casa, después de besarla y tenerla abrazada le dijo con gran calma.

-Si no te enojas hoy no entro, creo que es mejor para ti, necesitas tiempo para pensar y yo tengo que calmar mis apremios; cerca de ti me resulta imposible, pero tranquila, eres la única mujer con quien deseo hacer el amor.

Mariana no podía creer lo que estaba escuchando, por primera vez desde que estaban de novios Rodrigo había tomado la decisión de marcharse de inmediato.

-Pero...-quiso replicar Mariana, entonces él volvió a besarla.

-Te amo y voy a esperar el tiempo que haga falta.

La disculpa fue auténtica, estaba tratando de darle su espacio, pero también quiso hacerle comprender la repercusión que su extraña actitud podía tener en la relación.

El momento pasado en la milonga como siempre les había puesto en evidencia sus sentimientos y compenetración, pero continuaban sin poder solucionar el problema de fondo.

Por momentos tenía la certeza que por algún profundo y oculto motivo Mariana lo estaba induciendo a tomar una determinación, haciéndolo sentir responsable de ser parte del extraño dilema.

Sentados en el coche Esteban abrazó a Bety, mientras le pedía disculpas.

-Me comporté como un verdadero idiota, quisiera que olvidemos ese mal momento.

Ella se separó mirándolo a los ojos

-No fue mi intención guardar silencio sobre algo que realmente no tuvo importancia…

-No tienes que decir nada -trató de interrumpirla.

-No, permíteme que te cuente lo que pasó y quien fue Mauricio es mejor dejar todo aclarado, además tienes que aceptar que pude estar enamorada, el problema no fue si tuve o no una pareja, más bien mi falta de sinceridad contigo -después de narrarle lo acontecido años atrás, guardó silencio esperando la reacción de Esteban, y aunque él sintió una vaga sensación de celos, trató de ocultarlo, admitiendo que seguía equivocado.

-No se como manejar mis sentimientos, me he enamorado de ti como un adolescente, quisiera haber sido el único hombre en tu vida, pero tienes razón, debo entender que es un imposible, quiero que sepas que te amo, que estoy arrepentido por haberte maltratado y te prometo que voy hacerte siempre feliz ¡Por favor olvida lo que pasó!

-Tenemos que hablar y confiar en nosotros, nuestra relación es muy especial y tú en particular; tengo que reconocer que se debe a tus experiencias, yo no puedo tener celos de quienes estuvieron en tu vida y te ayudaron a ser la clase de persona que yo he conocido ¿Me entiendes?

-Lo entiendo, sé que debo cambiar algunas cosas, el amor que siento por ti es increíble, quizás porque estuve solo demasiado tiempo, pero estoy de acuerdo contigo, mi comportamiento fue injusto.

Después se marcharon para en la intimidad decirse todo aquello que había quedado callado por el corto tiempo que duró el enojo.

Al día siguiente Bety llamó a Mariana comprendiendo que su amiga debía estar ansiosa por tener noticias.

-Todo fue maravilloso, casi no puedo creerlo. Esteban es una persona muy especial.

-Cuéntame qué te dijo.

-Me pidió perdón y me aseguró que estaba arrepentido de haberse comportado como un idiota.

-¿Entendió lo que había pasado? Mejor dicho ¿te escuchó?

-Lo hablamos todo, Esteban quería que simplemente nos olvidáramos, yo preferí contarle hasta el menor detalle, pero después analizando lo ocurrido, tuve otra perspectiva de la situación, nunca debí permitirle que me juzgara o pusiera en duda mi comportamiento, por lo tanto he tomado una decisión ¡ante otro problema de esa índole, definitivamente lo dejo!

-¿Por qué ese cambio?

-Soy una mujer adulta y he tenido otras relaciones, pienso que es lo normal ¿verdad? Debido a su enojo me sentí culpable y lo peor, completamente miserable.

-¡Lo que pasó no fue tan grave! Esteban reaccionó como reaccionan los hombres, ellos no admiten que son celosos y para ganar un pleito asumen su rol de machos.

-Es posible, pero yo no quiero sufrir en una relación y menos aún por desconfianza de parte de mi pareja. Por supuesto tengo que hablarlo con él, pero antes quiero tranquilizarme y no decir nada que nos cree otro problema.

-Pienso que lo ocurrido debe haber sido una buena lección para Esteban -Mariana en cierta medida se sintió mortificada con la decisión tomada por Bety, que había puesto a su amigo en tela de juicio.

-No lo culpo, definitivamente el error fue mío -fue el último comentario de Bety.

~~~~~

El encuentro entre Daniela y Mechi una vez más se produjo en la escuela de arte, habían encontrado un pequeño espacio dentro de la vieja escuela, acogedor y privado, el bullicio del resto de los estudiantes se atenuaba y el mundo se reducía a sus confidencias.

-¿Que pasó? ¿A que se debió que no fueras a clase? ¡Te extrañé!

-Yo también, pero Juan José quería verme y no pude negarme, por nada serio, más bien una especie de impaciencia de su parte, por momentos necesita hablar y conmigo se siente confiado.

-¡Estás bien y es lo importante!, y si no tienes otro compromiso me acompañarías a la milonga.

-¡Estás ansiosa por encontrarte con Rodrigo! Lo prometido es deuda, paso a buscarte a las 7 ¿está bien?

-Perfecto, si llegas antes me esperas en mi apartamento, no te olvides de traer la llave -la recomendación le recordó que nunca le había dado una a Sergio, solo a su padre y a su amiga.

Cuando llegó al edificio, completamente absorta en sus planes, se encontró con la inesperada presencia de Sergio, entonces volvió a una realidad que continuaba sin resolver. El encuentro la puso molesta, en esos momentos no deseaba enfrentarlo.

En las últimas semanas el comportamiento de Daniela había comenzado a estabilizarse y aunque continuaba atrapada en sus sentimientos, íntimamente necesitaba liberarse de la continua presión que el hombre le imponía. Había comenzado a disfrutar de la vida, aunque con algunas limitaciones debido a que sus determinaciones continuaban siendo inconsistentes.

-¿Que haces? -le preguntó con un gesto de desaprobación.

-Quería verte y por supuesto saber que está pasando, pero déjame preguntarte frente a frente ¿Todavía me quieres? ¡Tienes que dejar de comportarte como una cualquiera, siempre te desapareces, no te comunicas conmigo como si yo no mereciera tu respeto!

-¡No te permito que me hables de esa manera! ¡Eres un hijo de p..., y me estás llevando al límite de mi paciencia!

-¡También yo estoy perdiendo la mía! Además estoy seguro que deseas terminar nuestra relación ¡te exijo una respuesta!

-¿Estas exigiéndome una respuesta? ¡Pienso que no fui clara al respecto, te dije que tu decisión debía ser tomada sin más demoras y todo lo que estás haciendo son reclamos ofensivos!

-Creo que no me quieres, que ya no te importo -dijo cambiando el tono de voz, y tratando de calmarla.

-No des vueltas las cosas, nunca dejé de quererte, pero me cansé de todo, en particular de tu falta de entereza, además es tiempo que dejes de mentirme.

-¿Que estas diciendo? entiendo que tengo muchos defectos, pero te amo y quiero luchar por lo nuestro -le respondió mientras se acercaba a ella.

-¡Pero sigues sin tomar ninguna responsabilidad sobre nosotros! Creo que no me amas lo suficiente, además te comportas como si fueras un adolescente y ya eres un hombre maduro ¡Cuándo te descuides te vas a quedar solo, sin tu esposa y sin mí!

El hombre estaba sorprendido con la reacción de Daniela que demostraba una faceta desconocida en ella, difícil de dominar; comprendió que el momento temido había llegado y que estaba al borde perderla. Se acercó para abrazarla, mientras lo hacía comprendió que no obstante su enojo, la mujer se estremecía y una vez más se sintió dueño de la situación, Daniela se debatió entre el deseo y la realidad que la llevaron a pensar en las inseguridades que estaba viviendo "si acepto, jamás va a tomar una decisión seria" -se dijo a sí misma mientras se separaba.

-¡No me presto más a tu juego! Es mejor que te marches, además tengo que tomar algunas decisiones con respecto a mi carrera y a la empresa de mi padre y necesito mi cabeza sin este tipo problemas.

En ese momento Mechi entraba al lobby; se quedó casi estática sorprendida por la inesperada escena, sintió la necesidad de marcharse; pero una exclamación de Daniela la detuvo.

-¡No te vayas! Has llegado en buen momento.

Sergio quedó sorprendido, el rechazo de Daniela le resultó ofensivo y determinante, también le molestó que hubiera testigos y sin más palabras, se marchó.

-¿Que pasó? Si no me equivoco unos minutos más y estabas de nuevo entregada a él. ¿O hubo algún cambio en la situación?

-No pasó nada diferente, pero me trató sin ninguna consideración, ahora más que nunca estoy convencida que no hay solución, además me mantuve firme por respeto a una especie de promesa que me hice a mi misma.

-¿De que hablas?

-Lo primero es poner mi vida en orden, además le dije a mi padre que finalmente había comprendido que debía comparar mis propias actitudes con sus conceptos, los que siempre respeté y no quisiera hacer algo que lo lastime.

Después siguiendo los deseos de Daniela se dirigieron a la milonga.

-Si te encuentras con Rodrigo y te demoras, regreso a mi casa -dijo Mechi acorde a su sentido práctico de resolver las cosas.

-Por supuesto -le respondió con una chispa de alegría pensando en la posibilidad de un encuentro - Mechi te pido un gran favor, tienes que tenerme paciencia y créeme no estoy loca, quizás bastante confundida con mis propias reacciones.

Reconozco que aún tengo miedo de cometer un error; yo no dudo del amor de Sergio, y sus actitudes me demuestran que se siente impotente.

-Lo único que espero es que tomes pronto una decisión, la que sea, y que comiences a tener estabilidad en tu vida.

~~~~~

Mariana y Bety pasaron el día juntas, parte del tiempo lo aprovecharon para hablar de sus parejas y especialmente del amor, pero como siempre tocaron otros temas entre ellos uno bastante polémico, los clones.

-Yo considero que la gente común como nosotras no tenemos una idea exacta acerca de lo que esto significa, ni sus alcances, ni tampoco la veracidad de un tema tan serio -dijo Mariana.

-Algo está pasando, las pruebas que se están haciendo con animales han dado grandes resultados, días atrás estuve viendo un documental que me dejó atónita, el parecido entre cada especie animal es idéntico.

-El problema es que la ciencia no se detiene, y en realidad ese tipo de experimentos se hace para terminar con enfermedades incurables, hace unos días leí que en Europa ya está permitida la utilización de embriones, de solo unas semanas de vida, es aterrador pensar que se trata de un ser humano nacido en una probeta.

-Sin mayores comentarios se habla que ya hay seres humanos que han nacido con esa técnica, me da escalofríos pensarlo ¡La vida se está convirtiendo en una película de terror!

-¡Yo no estoy de acuerdo que se utilice para dar vida a seres humanos! Considero que es muy importante y necesario para preservar la salud de las personas, en la recuperación de algún órgano o miembro, pero no para traer al mundo más criaturas habiendo millones de niños huérfanos o sin hogar.

-Te has dado cuenta en que tema nos hemos metido, me gustaría preguntarle a los muchachos que opinan.

-Tienes razón, podemos tratarlo cuando salgamos a comer.

-Tenemos que reunirnos para ver las fotos de la cena, tengo un anticipo -dijo entrando en la casa, después regresó con una fotografía bellamente enmarcada en plata labrada -está es de ustedes y para ustedes, digamos nuestro regalo de compromiso.

-¡No lo puedo creer! Que hermosa sorpresa, es la primera vez que tengo en mis manos una fotografía de Esteban y yo, y nada menos que del compromiso -Bety se emocionó con la gentileza de su amiga, la foto era la prueba de la felicidad vivida la noche de la cena.

-Aquí están las otras.

-Esta debe ser una que Esteban les tomó cuando estaban bailando.

-Y que yo ignoraba hasta que las hice revelar, es un verdadero tesoro, la prueba que lo acontecido aquella noche fue real.

En ese momento sonó el teléfono, una voz desconocida pidió hablar con Mariana

-Se trata de su tío Santiago, acaba de tener un problema cardíaco y lo hemos internado en el hospital San Agustín, cuarto 121.

Bety esperó que Mariana terminará de hablar para enterarse de lo que estaba ocurriendo.

-Tengo que ir al hospital, mi tío esta mal. Ustedes vayan a la milonga, yo voy cuando me desocupe.

-¡Te acompaño!

-Está bien, te lo agradezco muchísimo. Me voy a comunicar con Rodrigo para explicarle el problema antes que pase a buscarme.

-Me gustaría acompañarte -fue la respuesta del hombre.

-Es solo por unos minutos, además Bety esta conmigo y tú le puedes hacer compañía a Esteban lo único que voy a pedirte es que no me extrañes demasiado.

-Esta bien, pero no te prometo nada, enseguida me comunico con Esteban.

-¡Compórtense como buenos muchachos!

Cuando entraron al hospital el encargado le explicó a Mariana que Santiago estaba fuera de peligro; y debido a la hora no le permitieron verlo.

-¿Que te parece si paramos a tomar un café, acompañado por un sándwich? me está haciendo falta comer algo -dijo Mariana entusiasmando a Bety con la sugerencia.

-Me parece estupendo y llegamos a la hora que nos esperan.

Rodrigo y Esteban estaban conversando muy entretenidos y con la sensación que no debían bailar hasta que ellas llegaran, también aprovecharon parte del tiempo hablando de sus respectivas parejas.

-Mariana es una mujer sensacional, pero a veces hay ciertos cambios en su conducta que me sorprenden, como si yo estuviera cometiendo alguna equivocación.

-Bueno, tienen que hablar y aclarar los problemas, yo aún no te he dado las gracias por tu ayuda en mi reconciliación con Bety...!pero si no me equivoco aquella mujer es Daniela y se está acercando! -le dijo Esteban asombrado por la inesperada aparición.

-Si, ¡es ella!

La mujer se detuvo esperando que Rodrigo se acercara. En ese momento Mariana y Bety entraban.

-¡Ellas están aquí! -le dijo Esteban poniéndolo sobre aviso. Rodrigo se dio vuelta y al ver a Mariana sintió temor que la presencia de Daniela les provocara algún inconveniente, ésta de inmediato comprendió el malestar del hombre y se sintió desorientada.

Mechi que había presenciado parte de la escena al ver a su amiga en una actitud de sorpresa e inseguridad, se le acercó.

-Es mejor que nos vayamos, en todo caso mañana lo llamas para saber que pasó.

-Espera, me gustaría saber quien es la persona que Rodrigo esperaba.

-¡Mejor nos vamos! -le dijo casi forzándola a salir del lugar.

Cuando Rodrigo volvió a la realidad buscó la presencia de Daniela, ella ya no estaba y aunque se sintió más tranquilo, comprendió que debía de inmediato hablar con Mariana.

Mientras caminaban hacia la salida, Mechi le preguntó que había sucedido

-El amigo de Rodrigo le dijo "ellas están aquí" y él nunca más volvió a mirarme ¡Me voy a mi casa! No te preocupes, tomo un taxi -dijo Daniela muy contrariada e incapaz de reaccionar.

-¿Y yo que? -le reclamó Mechi con evidente enojo -¿porque no vamos a tomar algo? pienso que nos haría bien.

Daniela comprendió que se había comportando en forma demasiado egoísta, la abrazó y le pidió disculpas.

-Eres la mejor amiga que he tenido en toda mi vida, merecería que te enojaras conmigo y me dejaras sola.

-Por el momento aprovecha mi tiempo, todavía no tengo ningún compromiso con tu primo, pero cuando suceda, seguro que me pone frenos.

Después de la milonga las parejas se separaron.

-Quiero hablar contigo ¿Adónde quieres ir? -le preguntó Rodrigo a Mariana, que continuaba evadiendo hablar con respecto a su problema.

-A mi casa ¿Te parece bien? podemos tomar algo y conversar -ella había detectado el malestar de Rodrigo y lo asumió como su propia culpa. También evaluó que podía tratarse de una táctica para que ella finalmente se sincerara con él.

Cuando llegaron, Sol esperaba en medio de la sala, ambos la acariciaron y jugaron con la mascota.

-Es un animal muy especial -dijo Rodrigo, mientras su mirada se dirigía a la fotografía de la cena. -¡Somos nosotros bailando! ¡Que sorpresa!

-¿Te gusta?

-Te diría que me emociona, es de la noche que nos conocimos.

-Hay otras, tenemos que reunirnos con Bety y Esteban para verlas.

Después se dirigieron al jardín, todo parecía normal, Mariana prefería esperar que él manejara la situación, al margen de sus expectativas y aunque no se produjera ningún acercamiento físico, se sentía feliz por estar cerca de su hombre.

Hasta ese momento no habían hecho ningún comentario referente a la determinación de Rodrigo de darle espacio para que resolviera sus problemas, se sentía culpable comprendiendo que con sus indecisiones ella misma había provocado la molesta situación. Respetaba la decisión que en cierta medida la había hecho reaccionar. Rodrigo intuyendo la confusión de Mariana, consideró justo y necesario explicarle lo sucedido en la milonga.

-Tengo que explicarte algo que me preocupa, se trata de mi pasado aunque bastante reciente - Mariana pensó que finalmente había decidido hablar de Any.

-Hace unos meses conocí a una muchacha, su nombre es Daniela, no puedo decirte que me enamoré, pero me sentía muy atraído. Ella me hacía una especie de juego, cada vez que parecía aceptarme cambiaba de actitud, se ponía evasiva, en realidad nunca supe cuál era su problema; llegué a la conclusión que estaba comprometida con alguien y manteniendo una relación conflictiva.

Tampoco quiero mentirte, una vez tuvimos un encuentro íntimo, pero sin nada positivo, fue la primera y única vez, entonces decidí dejarla, me hacía sentir estúpido y comprendí que no podía continuar luchando con sus cambios.

Mariana no pudo evitar analizar la conducta de Rodrigo, a través de sus palabras comprendió los motivos que lo llevaron a terminar la relación con Any, evaluando que en aquel entonces debió pensar que ella estaba jugando con sus sentimientos, con dicha actitud, Rodrigo puso en evidencia que su relación con una pareja tenía que ser transparente, y no aceptaba ninguna actitud injusta de la otra parte. Mariana pensó que debió ocurrir después que Any lo había rechazado.

-No te preocupes, todos de alguna manera tenemos un pasado que debemos encarar como algo normal y hablarlo con nuestra pareja -le dijo con sus pensamientos puestos en la relación por Internet. Rodrigo por lo contrario, en ningún momento pensó en Any y continuó con el tema.

-Esta noche tuve una experiencia que me preocupó bastante, unos minutos antes que ustedes llegaran…-entonces le narró lo acontecido. La confesión de Rodrigo nació de la necesidad de proteger el amor entre ellos, también comprendió que aunque se trataba de un episodio normal en la vida de cualquier persona, podía ser el causante de la extraña actitud de Mariana, que por su innata percepción debía haber llegado a la conclusión que él no era sincero cuando solo había mencionado a su esposa como única pareja en su vida. Consideró que ese secreto podía ser la traba que frenaba el normal desenvolvimiento de la relación.

-No tuve ninguna otra relación importante, mi intención es no causarte preocupaciones, pero si quieres saber más, depende de ti.

Mariana se sintió frustrada, comprendió que Any debió ser un pasaje fugaz en la vida del hombre; trató de recuperarse mediante sus conceptos con respecto a ese tipo de circunstancias, estos consistían en que el amor no se podía exigir ni imponer, y que ninguna persona podía reclamar dicho amor, cuando éste había dejado de existir

-No te preocupes y te agradezco tu sinceridad -le respondió no siendo completamente sincera.

No obstante su descontento trató de ser justa, y continuar siendo ella la única protagonista en la relación,

A pesar de su disconformidad con respecto a Any y el completo olvido que ella percibió por parte de Rodrigo, recapacitó y pudo hacer un paréntesis en su enfermizo proceder, entonces sintió una gran ternura por el hombre, admiró su comportamiento casi pasivo, intentando salvar la relación, esos pensamientos le permitieron comprender que con sus actitudes lo estaba excluyendo de su vida, poniéndolo en una situación casi humillante. Rodrigo percibió el cambio y la encerró en sus brazos.

-Eres una mujer maravillosa, no te puedo comparar con nadie -le susurró apretándola contra su cuerpo y por primera vez no pudieron evitar el desenlace. Los dos comprendieron que ya nada iba a detenerlos y dejaron que sus sentimientos se manifestaran, tomados de la mano subieron las escaleras hasta llegar al cuarto, las velas apenas iluminaban el ambiente, mientras una música suave completaba la magia del momento.

Rodrigo sintió que se estaba haciendo realidad el sueño de compartir con ella su refugio. La hizo recostar con suavidad en la cama, sus caricias fueron más lentas que su propia y ardiente necesidad, la besó llegando a todos los rincones del cuerpo que se estremecía con el contacto de sus labios. Los gemidos de Mariana se entremezclaron con la música y se esparcieron por el cuarto, las sensaciones de ella habían alcanzado un punto álgido.

Rodrigo necesitó entregarle a la mujer amada todo su bagaje de sueños y sentimientos, seguro que la felicidad de Mariana representaba su propia felicidad y ella olvidando a la muchacha del Internet, fue la única protagonista del momento sublime en el cuál, por primera vez disfrutaban la bendición de su amor.

Rodrigo como acostumbraba se despertó temprano en la mañana y todas las sensaciones nuevamente lo atraparon; la despertó con un beso, ella lo sintió cerca y sin abrir los ojos, aún cerrados por el sueño se volvió hacia él, y una vez más hicieron el amor. El sin deseos de dejarla demoraba la partida, cuando lo hizo, Mariana volvió por un momento a la cama, quería seguir unida al recuerdo del hombre, respirando entre las sábanas el perfume y las sensaciones que aún estaban frescas. Después de mucho tiempo pudo experimentar una gran paz interior.

Bety llamó a su amiga con la intención que se reunieran para comenzar los preparativos del compromiso, cuando estuvo frente a ella la impactó su apariencia, lucía feliz y jovial.

Decidieron salir al jardín para conversar, el tiempo estaba cambiando y ya se estaban sintiendo los primeros fríos del invierno.

-Este lugar me trae recuerdos, no solo míos, también de la noche que conocimos a Rodrigo, fue una cena inolvidable y yo que recién me había enterado de tu secreto no podía dejar de mirarlos, te aseguro que en el aire se sentía la emoción de los dos -dijo Bety cerrando los ojos sintiendo también la energía de Esteban dentro de ella.

-Es verdad, no importa lo que pase o adonde nos vayamos, siempre será una parte inolvidable en nuestras vidas.

-Tengo una noticia que darte. Estamos por poner la fecha de casamiento y por supuesto la reunión de compromiso con la familia es un hecho, tenemos que elegir el día que sea oportuno para todos.

-¿Que opina la familia de Esteban?

-Ellos están contentos, piensan que su padre está muy solo y yo fui aceptada, no te olvides que voy a ocupar el lugar de su madre; los míos no han tratado mucho a Esteban, pero no me cabe duda que lo van a querer. La conversación no termina aquí, porque estoy segura que ya tienes algo que contarme.

-¡Bety! ¿Y esa intrusión en mis cosas?

-Son confidencias entre amigas, y ahora es mi turno ¿Es un buen amante?

-Tan bueno que no tengo palabras para describirlo, te aseguro que todo es maravilloso, y mira que buena persona es, que me sigue teniendo paciencia.

Siempre tenían cosas para comentar y el tiempo les resultaba corto, en especial para Bety que estaba próxima al desenlace de amor con su pareja y paso a paso con sueños y realidades estaba construyendo su futuro; a Mariana le resultaba dificultoso disfrutar lo que tenía en sus manos y no lograba hacer planes, su vida en esos momentos era solo el presente y como consecuencia le ponía trabas a Rodrigo.

~~~~~

Martín llamó a Daniela desde la calle para avisarle que pasaba a visitarla, estaba por darle la noticia que Julia esperaba un hijo, y quiso hacerlo en persona.

Tomada de sorpresa Daniela pensó decirle que se encontraran en otro lugar, temerosa que Sergio se presentara de improviso, pero se tranquilizó segura que después de la discusión que habían tenido estaba bastante enojado para regresar, entonces le pidió a su padre que subiera a esperarla.

-Ponte cómodo, creo que llego en 10 minutos.

Cuando Martín salía del elevador rumbo al apartamento, sintió golpes en uno de los pasillos y los gritos histéricos de un hombre, cuando estuvo cerca y aunque no lo conocía en persona, comprendió de quien se trataba

-¿Que es lo que quiere? -le preguntó exasperado

-No se meta en mis cosas -le respondió Sergio que evidenciaba estar bastante bebido -Daniela tiene que atenderme.

-Usted es Sergio Grau ¿verdad?

-Si...

-Soy el padre de Daniela ¡por favor, márchese! Además ella no está en el apartamento.

Martín estaba fuera de sí tratando de contener el impulso de sacarlo a golpes del lugar, seguía sin entender como su hija estaba atada sentimentalmente a un hombre de semejante calaña.

En ese momento Daniela caminaba hacia ellos

-¿Que esta pasando? -preguntó en voz alta, preocupada por lo que estaba presenciando, mirando a Sergio le gritó fuera de sí

-¿Qué haces aquí? ¡No tienes ningún derecho y menos después de lo que hablamos!

-Hija, este hombre está ebrio, y si no se marcha llamo a la policía.

Influenciado por el alcohol Sergio lo golpeó en pleno rostro, aunque sin mucha fuerza, quedándose inmóvil y esperando alguna reacción de parte de Martín, pero éste que por su altura y fuerza podía haberlo golpeado seriamente, se contuvo y lo empujó contra la pared, forzándolo a quedarse quieto. Daniela permanecía callada, sintiendo que estaba en medio de una horrible pesadilla.

-¡Voy a llamar a la policía! -insistió separándose de Sergio -no fue mi intención inmiscuirme en tus cosas, pero este hombre no es dueño de sus actos.

Ella volviendo a la realidad comprendió que debia actuar para tranquilizar a su padre y evitar que las cosas empeoraran.

Sergio los miraba mientras murmuraba algunas palabras sin ninguna coherencia.

-¡No puedo dejarte sola a merced de este hombre! Es conveniente pedir ayuda, aunque tu pareces aceptar esta situación, si no me dejas intervenir, me marcho -Martín insistió confiando que ella estaba a punto de reaccionar.

Daniela se mantuvo callada mientras miraba a su padre alejarse, molesto y contrariado. Se sintió responsable y humillada por la escena que por su falta de decisión, se había desatado.

-¡Espérame papi, voy contigo!

Se volvió a mirar a Sergio mientras le gritaba con gran enojo.

-¡Cuándo estés sobrio vamos a hablar!

Al llegar al lobby se encontraron frente al conserje que atraído por los gritos se aprestaba a subir.

-Hay una persona borracha haciendo un escándalo, creo que es mejor que pida ayuda -le dijo Martín con completa seguridad.

En ese momento Daniela saliendo de su estado de conmoción reaccionó mal con ella misma. Le dolió su propia actitud que consideró insensible, estaba convencida que todo se había complicado debido a la presencia de su padre.

Cuando salieron a la calle fue ella la que buscó entablar una conversación.

-Te das cuenta papi, Sergio tiene miedo que lo deje, por eso está actuando de esta forma, créeme, es todo un caballero.

-Vamos hasta mi coche, quiero que nos alejemos de aquí. Hija no te entiendo y menos que lo defiendas, el daño que ese hombre te está haciendo no tiene ningún sentido, y menos que lo aceptes como algo normal.

Pensé que estabas dejándolo, pero veo que nada ha cambiado -Martín puso en evidencia su enojo y contrariedad

-Todo lo contrario papi, acepto mi propia debilidad, pero estoy tratando de ser fuerte.

-Veo que sigues aferrada a él, no sé que esperas ganar con esta relación que está arruinando tu vida ¡Tienes que pensar con más sentido común! ¡Trata de ser tu misma otra vez! -Martín estaba con demasiados nervios, y prácticamente la atropelló con sus palabras.

-A veces pienso que soy yo la que ha complicado todo con mis exigencias y mis apuros para que esta situación se defina.

-¿Crees que esta dejando a su mujer?

-El está tratando, pero su esposa no quiere divorciarse.

Martín no le respondió tratando de recuperar la calma, el incidente lo había puesto fuera de sí, pero comprendió que no debía esperar para darle la noticia del embarazo de Julia, aunque interiormente deseaba hacerlo en otras circunstancias y con una mejor disposición de ánimo de parte de ambos.

-Tengo que decirte algo, no quisiera que sufras, pero tienes que saber la verdad -por un momento guardó silencio.

-¿Qué verdad? -le preguntó ansiosamente intuyendo que se trataba de una mala noticia.

-La esposa de Sergio espera un hijo

Martín se conmovió al ver la desesperación de su hija, y aunque hubiera querido ser menos frontal, comprendió que había llegado el momento que ella se enfrentara con la verdad.

-¡No puede ser! Julia es una mujer mayor, además…

-Hija, no estoy inventando o guiándome por habladurías, es la verdad.

Daniela comenzó a llorar, por primera vez sintió que había llegado al final de la relación, con sus sueños totalmente destruidos.

Martín la abrazó.

-Te das cuenta, me tienes preocupado, te juro que no quisiera intervenir en tu vida, pero no me dejas alternativa.

Los ojos de Daniela estaban llenos de lágrimas, no obstante no pudo dejar de pensar que podía tratarse de una trampa de Julia "pero si es verdad, todo ha terminado". El problema era demasiado denso, se sintió impotente y completamente desolada.

~~~~~

Los amigos se encontraron en el café para charlar, Esteban deseaba completar el agradecimiento que había quedado trunco con la inesperada aparición de Daniela en la milonga.

-Tengo que hablar también con Mariana, ella hizo todo lo posible para que Bety fuera esa noche, la intervención de ustedes nos hizo reconciliar rápido y ninguno de los dos tuvo que sentirse mal por dar el primer paso.

-Digamos más bien la casualidad, porque la aparición de Bety saliendo de la milonga fue completamente inesperada. ¿Entonces el malentendido quedó superado?

-No tuvimos problemas, nos dijimos todo y fui absuelto -le respondió Esteban muy tranquilo y sonriendo -Bety comprendió y perdonó mi actitud, lo más importante es que yo entendí que me comporté como un idiota haciéndola sentir mal, te confieso que nunca pensé que fuera tan celoso, y que podía comportarme como un hijo de p…; pero ya pasó y nuestra relación está mejor que nunca

-Me alegro que reconozcas tu equivocación, tenemos que estar atentos y cuidar la relación de pareja, hemos conocido dos personas realmente maravillosas y no debemos cometer errores.

-Hace unos días Bety volvió a tocar el tema, entre otras cosas insistió en que si no confiábamos en el uno en el otro nuevamente podían surgir problemas. Creo que no quedó conforme con su propia actitud cuando reaccionó contra ella misma ¿Qué opinas?

-No te olvides que Bety es una mujer muy independiente y maneja su vida con patrones muy estrictos; en realidad yo sigo sin entender ciertas reacciones femeninas.

-Después de la reconciliación me hice un auto examen y resulté aplazado.

-De eso se trata, reconocer cuando estamos equivocados; no es fácil, pero si imprescindible para mantener una buena convivencia. Esta charla me recuerda los conceptos de Any, una defensora absoluta de los derechos femeninos. Con Mariana hemos hablado del tema, pero sin profundizar.

-Cuéntame ¿Todo está bien entre ustedes?

-¡Fabuloso! -respondió Rodrigo con el recuerdo de Mariana en sus brazos.

-¿Que pasó con ese problema que tenían que resolver?

-Los inconvenientes de los que te hablé son mínimos, y en cualquier momento se solucionan, tengo que tener paciencia y no presionarla, me pidió unos días para que hablemos. No te preocupes todo está bien entre nosotros.

Esteban sonrió comprendiendo que Rodrigo estaba guardando un secreto que prefería no revelar por respeto a Mariana y evitó hacer preguntas.

-Me alegro que todo este bien, especialmente por mi amiga.

-Le conté sobre mi relación con Daniela y su imprevista aparición en la milonga. Yo también debo agradecerte porque gracias a tu rápida intervención ella pareció comprender que algo pasaba y se marchó, entonces tuve el tiempo necesario para explicarle a Mariana.

-Lo más saludable para un pareja es la sinceridad y por supuesto paciencia, y con respecto a ese problema, si quieres le pido a Bety que averigüe de que se trata, por supuesto ella debe estar enterada, como buenas amigas se protegen mucho, lo que no es malo, pero... sigo sin que me gusten los secretos.

-Por el momento no es necesario, te agradezco, pero quiero que ella tome la decisión.

-Con todo lo que nos pasó no terminamos de planear la comida, además tengo una noticia, le propuse matrimonio, Bety aceptó, pensamos dar la noticia cuando nos reunamos con la familia.

-¡Me agrada y te felicito! con Mariana queremos ayudarlos en lo que necesiten

Cuando Rodrigo regresó a su apartamento se sentó frente a la computadora y como venía ocurriendo volvió a leer los mensajes de Any, sin dejar de preguntarse porque desde que había conocido a Mariana no dejaba de pensar en su amiga del Internet. Reconocía que las dos mujeres tenían cosas en común, pero su novia reunía todas las condiciones que anhelaba en una pareja y su amor por ella era el más intenso que había experimentado en toda su vida.

~~~~~

Mientras Mariana se preparaba para salir recibió un llamado del geriátrico en el que se hospedaba Santiago. Una voz desconocida le dio la noticia.

-Tengo que comunicarle que su tío falleció anoche mientras dormía. Tengo entendido que usted es el único familiar cercano y autorizado, debe pasar por la oficina para poner en orden todo lo relacionado al traslado -el corazón le latió con fuerza, lamentó no haber estado cerca para acompañarlo en sus últimos momentos, pero no se sintió culpable, Santiago siempre había tratado de evitar que ella fuera testigo de su decadencia física y no aceptaba que lo visitara.

Recordó una carta que le había entregado con una copia del testamento y también una carta con sus últimos deseos. La buscó en el escritorio, mientras la abría sus manos temblaron.

Mariana:

Este es mi último deseo, quiero ser cremado y que mis cenizas se arrojen en el mismo lugar que mi Any, en este sobre hay una copia con una autorización notariada.

Todo está legalmente a tu nombre, tendrás que ponerte en contacto con mi abogado.

Te quiero como si fueras mi propia hija, siempre estuve orgulloso de ti, en particular por tu responsabilidad cuando te hiciste cargo de la librería.

Siempre me acompañó el recuerdo de aquella niñita que nos dio tanta felicidad.

Sigue cuidándote y no nos olvides.

Santiago

Las palabras de su tío la estremecieron y sus ojos se llenaron de lágrimas, cuando se serenó llamó a Rodrigo y después a sus amigos para comunicarles lo que había ocurrido, todos llegaron a su casa.

De común acuerdo decidieron que Rodrigo iba a ser el encargado de acompañarla en todo lo necesario, a partir de ese momento él se prometió a sí mismo no dejarla sola.

-¿Adónde se deben arrojar las cenizas? -el primero en preguntar fue Rodrigo

-Esa es otra parte de mi vida que no conoces, mis tíos habían comprado una pequeña finca en Córdoba, que es donde yo pasé muchos veranos y fines de semanas. Ellos vivían en la capital, aquí en la que ahora es mi casa, pero iban a la finca que tenían en las afueras de Capilla Del Monte, varias veces al año, después cuando mi tía Ana María falleció, él no pudo reponerse de la pérdida y decidió radicarse en Italia.

Años después regresó y se interno en un geriátrico. La finca quedó abandonada, es un lugar muy bello en medio de montes y arroyos, cerca de donde yo nací y me crié. Respetando sus deseos voy a tener que viajar para hacer la ceremonia.

Todos la escuchaban en silencio, Mariana estaba emocionada con los recuerdos, la muerte de su tío no le representaba un dolor extremo, más bien tristeza por la soledad en que él había elegido vivir y morir.

-Aún me sorprende que me haya dejado todo, yo en realidad nunca hice nada por ellos, al contrario, cuando iba a visitarlos me cuidaban con mucho amor, y me consentían bastante.

-No creo que tengas que analizarlo, evidentemente ellos te querían como a su propia hija.

-Y estaban muy solos -dijo Bety mientras la abrazaba -si de niña eras como ahora, debes haber sido muy buena con ellos y ayudado a llenar sus vidas.

-Por lo que veo, bastante solitaria y como dice Bety, los ayudaste en su soledad -opinó Rodrigo, comprendiendo cuanto le quedaba aún por conocer con respecto a su novia, ignorando que el primer contacto entre ellos se había producido cuando Mariana puso en venta los muebles heredados.

En ese momento ella tampoco recordó las piezas del rompecabezas que habían relacionado su vida con la de Rodrigo.

-Es verdad, mi madre siempre decía que mis tíos se habían apartado del mundo para vivir su amor y al no tener hijos se unieron aún más. Yo fui el único familiar que siempre estuvo en contacto con ellos.

-¿Cuál era la relación de tus padres con Santiago? -preguntó Esteban que hasta ese momento había permanecido callado.

-Mi madre y él eran hermanos. Antes que ustedes llegaran llamé a mis padres y les di la noticia, también les sugerí que no vengan, en realidad, no es necesario. Quedamos en encontrarnos en la casa de ellos para planear la ceremonia con toda la familia, yo soy la encargada de llevar las cenizas.

-¿Te puedo acompañar? Le preguntó Rodrigo mientras la abrazaba.

-¡Por supuesto! La verdad es que voy a necesitar que estés conmigo, sobre todo cuando todo esto se lleve a cabo.

-Mariana, a nosotros también nos gustaría ir, por mi parte no puedo -dijo Bety mirando a Esteban. -comprendiendo la intención de sus amigos ella intervino.

-Les agradezco, yo estoy bien y cuento con Rodrigo, además el viaje es largo y alguna otra vez nos vamos los cuatro a pasar unos días en la finca ¡Reserven esa energía para cuando regresemos, así de una vez por todas tenemos la fiesta de compromiso, y tiene que ser con baile, y por supuesto tango!

-Te has convertido en una verdadera tanguera -opinó Esteban respondiendo a la sugerencia de Mariana y su salida de buen humor.

Emprendieron el viaje, felices por estar juntos, hablando todo el tiempo y concentrados el uno en el otro. Los anteriores problemas de Mariana parecían no existir y el tema no fue mencionado.

Finalmente los padres de ella pudieron conocer a Rodrigo.

-Cuando yo era niño con mi familia veníamos a Capilla Del Monte a pasar las vacaciones; mis padres siempre hablaban de las montañas y los ríos y consideraban era ideal para vivir, por ser muy tranquilo y el aire puro que se respiraba.

Después concentraron la atención en los detalles de la ceremonia, decidieron hacer el recorrido en la mañana temprano.

-Nos vamos a trasladar en coche, después tenemos que caminar unos diez minutos -le explicó Mariana a Rodrigo que desconocía el lugar.

Todo fue simple y rápido, las cenizas volaron, impulsadas por la brisa del valle. Después el grupo inició el regreso, tranquilos y con una sonrisa en los labios, sintiendo que finalmente Santiago estaba a donde siempre había querido; en medio de los montes y definitivamente junto a su esposa.

Cuando regresaron a la capital, después de saludar a sus amigos y ponerlos al tanto de todo lo acontecido quedaron en reunirse a cenar.

El viaje le provocó a Rodrigo algunos contratiempos en su negocio y debió compenetrarse a fondo en ellos, fue una semana muy complicada que lo obligó a pasar más tiempo de lo habitual trabajando. Mariana entonces se sintió sola y aunque trató de no caer en sus divagaciones, de alguna manera la incertidumbre estuvo nuevamente presente.

Por alguna razón de su inconsciente deseó volver a leer los mensajes del Internet y como siempre encontró en las palabras y comportamiento de su hombre, la misma calidez y riqueza interior de siempre "estoy haciendo las cosas mal y a pesar de todo tengo suerte, Rodrigo me comprende y me tiene paciencia, él no ha cambiado, es la misma persona que traté tiempo atrás, si no me a reconocido como Any es porque mi comportamiento es diferente, estoy siempre a la defensiva tratando que no descubra la verdad hasta que él mismo decida decirme la suya" -sus deducciones continuaban siendo cambiantes. Sintió deseos de llorar, sin poder entender porque Rodrigo no se sinceraba y continuaba a su entender, siendo desleal con ella.

Por momentos el problema superaba su propia entereza, entonces decidió tomar las riendas y enfrentarlo.

Temprano en la mañana llamó a Bety.

-Necesito hablar contigo ¿Puedo pasar por tu casa?

-Por supuesto, te espero.

Cuando se encontraron había signos de contrariedad en Mariana

-Es una tontería, pero necesito de una vez por todas terminar con la historia de Any y aunque me creas loca, le voy a tender una trampa a Rodrigo.

-No te entiendo…

-He decidido que Any se ponga en contacto y también que intente seducirlo.

-Es una locura, y puede ocurrir que arruines la relación.

-Puede ser, pero es tiempo de obligarlo a que se defina.

-¡Definirse¡ Rodrigo te ama y está contigo ¡Mariana o terminas con esta tontería o intervengo yo!

-Entiendo tu preocupación, pero te pido unos días ¡por favor confía en mí! Necesito hacerlo.

Después de la conversación Bety quedó bastante enfadada, se sentía culpable por ser parte del secreto, también consideró que la decisión que había tomado su amiga podía crear animosidades en la amistad de los cuatro.

Sin un plan muy concreto Mariana se sentó a escribir, sus pensamientos no concordaban con los de su amiga y estaba dispuesta a que Rodrigo enfrentara una prueba de fuego "hasta aquí llegué" -se dijo mientras encabezaba la carta.

Rodrigo;

Estoy segura que vas a sorprenderte, pero pienso que en mi último mensaje me comporté mal contigo, necesitaba herirte de la misma forma que lo habías hecho conmigo.

En aquel tiempo, cuando dejaste de escribirme me di cuenta que me había enamorado de ti, entonces te envié varios mensajes, los que nunca respondiste; pienso que te sentías frustrado por mi comportamiento.

No es verdad que yo crea, como te dije, que nuestro momento de amistad o de amor se perdió, aún sigo pensando en ti, quisiera intentarlo otra vez.

Sinceramente.

Any

Se sorprendió de sus propias palabras, pero lo envió. Horas después continuaba sin atreverse a chequear el Internet, estaba preocupada por la repercusión que podía tener en ella misma, aceptando que había sido un terrible error, aunque demasiado tarde para subsanarlo.

Necesitaba confiarle su desazón a Bety, pero se sentía avergonzada, finalmente se comunicó con ella para que se encontraran.

-Lo hiciste ¿verdad?

-Si, y estoy arrepentida.

-¿Tuviste alguna repuesta?

-No me atreví a buscarla, lo que hice fue una locura, y como me dijiste, actué en mi contra -Bety estaba extrañada, otra vez Mariana se había equivocado, pero también agravado la situación.

-Lo hecho, hecho está, y en estas cosas no hay retroceso. ¿Que piensas que puede ocurrir?

-No lo sé, pero nada bueno, es probable que no me haga ningún comentario y si contesta el mensaje, voy a saber que piensa o siente por Any, en ese caso su respuesta va a definir nuestra relación.

-No se que decirte, las consecuencias pueden ser graves.

-No quisiera verlo por unos días, estoy avergonzada.

-Recuerda que hoy nos encontramos con ustedes en la milonga, no creo conveniente que cambies los planes.

-Tienes razón, por el momento todo continúa igual.

-Déjame decirte algo más, yo no soy psicóloga, pero te conozco bien, eres una persona muy exigente, no aceptas equivocaciones empezando por ti misma y es probable que allí radique el problema, todas tus reacciones están basadas en la convicción que Rodrigo te está mintiendo y no analizas que tu también lo estás haciendo.

-Tienes razón en todo, pero sigo sin resolver mi problema, ¿qué debo hacer?

-¡No ser tan arrebatada en lo que no debes! ¿Porque no lo utilizas para enfrentar seriamente a Rodrigo?

-Tienes razón, pero… ¿crees que Rodrigo conteste el mensaje?

-Si no lo hace, te sugiero que no digas nada ¡En este momento prefiero no hablar más del tema!

Después se despidieron, Bety había experimentado una profunda desazón, la decisión de Mariana había puesto en riesgo la amistad de las dos parejas, estaba segura que si se producía una ruptura, nada garantizaba que el grupo continuara frecuentándose.

Mariana decidió pasar parte de la tarde en la librería, estaba molesta y ansiosa esperando el resultado de su mensaje

Sara le salió al encuentro con una noticia

-Necesito decirte algo que considero importante; un hombre está viniendo bastante seguido, toma asiento como si esperara algo, no me ha pedido ningún libro. Esto ha pasado ya tres veces, por eso te lo comento.

-¿Piensas que tiene intención de robar?

-No me parece ese tipo de persona, luce muy bien, pero tienes que verlo, a lo mejor lo conoces.

-¿A que hora acostumbra venir?

-En realidad no le presté atención, pero fue en diferentes horas ¡Es ese! -dijo la mujer mientras se acercaba a Mariana.

-Es Ariel -a pesar que usaba barba y tenía el cabello gris, lo reconoció de inmediato.

Al verla el hombre caminó hacia ella.

-¿No me reconoces? luzco algo diferente, pero no creo haber cambiado tanto.

-La verdad es que me sorprendí -le respondió a modo de saludo.

-Entiendo, pero quería saber como estabas y por lo que veo muy bien ¡Estás hermosa! además las mejoras en el negocio son increíbles.

-Si, le hice los arreglos que hacían falta ¿En qué puedo ayudarte?

-¿Te volviste a casar?

-No, pero yo te hice una pregunta -respondió ella comenzando a perder la paciencia al comprender las intenciones del hombre, también le molestó la soberbia en su comportamiento.

-Recuperar lo que perdí.

-¡Tú no perdiste nada, todo me pertenecía, el negocio fue herencia de mis tíos!

-Hablo de ti y de nuestro matrimonio.

-¿No crees que es tarde? No fui yo quién pidió el divorcio.

-En eso tienes razón, fue una gran equivocación de mi parte.

-No entiendo que es lo que quieres, todo terminó entre nosotros cuando se firmó el divorcio, no te debo nada y menos explicaciones.

Mariana se sintió acosada por sensaciones que quería evitar. La presencia de Ariel le resultó fastidiosa, provocándole un gran estado de ira, sintió que su mundo perdía estabilidad y tuvo necesidad de gritarle, pero se contuvo.

-Mi deseo en este momento es recuperar tu amor y la única forma es seguir viéndote, quiero que sepas que tengo mi propia oficina de asuntos legales y que mi trabajo me a dado todas las cosas por las que luché y deseo compartir contigo.

-¿Sabes una cosa? entiendo que hayas triunfado en tu vida laboral, pero por lo que veo también has ganado en necedad, es la última vez que te lo digo... es mejor que te marches -se lo pidió mostrando una calma que estaba lejos de experimentar.

-Por el momento me voy, pronto vas a saber de mí -dijo ignorando las palabras de Mariana.

-Solo como curiosidad, ¿qué pasó con aquella mujer por la que me dejaste?

-Eso pertenece al pasado -le respondió mirando hacia otro lado, como si la pregunta hubiera sido ofensiva.

Ella lo vio alejarse, comprendiendo que detrás de su insistencia Ariel escondía alguna mentira "otro escollo innecesario" -pensó con preocupación.

-¿A que vino? -le preguntó Sara.

-¿Puedes creerlo? Asegura que todo lo que quiere es recuperar mi amor, pienso que no está muy cuerdo.

-¡Entonces debes cuidarte! -le respondió la mujer con gran seguridad.

Mariana comprendió que tenía razón, Ariel podía entrar en algún juego extraño, sin medir consecuencias. La vida volvía a ponerla en complicadas situaciones, los temores y un incorrecto discernimiento la estaban incapacitando emocionalmente. Su subconsciente no le permitía lidiar con las experiencias pasadas, transformándolas en obstáculos insalvables, aún le molestaba la presencia de Ariel, y aunque la hubiera buscado por otras razones, siempre se iba a sentir atropellada. En el pasado había ocupado un lugar equivocado en su vida y que finalizó en un divorcio traumático.

El asalto fue otro imponderable que le quitó parte de su entereza, finalmente Rodrigo, el hombre predestinado a ser su verdadero amor, estaba lidiando con las consecuencias.

~~~~~

En la actualidad Ariel estaba casado con Jimena, una mujer muy independiente que no le permitió que tuviera control sobre ella. Cuando quedó embarazada él estuvo de acuerdo y todo se desenvolvía con bastante normalidad, pero los temores lo acosaron y comenzó comportarse con algunas inestabilidades. El nacimiento de sus hijas mellizas no les dio la tranquilidad que esperaban y la mujer cansada por los continuos cambios de humor de su esposo, le pidió que se divorciaran. El abogado que atendía el caso le recomendó que durante los trámites tratara de mantener cierta normalidad para evitar problemas, él a su vez temiendo que ella no le permitiera ver a sus hijas, aunque con bastante dificultad, trató de contener sus exabruptos. La situación le resultó muy difícil y comenzó a padecer un gran estrés, y como consecuencia también temores e inseguridades, entonces el recuerdo de Mariana se volvió acuciante, y en sus desvaríos necesitó buscarla.

Hasta ese entonces no había recibido atención profesional por sus problemas emocionales y éstos continuaban como el pasado, manejando su vida.

~~~~~

Daniela pasó algunos días en la casa de sus padres buscando poner distancia con Sergio, éstos para protegerla evitaron mencionar la conflictiva situación no se sintió confortable con la actitud de ellos, entonces pudo comprender el enorme daño que la situación estaba provocado en la comunicación familiar.

En esos momentos se sentía avasallada, el embarazo de Julia representaba un problema más grave que los anteriores.

Todos esos inconvenientes le quitaron seguridad y se ensimismó en sus pensamientos y Rodrigo en su mente, una vez más fue la válvula de escape; tuvo la necesidad de estar junto a él, buscó entre sus pertenencias la tarjeta que le entregara. Cuando leyó la dirección de E mail, decidió enviarle un mensaje desde la computadora de su padre.

No obstante los cambios en su propia conducta, Daniela continuaba manejando sus expectativas en una dirección equivocada.

Escribió el mensaje y lo envió anhelando una respuesta.

Rodrigo, condicionado por sus muchas obligaciones, prácticamente no estuvo en su apartamento y los pocos momentos libres los pasaba con Mariana con el propósito de ayudarla.

La noche de la reunión con los amigos, después de prepararse y contando con algo de tiempo, se sentó en la computadora para leer los mensajes.

Encontró uno encabezado por Any, lo ignoró, a cada paso iban surgiendo contrariedades que necesitaba evitar a toda costa.

El hecho que ella le escribiera, según sus presunciones, podía ser con la intención de tener un acercamiento, sin leerlo lo borró.

Le sorprendió otro que tenía una dirección desconocida, se asombró que fuera de Daniela, tampoco se sintió confortable, pero le prestó atención.

Rodrigo;

Dejé pasar demasiado tiempo en comunicarme contigo, lo cierto es que temía escuchar algunos de tus conceptos por mi conducta que siempre fue bastante inapropiada. La noche que decidí ir a la milonga, lo hice porque tenía deseos de estar contigo, sin detenerme a pensar si aún estabas solo, entonces comprendí que había estado ciega para no darte el valor que merecías, además quiero que sepas que estoy muy agradecida por el afecto y la atención que siempre me brindaste.

Mis problemas están terminados, acabé con una relación enfermiza que no me permitía valorar a las personas que estaban alrededor mío.

Cuando supe que estabas acompañado me dolió, pero también lo entendí. De todos modos me gustaría saber si en este momento estas solo y si podemos comunicarnos, y créeme, te vas a asombrar de mi cambio.

Voy a estar en esta dirección de E mail todo el día, si quieres puedes contestarme.

Daniela también le dejo el número de teléfono. Cuando miró la fecha del mensaje comprendió que ya no tenía donde enviarlo, la siguiente sorpresa fue encontrar el número de su teléfono, decidió llamarla para poner punto final a las evidentes intenciones.

-Me extrañó verte en la milonga y no quise ser descortés contigo, pero la persona que esperaba llegó en ese momento. También recibí el E mail, no te respondí porque ya había pasado la fecha en que podía hacerlo.

-¿Quién es ella? me refiero a la mujer que esperabas.

-Mi novia, debido a tus actitudes comprendí que lo nuestro no podía ser y decidí olvidar nuestra relación y por supuesto no tuve la forma de comunicarme contigo.

-Admito con vergüenza que estás en lo cierto, te puse muchas trabas porque no estaba segura si podía resolver mis problemas, pero ahora me siento libre y quise que lo supieras.

-¿Rompiste definitivamente o todavía estás tratando que las cosas se arreglen?

Al escuchar las palabras de Rodrigo experimentó una especie de vergüenza.

-¿Porque lo preguntas?

-Porque creo que sigues con la misma relación y por lo que conozco de ti, no aceptas que estás equivocada.

-No lo puedo negar, tienes que entender que es difícil que mis sentimientos cambien de un día para otro, pero te aseguro que se terminó, al menos de mi parte -le respondió admitiendo con cierta reserva que Rodrigo estaba en lo cierto.

-Perdona, no fue mi intención molestarte, además siempre tuve la sensación que necesitabas algún tipo de ayuda y créeme me hubiera gustado hacerlo. Te confieso que me hacías bastante daño cuando me ponías de lado en tu vida, como una especie de comodín, por eso resolví que era mejor terminar.

-Quizás porque no llegaste a enamorarte y solo fue atracción.

-Es posible, pero siempre fui sincero contigo y estoy seguro que te ocurrió lo mismo, aunque no sabías que hacer con tus problemas.

-Tienes razón me atraías muchísimo y es lo que todavía siento, también me gusta tu compañía, eres una persona muy estable y eso para mí es fundamental en una relación, pero quédate tranquilo no voy a cruzarme en tu camino.

Ninguno de los dos quiso mencionar la noche que hicieron el amor, continuaban sin poder expresarlo, una especie de pudor no les permitía admitir que habían llegado a tener una relación íntima casi por accidente.

-Tengo que dejarte, estoy por salir, pero antes de despedirme quiero que sepas que te deseo toda la suerte del mundo, además hay algo más que me gustaría que pienses; tus problemas no existirían si a cada cosa le pusieras el rótulo que le corresponde, porque lo que es malo es malo y lo que es bueno es bueno, y no deben mezclarse.

-Como siempre estas en lo cierto, aunque creo que ahora estoy en el camino correcto, comprendo que puede llevar algún tiempo terminar con este sentimiento, pero lo estoy intentando ¡Rodrigo, disfruta de tu noviazgo! Si alguna vez nos volvemos a encontrar me gustaría que nos saludemos como buenos amigos, al menos no vamos a mordernos ¿Verdad?

-Creo que es mejor que hoy termine todo contacto entre nosotros, concéntrate en resolver tu vida, por supuesto si alguna vez nos encontramos de casualidad no voy a morderte, pero preferiría si el encuentro se produce, verte bien acompañada, y feliz.

-Gracias por tu paciencia, y no te preocupes, no sabrás más de mí.

Daniela se sintió estúpida, comprendió que había despertado en las personas que la conocían una especie de piedad, también reconoció que por defender a Sergio, había utilizado mentiras en las que ya nadie creía.

~~~~~

Rodrigo sintió temor de no haber sido lo suficiente contundente cuando le habló a Daniela de una completa separación, el comportamiento no le resultaba confiable y temió que se interpusiera en su camino, entonces tomó la decisión de hablarlo con Mariana, durante el camino se comunicó con ella.

-Me gustaría hablarlo personalmente contigo, se trata de Daniela, temo no haber sido explícito cuando le dije que la quería fuera de mi vida, pero hoy vamos a estar ocupados, en todo caso, más tarde cuando estemos de regreso ¿De acuerdo?

-Rodrigo, recuerda que yo te sugerí que le hablaras de nuestra relación, bueno ya diste el primer paso y si vuelve a aparecer... le dices que estás perdidamente enamorado de mí -bromeó para tranquilizarlo.

-De acuerdo, con semejante confesión, desaparece para siempre.

Ella evitó mencionar a Ariel, no consideró adecuado el momento y tenía una leve esperanza que no volviera a presentarse.

Cuando se encontraron, los dos se comportaron con buena predisposición de ánimo para no dar cabida a pensamientos negativos; durante el camino hablaron de cosas intrascendentes, ambos deseaban disfrutar de la noche que tenían por delante. Mariana no percibió ningún cambio en el hombre, por lo que supuso que no había leído el mensaje.

Las dos parejas se reunieron en la milonga, después alargaron la velada con una cena rápida y como siempre disfrutaron de la mutua compañía.

Mientras hacían la sobremesa Bety los sorprendió diciendo algo que ella misma no había planeado

-Les quiero hacer dos preguntas, la primera es la siguiente; con Mariana estuvimos hablando de los clones ¿Que opinan ustedes?

-¿Es una broma tuya o lo preguntas en serio? -le dijo Esteban sin poder controlar la risa.

-Es en serio, nosotras opinamos que es un tema importante.

-Te confieso que lo conozco, pero no estoy muy informado, por lo tanto no tengo ninguna opinión -las dos mujeres miraron a Rodrigo esperando una respuesta.

-Tampoco soy un entendido, pero voy a emitir una opinión -les respondió con un tono fraguado de altanería

-El contenido del tema es un caso groso que no he podido digerir.

Los tres lo miraron a la vez, comprendiendo que se trataba de una broma.

-Es una frase que me dijeron en la escuela secundaria, supongo que debo haber dicho un disparate, entonces la profesora optó por decirme esa frase algo complicada, sobre todo para mí que tenía 13 años; pero volviendo al tema, por supuesto me a llamado la atención, no les puedo negar que reconozco su importancia y espero un día de estos enterarme de enfermedades que ya son curables con esa técnica. Es en lo único que lo acepto.

-¿Cual es la otra pregunta? -intervino Esteban cambiando el tema que evidentemente no le llamaba la atención.

-¿Que opinan del amor por correspondencia? -les preguntó con gran seriedad, Mariana sintió un frío intenso corriéndole por el cuerpo, entendiendo que la pregunta iba dirigida a Rodrigo, pero también en general, porque de una manera u otra todos conocían la existencia de Any.

-¿Qué quieres decir? Hablas de gente que solo se conocen por lo que se escriben -preguntó Esteban recordando la relación de Rodrigo por Internet.

-Mariana y yo estuvimos leyendo un libro, en la historia los protagonistas se enamoran a través de las cartas que se envían, pero nunca se llegan a conocer.

Rodrigo se mantuvo callado, sin perder la compostura, pero sintiéndose señalado.

-No es tan difícil de responder, yo creo que es posible, es decir enamorarse sin conocerse físicamente-insistió Bety siguiendo con el tema.

-Yo si lo creo, además pienso que dos personas que se sienten atraídas por los pensamientos y palabras del otro se están conociendo sin que interfiera una atracción física.

Por supuesto depende de la sinceridad con que lo hagan y también el contenido de los temas -dijo Esteban tratando de apoyar a Bety con su pregunta.

Ella buscó la mirada de Rodrigo que permanecía callado y la de su amiga que continuaba sin reaccionar.

-Perdonen, creo que fue un tema estúpido, lo que sucede es que con Mariana siempre intercambiamos libros y después los comentamos, pero por lo visto la pregunta no tuvo buena acogida.

-No lo tomes de esa forma, considero muy instructivo lo que hacen, además una excelente idea, me gustaría ser parte -dijo Rodrigo evadiendo la pregunta de Bety. Después hablaron de otros temas, pero en la mente de Mariana y Rodrigo se mantuvo latente la sensación que había problemas que resolver.

Cuando se despedían, Mariana que había permanecido bastante callada, les propuso.

-¿Que les parece si el sábado nos reunimos en casa? yo cocino y si no hace frío, podemos aprovechar la piscina y por supuesto ver las fotografías de la cena.

-De acuerdo, ya vi la del compromiso, te lo agradezco muchísimo, por supuesto me gustaría ver el resto -dijo Esteban con entusiasmo.

-Siempre y cuando yo te lo permita -continuó bromeando Bety; cada vez que iban a separarse surgía una nueva broma o un comentario que les demoraba la despedida.

Durante el camino de regreso Mariana continuaba algo callada, en una fracción de segundos el recuerdo de lo acontecido con Ariel la mortificó.

Extrañamente el problema relacionado con Any en esos momentos no estaba en sus pensamientos. Rodrigo comprendió que debía intervenir.

Cuando entraron la abrazó y beso como siempre, pero de inmediato decidió enfrentarla.

-Como te prometí no voy a presionarte, pero no te veo bien ¡tienes que confiar en mí!

Mariana no supo que responder, comprendió que se estaba refiriendo a su problema anterior, pero en ese momento necesitaba hablarle de Ariel.

-Por favor Mariana necesito saber la verdad -casi le exigió Rodrigo, ella no pudo contenerse y comenzó a llorar, entonces le comentó lo sucedido esa mañana en la librería.

-¿Que piensas? -le preguntó con ansiedad.

-Creo que no debes preocuparte, quizás tengamos que manejarlo con inteligencia, nada más.

-Lo malo es que conoce bastante de mí, me refiero al negocio y supongo que también tiene el número de teléfono de mi casa, aunque no me ha llamado.

-Te sugiero que lo cambies y que sea privado -le respondió pensando, si el anterior problema estaba relacionado con Ariel.

-Tienes razón, mañana mismo lo hago.

-¿Le hablaste de mí?

-No me dio oportunidad, me preguntó si me había casado, le dije que no, entonces pareció perder la razón hablando de tener otra oportunidad. Tuve que pedirle que se fuera.

-No te preocupes, tenemos que esperar los siguientes pasos, quizás se conformó con tus explicaciones y no regresa, pero quiero tener sus datos por las dudas ¿puedes conseguirlos?

-Si, no es difícil.

-Mariana, necesito que confiemos en nosotros no debemos permitir que nada ni nadie interfiera en nuestra relación.

Ella lo besó.

-Tienes razón, que nada nos quite la magia de nuestro amor.

La magia, como dijo Mariana los envolvió y esa noche los problemas quedaron olvidados.

A la mañana siguiente cuando se despedían, Rodrigo prácticamente le rogó.

-Tienes que tenerme al tanto de todo, no importa lo simple que te parezca, puede ser importante, y consígueme sus datos por favor.

Temprano en la mañana, Mariana llamó a Bety para que le explicara la razón de su pregunta la noche anterior.

-Si no te quisiera tanto te habría dado un palo en la cabeza.

-¿Te refieres a mi pregunta acerca del amor por correspondencia?

-Por supuesto, lo hiciste con premeditación y alevosía; piensa que son cargos que merecen una pena muy severa.

Bety no podía entender si Mariana estaba bromeando o realmente había reaccionado mal.

-Creo que se me fue la mano, pero necesitaba de alguna manera intervenir, por supuesto para ayudarte.

-No estuvo mal que lo hicieras, a pesar de mis nervios pude observar la actitud de Rodrigo y te puedo asegurar que se sintió tocado.

-¿Estas enojada conmigo?

-Anoche sí, lo que sucede es que no me pueden pasar más cosas, y ahora tengo el problema de Ariel sobre mi cabeza.

-¿De que estas hablando?

-Apareció otra vez, no te lo dije anoche para no arruinarte la velada -entonces la puso al tanto de lo sucedido y sus temores.

-Por lo que veo vas a necesitar bastante ayuda, pero piensa bien en lo que voy a decirte, si no estuvieras atravesando tu propio conflicto, me refiero a Any, todo lo demás sería tolerable.

-Tienes razón, pero ahora estoy en medio de un verdadero caos y no puedo pensar en todo, antes tengo que sacar a Ariel del medio, puede convertirse en un verdadero problema.

-Todo lo magnificas, le estas dando demasiada importancia, además si te mantienes fuerte puedes enfrentarlo.

-Bety, te pido disculpas, creo que no estoy siendo justa contigo, te estoy atiborrando con mis problemas -le respondió Mariana.

-No se trata de eso, me preocupas, no estas siendo práctica, pero no me has contado que pasó con el mensaje, Rodrigo te hizo algún comentario.

-Por suerte no, a lo mejor nunca llegó o no le interesó leerlo, por el momento tengo otros problemas -

Bety sonrió, Mariana parecía una niña después de hacer una travesura.

~~~~~

Después de la conversación que mantuviera con Rodrigo, Daniela comenzó a desmoronarse emocionalmente, la situación con Sergio y la incertidumbre con respecto a la realidad que debía enfrentar la hicieron flaquear. Necesitaba recuperar fuerzas, pero desorientada continuaba sin tomar una decisión drástica.

Después de deambular por la calle, sin atreverse a llamar a Mechi o a sus padres para que la ayudaran, regresó a su apartamento, entonces dando rienda suelta a sus sentimientos y desesperación, lloró y gritó preguntándose porque su vida era tan miserable, después logró calmarse.

Pasó varias horas sacando algunas conclusiones, por momentos el sueño la vencía, pero se despertaba sobresaltaba.

Comprendió que no debía dilatar el encuentro con Sergio, que por lógica iba ser el último. El miedo la estaba acosando, el mundo que había construido y mantenido con sus ilusiones se había desmoronado completamente.

Después en un estado de gran conmoción cuando ya amanecía, decidió llamarlo, por un momento pensó en pedirle explicaciones por la escena con su padre en el edificio de apartamentos, llegando a la conclusión que ya nada tenía importancia: Julia con su embarazo había ganado la batalla.

El se sorprendió al recibir el llamado.

-¡Por fin! Ha pasado una semana sin que me hayas querido ver ¿Todavía me guardas rencor por lo que pasó con tu padre? ¡No piensas que en parte eres responsable por tu constante presión! -le dijo a modo de saludo.

-No soy yo la que tiene que dar explicaciones, quiero saber que pasa contigo.

-No te entiendo.

-¿Porque no me dijiste que esperas un hijo?

El no respondió de inmediato, pero reaccionó como siempre con rapidez y preparado para defenderse.

-Ese es un tema que debemos hablar personalmente, tengo que explicarte como fueron las cosas, Julia está haciendo lo imposible para retenerme y me mintió con respecto a que se estaba cuidando.

-Pero ese no es el punto -le respondió Daniela sintiendo que las mentiras del hombre habían llegado al límite -estaba convencida que ustedes dejaron de convivir hace mucho tiempo, me has tomado todo el tiempo por una estúpida y sabes una cosa, tienes razón, pero hay algo que no has reconocido en mi, yo soy buena gente, no tengo maldad y no sirvo para inventar este tipo de cosas para retener a nadie, mientras que tú eres un experto.

-¡Por favor no vayas a cortar, dame una oportunidad para que pueda explicarte! -continuó suplicante.

-¡Basta, no quiero escuchar ninguna otra mentira! -Daniela completamente fuera de si, cortó la comunicación.

Sergio no tuvo tiempo ni palabras para manejar la situación, sus mentiras y comportamiento estaban completamente al descubierto.

Después de horas sin encontrar una salida se dirigió a un bar bebiendo hasta quedar completamente borracho, con total inconsciencia comenzó a tirar los objetos que estaban a su alcance, algunas personas se quejaron en voz alta, en ese momento los guardias del lugar intervinieron y lo sacaron del salón llamando de inmediato a la policía. Sergio los miraba como a través de una neblina.

-Daniela ya no esta conmigo, a lo mejor mañana vuelve... -hablaba solo mientras los guardias lo hacían sentar para evitar que se cayera, cuando la policía llegó a buscarlo, se dejó manejar sin entender lo que estaba ocurriendo.

A la mañana siguiente Julia recibió un llamado de Sergio para ponerla al tanto de lo acontecido, ella debió presentarse en la jefatura para pagar la fianza.

Cuando salieron a la calle Julia continuaba sin hablarlo, estaba convencida que el comportamiento de su esposo se debía a que Daniela con la intervención de Silvia, estaba al tanto de su embarazo. Comprendió que tenía más posibilidades que nunca de conservarlo a su lado, tenía la carta ganadora y que el juego entre Sergio y Daniela había llegado a su fin.

~~~~~

Mariana llegó temprano a la librería, en ese momento Sara estaba ordenado algunos libros.

-¿Hubo novedades? -le preguntó deseando que realmente no hubiera ninguna.

-Por el momento nada, todo tranquilo.

-¿Piensas que puede volver?

-Quisiera equivocarme, pero creo que va a insistir, al menos hasta que alguien lo detenga.

-Rodrigo está al tanto de lo que pasó, y quiere ayudarme.

En ese momento un mensajero llegó con un imponente ramo de flores.

-¿Quién las habrá enviado? -dijo en voz alta Mariana, comprendiendo que no se trataba de Rodrigo que siempre le hacía llegar sus flores favoritas.

-¿Quién las envió? -preguntó Sara ansiosa por una respuesta.

-Ariel, voy a guardar la tarjeta, quiero que Rodrigo la lea, aunque no dice mucho "Mariana te amo y quiero recuperar tu amor"

-¿Ariel siempre fue muy caprichoso, verdad? nunca llegué a tratarlo.

-Siempre fue bastante introvertido, pero ahora actúa como si quisiera llevarse el mundo por delante. Con respecto a las flores no quiero que estén un minuto más en el negocio.

Salió con el ramo a la calle y después de arrojarlo en un contenedor de basura se sintió satisfecha. Antes de entrar miró hacia atrás y pudo ver a una persona recogerlo muy feliz con el hallazgo.

-Por lo visto piensa continuar ¿Me pregunto cuál será el siguiente paso? -opinó Sara molesta con lo acontecido.

-Espero que por hoy nada más, pero si me llama le dices que no estoy o lo que quieras.

En ese momento sonó el teléfono y ambas quedaron petrificadas. Sara atendió el llamado.

-Es tu amiga Bety -le respondió pasándole el teléfono.

-Hola, que suerte que me llamaste, me pasó algo que necesito hablar contigo -Bety la interrumpió.

-Te llamé para decirte que estoy cerca del negocio y si tienes tiempo libre, podemos ir a tomar un café y de paso charlamos.

Sentadas en la mesa de la cafetería Mariana le contó las nuevas sobre las flores.

-Parece que nunca voy a terminar con mis problemas.

-¿Alguna vez le contaste a Rodrigo de tu casamiento y del divorcio?

-Si, gracias a Dios, también del bebé que perdí, pero lo hice sin demasiados detalles pensando que Ariel estaba completamente fuera de mi vida y mira que sorpresa.

-Si te crea problemas ya sabes, puedes contar conmigo y por supuesto con Esteban. No vamos a permitir que ese hombre te siga molestando -le dijo Bety preocupada y enojada por los inconvenientes que continuaba atravesando su amiga.

-Por el momento no saquemos más conclusiones, me olvidaba, estoy haciendo un trámite para cambiar mi número de teléfono, el de mi casa, solo para mis amigos y mi familia.

-¿A que se debe?

-Fue una sugerencia de Rodrigo, por las dudas Ariel quiera molestarme.

-Después que esto se arregle me gustaría hablar contigo y profundizar en tus problemas, necesitas salir de todo lo que te está perturbando.

Estoy segura que no se trata de Ariel, Any o el silencio de Rodrigo, intuyo que hay algo en ti que no te deja disfrutar de lo que tienes, ni tampoco manejar los inevitables sin tanto sufrimiento.

-¡Bety yo me siento bien! Solo que... pero tienes razón, lo que has planteado es real ¿porque me cuesta tanto disfrutar de mi relación con Rodrigo y mi vida en general? Estaba convencida que tenía todo controlado, pero en realidad creo que nunca pude escapar de mis problemas interiores. A veces cuando recuerdo la pérdida de mi bebé me pongo triste, y con el asalto me enojo y siento bastante rencor, además mis reacciones son siempre contradictorias, pero no encuentro la forma de manejar mi comportamiento.

-Creo que estás necesitando ayuda, quizás de mi parte y llegado el caso, de un profesional.

-Gracias por tu preocupación y acepto la ayuda que me ofreces.

Mientras manejaba, Bety continuó pensando en su amiga "es la última chance que le doy, si no toma una determinación voy a tener una charla con Rodrigo, así la ayudamos a salir de este callejón que parece no tener salida.

~~~~~

Sergio mantenía una pequeña esperanza, estaba seguro que la relación con Daniela podía continuar, no quería terminar con lo que consideraba "la relación más especial de su vida", estaba convencido que ella en cualquier momento lo llamaba para un reencuentro.

Julia había extremado los cuidados y lo mantenía en una especie de encierro, en forma inteligente le había puesto obligaciones con respecto a la familia y al trabajo; el embarazo y sus molestias eran la excusa perfecta. Sergio estaba mortificado por esa especie de cautividad, se sentía ahogado y dispuesto retomar su vida normal. En su mente el juego no había terminado, cada vez que tenía oportunidad llamaba a Daniela dejándole mensajes. Aprovechando que Julia estuvo internada unos días en el hospital, decidió pasar por el apartamento de Daniela, después de darles una excusa a sus hijos, salió de la casa.

No la llamó seguro que iba a rechazar la visita, cuando tocó el timbre de la puerta, Daniela tuvo el presentimiento de quien se trataba, dudó antes de mirar por la mirilla, segura que verlo podía significar un retroceso en sus emociones "pienso que con el tiempo voy a sacarlo completamente de mi corazón, no quiero volver atrás, tengo que aprender a vivir sin él" -se dijo a sí misma y no abrió la puerta.

Sergio esperó unos segundos y se marchó, su instinto le dio un toque de alerta, pensó que Julia con su suspicacia podía enterarse de la escapada.

Después de unos segundos Daniela se aterró por su propia actitud y corrió desesperada tras él.

-¡Sergio, espera un momento! ¡Tenemos que hablar! -aunque él escuchó los gritos, no se detuvo, caminó rápido hasta que estuvo fuera del edificio, enseguida se arrepintió, pero su orgullo no le permitió regresar.

Cuando analizó lo sucedido comprendió que con su actitud, la mujer le había demostrado que continuaba aferrada a él, y sonrió complacido.

Daniela retornó al apartamento sintiéndose frustrada, pensó que el enojo de Sergio era fundado y una vez más se sumergió en esa especie de delirio que siempre le provocaban las actitudes del hombre "estoy segura que me escuchó, es probable que se haya marchado para siempre".

Las equivocaciones de Daniela estaban en la parte final, el proceso de recuperación iba a requerir de tiempo y de otro imponderable llamado amor. La luz ya estaba entrando en su mundo de penumbras y el destino le tenía preparado una tangible posibilidad de ser feliz.

~~~~~

Mariana continuaba en un mar de confusiones, comprendía la necesidad de poner en claro su problema con respecto a Any, pero la aparición de Ariel le produjo otro desajuste en su vida de por sí demasiado complicada; se sentía en el límite de su resistencia anímica, también se cuestionaba si no estaba utilizando excusas para evitar enfrentar a Rodrigo "excusas o no de mi parte, no deseo seguir abusando de su paciencia". -no obstante su decisión, con la aparición de Ariel, una vez más la confesión estaba siendo relegada.

Esperó que Rodrigo llegara para contarle acerca de las flores que había recibido.

-¿Que debo hacer?

-Esperar hasta que realmente nos ponga en la necesidad de enfrentarlo, pero si te llama intenta aclararle que estas de novia y que prefieres que no te llame más. Evita mantener una conversación.

-¡No quiero hablar con él de nada! Me provoca demasiado enojo y me recuerda esa etapa de mi vida que creía superada.

-No pienses de esa forma, trata de calmarte para que puedas enfrentarlo, si le demuestras miedo o demasiados nervios lo va a considerar debilidad y no debes darle esa imagen, pero cambiando el tema, mañana es feriado y ninguno de los dos trabaja ¿que te gustaría hacer?

-Estar contigo, cuidarte y cocinarte algo especial.

-Entonces me quedo, tu propuesta suena muy atractiva, por supuesto no se me ocurrió traer un traje de baño ¿me permites que entre desnudo en la piscina?

Mariana divertida con la pregunta lo corrió por la casa seguida por Sol que también participaba del juego, cuando lo alcanzó, Rodrigo la abrazó y la llevó al jardín, mientras la besaba le fue desprendiendo la blusa recorriendo el contorno del cuerpo que se estremecía con las caricias, ella en un estado de embriaguez no solo se dejó amar, también quiso participar y dar más de sí misma, pero Rodrigo comprendiendo sus deseos, casi en un susurro le dijo.

-No hagas nada, relájate y disfruta del amor - desnudos y muy cerca el uno del otro, fueron entrando en la piscina. En la penumbra de la noche el rincón de los encuentros fue testigo callado de apasionados gemidos. Mariana estaba experimentando en los brazos de Rodrigo la verdadera esencia del amor, como nunca antes le había sucedido.

Después del fin de semana muy feliz y casi olvidada de los problemas se encaminó a la librería, cuando entró pudo observar que Sara estaba muy callada y no alcanzó a saludarla, la mujer con un gesto le señaló el espacio de lectura, entonces su mirada se cruzó con la de Ariel.

-Estaba esperándote, me gustaría invitarte, por la hora podría ser un café o un buen desayuno ¿que te parece? -le dijo mientras se acercaba.

-Sigues equivocado ¡Quiero que te marches!

-No hasta que aceptes mi invitación, creo que debes darme una oportunidad para reparar lo que sucedió hace algunos años, nosotros nos queríamos; después todo se complicó y terminamos en divorcio, pero no es lo que merecía nuestra relación.

-Días atrás me preguntaste si estaba casada, te dije que no, pero estoy de novia y comprometida.

-Eso no es definitivo, estoy convencido que debemos intentarlo nuevamente -le respondió convencido que se trataba de una mentira.

-Es mi último aviso ¡Te retiras o llamo a la policía!

-¿Que le piensas decir? el hecho que te corteje no significa una falta de respeto.

Sin hacer caso de las palabras del hombre Mariana comenzó a marcar el número de Rodrigo.

-¿No me digas que estas llamando a tu prometido? es una tontería de tu parte, no tienes porque molestarlo, de todos modos me marcho, pero voy a estar en comunicación contigo.

Mariana no podía determinar porque Ariel insistía que volvieran a estar juntos, estaba segura que no la amaba.

Cuando comenzaron la relación y durante el primer tiempo de casados no le habían preocupado sus cambios de humor, esperando que con el tiempo se fueran adaptando el uno al otro. Con el embarazo se desencadenó la crisis, entonces todo quedó enfocado en ésta, después del divorcio recién pudo evaluar el carácter contradictorio de Ariel, también que la causa desencadenante del divorcio había sido la conducta irregular del hombre; se preocupó por sus deducciones, convencida que al igual que en el pasado, podía volver a lastimarla.

Cuando Rodrigo llegó a la librería, Ariel se había marchado.

-¿Que pasó? ¿Hizo algo inapropiado? -preguntó preocupado.

-En realidad dijo las mismas estupideces, considera que yo tengo que volver con él aunque esté comprometida, te aseguro que no está en sus cabales, pero tengo que admitir que con su actitud me está faltando el respeto.

-Ese es un buen punto para combatirlo ¿Conseguiste los datos que te pedí?

-Si, pero por favor, tienes que prometerme que no vas a complicarte, Ariel está trastornado y no sabemos como puede reaccionar.

-Tranquila, antes de enfrentarlo voy a hacer algunas averiguaciones ¿Porque no sales un momento conmigo? ¡Estas demasiado nerviosa!

La salida le hizo bien, le gustó caminar en medio de la gente y que Rodrigo la llevara abrazada, a cada paso él se acercaba para besarla.

Mariana comprendió una vez más lo atada que estaba a su prometido, le resultaba natural que interviniera en sus asuntos, aún invadiendo el terreno de libertad que antes había considerado inviolable. Se sentía amada y protegida, podía cerrar los ojos y dejarse guiar adonde fuera. En el comienzo de la relación Rodrigo de inmediato había manifestado su natural instinto masculino, en particular cuando los inconvenientes la impactaron y la pusieron en una condición vulnerable, entonces una fuerza interna y poderosa lo condujo a ayudarla. Respetaba los límites que Mariana había dejado explícitos con respecto a su privacidad, no obstante continuaba protegiéndola.

~~~~~

Mariana y Bety como habitualmente lo hacían, volvieron a reunirse.

-Es ridículo lo que me esta pasando, Ariel aparece de la nada y con intenciones de conquista como si estuviera seguro que nada cambió en estos años ¿Te das cuenta?

-¿Piensas que se separó de aquella mujer?

-Cuando le pregunté me dijo que era parte del pasado, te aseguro que no le creo una palabra, mi instinto me dice que no está solo.

-Creo que debemos averiguar todo lo posible acerca de él y estoy segura que en algo lo vamos a pescar.

-En eso está comprometido Rodrigo, me dijo que iba a investigar todo lo posible. Supongo que habrá contratado a alguien para que lo haga.

-Pienso que va a invertir el dinero que haga falta.

-No lo había pensado, pero tienes razón. Te cuento que nunca hemos tocado ese tema, supongo que por lo generoso y magnífico que es en sus gastos debe estar en buena posición económica.

-Sabes Mariana en ese aspecto también hemos tenido suerte, porque en particular a mi edad, no es fácil aceptar una pareja con ese tipo de problemas. Cuando conocí a Esteban solo me importó la parte sentimental, nunca se me ocurrió dejar de trabajar, contando con mantenerme a mi misma como siempre, pero me sentí cómoda y disfruté de todo lo que he estado recibiendo, me refiero a cenas o salidas en general, nunca tuve la impresión que hubiera problemas de dinero.

-La verdad es que yo también he sido muy afortunada, en particular al recibir la herencia de mis tíos, y comencé mi relación con Rodrigo como en tu caso, sin sentir que el dinero era un inconveniente.

-Es posible que las experiencias nos hayan hecho algo materialistas. Tú conoces mi vida, yo siempre trabajé y viví con los apremios naturales para mantener una familia, sin que nadie contribuyera, y te aseguro que puedo seguir haciéndolo.

-Entonces no debemos preocuparnos ¡además no podemos ignorar que nuestros novios son fabulosos!

-Como siempre estamos saltando de tema en tema ¿Que ha pasado con Any la misteriosa muchacha del Internet? ¿Nunca recibiste una respuesta? -preguntó Bety con seriedad, después riéndose por la expresión de desconcierto en el rostro de Mariana.

-Nunca, a lo mejor prefirió ignorar a Any lo que ya es un consuelo, además cada cosa a su tiempo o voy a necesitar una secretaria para que me administre los problemas -respondió Mariana sonriendo y con una actitud que la mostraba bastante calmada.

-Eso me gusta, a pesar de todos los problemas estás comenzando a comportante como una niña inteligente, al menos hoy estás más animada.

-Probablemente porque esta mañana Rodrigo pasó por la librería y salimos a tomar un café, fue muy reconfortante, me siento por lo unidos que estamos, además en este momento estoy acompañada por mi mejor amiga, que más puedo pedir, bueno algo más, que me sigas teniendo paciencia.

-Tienes que pensar que no estás sola y que todos queremos ayudarte, además debes utilizar tu energía positiva para ahuyentar lo negativo, si no me equivoco es parte de tus conceptos.

-Tienes razón, pero debo admitir que era mi filosofía, porque en estos momentos me comporto como si no creyera en la ley de causa y efecto.

-Ese es un buen punto, intenta ponerla otra vez en práctica.

En los días siguientes Mariana volvió a recibir flores de parte de Ariel y todas terminaron en un contenedor de basura. El hombre había dejado de ir a la librería hasta que reapareció a través del teléfono celular.

-Mariana ¡te invito a cenar! - cortó la llamada sin esperar una respuesta.

Tampoco ella pudo tomar ninguna determinación, hizo su aparición de inmediato; a la misma vez entraron varios clientes, Sara les salió al paso para atenderlos mientras observaba a Mariana que aparentaba estar extremadamente nerviosa, ambas temían que Ariel hiciera algo inapropiado.

-Te acompaño a la puerta, espero que esta vez lo entiendas, no quiero verte, no me interesas -Ariel sonrió ignorando el comentario.

-¿Porque no aceptas mi invitación? Simplemente te invito a cenar y en el restaurante que tu desees.

Mariana sintió que estaba a punto de explotar y trató de calmarse, sin conseguirlo.

-¡Hasta aquí hemos llegado, es más, no puedes volver a la librería!

Aunque Ariel por un instante se sintió defraudado, no dudó en continuar con sus planes.

Mariana de inmediato llamó a Rodrigo para contarle lo sucedido y saber si tenía alguna novedad.

-Paso a verte y nuevamente te invito a caminar por la calle Florida ¿de acuerdo?

Cuando salieron, Rodrigo comenzó a contarle la información que había obtenido.

-Por el momento no es mucho, pero suficiente, está casado y tiene dos niñas mellizas.

Cuando escuchó la noticia Mariana se quedó en silencio "no quiso tener hijos conmigo y ahora tiene dos" -analizó rápidamente.

-Me dices que no está divorciado ¿Verdad?

-Los datos son oficiales y no figura un divorcio, por lo que podemos pensar que posiblemente no lo hace por temor de perder a sus hijas.

Cuando una pareja se separa y una de las partes vuelve a casarse puede suceder lo que en mi caso, Marta se radicó en España con su marido y yo tuve que aceptar separarme completamente de mi hija, gracias a Dios el hombre es un excelente padre, pero mi paternidad quedó trunca.

-No lo mires de ese modo.

-No te preocupes eso dejó de ser traumático cuando comprobé que mi hija era feliz, además ya la estoy recuperando, por supuesto hay algo más, cuando te conocí tuve la seguridad que íbamos a tener varios hijos.

-Es un tema que tenemos que discutir -Mariana respondió con un gesto de duda disimulado -¡Por supuesto para decidir cuantos vamos a tener! - terminó su comentario riéndose por la perplejidad de Rodrigo ante la insólita respuesta.

Después sonrió, conocía bien a Mariana para comprender que estaba haciendo un gran esfuerzo para evadir las contrariedades, estaba seguro que a pesar de los inconvenientes era una mujer fuerte y muy positiva, la sintió próxima a una recuperación, la que finalmente iba a permitirles tener una vida normal.

-Volviendo al problema, en pocas horas voy a tener una información más completa, y si continúa molestándote ya tenemos por donde golpear ¿Sigues conservando las tarjetas?

-Si, pero ¿cuál es el motivo?

-Pruebas en su contra, como te dije no es conveniente que la esposa se entere de sus aventuras.

-Te aseguro que lamento que tengas que estar en medio de estos problemas -le dijo casi en un susurro, él la tomó de las manos para decirle con verdadero sentimiento.

-Te amo, quiero protegerte y por sobre todas las cosas deseo que seas feliz, aunque solo fueras una buena amiga me gustaría ayudarte, o no te das cuenta que eres una persona maravillosa, una especie de joya que ya no existe, y tengo la suerte que me pertenezcas.

Mariana sonrió complacida con las palabras que una vez más le hicieron comprender que el amor entre ellos era sólido. Antes de separarse planearon una cena con Bety y Esteban para conversar del tema.

-Siempre es bueno escuchar la opinión de los verdaderos amigos -dijo Rodrigo.

~~~~~

Con el paso de los días Daniela comenzó a recuperarse, los altibajos eran cada vez menos frecuentes, experimentando verdaderos deseos de encauzar su vida.

Esa tarde había hecho planes para poner a Isabel y a su padre al tanto de algunos de sus cambios, los estaba esperando con un estado de humor diferente y muy positivo. Cuando les abrió la puerta los abrazó emocionada.

-¡Qué suerte que vinieron! Quería hablar con ustedes para comunicarles algo, pero pasen tengo preparados algunos bocaditos y una botella de buen vino.

Las ventanas estaban abiertas, la luz y el aire fresco le daban al ambiente un aspecto de vida y tranquilidad, sin vestigios de la negatividad anterior.

-Se te ve espléndida -dijo Isabel

-Es verdad -reafirmó Martín

-Antes de proseguir quiero pedirles disculpas por todos los dolores de cabeza que les di; también les cuento que tomé una decisión aunque estoy segura que no es la que deseaban, creo que les va a agradar, no voy a continuar con mi carrera, quiero hacer un profesorado de Bellas Artes para dedicarme a la enseñanza y por supuesto exhibir y vender mis cuadros ¿que opinan?

-Me parece bien y me alegra que no trates de hacer algo por complacerme, tu madre también va a sentirse feliz con tu decisión.

-Quiero que vean algo -les dijo haciéndolos pasar a la habitación contigua.

Cuando entraron Daniela les señaló una tela que olía fuertemente a pintura. Los dos se quedaron asombrados, el motivo era una campesina que llevaba un niño en sus brazos y a su espalda, un campo cubierto de espigas doradas.

-Es una maravilla -comentó Martín al ver el trabajo.

-Ahora quiero que comparen -les dijo mostrando uno de sus anteriores bosquejos -es el mismo tema, pero le hice algunos cambios.

-Lo recuerdo, un paisaje triste al igual que la mujer -dijo Isabel emocionada con la evidente recuperación que denotaba Daniela. Después regresaron a la sala.

-¿Que les pareció? decidí hacer el cambio porque no me gustó la gran tristeza que había en las pinturas, por supuesto que era un reflejo de mi vida, el cuadro es un regalo para ustedes ¿Crees que le gustará a mami?

-¡Ni lo pongas en duda! y te imaginas lo orgullosa que se va a sentir cuando lo muestre a sus amistades.

Por un momento Isabel y Martín quedaron en silencio, la pregunta que deseaban hacer quedó casi expresada.

-Comprendo lo que están pensando, quieren saber que pasó con…

En ese momento se escucharon fuertes golpes en la puerta que la sacaron de su explicación.

-¿Esperabas a alguien o es lo que temo? ¡Está vez no lo permito! -gritó Martín poniéndose de pie.

-Tranquilízate papá -le rogó Daniela mientras habría la puerta.

Sergio estaba a punto de golpear nuevamente, al ver a Daniela acompañada y la expresión furiosa en el rostro de Martín, se quedó paralizado.

-No contestaste el teléfono, por eso vine -dijo con un tono de altanería, escondiendo su contrariedad.

Daniela lo enfrentó con enojo.

-¡Espero que esta sea la última vez que te veo, tienes muchas cosas que hacer, como cuidar a tu familia y al hijo que estas esperando! ¡No vuelvas más, entiendes, nunca más! -por temor a la reacción de Martín y porque comprendió la firmeza de la joven, se marchó de inmediato.

-Quédense tranquilos, ahora entiendo que yo he sido responsable al permitir tanto abuso, también lo ingenua que fui, todo está claro en mi mente; es probable que insista en verme, al menos por un tiempo, también estoy segura de lo que debo hacer.

-No entiendo tu actitud y por lo que hemos presenciado no a dejado de venir a golpear tu puerta ¿qué piensas hacer? -Martín trató inútilmente de controlar su enojo.

-Pienso utilizar mi determinación -dijo más convencida que nunca.

Continuaron con la reunión aunque los tres interiormente temblaban por el momento pasado y el temor que Sergio cometiera alguna locura.

Cuando caminaban hacia el coche, Isabel dijo con evidente preocupación.

-Si la vuelve a molestar voy a hablar con Silvia, por supuesto para que le haga llegar un mensaje bien claro a Julia, yo sé que hay cosas que no te gustan y que preferirías arreglarlas de otra forma, pero no vale la pena. ¡Aguántate la furia que tienes que de una forma u otra todo esta terminado!

-No quiero interferir más en los problemas sentimentales de Daniela, habla con nosotros como si Sergio estuviera fuera de su vida, pero éste llega al apartamento cuando quiere. Me gustaría saber que sucede cuando nosotros no estamos, estoy seguro que aún no ha terminado la relación, el resto es una parodia ¡Esta fue mi última intervención!

-Hermano, estoy de acuerdo contigo; yo también temo que le cueste sacarlo de su vida, al menos hasta que se enamore de otro hombre. Considero que este es un momento crucial, por lo tanto pienso continuar con mi ayuda.

El énfasis que Isabel puso en sus palabras, no lo conmovió, Martín estaba considerando dejar que su hija tomara sola la decisión final.

~~~~~

Rodrigo telefónicamente puso a Esteban al tanto de los acontecimientos, aunque estaba seguro de los pasos que estaba dando le gustaba tener la opinión de su entrañable amigo

-Siempre estoy preparado por si me necesitan -dijo Esteban

-Gracias, como siempre sé que puedo contar contigo, por el momento estoy haciendo algunas averiguaciones y aunque Mariana lo ignora he sacado una cita con Ariel, por supuesto no con mi nombre, por las dudas me esté investigando

-¿Piensas que puede llegar a eso?

-No a ciencia cierta, pero es mejor precaver, considero que debo estar alerta, tampoco quiero enfrentarlo y hacer algo que la perjudique, en este momento le habría dado una paliza, pero el hombre no esta en sus cabales y puede reaccionar mal con ella.

-Tienes que mantener la calma, por supuesto si las cosas no se solucionan somos dos para ponerlo en su lugar -respondió Esteban enfáticamente.

-No se olviden que la cena es el sábado y por supuesto nos podemos dar el gusto de bailar tango ¿Que te parece?

-Me parece bien y tratándose de cena entre amigos y tango de por medio ¡completamente de acuerdo! Además creo que Mariana necesita aflojar la tensión.

Se reunieron tal como lo habían planeado, Bety estaba radiante, a Esteban se lo observaba sereno y completamente feliz.

Todos los comentarios con respecto a Ariel quedaron relegados, como si estuvieran de acuerdo en evitar que el momento que estaban pasando se dañara.

Al final de la noche cuando quedaron solos, Rodrigo le hizo un comentario a Mariana que la complació.

-¿Te gustaría conocer a mi familia? me refiero a mis padres y hermanos Ellos siempre están esperando que vuelva a casarme, por supuesto con la mujer perfecta, y ya la encontré -bromeó

-Me encantaría conocerlos, aunque con tantas expectativas de su parte a lo mejor yo no les agrade. ¿Que piensas?

-Que van a adorarte, por supuesto, este es un pedido casi formal de casamiento.

-Rodrigo ¿Y esa informalidad? Yo pensé que esa proposición se hacía de rodillas.

-Ese es mi verdadero estilo, pero tranquila, este fue un ensayo -le dijo y sin más palabras la besó apasionadamente.

En la siguiente semana Ariel no se presentó en la librería, Mariana se sintió tranquila y relajada con la situación, pero nuevamente comenzaron a llegar flores, siempre acompañadas por una tarjeta, en la última además de expresarle sus sentimientos le había escrito que no iba a renunciar a ella, el enojo de Mariana estaba tomando proporciones y lo habló con Rodrigo.

-No puedo seguir con este acoso, creo que sería mejor que me desapareciera por un tiempo, gracias a Dios que no me ha molestado en mi casa, estoy segura que tiene la dirección.

-Todo lo que dices tiene sentido, pero es importante mantener la calma, además ya estamos próximos a un desenlace, entiendo que prefieras no estar en el negocio, pero no sería una solución, estaría esperando tu regreso, también te podría decir que nos vayamos a un lugar tranquilo a descansar unos días, pero considero que no es el momento oportuno, sería conveniente antes arreglar el problema, además creo que vamos a estar muy ocupados planeando la boda y la luna de miel.

-Es encantador lo que dices, también yo quisiera hacer planes, pero me siento frenada. ¡Necesito que Ariel desaparezca de mi vida!

-Deja que haga lo que tengo planeado, si no lo consigo tenemos otras posibilidades y por último recurrir a la policía; por favor tranquilízate, no le va a resultar fácil continuar con su asedio.

Rodrigo había pedido la cita con Ariel con la excusa que necesitaba hacer unos cambios en su empresa y llegó puntual a la oficina.

-El abogado lo espera, pase por favor -le dijo la secretaria.

Rodrigo algo nervioso se preparó para conocerlo.

-Buenos días, mi nombre es Julio Andrade, quisiera tener su consejo profesional -mientras lo saludaba miró a su alrededor, sobre el escritorio había una fotografía que indudablemente era de su esposa e hijas.

-¿Es su familia? -le preguntó Rodrigo en un tono amistoso.

-Si, ellas son mis niñas, como verá, mellizas, realmente son mi orgullo

A Rodrigo no le resultó difícil entablar una buena comunicación con Ariel, y después de explicarle lo que necesitaba saber y recibir su ayuda profesional, en forma muy casual lo invitó a tomar un café.

-Puede ser, permítame que le pregunte a mi secretaria como están mis horarios -le respondió.

Ariel se sintió cómodo con la presencia de Rodrigo, en realidad su carácter introvertido y poco estable no le había permitido tener buenas amistades y aceptó sin sospechas la invitación.

Conversaron de varios temas hasta que Rodrigo logró llevarlo a que hablara de su familia.

-Es maravilloso que en vez de una hija hayan nacido dos ¿estaban preparados?

-Si, por supuesto, lo supimos desde un principio.

El comportamiento de Ariel no denotaba ningún tipo de anomalías, se trataba de una persona algo circunspecta, pero evidenciando tener una gran necesidad de comunicación.

-La próxima semana le alcanzo los datos que necesita, supongo que tengo que volver para continuar el trámite.

-Tienes que hacer una cita con mi secretaria -le respondió conforme con la buena comunicación que había tenido con su nuevo cliente.

-Con mis socios estamos por dar una cena para festejar el aniversario de la compañía, hemos invitado algunos políticos y artistas del ambiente, un grupo muy selecto -sin darle mucha importancia le mencionó algunos nombres importantes.

-Me agradaría que asistiera con su esposa.

-¿Cuándo es la reunión?

-El próximo sábado, antes de la cena vamos a tomar una copa en la recepción del hotel ¿Adónde te hago llegar la invitación?

-A la oficina, por favor.

Se separaron sin que Ariel hubiera advertido nada. Rodrigo comparó las diferentes actitudes del hombre; en su oficina y frente a Mariana, llegando a la conclusión que se trataba de una doble personalidad.

Comenzó a pensar como iba a preparar la historia que se le había ocurrido en el transcurso de la entrevista "después de todo quiero ser escritor y para eso necesito tener inventiva" -de inmediato se puso en contacto con un conocido para que le imprimiera una tarjeta de invitación para Ariel y su esposa.

Cuando Esteban escuchó el plan, de inmediato lo analizó

-La idea no esta mal, pero no has pensado que puede llamar al hotel y hacer preguntas, o bien llamar a tu oficina para obtener tus datos.

-No le mencioné el lugar, después pensé que nuestro primo Franco que es gerente del Maddison, él consiguió el trabajo a través de un cliente mío ¿te acuerdas? Por supuesto tengo que pedirle que me ayude. Con respecto a mi oficina todavía no tiene ningún dato, además le pagué sus servicios con dinero efectivo. Tampoco hay seguridad que vaya o que lo haga acompañado por su esposa, en ese caso tendremos que tomar otro tipo de medidas. Al margen de mis especulaciones tengo que explicarle a Mariana el plan, además cuento con ustedes ¿No? -le preguntó Rodrigo bastante ansioso por los próximos acontecimientos.

Mariana se estremeció al escuchar el plan.

-¿Crees que no habrá problemas?

-No tiene porque haberlos y puede ser una forma poco complicada de hacer que Ariel deje de molestarte, tienes que mantener la calma para que comprenda que somos una especie de alianza y que no va a poder lidiar con nosotros -después le entregó una tarjeta. -Consérvala, es de un detective que esta al tanto del problema, si por alguna razón necesitas ayuda y yo no estoy cerca, lo llamas de inmediato.

Con los planes en marcha se sintió protegida, Rodrigo estaba actuando con total seguridad.

Mariana decidió tomar unas breves vacaciones para evitar todo contacto con Ariel y aprovechar el tiempo libre para organizar la casa, aunque contaba con una persona que hacía la limpieza le agradaba arreglar sus cosas personales, después decidió prepararle a Bety unas plantas de jazmines, en ese momento tocaron el timbre de la entrada y esperó que la empleada atendiera.

-En la puerta hay un señor que desea hablar con usted -dijo la mujer

-¿Te dio su nombre?

-No, me dijo que se trataba de una sorpresa, por supuesto no lo hice entrar

Enseguida comprendió que se trataba de Ariel, sus temores se estaban haciendo realidad. Lo observó a través de una ventana portando un ramo de flores, parecía muy seguro de ser recibido.

-¿Lo hago pasar?

-No hagas nada, es alguien indeseable -pensó en llamar a la policía, pero recordó la tarjeta del investigador y se la entregó a la empleada -voy a salir un momento, si pasa algo llama a este número.

Lo atendió detrás de la reja, él hizo el intento de abrirla para entregarle un ramo de rosas que coincidían con la preferencia de ella, pero la puerta estaba con cerrojo

-Quiero que te marches de inmediato o llamo a la policía, y créeme en este barrio están siempre alertas cuidando la seguridad de los vecinos.

Con las palabras de Mariana, él se controló de inmediato.

La mujer de la limpieza detrás de la ventana se mantenía atenta.

-Solo necesito una oportunidad, me estás poniendo en una situación difícil y te vas arrepentir.

Mariana se sintió mal con la amenaza del hombre.

-No hace mucho me dijiste que no me estabas molestando y en este momento lo estas haciendo ¿Porque me acosas de esta forma?

-Te lo dije, te amo y quiero que vuelvas conmigo.

-¿Cómo te enteraste de mi dirección? -le preguntó preocupada.

Sonrió complacido por la ingenuidad de la pregunta, aunque por un momento pensó que ella a su vez podía intentar investigarlo, pero se tranquilizó; tenía todo bajo control; sus actividades fuera de la oficina eran completamente anónimas, su casa estaba a nombre de su suegro y los teléfonos eran privados.

Desde un principio tuvo la certeza que Mariana estaba sola, deduciendo que era extraño que el posible prometido nunca hubiera intervenido para ayudarla; ignorando que la ausencia de Rodrigo en parte se debía a coincidencias y a la táctica que había puesto en marcha para combatirlo.

Consideró que a pesar del enojo que ella evidenciaba, estaba desorientada y al borde de ceder.

-Tranquilízate, me marcho, pero seguimos en contacto.

Por un momento Mariana deseo decirle todo lo que sabía de su vida, pero no quiso poner en peligro el plan que había elaborado Rodrigo, en particular porque no confiaba en Ariel. Se sintió demasiado angustiada y haciendo un gran esfuerzo lo despidió evitando demostrar sus nervios.

Antes de marcharse dejó el ramo de flores

Mariana llamó a Rodrigo para ponerlo al tanto de la visita, él estaba en una junta de negocios y quedaron en verse en la tarde.

Cuando se encontraron, Mariana denotaba bastante nerviosismo.

-No te preocupes, lo que hizo me demuestra que piensa que estás sola y que puede avasallarte, no cree que yo exista, debe pensar que me utilizas como protección y es lo mejor para mi plan, además no sabemos como puede reaccionar ante cualquier otro intento que hagamos, por eso tenemos que sacarlo de tu vida de una sola movida. Tienes que ser paciente ¡te aseguro que si no hubiera hecho planes para terminar con esta situación, hoy lo estaría buscando para propinarle una paliza! -Mariana lo miró asombrada, por primera vez Rodrigo había perdido la calma.

~~~~~

Isabel y Martín se marcharon, mientras Daniela se preparaba para retirarse a dormir, sonó el teléfono, no iba a contestar, pero recapacitó "es preferible poner las cosas en su lugar definitivamente".

La voz le resultó familiar y no correspondía a Sergio.

-No me digas que te has olvidado de mí.

-¡Pablo, que gusto que me hayas llamado! ¿Adónde estás?

-En Buenos Aires y si no me equivoco cerca de donde vives ¿Puedo verte? aunque creo que es un poco tarde.

-Estaba por acostarme, dame media hora y estoy lista, podemos encontramos en algún lugar no lejos de aquí.

Después de ponerse de acuerdo Daniela corrió a vestirse, feliz con la idea de volver a verlo. Cuando estaba preparada para salir, el teléfono sonó y lo dejó sin contestar, había cambiado el número de su celular y solo lo tenían Mechi y su familia.

Cuando salió a la calle sintió algo de temor pensando que Sergio podía regresar y crear problemas, entonces decidió que si no conseguía que se alejara de su vida, iba a mudarse a otro lugar, segura que el problema más difícil de solucionar era terminar con el asedio.

Cuando se encontró con Pablo experimentó un dejo de emoción.

-Estas hermosa…-le dijo tomándola de las manos -tengo que pedirte disculpas por no haberme comunicado antes, en realidad traté algunas veces, pero me salía una grabadora, pensé que podías estar en pareja y preferí no dejar mensajes.

Hace menos de una hora me decidí y llamé a Isabel a su casa; me dijo que estabas sola.

-Me alegro que lo hayas hecho, con tu silencio tenía la certeza que lo nuestro había sido solo un hermoso romance de verano, en realidad yo también estuve en medio de una decisión. Has llegado cuando ya casi todo esta bien en vida.

-Yo también tuve que tomar algunas decisiones y la más importante fue volver para decirte lo que siento por ti, que en parte es admitir que quiero perder mi soltería que venía invicta desde siempre.

Daniela sonrió presintiendo un mundo con mejores posibilidades, se sintió libre para mirarlo a los ojos y aceptar que la enamorara.

~~~~~

La noche del sábado las dos parejas se encaminaron al hotel, estaban nerviosos, aunque individualmente trataban de disimularlo.

Se dirigieron a la recepción, Rodrigo miró a su alrededor comprobando que la pareja no había llegado. Mientras esperaban, Bety con la intención de relajar la tensión del momento, preguntó dirigiéndose a los hombres.

-¿Ustedes siempre se visten así de elegantes o es pura fachada? -Rodrigo respondió de inmediato utilizando como siempre una especie de fingida seriedad.

-Yo soy auténtico y por supuesto siempre estoy bien vestido, para el trabajo, el baile, la piscina, porque aún en traje de baño no dejo de estar correctamente vestido -todos se rieron.

-Ahora falta una explicación de parte de Esteban -dijo Bety continuando con su estrategia.

-Existen dos Esteban, uno es el ebanista, y cuando hace calor con mis ayudantes trabajamos en calzoncillos, el otro es el que ustedes conocen, es decir el tanguero, entonces me visto con completa formalidad, el resto del tiempo, directamente no uso nada ¡No se pongan nerviosos! En lo único que no mentí fue con respecto al tango, en lo demás piensen lo que quieran.

Todos volvieron a reír y el tiempo se les pasó rápidamente.

Faltando unos minutos para la hora programada Rodrigo que estaba atento, los vio entrar.

-Ya están aquí -los puso sobre aviso mientras caminaba hacia la pareja

-Bienvenidos ¿cómo se encuentran? -los saludó mientras les tendía la mano.

-Permítame presentarles a mi prometida y mis amigos, Esteban que estaba detrás de Mariana se puso a un costado y ella se volvió lentamente.

La expresión en el rostro de Ariel fue patética, su soberbia desapareció de improviso, comprendió que había caído en una trampa y midiendo las consecuencias, con disimulo tomó a Rodrigo del brazo apartándolo del grupo para preguntarle.

-¿Que es lo que pretendes?

-Todo, mi silencio por tu retirada de la vida de Mariana, o prefieres continuar con tu rutina. Quiero que te des por enterado ¡Si vuelves a molestarla, te vas a arrepentir! -le respondió Rodrigo con mucha seriedad mientras le apretaba con fuerza el brazo. -En mi oficina tengo las tarjetas que le enviaste, también una fotografía que ella te tomó frente a su casa, si continuas con el asedio tengo planeado hacer una denuncia y ponerte en la necesidad que recibas una evaluación mental y créeme tienes mucho que perder -Rodrigo mintió para ser más contundente. Ariel en un segundo compuso la situación.

-Bueno, parece que la cena se pospuso -dijo acercándose a su esposa

-Si, y lo lamento muchísimo, pero hubo algunos problemas de último momento, los invito a una copa -les dijo Rodrigo continuando con la farsa, también intentando evitarle un mal rato a la mujer.

-No, se lo agradezco, voy a llevar a mi esposa a cenar, quizás en otra oportunidad.

Rodrigo lo miró mientras se marchaba, tuvo la sensación de haber abusado de la situación utilizando su destreza contra una persona mentalmente vulnerable; Ariel con sus acciones había puesto de manifiesto la gravedad de su problema; lo intuyó perdido en un mundo de sombras, consideró que el desequilibrio que sufría podía ser negligencia de sus propios familiares por no inducirlo a recibir atención adecuada, en ese momento dejó de verlo como a un enemigo, convencido que había actuado en una condición enfermiza e incontrolable.

Más relajado aceptó que había hecho lo correcto para proteger a Mariana, ella advirtió el cambio en Rodrigo y tuvo la certeza que no le había agradado su propio comportamiento, con una profunda mirada, compartieron sus pensamientos.

La mujer lo abrazó mientras le agradecía en voz baja.

-Comprendo que fue difícil, peor hubiese sido que lo golpearas, lo hiciste con verdadera altura ¡Te amo!

Después los cuatro hicieron un brindis por la batalla ganada.

-Les propongo que el próximo sábado nos reunamos en mi casa como habíamos planeado, hoy estamos demasiado elegantes, además es una noche muy especial, que les parece cena y tango o tango y cena -les propuso Mariana que a pesar de mantenerse extremadamente nerviosa, también se sentía feliz.

-Yo propongo ver un espectáculo de tango y por supuesto cena -les sugirió Rodrigo.

La noche terminó en un conocido restaurante, la buena comida y el ambiente en general les permitió disfrutar y comenzar a olvidar lo acontecido.

~~~~~

El día mantenía la temperatura agradable, aunque un viento fresco anunciaba la proximidad del invierno, la vida ya estaba tomando un giro diferente debido a la crudeza del frío, recluyendo a las personas en sus hogares, que salían a la calle solamente por las obligaciones cotidianas.

Las amigas salieron a caminar aprovechando la hora templada del mediodía.

Mariana le hizo un comentario.

-Todo está tranquilo y en orden y creo que ambas terminamos casadas y muy felices.

-A veces me pregunto que pasará con nuestras salidas, los hombres una vez casados nos apartan del mundo -Bety hizo el comentario sin mayor preocupación.

-Lo nuestro es más que una amistad y estoy segura que vamos a continuar unidos; sin olvidarnos que ellos son parientes y nosotras casi hermanas.

-Es verdad, pero a veces me pregunto que podemos hacer para que perduren momentos como los que estamos viviendo.

-Es una realidad que vamos a tener que enfrentar, el estado de pasión se va transformando en un sentimiento tranquilo, supongo que debido a la rutina diaria y a la falta de expectativas; después la llegada de los hijos trae consigo una felicidad diferente y única, es la continuación de la vida en pareja, por supuesto nosotras podemos crear momentos especiales y hacerle sentir a nuestro hombre que esperamos ser seducidas.

-¡Resulta que nosotras tenemos la fama de ser demasiado soñadoras, pero ellos necesitan vivir sus propias fantasías! -Bety no reaccionó bien.

-No es tan grave, además nosotras también tenemos las nuestras y queremos ser cortejadas y escuchar palabras románticas, yo pienso que esa necesidad se manifiesta debido a que la pareja continua aferrada sentimentalmente -dijo Mariana sin temor alguno por el futuro.

-Entonces la fórmula es revivir el amor o al menos las expectativas.

-No es fácil, pero si no queremos que el matrimonio fracase, tenemos que tratar que nunca falten ciertos detalles femeninos en el hogar.

-¿Lo consideras nuestra responsabilidad?

-Es un tema complejo, el hombre nació y fue educado para ser cuidado, ahora nosotras nos hemos emancipado en gran parte de esa responsabilidad, pero supongo que ellos esperan que todo continúe igual.

-Al margen de ciertas realidades, tenemos que dejar que las cosas sigan su curso y vivir este presente que de mi parte es maravilloso.

-Una vez Rodrigo me dijo algo muy cierto, en el amor de pareja hay un colateral que es el cariño, y que los mantiene unidos para siempre. Cambiando de tema, llegó el momento de encarar lo de Any, todavía no se como, pero tengo que hacerlo, estoy segura que Rodrigo me ama como para entender mi silencio, y yo comprender el suyo.

-¡Amiga se te acabó el tiempo, te sinceras con él, o intervengo yo!

-¡No! prometo que es la definitiva, aunque tienes que reconocer que tengo razón, yo puedo ser caprichosa, pero ¿qué opinas de la actitud de Rodrigo?

-Opino que no tienes remedio, tampoco más tiempo para arreglar tus problemas.

Bety sonrió pensando que su amiga estaba reaccionado bastante bien.

Solucionada la situación con Ariel, Rodrigo se abocó al problema de Mariana, necesitaba llegar a la verdad temiendo que a pesar de sus promesas continuara guardando silencio, dicha actitud lo sorprendía, en particular cuando evitaba hablar de su vida en los meses anteriores y cuando se había conectado con Esteban en la milonga; en una de las frecuentes conversaciones que mantenían le había preguntado con respecto a esa época, la respuesta fue evasiva, casi cortante "Un cliente de la librería, me hizo un comentario sobre la milonga y decidí conocerla" -todo lo referente a su vida hasta que ellos se conocieron continuaba siendo un misterio.

También se desconcertó cuando con absoluta sinceridad le había comentado que su vida sentimental a partir de su divorcio había quedado trunca, con excepción de una persona que se había alejado de su vida debido a su propia indecisión, Rodrigo recordó que con esa confidencia se había sentido parte de la historia, teniendo en cuenta que él también se había comportado con Any de la misma forma.

Aunque dicha incomunicación le provocaba cierta frustración, decidió ganar su confianza sin presionarla, considerando que actuaba impulsada por un estado emotivo involuntario.

En la difícil búsqueda de encontrar pautas que le permitieran arribar a una solución, volvió a sentir la necesidad de leer los mensajes de Any, encontrando pensamientos que le recordaban a su prometida "En mi casa siempre hay música, flores, además me gustan los ambientes con velas aromáticas" en ese mensaje había quedado implícita la personalidad de Mariana.

Continuando con sus inquietudes volvió a leer los primeros, encontrando en ellos la conexión final de las dos mujeres "me gusta salir a correr por el parque y lo hago bastante a menudo con mi perrita Sol"; no lo recordaba por tratarse del comienzo del intercambio epistolar. Con todas las pruebas comprendió que no se trataba de una coincidencia, sus deducciones entonces dejaron de ser una conjetura; estaba ante una prueba contundente.

No obstante decidió consultarlo con Esteban "quizás me ayude a reafirmar mis deducciones".

-¿A que se debe el gusto de tu llamado? casi no me encuentras, estaba a punto de salir.

-Quiero comentarte algo y por supuesto tener tu opinión.

-No te preocupes, yo siempre salgo con tiempo, podemos conversar unos minutos.

-¿Cuándo conociste a Mariana dijo algo que te hiciera pensar que buscaba a alguien?

-No recuerdo, llegó sola a la milonga, en esos momentos pensé que deseaba conectarse con gente ¿A que se debe la pregunta?

-Tengo la certeza que Mariana y Any son la misma persona.

-¿No crees que es algo descabellado?

-Te aseguro que no ¿recuerdas cuantas veces te mencioné que presentía que la conocía? además su personalidad, gustos, todo coincide, y el problema que está atravesando quizás se deba a que nunca le mencioné a Any. Antes de llamarte leí parte de sus mensajes y tuve completa seguridad que se trata de la misma persona.

-¿Nunca te dijo adonde vivía o a que se dedicaba?

-Era muy capciosa con sus datos personales, estoy seguro que en aquel entonces trataba de evitar que la buscara. Entiendo que no tiene mucho sentido que nunca me haya mencionado lo del Internet, posiblemente esperando que le hablara de Any, no solo de mi amistad, también de mis sentimientos por ella ¿qué piensas?

-Bety tiene que conocer la historia, pero si se han prometido guardar el secreto, vas a tener que tener paciencia.

-También estoy interesado en saber si tiene dirección de Internet, tiempo atrás me lo negó, posiblemente para no poner en descubierto su secreto.

-Hace unos días Bety me dijo que Mariana vendió unos muebles por Internet y que ella pensaba hacer lo mismo, todo coincide, además esa historia debió comenzar cuando te comunicaste con Any para comprarlos, creo que estás acertado, pero no dejes pasar más tiempo, ahora está en tus manos arreglar el problema -con las últimas palabras de Esteban no le quedaron dudas, la venta de los muebles no podía ser otra coincidencia.

-Hay algo más, antes que apareciera Ariel, Any me envió un mensaje, y para evitar más complicaciones no quise leerlo.

-Eso es raro, pero sigue siendo parte de su secreto.

-Tengo que ser objetivo y ayudarla, estoy seguro que se siente atrapada por su propia conducta ¿Todavía no entiendo porque me ocultó que lo sabía? En realidad sigo pensando que la mente femenina es muy misteriosa -Si estás en lo cierto, tienes que reconocer que ninguno de los dos han sido sinceros.

-Acepto mi responsabilidad, pero muchas veces evalué mi silencio, nunca lo consideré un engaño, pensaba que no era necesario hablarlo; Any dejó de tener importancia cuando conocí a Mariana. Te dejo libre, gracias por tu ayuda, mañana te llamó para contarte como fue la gestión.

~~~~~

Sergio desapareció de la vida de Daniela sin palabras, ella no quiso preguntar hasta que pasadas unas semanas Isabel le dio la noticia.

-Se mudaron a Mendoza, decidieron hacer un cambio y comenzar una nueva vida.

Al escuchar las palabras de su tía, sintió como si algo se desprendiera dentro de su cuerpo, la sensación no fue agradable, entonces comprendió la difícil tarea que iba a representar poner los recuerdos dentro de un minúsculo espacio de su mente, lo mismo que aceptar la pérdida de sus sueños. No obstante las equivocaciones de Sergio ella estaba segura que en su forma y tiempos, siempre la había amado. Se sintió frustrada por el abrupto rompimiento "¿cómo es posible que tanto amor no haya merecido una despedida? se fue sin decir una palabra, si al menos me hubiera escrito, pero creo que estaba demasiado herido por mi actitud y quiso castigarme"-su mente trabajó hasta el cansancio, por momentos recapacitando, pero como siempre buscando excusas para disculparlo.

Cuando recibió la noticia de su alejamiento, la aparición de Pablo fue oportuna, y aunque íntimamente comprendió que no estaba preparada para iniciar una nueva relación, decidió no renunciar a él.

Mechi fue a visitarla intuyendo que estaba atravesando un mal momento, la escuela de Arte continuaba cerrada por las vacaciones de invierno y casi no habían estado en contacto.

-¿Cómo estás? en estos días no hemos hablado, reconozco que en parte es mi culpa, prácticamente estoy de novia con tu primo y estamos muy ocupados, te diría que en conocernos.

-Me alegra lo que está pasando, ustedes son dos excelentes personas.

Aunque dudando en preguntar temiendo que Daniela continuara con el mismo problema, encaró el tema.

-¿Qué pasó con Sergio?

Sin poder evitarlo ante la presencia de su amiga comenzó a llorar desconsoladamente.

-Todo terminó sin una despedida, como si lo nuestro no hubiera existido, comprendo que yo me comporté duramente al no permitirle que volviéramos a vernos, también pienso que su carácter débil afloró, y con el embarazo de su esposa no tuvo otra alternativa.

-Entiendo que el golpe debe haber sido duro para ti, pero mira, su actitud nos está diciendo que no se estaba separando ¡Tienes que tratar de olvidarlo!

-Se mudaron a Mendoza, todo está terminado. Créeme Mechi no estoy tan mal, mi llanto se debe a que no lo había hablado con nadie, y contigo pude descargar la tensión, pero tranquila, Pablo y yo estamos en contacto, y me siento muy bien a su lado.

-No sabía que Pablo estaba en Buenos Aires. ¡Que grata noticia!

-Estoy muy bien con él, por supuesto no es fácil porque todavía tengo que sacar completamente a Sergio de mi vida, además todo es muy reciente, no quiero volver a equivocarme, mira el tiempo que perdí y como mi vida se estancó con el hombre equivocado, ahora todo tiene que ser diferente.

-Lo malo es que cuando hemos tenido varias experiencias estamos más a la defensiva y nos cuesta volver creer en alguien.

-Es posible, creo que la fórmula es poner los pies en la tierra y no crear castillos en el aire, sin olvidarnos que para conquistarnos el hombre nos ofrece el mundo.

-En eso tienes razón, también considero que es difícil volver a enamorarse con ilusiones si uno ha tenido malas experiencias, pero hoy por hoy son las reglas del juego, nos casamos y divorciamos varias veces y con tantos cambios en parte dejamos de ser las mismas personas. Es como que algo no encaja en esto de las separaciones, nos dejan traumas y a veces reaccionamos mal con la nueva pareja, y por cosas que son consecuencia del pasado.

Mechi insistía en el tema, evidenciando tener la necesidad exponer un problema, Daniela lo advirtió.

-Por la forma que estas hablando intuyo que tienes un problema.

-Se trata de Juan José, en estos momentos no se como manejar nuestra relación, todavía está preocupado y le cuesta aceptar que puede volver a confiar en alguien, no puede olvidar que fue engañado por la mujer que amaba. Yo estoy tratando de ayudarlo a curar sus heridas, pero si no cambia de actitud te aseguro que lo dejo, tampoco necesito lidiar con ese tipo de problemas.

-¿Lo han hablado?

-Por supuesto, pero seguimos sin solucionar nada, además tiene que ser justo conmigo y decidir si me quiere o no.

-Me gustaría hablar con mi primo, por supuesto con esta nueva Daniela sin tantos problemas.

-Como quieras, él tiene que dejar de lado tantos miedos, además entender que no todas las mujeres somos iguales.

-¿Qué es lo que hace?

-Cambia de genio, por momentos está bien dice que me ama, pero después no me llama y si lo hace es para decirme que no está seguro, que no quiere hacerme perder el tiempo. Está muy depresivo o mejor dicho confundido.

-¡Lo quiero ayudar! necesita comprender que puede volver a ser feliz, estoy segura que eres la mujer perfecta para él.

Como Daniela lo había expresado, se sentía preparada para dar algo más de sí misma, en esos momentos deseaba que los demás percibieran su cambio, citó a Juan José, estaba segura que podía ayudarlo y enfrentarlo con la realidad.

Deseaba mantener una conversación consistente para hacerlo reaccionar, no quería que su primo en forma equivocada actuara con absoluto egoísmo al igual que ella.

Después de escuchar los conceptos de Daniela, Juan José reaccionó favorablemente.

-Gracias prima, y te pido disculpas, supe que estabas atravesando muchos problemas y nunca me acerqué para ayudarte, estaba demasiado absorto con lo mío.

-No tengas cargos de conciencia, yo fui muy necia y nunca permití que nadie interfiriera.

-Me has ayudado a ver la realidad y tienes razón, Mechi es una persona muy especial y merece otro trato, además estoy enamorado y no quiero perderla. Tranquila como diría ella "diste en la tecla", pero hay algo más que quiero contarte aunque supongo que estas al tanto, tu padre me contrató para ocupar un cargo de bastante responsabilidad en la parte administrativa; me hizo un examen y lo pasé con excelente puntaje, así que ya estoy trabajando. Le pregunté que había pasado contigo, me explicó que por ahora quieres seguir un magisterio en Bellas Artes, no me sorprendió, eres una artista nata.

-Así es, todas mis experiencias en el último tiempo y me refiero a las buenas y las malas me ayudaron a tomar la decisión, de todos modos como dijo mi padre, tengo la posibilidad de cambiar y convertirme en una empresaria cuando lo desee, aunque sin proponérmelo ya lo soy, lo digo por ser parte del directorio, de lejos y sin haber tomado responsabilidades -le respondió con absoluta franqueza.

-¿Entonces es posible que alguna vez trabajemos juntos?

-Todo puede ser, pero estimo que tu terminaras por ser la cabeza de la compañía, primo ya vez todo lo bueno que te está ocurriendo, y te puedo asegurar que con Mechi a tu lado, vas a tener el mejor apoyo del mundo.

-Estoy convencido que debo cambiar mi comportamiento, no quiero ser un perdedor, menos cuando todo está a mi favor.

~~~~~

Rodrigo arribó a la conclusión que el Internet era una forma directa de llegar a Mariana y evitar la tensión que podía provocarle un enfrentamiento directo.

El momento era crucial para reafirmar su amor y también que ella reaccionara favorablemente, lo envió cruzando los dedos y la llamó.

-¿Estas bien? -le preguntó preocupado al escuchar la voz casi susurrante de su novia.

-Necesito hablar contigo ¿puedes venir a mi casa o prefieres que nos encontremos en otro lugar? – quedaron en reunirse en la casa de Mariana.

Cuando estuvo frente a ella la abrazó tratando de darle el consuelo que evidentemente necesitaba.

Ella lo miró a los ojos diciéndole en voz baja

-Tenemos que hablar...

-Tienes que tranquilizarte, todo está bien, antes de continuar con la conversación tengo que pedirte un favor; te molestaría que entremos en tu E-mail.

Aunque asombrada, Mariana aceptó el pedido sin comentarios, relacionó lo que estaba ocurriendo con Bety y su decisión de intervenir.

-Voy a dejarte un momento, quiero que leas mi mensaje y después hablemos.

Cuando se sentó frente a la computadora sintió un escalofrío recorriéndole el cuerpo, comenzó a leer mientras su corazón latía desordenadamente.

"Mi adorada Mariana, te amo desde el momento en que te conocí, mi perspectiva de la relación en un comienzo me confundía, era hermosa, pero diferente, porque como una vez te dije, sentía que ya te conocía de antes , quizás por esa razón en nuestro primer encuentro ya estaba enamorado de ti.

Cuando hablaba contigo, tus conceptos y comentarios me resultaban familiares, y se entremezclaban con los de mi amiga del Internet, de quien también me había enamorado, pero terminó cuando ella decidió que lo nuestro no podía ser, entonces su actitud me hizo sentir solo, también impotente. Any ya era parte de mi vida, pero no tenía la posibilidad de luchar para conquistar su corazón.

Si nunca te hablé de ella fue porque sin entenderlo no lograba separarla de ti y de mi vida, reconozco que cometí un error al ocultarlo, lo cierto es que al conocerte muchas cosas en mi vida perdieron importancia, también temía que me consideraras un mujeriego. Hace apenas unas horas guiado por una especie de intuición me senté a leer tus primeros mensajes, en cada frase fui reconociendo tus mismos conceptos y palabras, entonces comprendí todo, también que sufrías por mi silencio.

Espero que me perdones y comprendas los motivos que me hicieron callar, también quiero que sepas que conocerte en ambos casos fue la experiencia más maravillosa de mi vida.

Ya ves mi amor; Any estaba equivocada, porque cuando nos conocimos en persona, ya estábamos enamorados.

También estoy ansioso por conocer las razones de tu silencio, y entiendo sin llegar a entender que siempre había una especie de reserva en tu comportamiento, por supuesto en ambos casos.

Soy inmensamente feliz por haberte conocido, antes y después.

Te amo.

Rodrigo

Mariana leyó en silencio, cada una de las palabras le decían aquello que tanto había necesitado escuchar, comprendiendo que Rodrigo no era una persona común, que tenía un alma extraordinaria; había percibido el parecido entre las dos. Una vez más sintió que su amor por él no tenía límites, sus sentimientos eran muy profundos por el hombre que había elegido su corazón, salió a buscarlo, nada le pareció difícil, Rodrigo había allanado el camino.

-Llegó el tiempo de decirte mi verdad -dijo Mariana.

-Parece que ambos hemos compartido el mismo secreto en diferentes posiciones.

Ella sonrió experimentando una tranquilidad enorme.

-Pensar que nunca pude solucionar el problema, porque estaba enojada por tu silencio.

-Me gustaría saber como supiste que yo era tu amigo del Internet.

-Todo comenzó cuando dejaste de escribirme, entonces me di cuenta que me había enamorado de ti...

Mariana le explicó lo acontecido en aquellos días.

-Cuando estaba en el hospital, Bety me habló de Micho, el primo de Esteban que había estado de viaje, entonces lo relacioné contigo, pensando que posiblemente cuando me escribías al igual que yo, utilizabas otro nombre. Cuando te conocí no tuve dudas y también la certeza que te amaba, pero tuve temor que no me correspondieras y decidí esperar. Bety se enteró recién la noche de la cena, yo había guardado el secreto porque sentía que nada debía ser forzado, tenías que amarme sin ninguna imposición de nada ni nadie.

-Aunque yo no sabía esa historia, te aseguro que te amé desde un principio.

Mariana respiró profundamente y lo besó como tomando aliento para continuar con su relato.

-En un principio no entendía la razón de tu silencio y con el tiempo se convirtió en un problema, lo consideraba una deslealtad de tu parte. Bety me hizo comprender que había tenido demasiados problemas y mi capacidad de razonar no estaba muy fuerte.

-También me sorprendió recibir un mensaje tuyo no hace mucho tiempo, te confieso que no lo leí, preferí que no interfiriera en nuestra vida.

-Me avergüenza recordarlo, me arrepentí, pero ya era tarde.

-¿Puedo saber que me decías?

-Que deseaba retomar nuestra amistad y también la posibilidad de un romance.

-¡Me estabas siendo infiel! ¡Mereces un castigo! -sin poder contener la risa la besó para que se calmara

-¡Cuantas cosas pasaron hasta que pudimos conocernos! -continuo Mariana relajada en sus brazos.

-Lo cierto es que ocurrió cuando Esteban me ofreció unirme al grupo, parte de la demora se debió a que estaba convencido que antes de presentarnos yo tuviera mi situación afectiva en orden, me puso una especie de límite "Mariana es mi amiga y no quiero que sufra" fue su advertencia.

-Con Bety muchas veces pensamos que entre ustedes había un problema y que por esa razón Esteban no te mencionaba, de todos modos déjame decirte que eres de otro planeta, y pensar que estuve al borde de perderte dos veces.

-Por lo que me dijiste parece que te gustan los extraterrestres. ¿Verdad?

-Por supuesto, en particular de tu planeta.

Mariana y Rodrigo llegaron a una misma conclusión; la amistad entre ellos iba a ser siempre una parte importante en sus vidas, se había construido paso a paso y quedó en suspenso cuando el destino decidió reunirlos en una dirección diferente.

La compenetración de ambos en ese momento fue única y completa.

-Te amo -le dijo Mariana mientras lo besaba y jugaba con su cabello, después le desabrochó la camisa y se apoyó en el pecho desnudo, que para ella resumía una completa protección.

Lo besó suavemente mientras escuchaba el ritmo de su corazón.

-Esta parte de tu cuerpo me habla de tu fuerza de hombre y experimento la diferencia que existe en nuestras sensaciones y necesidades, además tiene un perfume natural, muy tuyo, cuando me apoyo aquí quisiera seguir besándote hasta despertar completamente tus deseos.

Rodrigo no la detuvo, ella se estaba manifestando sin presiones.

Aunque el entendimiento entre ambos siempre había sido increíble, con sus actitudes Mariana estaba dando su potencial de mujer en una completa entrega.

~~~~~

Rodrigo decidió escribirle a su hija para comenzar a explicarle su relación con Mariana, pensó que no iba a profundizar en los comentarios. En esos momentos se estaban comunicando con más continuidad y conociéndose en muchos aspectos, pero la relación de padre hija aún no era completa. Comprendía que tenía que afrontar la realidad y sus consecuencias, y que la reacción de Marcela podía ser de oposición y crear problemas en el entendimiento obtenido. Después se tranquilizó pensando que Mariana con su personalidad la iba a conquistar de inmediato.

~~~~~

Pablo estuvo llamando frecuentemente a Daniela dispuesto a fortalecer la relación, aceptando que podía ser un proceso lento, pero no infructuoso, presentía que pasada la tormenta que estaba atravesando iba a entregarse a su amor -después de hacer un exhaustivo análisis, se comunicó con ella.

-Tengo que decirte algo muy importante y quiero hacerlo frente al mar, siempre he tenido la seguridad que ese es lugar apropiado para expresarte mis sentimientos.

-De acuerdo, pero antes necesito hablar contigo, si es posible hoy mismo -le respondió ella después de escuchar el preludio de una declaración de amor. Deseaba que Pablo conociera detalles de su relación con Sergio y el estado de confusión en el que había vivido y del que aún quedaban vestigios.

Pablo comprendió que Daniela estaba confiando en él, y no experimentó dudas "Tenemos tiempo para todo, estoy enamorado; es la mujer de mi vida".

Por sugerencia de Daniela se encontraron en el parque, ella consideró que era un buen lugar para hablar, pero también aceptó que eran excusas de su parte; estaba consciente que el recuerdo de Sergio aún estaba fresco en todos los rincones del apartamento. Los últimos estertores de la relación se habían transformado en frustración, interfiriendo soslayadamente en su recuperación.

Cuando estuvieron frente a frente se sintió extraña, pero segura que ese era el momento apropiado.

-Lo que voy a decirte puede resultar duro, pero es necesario que lo sepas -la mirada limpia del hombre la hizo estremecer.

-No temas, yo no soy nadie para juzgarte, y tampoco es mi filosofía de vida ¡por favor confía en mi!

-Antes de continuar quiero decirte que me siento muy bien contigo, me gusta tu personalidad, pero sobre todo el cariño con que me tratas, me haces sentir muy especial, por eso quiero ser sincera, y que conozcas también mis problemas. Cuando te conocí y pasamos aquellos días en Monte Hermoso me preocupó la idea de perderte, pero no estaba preparada para una nueva relación, y no sabía que hacer o decir, y por primera en mucho tiempo intuí que podía confiar en alguien -por un momento guardó silencio tratando de continuar con entereza su confesión.

-No importa lo que tengas que decirme, nada puede cambiar lo que siento por ti, por favor prosigue.

-Estuve enamorada, te diría de un tramposo, pero lo comprendí con el tiempo, es más aún no logro entenderlo.

Daniela no se sentía culpable por sus sentimientos, pero si estafada y profundamente herida, estaba relatando esa etapa de su vida con sus pensamientos todavía en desorden, le resultaba difícil aceptar la naturaleza egoísta de Sergio y aunque hubiera querido continuar justificándolo, frente a Pablo tuvo la necesidad de ser sincera y casi sin respirar le relató la nefasta relación, después con un profundo suspiro, concluyó.

-Es todo, por supuesto los detalles creo que no interesan, necesito que sepas que aún tengo que sacarlo completamente de mis pensamientos, pero de algo estoy segura y es que tú estás entrando en mi corazón y no quiero perderte.

-No vas a perderme porque conozca la verdad, de todos modos no iba a preguntarte nada hasta que tu misma lo decidieras.

Por un instante el recuerdo de Rodrigo pasó por su mente, pero se sintió incapaz de mencionarlo, en particular la noche en que hicieron el amor, entonces comprendió que no podía vivir avergonzada y menos sentirse culpable por los errores cometidos, estos ya eran parte del pasado "los seres humanos cometemos equivocaciones, y yo no pretendo que Pablo me confiese toda su vida".

-Todas mis vivencias desde que era una niña me quitaron parte de mi entereza, te aseguro que estoy luchando para ser diferente, como naciendo de nuevo y con más fuerzas.

Pablo la abrazó queriendo protegerla y ella se sintió confortable en sus brazos.

-Eres un hombre muy justo, y me haces sentir diferente.

-También con todos lo errores que te puedas imaginar, pero me gustaría explicarte mi filosofía; creo que todos tenemos alguna y por ella manejamos nuestra vida, y deseo ayudarte a través de mis conceptos ¿me lo permites?

Ella asintió en silencio.

-Estoy convencido que eres un ser humano muy especial, aunque por el momento con algunos conflictos, pero cuando estés libre de todo lo que te perturba vas a tener la posibilidad de ser feliz.

Los problemas en general no nos llevan a ninguna parte, juegan con nuestra vida, pero no debemos permitir que sean eternos, si encontramos nuestra fuerza interna y luchamos, podemos recuperar la paz. Piensa que tu cuerpo es el contenedor de tu espíritu y si logra escapar de las sensaciones de angustia que hoy lo dominan, te vas a sentir libre. Lo importante es llegar a manejar la vida sin miedos. Las malas experiencias son exabruptos normales, amores, pesares y muchas veces empecinamiento. No creas que soy ciego a los dolores, también yo los he padecido, pero aprendí a cuidar mis necesidades espirituales, desde entonces estoy siempre trabajando en mi mismo para no perder mis objetivos, en tu caso la fórmula es romper las cadenas interiores que han enfermando tu espíritu y debilitado tu energía ¡Si te lo propones, podrás conseguirlo!

Daniela lo miró estupefacta, Pablo estaba entrando en su alma, no buscaba la causa de sus equivocaciones, quería llegar a su interior para que ella aprendiera a curar sus propias heridas.

-Eres diferente a mucha gente que conocí, y creo que has descubierto ese punto débil que durante años a manejado mi vida, por supuesto ahora tengo que aprender a trabajarlo.

-Ese es el primer paso, no pienses en lo difícil de la situación, confía en que puedes conseguirlo. Es importante que dejes de juzgarte, la experiencia de haber amado casi ciegamente en si no merece ningún castigo, quizás un buen tirón de orejas -concluyó Pablo sonriendo.

Daniela estaba recibiendo de la vida otra oportunidad para definitivamente encontrarse a sí misma, con la posibilidad a su alcance de ser feliz, solo necesitaba fortalecer su espíritu y aprender que los vendedores de sueños existen y tienen una gran capacidad para convencer de lo inexistente. Sergio reconociendo la inseguridad de ella, y como una mala hierba había dominado el terreno, hasta casi destruirlo.

A pesar de algunas equivocaciones el verdadero amor siempre rondó a Daniela, pero no pudo evitar desengaños y soledad porque ser parte de una ciudad con historia de tango y sangre de inmigrantes significa ser alguien con tendencias de nostalgias y sueños muchas veces irrealizables.

~~~~~

A la mañana siguiente, cuando Mariana se quedó a solas, recordó lo acontecido la noche anterior y el tiempo que le había llevado estar en posición de revelar su secreto. No lo consideró su logro, reconociendo que Rodrigo había allanado el camino con su increíble percepción, necesitó escribirle un mensaje y tener la casi perfecta comunicación que habían conseguido cuando ella era Any, y también explicarle lo que la noche anterior no pudo, cuando la emoción y una gran tranquilidad la invadieron, en ese momento había sentido la necesidad imperiosa de entregarse a su hombre libre de pensamientos adversos. La revelación del secreto había reafirmado aún más sus sentimientos.

Mi amor.

Me gustó que me escribieras como lo hiciste, me sentí otra vez Any, pero felizmente Mariana porque fui la primera en disfrutar de tu amor.

Quiero contarte algunas cosas que anoche no mencioné de cuando te conocí a través del Internet, fue una época en la que estaba tratando de sacar de mi vida el sufrimiento que me había provocado el divorcio, necesitaba de toda mi fuerza y concentración para recuperarme. El intercambio de correspondencia fue cambiando mi vida, con el tiempo llegué a considerarte mi alma gemela, reconociendo que nuestra amistad era única. Cada vez que regresaba a mi casa corría a leer tus mensajes, pero cuando me hablaste de conocernos, tuve temor, y sin razonarlo, me negué.

Cuando decidiste terminar nuestra relación me dolió porque sentí que estabas relegando nuestra amistad, sin pensar que yo había provocado la ruptura al ponerte en una verdadera encrucijada; pasados unos días sin tener noticias de tu parte, comprendí que me había enamorado, y aunque tu silencio me dijo que todo había terminado, no quería perderte. Entonces releí tus mensajes buscando pistas, en uno de ellos mencionabas un lugar de tango que frecuentabas y decidí buscarte, como no tenía noción de cual era tu apariencia, no obstante estaba segura que iba a reconocerte. La primera vez que entré a la milonga, presentí que no estabas, entonces conocí a Esteban y aquella noche sin saberlo estuve más cerca de ti que nunca. Después fuimos con Bety y ellos se enamoraron, el resto de la historia ya la estamos compartiendo.

Me despido de ti como Any, la amiga del Internet, porque ahora, felizmente somos una sola persona y tu juntaste las piezas...Te amo

Mariana

~~~~~

Daniela y Pablo viajaron a Monte Hermoso, no bien llegaron bajaron a la playa, y como la noche que se conocieron caminaron tomados de la mano, descalzos en la arena. El la detuvo y se acercó, disfrutando la respiración cálida y tentadora, mientras la tomaba de las manos para que la conexión fuera completa. El viento jugaba con la falda y el cabello de Daniela; en una escena que ella experimentó como algo irreal, se sintió protagonista de un sueño, pero segura que estaba viviendo una hermosa realidad.

En sus anteriores relaciones sentimentales le había dado importancia al hecho de ser amada y deseada, sin reconocer la importancia de ser también comprendida, como le estaba sucediendo con Pablo.

Después él la condujo a su casa.

-Quiero que sepas que cuando la edifiqué lo hice pensando que algún día iba a formar una familia, nunca pude hacerlo, posiblemente porque aún no te había conocido. Por mucho tiempo traté de conocer el motivo de mis fracasos en el amor y también las reacciones de una mujer para llegar a comprender sus necesidades y hacerla feliz, pero no solo en el sexo, también lo que significa una perfecta unión de cuerpo y alma con una pareja.

Daniela estaba fascinada con la conversación y lo escuchó en silencio, las actitudes y conceptos del hombre la estremecían. Se sintió confiada para comenzar una nueva etapa de su vida.

-Estoy emocionado y quizás hablando demasiado ¿te aburro?

-Todo lo contrario, me haces sentir bien, no como algo superfluo, quizás yo misma con mi desorientación me convertí en una persona egoísta y es lo que recibí a cambio.

-No seas tan dura contigo misma, tienes que reconocer que has despertado en mí el verdadero amor, además el propósito de tu nueva vida es alcanzar la felicidad y por supuesto compartirla conmigo.

-Perdóname, entiendo que mis comentarios están fuera de lugar.

Pablo la hizo callar con un beso, después mirándola a los ojos le preguntó.

-¿Consideras que estás preparada para nuestra verdadera unión? -ella lo miró algo incrédula por la insólita pregunta.

-Creo que sí...

La levantó en sus brazos y la llevó hasta el cuarto de arriba.

En la mañana siguiente cuando Daniela se despertó, después de un sueño profundo y reparador, escuchó la música del piano que provenía de la sala; se puso una bata, se arregló el cabello y bajó despacio la escalera, en ese momento Pablo tocaba las últimas notas y poniéndose de pie se acercó a besarla.

-El desayuno está preparado y ya no te podía esperar. ¡Me estoy muriendo de inanición! -lucía muy pulcro y recién afeitado.

-Entonces la música fue para despertarme -le preguntó ella complacida y sonriendo.

-No, en realidad te estaba mirando mientras dormías, pero ya estabas saliendo del sueño profundo y bajé para despertarte con Beethoven ¿Cómo te sientes? -le preguntó mientras la abrazaba. Si quieres subimos otra vez...

Ella lo miró con una expresión fingida de asombro.

-Pensé que estabas desfalleciendo de hambre.

-¡Dios mío, eres increíblemente bella! -le dijo con absoluta sinceridad.

Daniela se ruborizó, había perdido la costumbre de recibir halagos y aún no sabía como reaccionar, no le resultaba fácil adaptarse a una situación casi perfecta.

-Hoy podemos hacer varias cosas, piscina y hacer el amor, o playa y hacer el amor, las combinaciones son innumerables ¿Que te gustaría? -le preguntó alerta a las reacciones de ella.

-¿Me ayudarías a escoger?

-La verdad es que ya lo tengo decidido, la tomó de la mano y la condujo al cuarto.

Tenían toda la vida por delante para disfrutar el uno del otro.

~~~~~

Esteban y Bety salieron a caminar por la ciudad, una salida diferente a las habituales.

-Esta hora es la mejor, me gusta la ciudad en la noche, hay mucha tranquilidad, y me trae recuerdos de cuando era un adolescente y comenzaba a salir -dijo él disfrutando del momento.

Siempre recuerdo mi niñez; a mi madre le gustaba cantar tangos y valses, lo hacía con mucho sentimiento, recuerdo su vals criollo favorito "La casa tenía una reja pintada con quejas de un viejo violín..."-le dijo cantando.

-Mi padre era músico, tocaba el bandoneón y amaba el tango, siendo muy jovencito trabajaba como carpintero en el taller de su padre, y había una especie de rivalidad entre ambas vocaciones, pero mi abuelo no le permitió que se dedicara a la música; cuando fue mayor eligió seguir con su bandoneón y trabajar solamente cuando el dinero no le alcanzaba, te imaginas que eso significó un enojo entre padre e hijo que se mantuvo por muchos años. Pienso que años atrás la obediencia y la tradición eran un requerimiento indiscutible en una familia ¿pero como puede un artista dejar de hacer lo que realmente le sale del alma?

-Es verdad, pero también cuando se casó y nacimos nosotros el problema continuó, es decir, en cierta medida significó una especie de inseguridad para la familia, por ese motivo durante mi adolescencia tuve bastante rivalidad con él, mis enojos provenían por lo mismo, su bohemia, que en ese entonces la calificaba como trasnochadas y una especie de desamor hacia mi madre. La verdad es que con el pasar de los años pude comprenderlo y aceptar su forma de ser.

-Es la parte difícil de nuestro crecimiento, cuando somos jóvenes es normal equivocarse haciendo apreciaciones y juzgando, sobre todo guiados por nuestros sentimientos e ideales, queriendo cambiar el mundo de acuerdo a nuestras emociones ¿Cómo era su carácter?

-Siempre fue una persona muy alegre, con el tiempo valoré su personalidad, porque dentro de los errores yo disfrutaba de su cariño. Gracias a Dios cambié mi actitud y llegamos a tener una relación muy buena. Es parte de nuestro aprendizaje, cuando somos adultos tenemos otra óptica de la vida, mi comportamiento comenzó a cambiar cuando nació mi primer hijo, algo dentro de mí se despertó, y gracias a Dios dejé de juzgarlo, además fue mi trampolín para entregarme a mi esposa y a mis hijos completamente, y fusionar nuestros gustos y personalidades, pero creo que estoy fuera de lugar haciéndote partícipe de mis recuerdos.

-Me gusta esta conversación, estoy conociendo tus orígenes, y en particular entendiendo porque eres como eres. Además pienso que hay un momento para cada cosa, hoy fue el de tus recuerdos, y me agrada escuchar acerca de tu familia.

-Gracias Bety, lo que sucede es que mi padre era parte de la noche de Buenos Aires y es imposible no recordarlo; en algunas ocasiones cuando tocaba en algún lugar familiar nos llevaba a todos, y aunque yo era un niño aprendí a amar el tango, pero nunca imité su completa bohemia -dijo riéndose con los recuerdos a flor de piel.

Bety lo escuchaba atentamente, Esteban siempre le había hecho comentarios acerca de su familia sin profundizar, y en esa noche cercana a otra etapa de su vida los recuerdos surgieron, pasado, presente y futuro tenían para Esteban el mismo sentido "ser parte de la ciudad, como si esta fuera su propia casa; recuerdos con gusto a café y tango, un mundo pequeño sin demasiadas ambiciones, pero conservado y compartido con sus seres queridos".

-¿Tu madre aceptaba ese tipo de vida? Es como si ella hubiera estado ausente del problema.

-Es verdad, nunca dijo nada en contra de mi padre, lo amaba y respetaba, recién cuando él murió, por primera vez me habló de sus sentimientos y lo que había experimentado a su lado "Cuando yo me enamoré de tu padre no era diferente a como lo conociste era un artista que no podía vivir sin la música. Amé su sensibilidad, los hermosos poemas de amor que me escribía, además siempre me hizo muy feliz y confiaba en él. Cuando nos casamos yo supuse que iba a cambiar, pero nunca dejó de ser un soñador y amante de la noche. Si yo hubiera tenido el poder de cambiar su bohemia lo habría matado en vida, aprendí a dejar pasar cosas, por supuesto sin ser completamente feliz, pero acepté su personalidad de artista y ese mundo al que no podía renunciar, pero fue un buen padre y nos quiso a todos. No te olvides que muchas veces cuando fue necesario, dejó todo para cuidarnos".

-Ya vez, nuestros padres en su aprendizaje como tales y con sus equivocaciones y aciertos marcaron nuestra personalidad, y por supuesto en ti dejaron huellas profundas; la comprensión de tu madre, y de tu padre esa parte tuya romántica y muy porteña.

Por un momento guardaron silencio, después Esteban una vez más cantó la canción que le recordaba a su madre… "La casa, la reja y el viejo rosal, recuerdo que entonces reías si yo te decía mi canto de amor…". Te das cuenta, mi padre ya no está físicamente, pero sigue siendo parte de Buenos Aires, creo que nací en el lugar perfecto y aquí quiero terminar mis días, acompañado por la mujer que amo.

Continuaron caminado, por momentos tomados de la mano, también abrazados casi tropezando entre sí de tan juntos que estaban. En ese momento ambos se sentían parte del paisaje nocturno y antiguo, y en el silencio de la noche los arrullaba la música de un tango que solamente estaba en su corazón.

-Somos parte de esta ciudad por eso entendemos su tristeza y nostalgias, las calles y parte de su estructura en general cambiaron, pero continúa manteniendo su estilo europeo, la vida nocturna y el comercio hicieron de ella una gran metrópolis, pero aunque que en pequeñas cosas, mantiene parte de su pasado y gracias a gente inteligente y sensible, aún se conservan lugares como estos -dijo Esteban refiriéndose a La Boca y Caminito, verdaderas reliquias que mantienen viva la esencia del tango.

-Me gusta que me hayas traído a este lugar, es diferente, además tú tienes su personalidad, porque conservas tus sentimientos de fidelidad al pasado y cuidas el legado para otras generaciones, es un verdadero tesoro, también aceptas el presente y sus cambios, digamos con estoicismo. Valoro mucho tu personalidad y sentimientos.

-Comprendo que soy un poco a la antigua en mi forma de sentir esta ciudad, no por mi edad, no soy tan viejo, pero si por la crianza que me dieron mis viejos, además tuve la suerte de conocer un Buenos Aires no tan convulsionado como hoy, pero gracias a Dios con su corazón sensible, por supuesto hay que saber escucharlo y también mantenerlo vivo.

Después cansados por la larga caminata resolvieron regresar, felices por el momento compartido, guiados por el amor que se profesaban y por la profunda sensibilidad que los caracterizaba.

Y como decía el tango favorito de Mariana y Rodrigo, podían con la fuerza interna de cada un "hacer un mundo y dártelo después".

~~~~~

Rodrigo se encaminó a la casa de Mariana ansiando estar con ella, agradecido por la posibilidad que había tenido de subsanar su error. Cuando leyó el E mail que ella le había enviado se sintió complacido, y viviendo una historia de amor que consideraba increíble. En ese momento deseaba hacerle la proposición formal de casamiento.

Muchas veces se juzgó a sí mismo como selectivo con respecto a las cualidades que debía reunir una mujer para compartir su vida; en Mariana había encontrado la personificación de sus sueños.

La admiraba porque dentro de sus desazones siempre lograba superar los inconvenientes y había permanecido a su lado, segura que su prioridad era el amor que se profesaban. Muchas veces hubiera querido cargar con todos los problemas que ella debió afrontar, pero se sintió reconfortado cuando pudo ayudarla a superarlos.

Sabía que esa noche iba a ser especial porque por primera vez en mucho tiempo podían disfrutar de una completa paz, sin ninguna sombra de dudas o temores. Todo el pasado había sido puesto en la balanza y no necesitaban revivirlo, estaban comenzando la maravillosa aventura del amor sin sombras y completamente unidos.

Mariana lo esperaba con la ansiedad natural, arreglando los detalles que permitían que Rodrigo disfrutara de la paz y serenidad que siempre había en la casa. En ese momento se sentía diferente, sin preocupaciones, y nuevamente la muchacha que se había enamorado de un hombre a través de su alma.

Finalmente se sentía preparada para proseguir la relación dentro de una normalidad que por mucho tiempo creía imposible.

Cuando se encontraron no sintieron la necesidad de hablar, Rodrigo le entregó un hermoso ramo de rosas color té, la beso apasionadamente y la hizo sentar.

-Me gustaría decirte lo siguiente en el jardín, pero hace frío. Deseo hacerte formalmente la proposición más importante de mi vida, tal vez con un poco de solemnidad, pero así soy yo. Nadie ni nada, tiene más importancia que tu respuesta ¿te das cuenta?... ¡Estamos a punto de realizar nuestros sueños!

Rodrigo estaba emocionado y se sintió extraño, ella lo comprendió y lo abrazó con ternura.

-Rodrigo, déjame decirte algo antes que continúes, te amo, te amé siempre...

Entonces la besó nuevamente y la sensación en ambos fue de una profunda e íntima conexión.

-¿Quieres casarte conmigo para toda la vida?

El momento había llegado y el sí de Mariana fue casi un susurro muy cerca de él.

Subieron al cuarto tomados de la mano, cuando entraron, Rodrigo respiró profundamente queriendo contener en su interior toda la esencia del ambiente, que era la manifestación de la sensibilidad de Mariana.

La hizo recostar despacio, ella estaba al borde de las lágrimas, la emoción y la sensación de plenitud eran tan profundas que temía perder el instante de tanto placer.

Rodrigo estaba recorriendo con sus besos el camino hacia la felicidad de su prometida. La mantuvo muy cerca, demorando el tiempo de la entrega. Velas aromáticas y música suave fueron una vez más el ambiente ideal para disfrutar del amor.

En la mañana siguiente comenzaron con los planes de la boda.

-Tenemos que pensar en que lugar quieres que se lleve a cabo la ceremonia, pero también adonde te gustaría comenzar nuestra vida de casados.

-Si estas de acuerdo, aquí en la casa, creo que para criar nuestra familia es perfecta ¿no te molestaría? Por supuesto si algún día por alguna razón decidimos mudarnos, nuestro hogar será adonde estemos juntos.

-No te imaginas cuanto significa ser parte de este lugar, aquí te conocí y me enamoré de ti, también desde aquí Any se comunicaba conmigo. Me voy a sentir muy feliz de compartir la casa contigo, además mi apartamento y algunas propiedades como la casa de campo vamos a conservarlos para nosotros y por supuesto para nuestros hijos.

Continuaron con los planes, y a partir de ese momento comenzaron a edificar el futuro. Después de varias semanas bastante relajado, Rodrigo iba enfrentar una inesperada crisis familiar.

Las tormentas eran parte de la vida y no obstante la tranquilidad ganada, como simples espectadores del devenir y en una especie de lección no aprendida, iba a tener que cimentar el futuro con acciones perfectamente discernidas para llenar los baches que habían quedado en la relación con su hija.

En esos días recibió una carta por Email, acostumbrado a la frecuente comunicación con Marcela, no se asombró.

"Mi querido papi, estuve pensando y llegué a una conclusión, quiero vivir contigo, es algo que deseo, entiendo que va ser muy difícil para mis padres, pero quiero estar a tu lado lo más pronto posible.

Marcela

Le contestó de inmediato, aunque con bastante incertidumbre, no quería lastimarla, pero sintió que debía manejar la situación con bastante inteligencia, pero también con ecuanimidad.

"Marcelita, respondo a tu carta, este no es el momento indicado para un cambio de esa magnitud, te prometo que cuando lo concerniente a la boda haya terminado, vamos hacer planes.

Te quiero, mucho y me voy sentir muy feliz de compartir tiempo contigo.

Rodrigo

La determinación de Marcela, le quitó tranquilidad, aunque finalmente estaba recibiendo lo que había esperado y en cierta medida anhelado.

En esos días estaba en los preparativos para comenzar la mudanza a la casa de Mariana.

Decidió pensar y poner las cosas en orden para recién explicarle a su prometida que algo inesperado podía crearles problemas, el pedido de su hija tenía una gran dosis de decisión.

Horas después recibió una llamada de Marta, ésta sin hacerle preguntas lo acusó de ser el causante y cómplice de la determinación de la niña.

-¡No puedes hacerme esto! No quiero perderla -comenzó a llorar y se quedó sin palabras, el esposo prácticamente le sacó el teléfono de las manos.

-Rodrigo; necesitamos saber que está pasando, el cambio en Marcela es alarmante, de un momento a otro y sin tener ninguna razón, decidió dejarnos.

-Federico, a mí también me tomó de sorpresa, estoy en los preparativos de la boda y no quiero poner a mi novia en una situación complicada, estoy tratando de proceder correctamente, no quiero herirla, también estoy buscando la forma de ayudarlos a ustedes ¡Me gustaría hablar con mi hija!

-Espera que la llamo.

-Hola papi, no quise preocuparte.

-Te entiendo, pero necesito que hablemos este pedido tuyo fue inesperado, en estos momentos no puedo hacer un cambio tan radical, necesito tiempo para hacer otros arreglos. En dos semanas me caso, y no quiero crearle problemas a Mariana, todo lo que te pido es que te sinceres conmigo ¿tus padres te han tratado mal?

-No se trata de eso, quiero compartir más tiempo contigo, ¿no puedes cambiar la fecha de la boda?

-¡Desde ya te digo que no! comprendo tus deseos, pero vas a tener que ser paciente, y cuando regrese del viaje de bodas, vamos a hablar del tema ¿te parece bien? -la jovencita deseo fervientemente que ésta nunca se llevara a cabo, sintió que su padre le debía parte del tiempo que había estado alejado de ella, en esos momentos sintió rencor por Mariana.

Días más tarde Rodrigo recibió otra llamada de Federico, éste titubeó antes decir lo que estaba ocurriendo,

-Lo siento, pero tengo que explicarte lo que pasó con Marcela, nos está haciendo la vida imposible, ayer trató de cortarse las venas, según nos dijo el médico que la atiende, nunca estuvo en peligro, pero por supuesto tenemos que darle la importancia debida, también está recibiendo ayuda sicológica. Estamos muy preocupados -Rodrigo sintió un escalofrío recorriéndole el cuerpo. Pasó el resto del día sin arribar a ninguna conclusión, entonces decidió plantearle el problema a Mariana.

Fue a verla para contarle personalmente lo acontecido, comprendió que no debía preocuparla en un momento tan importante para los dos. Ella lo notó nervioso, temió que tantas ilusiones creadas estuvieran por fracasar, no obstante el desconsuelo que estaba experimentando, le exigió la verdad.

Mariana en todo momento pensó que Rodrigo quería posponer la boda por indecisión en sus propios sentimientos, se sintió asustada, y se culpó por haberle creado tantos problemas en los meses anteriores.

-No se como comenzar y no sé que es lo correcto, pero antes de explicarte quiero que sepas que te amo más que nunca, estoy convencido que no es justo que debas enfrentar mis problemas personales, no quiero que sufras por mi culpa -le contó con detalles lo que estaba ocurriendo.

-Voy a viajar, quiero verla, y entre otras cosas darle un buen tirón de orejas por los problemas que está causando -Mariana lo escuchaba en silencio - tengo que reconocer que es la primera vez en mi vida que debo cuestionarme el resultado de mis actos.

Por primera vez lo vio con los ojos llenos de lágrimas, se sintió morir, pensó en Bety y Esteban para apoyarse en ellos, pero era evidente que Rodrigo en su sentido de culpabilidad prefería estar solo.

Mariana trató de mantener la calma para ayudarlo.

-Me dices que el intento de suicidio no fue de importancia, pero entiendo que te sientas culpable, aunque no creo que lo seas, ella está bien cuidada por sus padres y evidentemente cerrada en su decisión de convencerte, yo no tengo mucha experiencia en criar un adolescente, pero es evidente que ha logrado preocuparlos. Es apenas una jovencita, es posible que esté desorientada ¿qué piensas hacer?

-Viajar, entiendo que estamos con el tiempo justo, pero es la única salida.

Faltando dos semanas para la boda viajó a España, estaba desolado por su hija, pero también por la situación en que había puesto a Mariana.

Cuando llegó al hospital se encontró con la mirada angustiada de Marta, se acercó a ella y se abrazaron.

Compartiendo por primera vez la misma desazón.

-Nunca estuvo en peligro, pero tenemos que estar prevenidos.

-¿Puedo verla?

-Por supuesto, ella te necesita.

Rodrigo entró al cuarto temeroso de no poder resolver el problema. Marcela estaba demacrada y con el rostro mojado por las lágrimas, nuevamente se sintió responsable de una situación que le resultaba inmanejable.

-¿Cómo te encuentras?

-Bien… ¿Estas enojado por lo que hice?

-No es momento para hablar de eso, lo más importante es que no fue grave.

-Pude haber muerto -le respondió en un tono lastimero.

-Por supuesto si hubieras tenido la intención de hacerlo. Como te expliqué tenemos que hablar y planear, pero antes tienes que hacerme una promesa, vas a tener paciencia y dejar de crearle problemas a tus padres.

-Tu también eres mi padre, yo no tengo la culpa que tu y mami se hayan divorciado ¡yo estoy en el medio!

-Tienes que aceptarlo, nada se puede cambiar, más adelante volveremos a hablar, pero tienes que madurar, con tus actitudes me has convencido que aún no estás preparada para un cambio tan radical, en menos de dos años si quieres estudiar en Argentina tendrás todo mi apoyo, pero tienes que ser justa con tus padres, y demostrarles con un buen comportamiento que no se trata de un capricho.

-¡Me tratas como si yo fuera una niña!

Rodrigo comprendió que Marcela debido a su inexperiencia y en plena adolescencia estaba lejos de razonar.

-Pienso que fue un error de mi parte haberme acercado a ti, por lo visto me equivoqué y tu interpretaste mal mis actitudes, yo sentía que te había perdido, después me convertí en un papá Noel, porque necesitaba ganar el tiempo perdido y traté de llenar mis ausencias con cosas materiales, admito la culpa.

-¡No digas eso, quizás yo soy la equivocada! pero me gustó tu compañía -el rostro de Rodrigo estaba serio, ella temió que su padre se enojara y se marchara para siempre.

-Marcela, si yo te hubiera criado, es posible que hoy desearías vivir con tu madre, la vida no siempre es como queremos, lo importante es amoldarnos a las circunstancias sin lastimar a nadie. De todos modos, trata de ser feliz con lo que tienes que es muy valioso, me refiero a tus padres, el colegio, tus compañeras de estudio, esta etapa créeme no se repite, con los años te darás cuenta que cada momento es importante, y no se puede volver atrás, por ese motivo tienes que disfrutarlo.

-No te puedo prometer nada, pero en algo tienes razón, he sido bastante malcriada, mis padres son todo en mi vida y tú también, te aseguro que nunca me di cuenta de lo que sentías por mí, entiendo que me quieres ¡y voy a recuperar tu confianza!

Después de hablar con su hija Rodrigo se sintió más tranquilo, ella estaba razonando, aún le quedaban dudas sobre las reacciones de la jovencita, que podía continuar con su táctica. En cuanto fue dada de alta hizo los preparativos para el regreso.

Aunque había estado en continuo contacto con Mariana, se sentía mal por los inconvenientes que le estaba ocasionando.

Ella lo esperaba ansiosa, aceptando que la vida los había reunido con problemas del pasado y que debían amoldarse a ellos.

-De una cosa estoy segura, nuestros hijos van a tener un padre con todas las de la ley, quiero que te relajes y me cuentes lo ocurrido.

Hablaron del problema, después continuaron planeando la boda, la intranquilidad de Rodrigo era evidente, sin tener un completo control de sus actitudes.

Cuando Marcela estuvo de regreso en la casa, aconsejada por sus padres le escribió.

Papi, te pido perdón por los inconvenientes que te he causado, mamá me dijo algo que me hizo pensar "Rodrigo es un gran ser humano, y es tu padre, el nunca va a dejar de quererte, piensa que es la primera vez que quiere volver a formar pareja y merece ser feliz, además están compartiendo cosas porque él quiso recuperarte, sin forzar a nadie, o crear situaciones difíciles".

Hablamos mucho, también me dijo que ella, desorientada por sus pocos años fue realmente quien provocó la separación "No me siento culpable porque aprendí otros valores, y solo necesitaba tiempo y ayuda".

Sentí que por primera vez mami confiaba en mí, también estoy comprendiendo que nadie es perfecto, y no por eso vamos a dejar de querernos.

Dile a Mariana que espero conocerla pronto.

Papi, creo que puedo viajar para la boda, mamá dice que también es una buena ocasión para que yo conozca sus padres, y haríamos el viaje juntas.

Marcela, debido a las circunstancias, cambió el rumbo de la historia, Marta recapacitó y deseo unir a la familia para el bien de su hija.

~~~~~

Las dos parejas continuaron con su amistad y compartieron los momentos más importantes de sus vidas, los primeros en casarse fueron Esteban y Bety con una ceremonia muy emotiva, y rodeados por sus familiares y mejores amigos.

Después se llevó a cabo la boda de Mariana y Rodrigo, que fue a criterio de todos "un cuento de Hadas". La ceremonia se hizo en el Jardín de los Encuentros, como lo había bautizado Bety; con música, velas aromáticas y cientos de flores distribuidas por todos los rincones, de acuerdo al gusto de la novia y a criterio de Rodrigo un marco excepcional para una mujer excepcional.

Marcela y Mariana se conocieron antes de la boda, la jovencita disfrutó de la compañía de la pareja, y sin que Mariana lo planeara conquistó su cariño y se convirtió para la niña en esa persona ideal que llega a nuestra vida cuando somos jóvenes.

Durante la ceremonia Bety lloró emocionada, sintiendo suya la felicidad de su amiga, Esteban, intuyendo sus pensamientos la abrazó; estaban compartiendo la realización del sueño de sus amigos. También pensó en los avatares del destino, no obstante se sintió fuerte para proteger a su esposa

"La intención de la vida no es ponernos a prueba como si fuéramos superhéroes, es la posibilidad de aprender a ser mejores personas y a razonar con uno mismo antes de decir o hacer algo que hiera a la otra persona" pensó recordando las lágrimas que le había provocado a Bety meses atrás.

Mariana buscó la mirada de su amiga, sin palabras, conectadas emocionalmente intercambiaron sus sensaciones, Los hombres observaron la situación sin emitir comentarios, ignorando que el mensaje estaba dirigido a ellos "Dos personas a las que consideraban rescatadas de otra dimensión".

Bety levantando la copa dijo "Siempre juntas y por la suerte de ser casi hermanas en lo bueno y en lo malo".

La primera niña de Mariana y Rodrigo llenó de regocijo la casa, la maternidad para ella fue un reencuentro con la vida. La casona cambió en muchos aspectos, uno de los cuartos fue redecorado para la pequeñita, que fue bautizada Ana María en recuerdo de la mujer que había sido parte importante en la vida de Mariana.

Con el tiempo todo fue cambiando, la casa se llenó de llantos y risas de niños, pero siempre hubo un lugar para meditar, tampoco faltaron velas aromáticas y rosas color té.

Mariana a partir del nacimiento de su primera hija, sintió que emocionalmente estaba preparada para guiarla, también que contaba con una familia que la respaldaba y amaba, la suya propia, y también sus grandes amigos, Bety y Esteban.

Tampoco sus hijos iban a estar exentos de ser nostálgicos y ser parte de la historia que fusionara su vida con la de Rodrigo, en la cual el tango había sido la culminación de aquella etapa inolvidable que comenzó siendo una amistad hasta que el amor arribó a sus vidas.

Personajes sensibles de una ciudad con ritmo del ayer, que le agregaron a la fórmula de amor y tango, algo de la tecnología moderna "los mensajes electrónicos" que fueron el nexo para la unión de dos habitantes de Buenos Aires, en esta historia titulada…"Amor, E mail y Tango

Fin

Julio 24 2005

Cristina Gonzalo nació en Argentina.

Varios años atrás se radicó en los Estados Unidos donde trabajó en una compañía dedicada a la difusión del tango argentino a través de clases y espectáculos, debido a la popularidad obtenida por el Club de Tango formaron parte de su entorno social personas de diferentes nacionalidades, en particular americanos del norte y del sur, la mayoría atraídos por el misterio y sensualidad de la música ciudadana argentina.

Sus propias vivencias la condujeron a escribir su primer libro en el que nos transporta al corazón de Buenos Aires, con un tema actual, los mensajes por Internet, el amor y la influencia del tango en la vida de los protagonistas.

Años atrás participó en un concurso International Library of Poetry, USA, con su poema en ingles "Palms of Florida" (Palmeras de Florida) obteniendo el noveno premio, el que después fue impreso en una pintura de su autoría.

En la actualidad lleva escritas varias obras las que están en proceso de publicación.